首都师范大学历史学院“中国近现代社会文化史研究中心”主办

# 中国现当代社会文化访谈录

## 第四辑

梁景和　主编

访谈人：李秉奎　姚立迎 等



首都师范大学出版社
CAPITAL NORMAL UNIVERSITY PRESS

**图书在版编目（CIP）数据**

中国现当代社会文化访谈录．第4辑/梁景和主编．—北京：首都师范大学出版社，2014.5

ISBN 978-7-5656-1877-2

Ⅰ.①中…　Ⅱ.①梁…　Ⅲ.①访问记—作品集—中国—当代　Ⅳ.①I253

中国版本图书馆CIP数据核字（2014）第093977号

ZHONGGUO XIANDANGDAI SHEHUI WENHUA FANGTANLU

**中国现当代社会文化访谈录（第四辑）**

梁景和　主编　　　访谈人：李秉奎　姚立迎 等

---

责任编辑　张成水

首都师范大学出版社出版发行

地　址　北京西三环北路105号

邮　编　100048

电　话　68418523（总编室）　68982468（发行部）

网　址　www.cnupn.com.cn

北京集惠印刷有限责任公司印刷

全国新华书店发行

版　次　2014年6月第1版

印　次　2014年6月第1次印刷

开　本　710mm×1 000mm　1/16

印　张　24.5

字　数　473千

定　价　50.00元

---

# 目录

CONTENTS

C O N T E N T S

## 访谈录（九）
访谈人：李二苓



## 访谈录（十）
访谈人：张　弛



## 访谈录（十一）
访谈人：李小虎

## 访谈录（十二）
访谈人：刘　玲



## 访谈录（十三）
访谈人：孟丽媛



## 访谈录（十四）
访谈人：廖熹晨

# 关于口述史的思考（代序）

梁景和

近年来，口述史越来越被大陆史学界所重视。作为现代意义上的口述史学，实际上是通过有计划地访谈和录音技术，对某一个特定的问题获取第一手的口述资料，然后再经过筛选和比照，分析和辨伪，进行历史研究的方法及其成果。口述史学对史学的发展无疑意义重大。本文是对口述史的一个初步的思考和实践体验。

## 一、关于口述史的回望

如果仅仅作为一种方法，口述史的方法应当具备两方面的含义：其一，史学家搜集史料的方法；其二，史学家利用口述史料撰写历史的方法。人类历史上，在撰写史书之前，就有从事过运用访谈和调查进行搜集史料的工作，在中国三千多年前，周朝就设有专门为史官搜集人们言谈内容的书记，所谓“动则左使书之，言则右使书之”。这些书记主要是记载君王的言行举止，而不是普通社会的历史，但到汉代，确实已运用访谈、口述的方法来搜集史料。如司马迁的《史记》就是依据大量的实地考察得到的口述访谈资料与丰富的文献记载相互引证而撰写的。在西方，如早期的历史学家希罗多德和修昔底德的著作中，也可以看到他们是如何使用口述证据的。在古代希腊，“历史”

一词的含义就是“根据事件的目击者所做的证词去推究事实的真相”①。这里的证词在很大程度上指的是口述证据。实际上，历史学家所使用的史料归根结底都是来源于口述。例如：社会史广泛使用的官方调查委员会的社会调查资料主要是来源于口述，其中有很多证据都是经过对目击者的访问而获得的。但作为一种独立的史学方法，具有现代意义的口述史学大约在二十世纪四十年代的美国产生，六七十年代在欧洲和其他许多国家得到广泛利用。

美国自1948年哥伦比亚大学口述历史研究室创立以来，1953年加州大学伯克莱分校成立了地方口述历史办公室；1958年加州大学洛杉矶分校建立了口述历史项目。1966年9月在加利福尼亚州的阿罗黑德湖举办了美国口述史学第一次大会；1967年11月，在纽约召开的第二次大会上，正式成立美国口述历史协会，会员遍布全美与海外各地。至1967年，全美相继建立了90余个研究口述史学的专门机构。对美国口述史学未来的发展影响最大的是美国总统口述历史项目，对每任总统卸任后进行访谈的资料整理完毕后，相应地设立总统图书馆。这一项目推动了口述史学在美国的影响。二十世纪六十年代后期，美国口述史学出现了“人民性”或“民主性”的倾向，长期以来没有受到重视的黑人史、移民史、劳工史、妇女史的研究活动活跃起来。到1978年，口述史研究机构增加至500个。二十世纪八十年代以来，美国口述史学研究的范围更为普及，几乎涉及社会生活的各个领域——社会史、政治史、企业史、部落史、文化史、科学史、妇女史、体育史、艺术史、儿童生活史、军事史和建筑史等。1994年夏天，哥伦比亚大学口述历史研究室召开口述史学国际大会，吸引了来自40多个国家的400多名学者。这个学会每年都有2500多名学者从事口述历史研究②。

新中国成立以来，在20世纪五六十年代就有对太平天国、义和团和辛亥革命的实地调研，并撰写了一些调研报告③。八十年代以来，国内学术界开始注重口述的研究方法，在历史学界也有体现。北京大学出版社出版的《口述自传丛书》，颇受学界好评，这套丛书有《风雨人生：萧乾口述自传》《跋涉者：何满子口述自传》《小书生大时代：朱正口述自传》《带翅膀的摄影机：侯波、徐肖兵口述回忆录》，等等。北京大学历史系杨立文在1996年已开设“口述史学研究”课程。复旦大学历史系在九十年代曾做过“日伪时期的跑单帮”、“日伪时期的上海文化界”等访谈工作。上海社会科学院历史研究所做过“上海移民史”的访谈工作。吉林大学历史系的杨祥银在因特网上开设了口述史的网站。此外，近年来还有几本出版的口述史专著值得一提，如：定宜庄著的《最后的记忆——十六位旗人妇女的口述历史》（中国广播电视出版

① ［美］里特尔编：《历史学概念辞典》，纽约，1986年版，第193页。

② 杨祥银：《当代美国的口述史学》，《口述历史》，北京：中国社会科学出版社，2003年版。

③ 杨祥银：《当代中国口述史透视》，《当代中国史研究》，2000年第3期。

社1999年版）；王俊义、丁东主编的《口述历史》（中国社会科学出版社2003年版）；李小江主编的《让女人自己说话》（四卷本：文化寻踪；民族叙事；亲历战争；独立的过程。三联书店2003年版），等等。中国的口述史学开始逐渐受到重视①。

近些年来，中国口述史学越来越被关注和重视，大概是受几个因素影响的：其一，受文学和社会学利用口述方法取得成就的影响；其二，扩大史料范围的需要，档案文献不再是唯一的史料；其三，历史研究范围扩大的需要，历史学家对普通人生活兴趣的增长，把普通民众作为历史著作中的主角；其四，现代音响技术尤其是大量的廉价录音机的上市，是以现代电讯技术的发展作为基础，犹如计量史学方法的广泛运用必须借助电子计算机并以它的推广作为其发展一样。

口述史对历史学产生的积极作用是明显的。其一，口述史往往能够提供非常生动的描述，这是只使用文字史料作为常规历史研究手段无法做到的。其二，口述史能够纠正文字史料中的偏见，这显然比单一的文字史料要全面得多。其三，推进史料的收集，从某种意义上讲，这是最重要的工作，为未来史学的发展做好铺垫工作。

## 二、作为方法或学科的口述史

口述史首先是一种研究方法，口述史学能否作为历史学的一个分支学科需要实践和研究。

如果从中国司马迁撰写《史记》的时代和西欧希罗多德与修昔底德撰写历史的时代算起，“口述”最初是作为历史研究的一种方法来运用的。一直到今天，可以说，“口述”作为学术研究的方法一直在人文和社会科学中被广泛地运用。既在历史学领域（包括社会史、政治史、婚姻史、企业史、部落史、文化史、科学史、家庭史、妇女史、体育史、艺术史、性史、娱乐史、儿童生活史、军事史和建筑史领域），也在社会学、政治学、民族学、法学、经济学、文学、教育学、人类学、新闻学、种族学、艺术学和医学领域被运用。它基本上是用来进行资料和数据采集的方法，并以此作为分析和研究的基础。从这个意义上说，“口述”作为方法是最容易理解和认同的，这种认同是多学科之间的共识。但是问题并不如此简单。从20世纪四十年代的美国开始，到中国改革开放以后，历史学界所从事的口述史研究开始力图打破方法的界限，并要从学科的角度来认识和建设“口述史学”，这样就出现了与传统史学不同的“口述史”。这种口述史的最大特点是“拿来主义”，基本上是原汁原味地

① 中国口述史的基本状况和特点还研究得不够，需要认真地总结。

把口述内容用文字反映出来，并把它冠名于口述史，这样做似乎也是有道理的。上述我们提到的北京大学出版社出版的《口述自传丛书》，定宜庄著的《最后的记忆——十六位旗人妇女的口述历史》，王俊义、丁东主编的《口述历史》，李小江主编的《让女人自己说话》，等等，都有这类口述史学的特点。

问题进一步展开，就是有学者直接提出口述史是历史学的一个分支学科。这种提法是大胆的，对传统史学将产生很大的冲击力。我个人认为：口述史学能否作为历史学的一个分支学科需要认真地实践和研究。

把口述史作为一个分支学科，首先要明确这个分支学科的界定和科学含义。它是否要与国务院学位委员会1997年6月颁布的《授予博士、硕士学位和培养研究生的学科、专业目录》以及教育部高等教育司1998年颁布的《普通高等学校本科专业目录和专业介绍》相吻合。一般来说，相吻合比较合适，遵守了国家的规定，具有规范性。按照《授予博士、硕士学位和培养研究生的学科、专业目录》，我国现有学科门类12个，一级学科88个，二级学科381个。历史学作为一级学科下含8个二级学科，即：史学理论及史学史；考古学及博物馆学；历史地理学；历史文献学；专门史；中国古代史；中国近现代史；世界史。按照《普通高等学校本科专业目录和专业介绍》，我国现有学科门类11个，下设71个二级类，249种专业。作为历史学下设5个专业，即历史学、世界历史、考古学、博物馆学、民族学。如果口述史是作为研究生专业二级学科的一个分支学科，就要研究它与其他8个二级学科的关系，阐述它自身的学科内容和学科特点。一旦这样做，会产生一系列的矛盾和其他问题。因为口述史学很难有独特的只有自己研究而其他二级学科不去研究的内容，就是说口述史学研究的历史内容已经被很多二级学科涵盖了。如果口述史作为二级学科有难以克服的困难，是否考虑把它作为一个三级学科来看。而作为三级学科也面临着一定的困境，首先，所谓三级学科只是一些学人的说法，在严格的学科分类上，并不存在什么三级学科，学人往往把自己的研究领域、研究方向、研究课题愿意说成三级学科，这样的三级学科显然带有太大的随意性和不确定性，也就是不科学性。如果把口述史硬性说成是三级学科，还要阐述三级学科的科学界定和三级学科的范畴或种类，这就更加困难，不是我们研究口述史的学人轻易就能完成的。如果口述史是作为历史学本科专业的一个分支学科，就要研究它与其他5个专业的关系，阐述它自身的学科内容和学科特点。这样做同样面临着上述的困难。这样看来，如果我们不转换视角，不冲破固有的框架，硬要在原有的学科定位内挤出一块空间，确立一个新的学科，无论如何，难成大功。

学科分类是人为的，是对以往知识范畴和内容的总结和分析；学科分类是人们进一步深入探索新知识的平台和基础，需要一定的稳定性。也正是因为学科分类是人为的，所以学科分类也是有局限的，它需要在探索新知识的过程中不断地得到修正和调整。当然，这种修正和调整不是随意的，而是在探索知识的实践中，在有了相当的积累和丰厚之后，方能水到渠成。知识领域的不断扩大，交叉学科的不断形成，新的学科体系的诞生是符合学科发展的规律的。从这个意义上说，口述史目前紧迫的任务是实践、实践、再实践。在实践的过程中，逐步深入认识口述史的自身特点和规律，并在理论上得到总结和提升，这就可以为史学发展做出自身的重要贡献。从全国的角度看，目前我们应当以"中华口述历史研究会"的名义向国家社会科学基金申请一个"十一五"的重点科研项目，或向教育部社科司申请一个"十一五"的重点科研项目。然后组织全国的力量来共同从事并完成这一项目。项目的名称可定为"口述史学的理论与实践"，此项目可以撰写3部专著，分别为《美国口述史学的理论与实践》《欧亚口述史学的理论与实践》《中国口述史学的理论与实践》，每部著作20万～30万字。或只撰写一部专著，书名为《口述史学的理论与实践》，本专著分为3编，上编为《美国口述史学的理论与实践》，中编为《欧亚口述史学的理论与实践》，下编为《中国口述史学的理论与实践》，全书共40万～50万字。通过这项课题认真梳理二十世纪四十年代以来美国、欧亚和中国口述历史各自的发展脉络、主要成就、重要特征、代表人物和著作、经验及问题，等等。有了这样一个研究成果，它既可以成为我们下一步研究的基础，更重要的是它可以成为高校口述历史的教科书，为高校开设口述史学提供方便，并为下一步的学科建设打下一个坚实的基础。



## 三、着重讨论的几个问题

为了规范口述史的方法，严肃口述史的研究，在此还要着重讨论如下几个问题。

1. 严格区分访谈录和口述史

访谈录和口述史不是一个概念，不能把两者混为一谈，要严格区分两者的异同。访谈录是对被访者的一个记录，它可以是围绕一个主题进行采访，也可以围绕几个主题进行采访；它可以是围绕被访者的经历进行采访，也可以围绕现实问题对被访者进行采访。可见访谈录不同于口述史。因为口述史是在对相当数量的访谈录进行研究的基础上，对一定的历史问题给予实事求是的阐述，并给予本质上的解释和对其规律的揭示。这不是访谈录所能解决的，而要靠史学工作者的研究来完成。口述历史是历史研究过程后的成果，一般的采访而形成的访谈录是采访后的记录，它只是口述历史研究的资料而已。访谈录的确是生动的，口语特点突出，容易理解，形象感强，给人留下的印象鲜明。而口述历史虽说也可以在一定程度上具备上述特点，但并不要求必须如此，甚至相反，有时由于思辨和论证的需要和对深层问题的探究，可能会显得抽象和深长。

2. 研究口述史应当有自己的专业领域

史学工作者一般都有自己的专业领域，都学有所长。这不仅要求史学工作者有自己专长的二级学科专业，而且要求有自己的专门的研究领域和研究方向。这不是反对一个学者要有广博的学识，而是要求一个学者在科研工作中能真正做出自己的应有贡献。个人的生命经历决定他必须专攻一定的领域，这是显而易见的道理。在进行口述史的研究时，也不能漫无边际，不要自己的特定领域。要在自己原有的专业领域内划出进行口述史的范围，这样做出来的口述史会有学术的品质，否则我们进行的所谓口述史，大概就是一般的访谈而已，绝不能冠以口述史的名义。因为口述史是史学研究，不通过研究就谈不上史学，自然也谈不上口述史学。所以一定要结合自己的专业和研究特长划定自己研究口述史的领地，口述史学不是儿戏，也不是轻而易举的工作，更不是人人能为的。只有那些有历史专业训练，在某一领域有研究素养的学人，才可能胜任从事口述史学的工作，并作出自己的成绩来。

3. 口述史并不具有普遍的适用性

不是任何历史领域都能运用口述史方法的。进行口述史需要很多条件，首先要有一定量的口述者存在，提供口述者的基本人群；口述的内容基本上可以公之于世，可以作为历史研究的材料，起码可以与来访者进行沟通交流。从这些条件看，在国内，中国近现代史进行口述史研究优于世界史和中国古代史，中国现当代史优于中国近代史。当然，如果从更广的含义来理解“口述”，那么民间传说等也可以视为一种广义的“口述”，用它可以研究远时段的历史。但无论如何它比起近现代和现当代来说是不占优势的。若没有民间传说流传下来，也就只好运用其他的资料和方法来研究历史了，从这一点看，口述史并不具有普遍的适用性。另外，不同的领域对口述史来说，适用度也不同。如社会文化史或“人民史”更适合运用口述历史的方法。比如英国的口述史就是主要应用于社会史领域，特别是在农村史、城市史、妇女史、家庭史、儿童史等，都是采用口述史学方法从日常生活史的角度研究一个地区、一个社会群体、一个阶层的人们的社会生活状况。正因为如此，史学工作者不能盲目轻易地转向口述史的研究中去。

4. 抓紧对新中国60余年的社会文化史进行口述史研究

中华人民共和国已经成立60余年了，从历史学的角度研究中华人民共和国应当说是非常必要和有意义的。但是由于诸多条件的限制，目前国史研究的成果不可能是丰厚的；也由于诸多条件的限制，国史研究的领域也不能平衡地发展。在国史中的政治、经济、外交、军事、社会文化等领域中，研究社会文化史的条件可能更成熟些，所以应当着力并抓紧对中华人民共和国社会文化史的研究。这一研究领域的内容极为广泛，包括婚姻家庭、两性伦理、娱乐消费、文艺体育、劳动就业、医疗卫生、宗教信仰、衣食住行、生老病死，等等方面。这些社会文化史又特别适合运用口述史的方法进行研究，而且进行口述史研究的条件也比较充分。很多口述者对这一时期的社会文化记忆犹新，可以弥补新中国60余年来的社会学资料遗留很少以及“文化大革命”时期一些报刊由停刊所造成的历史研究的困难。所以运用口述史的方法对新中国60余年的社会文化史进行研究很有必要，史学工作者要投入更多的精力。

## 四、目前存在的问题

关于口述史学，目前还存在着一定的迷惑和问题。首先是对口述史的认同问题。口述史的合法地位至今还没有得到西方职业历史学家的公认。迟至1981年，英国著名的史学理论家阿瑟·马威克在《历史学的性质》中说道：“不以文字史料为依据的历史虽然也是历史，但不是严谨的和令人满意的历史。”① 在他罗列的史料类型中也没有提及口述史料。在目前的情况下，收集口述证据的必要性以及进行口述历史研究的基本原理和方法及其优缺点的讨论，尚未引起史学界更为普遍的关注。但是我们必须认识到，人类的交流方式包括文字交流和口述交流两种形式，其中“口述”资料是历史研究中的重要史料之一。其次是回忆的可信度问题。被访者回忆过去的经历以及如何理解和认识其经历，会受到很多因素的影响，任何人对历史的认识和理解都是有局限性的。访谈的场所和气氛，访谈者的身份以及他的引导和感染，被访者记忆的误差以及在表达过程中刻意的修饰、夸张和自我拔高以及回避、掩饰和难言之隐，都在所难免。受后来经历的影响，也可能造成“过去的声音”成了“现在的声音”，等等。最后，采访者理解上的误差，采访者学识的深厚程度、理论水平和判断能力，对采访内容的熟知程度，这些都影响采访者认识和理解历史的误差程度。我们在面对这些困难的时候，要通过我们的实践和努力逐步克服。我们坚信，中国的口述史学在21世纪的中国历史学领域一定会占有一席之地。



① ［英］马威克：《历史学的性质》，伦敦，1981年版，第141页。

# 访谈录（一）

FANGTANLU 访谈人：李秉奎

F A N G T A N L U

# 村里的婚事

访谈时间：2007 年 8 月

访谈地点：河北唐山市

受访者情况：F 先生，1949 年 1 月 6 日出生，籍贯山西，中专文化程度；M 女士，农历一九四七年十月初八出生，籍贯河北，小学文化程度。

采访者：您二位是哪年出生的？

受访者(男方)：我是农历(一九)四八年十二月初八，阳历(19)49 年 1 月 6 号。她是(一九)四七年八月初三，阳历是 10 月 24(号)。

受访者(女方)：连我的生日都记不住？跟你过到今儿个了，30 年的夫妻，你光记得你的呢，你连我的生日都记不住。

受访者(男方)：(笑)可以查查万年历。

受访者(女方)：你查得是啥呀？你阳历，咋给我记得阴历呢？两个全没记住。

受访者(男方)：反正是 10 月，这肯定没错。

采访者：是 10 月 8 号？(按现在来说)是过了国庆长假的第一天。

受访者(男方)：都是过旧历，阳历不知道赶在哪天。

采访者：那时候，村里是介绍的多吧？

受访者(女方)：有熟人(介绍的)，有是上赶着(编者注：主动)的。

采访者：是说女的主动，上赶着找男的？

受访者(男方)：也有女的上赶着，也有男的上赶着的，都有。上赶着的少。这样的也有，就是少。那阵子，(择偶的)年岁比以前普遍都大了，是不？

受访者(女方)：嗯，不少都已经二十七八(岁)了。

采访者：那时候，就有点儿晚婚的意思吧？

受访者(男方)：嗯，对，对。那阵子，国家没这么强调计划生育、晚婚的。

采访者：那为啥结婚都偏晚呢？

受访者(女方)：提倡晚婚，那阵子，国家提倡晚婚。

受访者(男方)：具体原因。它有政治原因，那阵子，找对象，政治条件是个突出的(因素)。找对象，多了个条件，并且是个重要的条件。那阵，我们是×××村第六队的，男青年娶媳妇的啊，如×××、×××、××、×××。

受访者(女方)：人家是(19)75年的。

受访者(男方)：(19)75年的也是“文革”时期么？(19)66年到(19)76年啊，“文革”十年。

受访者(女方)：“十年”里头啊，人家不都结婚？

受访者(男方)：男的里头的，×××。五个(人)里头，有几个成分不好的？有两个成分不好的。

采访者：成分不好，一般都是指中农以上的？

受访者(男方)：不，(是指)地主、富农。

采访者：哦，是指地主、富农？

受访者(男方)：嗯。其中一个，是地主出身，找了一个也是地主出身。

采访者：他们两家都满意啊？

受访者(男方)：满意吧，因为都不好找。有两个男青年么？这一个是地主出身的找地主出身的。那一个是×××，家里是地主，他找了一个是外村的。那女的不是地主呗。他俩是(自己)搞的(对象)。他媳妇是特别愿意，她们家光打她。

采访者：他媳妇家是啥出身？

受访者(男方)：她们家(出身)是富农以下吧。

采访者：那时候不兴送彩礼吧？

受访者(女方)：也有。每个人都是一尺八(寸)的布票吧，使布票做个褥子、被子的，啥也没有。婆家给做条裤子啊，衣裳啊，这就算是不错的了。

采访者：是女方不要啊，还是男方拿不起啊？

受访者(女方)：都那样。条件都局限在那儿了，全那样。要，也没有啊。都是给几尺布票，都是借，东家借、西家借。

受访者(男方)：一年一个人，给一尺七寸三的布票，连做个小裤衩都不够。所以人们啊，都穿得破烂。那阵子有个流行口号，“新三年，旧三年，缝缝补补又三年”，那还是国家基本城市流行的。(一件衣服)穿九年，实际上这是对当时的一种描绘，也不一定就穿九年。在农村就更那啥了。在农村，都穿废衣裳干活。到我(19)68年回去，回农村，参加生产队劳动，一到夏天，也是就穿个裤衩、光着膀子、净着脚，连鞋也不穿。成天这样，到秋天也是。那阵子总下雨，从地里扛高粱穗，捆上。地上特别浓(编者注：泥泞)，车也进不去(田里)，只能往外扛。磨肩膀啊，我就光着膀子，找个破布衫，垫着肩膀头子。成天都是光着膀子、净着脚。像我这样的，在农村有很多。我后来到啥(程度)了呢？身上(加)穿上衣裳，就觉得心里不凉快。那阵子干活，一天一个成(年)劳力……

受访者(女方)：让你讲婚姻，你讲干活干啥呢？

受访者(男方)：就是说经济收入。一个成人，给十分工。就是，又要有力气，又是成年人，农业上的活呢，技术又比较全面。这样的给十分工。那阵子，我年轻，力气不中(编者注：行)、技术也不全面。这样的呢，给九分八(个工)。(人家)十分工，给一块钱，我呢就给九毛八，差二分钱。其实呢，那阵子一个成(年)劳力干一天，也分不了一块钱。一般的，我们的生产队，就是五六毛钱。还有差一点儿的生产队，农村条件艰苦的地方、贫困的地方，讲究“一个大钢镚、一个小钢镚”。啥意思呢？一个五分的、一个一分的或一个二分的。干一天，六七分钱。干一年，满着工，(有时)还要往生产队(倒)找钱。这是啥意思呢？分口粮、分柴火，一部分是按人分、一部分是按工分。你工分多，分的东西多。分的东西多，你这一算，你这一个人劳动一年值100块钱，你分这点东西值105(块钱)，可不还要倒找钱？就那阵子的经济条件，哪谈彩礼啊？就(结婚时能置办)一个褥子、一个被子，买一身衣裳，这就是不错的人家了。

采访者：当时有订婚这一说法吗？

受访者(男方)：订婚？有，有订婚。

受访者(女方)：有，家家都是先订婚。

受访者(男方)：(咱们)那阵子是吃顿饭？吃饭啊？

受访者(女方)：吃顿饭。媒人带着去，成了啊，双方都同意了，就连媒人(一起)吃顿饭。

受访者(男方)：(双方)看看，见个面。

采访者：从男女双方见第一面到订婚，一般需要多长时间？

受访者(男方)：一年左右吧。

采访者：一年左右？这一年左右，男女双方中间互相见面不见面、来往不来往？

受访者(女方)：也见面。

受访者(男方)：过节了，农村的节，(比如)六月二十四啊，八月十五啊，男方叫叫(编者注：邀请)女方吃顿饭啥的。赶上过年了，男方上女方家拜拜年，女方上男方家拜拜年。拜年也特别简单。

受访者(女方)：拎着一匣果子(编者注：点心)，六毛钱一斤的果子。

受访者(男方)：最原始的那种点心，面(粉)做的，用油炸一炸，过过油，小方块，叫点心。

受访者(女方)：叫核桃酥。小方块(的那种)，叫“小砖头”。

受访者(男方)：二斤果子。这个果子，人们戏称“饺子票”。啥叫“饺子票”呢？你拎着这二斤果子上他们家去了，他们不吃，他们给你包顿饺子，有的过得好的人家炒上一两个菜。过会儿，他又拎着果子上另一家去，另一家人家的果子说不准又上你们家来了。这二斤果子就是旅游了一趟，又叫“饺子票”。

受访者(女方)：点心舍不得吃，来回旅游，叫“果子旅游”。

采访者：谁也不吃，叫“果子旅行”？

受访者(男方)：“果子旅游”。农村叫(编者注：称呼)点心，叫果子。也不一定拎到哪儿去。

采访者：那时候，集体活动还比较多吧？

受访者(男方)：那阵子，人们对运动的热情还比较高。

受访者(女方)：“四清”那阵子，光顾着搞运动了，哪顾着结婚、搞对象呢。

受访者(男方)：光顾着挨整，你比如说成分不好的，国民党的军、警、宪、特，这些人在农村有一部分。(他们)根本没有心思(找对象)，也没有人给介绍。(他们)每天挨整，整天惶惶不安。另一部分人，“四清”积极分子、“文革”积极分子，把满腔的革命热情都倾注在运动上来咧！

受访者(女方)：光搞运动了，没有人搞恋爱了。我觉着。

受访者(男方)：所以说，这一部分人注意力，很大一部分都被分散、被耽搁到一边去了。结婚的、谈恋爱的，介绍对象，也不能说绝对没有，就是说少，相对得少。“文革”后期，基本上就是“九一三”以后，(19)71 年以后吧，相对稳定点儿了，都好一点儿。

采访者：所以大龄青年就多，是吧？

受访者(女方)：大龄青年多呗。

受访者(男方)：嗯。你看，一开始，从 1966 年，“地、富、反、坏、(右)”，“军、警、宪、特”(挨整)，清理阶级队伍，“上楼、下楼”，一直搞到 1970 年吧。那阵子，一直搞了四五年。农村成天地学习、批斗，每天晚上就是学习，整天地学习。

受访者(女方)：民兵学习，连社员也成天地学习。整天学习“老三篇”，(在学习会上)发言，(参加)批斗。学习了以后，赶紧到田里(劳动)。民兵搞这个运动、那个运动，拉练。

采访者：那时候，年轻人的活动最多，是吧？老年人呢？

受访者(男方)：老年人也跟着。主力军的还是青年、民兵。

采访者：一般的，民兵有年龄限制没有？多大以上才能参加？

受访者(女方)：有。一般的，都是 18 周岁的，到 20 几(岁)的都有。民兵整天地干好人好事，黑下早起。

受访者(男方)：三十多岁的，也是(有)啊。你像，我当民兵排长那阵子，王××，你知道谁是王××啊？王××他兄弟。比我大不少岁，也是民兵啊，有三十多岁。从(19)66 年到(19)70 年，斗争当地的“地、富、反、坏、右”，斗争现行反革命。给你上纲啊，说是反对毛泽东思想、反对社会主义，这就是现行反革命。这会儿到(19)71年，就开始平反冤狱，开会。这会儿到批判“四人帮”了，在农村那阵子就差着些了。批林彪那阵子，我还在大队开的批斗会上发言来着

采访者：那时候订婚后，互相送订婚礼物、纪念品啥的吗？送件衣服啊，啥的吧？

受访者(女方)：给一块布啥的，有的好人家给块仿紫绒啥的。

采访者：有送《毛主席语录》、“毛选”、毛主席像章啊，啥的没有？

受访者(女方)：有，有。“毛选”、《毛主席语录》。

受访者(男方)：那阵子，不是讲究“破四旧”、“树新风”、“(立)四新”吗？那阵子，××是没有，有的庄子里的，给一把锹、给一套“毛选”。

采访者：一般都是男方给女方，是吧？

受访者(男方)：嗯。都是男方给女方。

受访者(女方)：嗯，都是男方给女方。×××五姐，他们就是。人家是积极(分子)嘛，送“毛选”啥的。

采访者：一般都是男方给女方？

受访者(男方)：都是男方给女方。

受访者(女方)：嗯。都是男方给女方，没有女方给男方的。

采访者：一般的，从介绍到结婚要多长时间？

受访者(女方)：都是一年左右。

采访者：那这订婚和结婚……

受访者(女方)：订婚都是很简单。一般呢，就没有男的去了。(一旦)两家都同意了，有的就是吃顿饭。吃饭就是表示同意了。一般呢，小子(编者注：小伙子)们大了，一说媳妇都预备几尺布不是？

采访者：那也就是说，从介绍到订婚一般会很快，是吧？

受访者(女方)：嗯，很快！一旦同意，那就是吃顿饭，就是表示同意了，拿着布回去就行了。

采访者：有的是不是从介绍到结婚也不经过订婚这一关？

受访者(女方)：都订婚。

受访者(男方)：都订婚。媒人一般给双方一介绍，人们都注重啥呢？头一个，政治条件、家庭出身。完了(还有)，那阵子穷，没吃、没住的，都给弄怕了。(因此择偶关注)有房子没有。一般的，只要能有一间屋就中(编者注：可以)。先可着(编者注：尽量让)老人住，三间房子能有一个屋(居住)就中。第二个条件呢，就是经济条件，看看家里过得咋样。(当时)人们都特别穷，对日子就特别重视。完了，看看这人本分不本分，勤俭不勤俭。有的还讲究这个人的人品咋样。如果(觉得)还可以，就问“啥时候见见面?”，“见见

面就见见面”。也就三五七天的事。(如果有一方)不同意，啥也不说就走了。(如果双方)同意了，男方就主动给媒人说：“啥时候就订下来吧。”订婚，男方就时候(编者注：当下)就给女方一块能做一身衣服的布。别人如果问：“订了没呢?”就回答：“订了。”这么的，就算订婚了。

采访者：从订婚到结婚，男女双方还接触、见面、写信啥的吗?

受访者(男方)：一般的都不，本村的一般都不，别的庄子的也少。那阵子，不像现在思想那么开放、浪漫。

采访者：当时村里有知青吗?

受访者(女方)：有。

受访者(男方)：有。当时我们那个庄子里，知青得有十七八个。

采访者：有知青和当地人结婚的吗?

受访者(男方)：其中我说的那五个里面就有一个找了个知青。现在还在我们那个庄子里呢。(当时)村里成立文艺宣传队，人家是城里来的，比较活跃，宣传起来比较大方，比较活泼，会唱。另外这个人呢，在老百姓中的口碑还不错，是挺老实的一个人。那阵子，知青里面，她是条件最好的。这个女知青找的那个呢?眼睛还多少有点儿毛病，斜视，是村里民兵连的指导员。这个女知青呢，年龄也小，当时也就十八九(岁)，她也没有啥主见。她也可能是响应毛主席号召，“扎根农村一辈子”嘞，也没曾想后来都能回城啥的。

采访者：当时她不嫌弃对方是个农村的?

受访者(女方)：不嫌弃，那阵儿，那时不是要“扎根”么。当时整个(国家)都是这个大气候。

受访者(男方)：那时候，人们顺应政治潮流的热情很高，对毛主席的号召一般都没有过怀疑、没有杂念。再说，她也没有想到(回城)这一步。另外，年轻的、女的、十八九(岁)的年轻人，政治上，思想也没有考虑那么复杂，也没有想那么多。人家一介绍，她就同意了，她们家准(编者注：肯定)也是同意了。十八九个知青，就这一个留下了。××村，也有一个留下了。到以后，别人都回城了，国家不是给知青安排工作嘛，她就被安排到当地公社的供销社里了，现在已经退休了。

采访者：其他的知青都返城了，是吧?

受访者(女方)：都返城了。留下的有，但是极少，慢慢地都回去了。

受访者(男方)：这样的后来也后悔。

受访者(女方)：都后悔死了，肠子都悔青了。人家姐妹们都回去了，下乡的回去都整好了，齐齐茬茬的，她那样，当时(这个女知青)找他呢，可能是因为男方他们家房子宽绰，他爸在外面有工作。因为啥单找他呢?

采访者：你们开始谈恋爱是啥时候，是哪年呢?

受访者(女方)：(19)73年。

受访者(女方)："四清"都过去，都平整下去了，有很多人三十来岁还找不到对象。这样的人呢，成分不好，家庭实在困难，或者长得歪瓜裂枣的。很多都往东北走，我们庄就有俩，其中一个回来了，都跑关东去了。

采访者：啥时候的事啊？

受访者(女方)：也就是(19)70年左右吧，就走了。走了以后，到分地的时候，(19)80年以后，带着老婆、孩子又都回来了。可是呢，那个××就没有回来。

采访者：你们从(19)73年开始，(19)75年结的婚，是吧？那时候领结婚证吧？

受访者(男方)、受访者(女方)：领。

采访者：领结婚证是到大队、公社？

受访者(男方)：公社。(19)73年，我去×××上学去了，上了两年中专。

受访者(女方)：我上你们[编者注：指受访者(男方)]家去，你们家给的是一个小包袱，给了两块破烂布，是生产队领的。吃的啥饭呢？饺子？我们请姑爷那阵子，可热闹了，请了两桌。

采访者：是结婚后？

受访者(男方)：不。是1974年。

采访者：那时候互相通信，是不是不管多亲密的关系，信里面也都离不开《毛主席语录》啥的？

受访者(女方)：也不都是。

受访者(男方)：也不是全那样。

受访者(女方)：搞运动那阵子，搞早请示、晚汇报。

采访者：你说的那个"搞运动"是啥运动啊？

受访者(女方)："四清"。

受访者(男方)："文革"那阵子也是。那是过集体生活，集体生活(才那样)。

受访者(女方)：那时候工作队到家里吃派饭去么，"祝毛主席万寿无疆，祝林副主席身体健康"。早上请示么，"我这一天要干啥、干啥……"后晌(编者注：晚上)回来，汇报。

采访者：那时候村里的人是很早就起来，然后到很晚才休息？

受访者(女方)：早上很早起来，民兵就做好事去了，早得谁也不知道。你倒的炕坯子(编者注：北方土炕的大土坯)，帮你倒了，做好事。

采访者：民兵也训练吧？

受访者(女方)：训练。早上、后晌都训练，成天地训练。

受访者(男方)：那阵子，我当民兵排长。我们那个排，冬天早起，天刚蒙蒙亮，还有点儿黑呢，就起来了。起来干啥呢？到水坑里挖塘泥去，不要报酬，队里也不给计工分。

受访者(女方)：(为了)积肥。

受访者(男方)：吃完早饭了，和社员一块下地了。晚上，吃完晚饭那阵子，农村那时候，每天吃两顿饭，天刚一见黑，就搞一会儿军事训练。一人拿一根棍子当枪比画，练“拼刺”。要不就拿着假手榴弹，练投弹。(19)69 年那阵子，挖战备壕。正搞战备嘛，和苏联打仗那阵子①。(训练后)也不回家，就势拿着家伙事儿，往教室里一坐，学习。学习啥呢？学习报纸、学习文化、交流文化。三四个人带个小油灯，训练时把小油灯往教室一放，训练后，就势掌上灯学习。挖战备壕，×××，他们把手都整裂了啊。(有人)劝“歇会儿吧”，(民兵们急忙说)“不用，不用”。

采访者：民兵那时候也分男民兵连、女民兵连，是吧？

受访者(男方)：都在一块学习。冬天那么冷，民兵在外面练刺杀，问：“冷不冷?”，(民兵)都喊：“不冷!”精神头很旺。有一回，我头一天黑下(编者注：晚上)睡得晚，第二天起来天刚蒙蒙亮，我一吹笛儿，没有动静。平时一吹笛儿，三五分钟，(民兵们)都利索地集合了。这回没有动静。我想咋回事儿呢？一会儿，×××披着衣服出来了，说：“都走了吧?”我到村子外面一看，我们排的民兵们都在挖塘泥呢。不用你吹(笛)，到点了，自己就起来挖去了。

受访者(女方)：都积极得很，劲头大得很。

采访者：训练和其他啥活动，都是哪儿要求的？

受访者(男方)：村里有民兵连，公社有公社武装部。都是从上到下布置下来的。不过，我们排是搞得最好的。因为啥？我们是县里的典型。

采访者：那时候村与村之间有没有啥活动，比如说文艺会演啥的？

受访者(男方)：没有啥活动，就是民兵干部到公社开个会、汇报工作啥的。那阵子，村里几乎常年都有工作组。春耕，有春耕工作组；旱了，有抗旱工作组；粮食不够吃，粮食年年不够吃，有借粮工作组；还有“三夏”工作组、“三秋”工作组、冬天学习有“斗、批、改”工作组，几乎常年有工作组。工作组也全面地观察你的工作，也全面抓。

采访者：那时候介绍对象或者说结婚的，本村的多还是外村的多？

受访者(女方)：外村的多。

受访者(男方)：大致说个比例的话，差不多占 90%。

采访者：最远的村能达多远？

受访者(男方)：绝大多数都是四五里地、七八里地。外村的，90%(的

---

① 指 1969 年中苏珍宝岛冲突。

是)四五里地远。

采访者：一般都是一个公社的吧？

受访者(女方)：嗯。一般都是一个公社的。

采访者：再往外就很少了，是吧？

受访者(男方)：也不能说没有，远处有亲戚啊，看着合适的也给介绍。

采访者：那时候有专门说媒的媒人吗？

受访者(男方)：没有。

采访者：都是业余的啊。那么“谢媒”要送点儿啥东西的吧？

受访者(女方)：没有。简单的哦，都穷得没法儿。

受访者(男方)：现在可能有了，结婚后拿点儿东西，谢谢人家(媒人)。当时经济条件不允许。

受访者(女方)：可不，连媳妇都没有。

受访者(男方)：社会物质条件决定人们的意识，决定风俗习惯。依当时的社会状况看，由政治氛围和经济条件这两大因素决定。政治氛围呢，提倡革命化。一切旧的、烦琐的礼节，它不提倡，它反对。从经济条件来说，它也不允许。

采访者：那时候到公社领结婚证，是到村里开介绍信吧？

受访者(女方)：对。

采访者：村里开介绍信时痛快吗？不会因为成分故意从中刁难啥的？

受访者(女方)：不会。

受访者(男方)：不会。成分不好，也没有人刁难啥的，只要到结婚年龄了。

采访者：那时候结婚年龄是18(岁)？

受访者(男方)：18(岁)。一到18(岁)就结婚的，忒少。

受访者(女方)：都二十七八(岁)了，也不结婚，也不知道那时候的人是咋回事。不找，坚定着呢，他就根本不想结婚这回事。

采访者：那时候到公社办结婚证需要花钱吗？

受访者(男方)：不花，不花钱。连结婚证，也不要工本费。

受访者(女方)：不花，不花钱，啥也不要。

采访者：就需要个照片，是吧？

受访者(女方)：没有，没有照片。

采访者：结婚证上没有照片？

受访者(女方)：啥也没有，就一张纸。

受访者(男方)：(只需要)拿个村里的介绍信。村里给你开介绍信，说明你乱七八糟的事没有。“兹介绍我村××，多少岁，办理结婚登记……”但是双方必须都到场，人家秘书也得看看。

受访者(女方)：当时啥呢？进入“文革”以后呢，当兵的特别吃香，都愿意找当兵的。不管这个当兵的家庭好与坏，只要是当兵，媳妇就好找。

采访者：“文革”时期，包括“文革”以后，是吗？

受访者(女方)：嗯。只要当了兵了，这个人不管咋差火(编者注：差劲)、家庭咋差火，他本人条件不好，只要当上兵了，他这个媳妇就都说上了。好像当了兵都能安排工作？

受访者(男方)：当了兵，不管是干部、战士，都给安排工作。

受访者(女方)：也有不给安排的，是不？

受访者(男方)：那阵儿，都安排工作，六七十年代都给安排工作。

采访者：领结婚证和家里举行结婚仪式不一定同一天吧？

受访者(女方)：不是。先领结婚证，是合法的了，然后再办。一般都选个节假日啥的，是不？一般的，(是选)过年啊……

采访者：过年结婚的多？

受访者(女方)：嗯。那时候农闲啊。庄稼院里的，农闲了，钱也分了，粮食也分到家了。

受访者(男方)：另外也考虑到经济。结完婚了，亲戚朋友家都得去看看，买点儿东西、礼品啊。过年了，你还得买东西、礼品去看去。这不是经济负担就重了不是？过年前结婚，过年、结婚看一次都有了，省了一次。

采访者：你们结婚是啥情况啊？

受访者(女方)：我们那阵子呢？他放假，我们算是旅行结婚。啥也没拿，我就去×××去了，他给我找了个小屋住，海浪声音大得差点儿把人吓死，哇咧、哇咧，海响啊。(一晚上)我瞪着眼睛啊(睡不着)。他呢？也不知道，到别的屋睡去了，把我一个人扔那儿了。从×××回来了，在××下了车，到公社领的结婚证。

受访者(男方)：我们就是，在×××就说是在家结婚了，在家就说是在×××旅行结婚了，两边啥也没办。

受访者(女方)：连个场面也没有。领了结婚证，行李往一块一放，就算是结婚了。

采访者：别人家都举办，有个仪式吧？

受访者(女方)：有。都比较简单，外面摆个桌子，桌子上摆个毛主席像，然后一拜天地、二拜啥的，鞠几个躬，就整屋里去了。简单得邪乎！

采访者：不唱革命歌曲啊、跳忠字舞啊啥的？

受访者(女方)：没有。我们这儿没有这个。那是演节目啥的才跳舞啊。

采访者：那就摆个毛主席像？

受访者(女方)：也放个小洋鞭(炮)啥的。

采访者：也请亲戚朋友，是吧？

受访者(女方)：请，也请。就是很简单，(只请)实在(的)亲戚。

采访者：很简单，是吧？

受访者(男方)：顶多三四桌，还得是往多里说。

受访者(女方)：亲戚就是姨舅们、婶子大妈的。

受访者(男方)：直系的。

受访者(女方)：送啥呢？就给买个盆就算不错了，给一对枕巾的，最多给送十块钱。亲哥们儿，给十块钱，算是最多的。别人就给个盆啊，一对枕巾啊。

采访者：那有送《毛主席语录》的吗？

受访者(女方)：有，裹包袱里就有。

采访者：那有可能一对夫妻结婚，别人可能给好儿套《毛主席语录》吗？

受访者(女方)：没有。那个也值钱呢。送这个，除非是有参加工作的亲戚，在外头参加工作的，或者有当兵的，这样的亲戚，才给你送这个。

采访者：因为啥呢？

受访者(女方)：那想买也不少花钱。那阵儿，一块五毛钱就是钱啊，不好买，也买不起。《毛主席语录》都是发的吧？

采访者：想买也不好买啊？

受访者(女方)：嗯。

采访者：主持结婚仪式的，是啥样的人啊？一般是谁主持啊？

受访者(女方)：庄儿里有专门那个打行的(编者注：方言，司仪)。

受访者(男方)：有的啊，是能说两句的，你磕磕巴巴的也不行啊。有的是生产队长啥的，还得找那个能说的、有点儿头脑的那种，能白话两句的，有点儿官职的。

采访者：有没有找那种年龄大的、有威望的那种？

受访者(男方)：也不一定。但是一般都是找正派的、人缘比较好的。没有威信、品行不咋样的，谁也不找。

采访者：结婚除了请亲戚，还请那种年龄大的、有威望的吗？

受访者(女方)：不请，都请不起。

受访者(男方)：你不请，他也不请，谁也不挑礼。

受访者(女方)：给你讲件事。×××年龄都比较大了，家里比较穷，女方来相家了。他们家穷啊，就向肩比(编者注：邻居)家借粮食，填满粮仓。等相看完了，再给人家还回去。都是穷的啊。

采访者：那时候有没有不领结婚证只举办婚礼的？

受访者(男方)：没有。跟现在不一样。

采访者：当时结婚彩礼要得多吗？

受访者(男方)：没有多少，都穷得拿不起。

采访者：看电影《孔雀》里，那时结婚不是要"四十八条腿"、"三转一响"啥的？

受访者(女方)：那时候，村里订婚也送彩礼，但最多给几身衣服、几尺布啥的。那是哪个村啊，女的是团员，婆婆给几块料子，说啥也不要，硬给退回去了。

采访者：结婚后很快分家的多不多？

受访者(女方)：不少。都是老的不要小的，一般下面还有孩子不是？

受访者(男方)：也不都是这样，也说不好谁不要谁，那时都不愿意在一块过。

受访者(女方)：生产队都分工分，也没啥可分的。

受访者(男方)：分也没有啥可分的，一点儿口粮、几件破衣裳。

采访者：老人一般不干涉小夫妻的生活吧，比如嫌他们会过或不会过的？

受访者(男方)：一般不，也谈不上会过不会过。当时都说"八七五"，就是说啥呢？一个人的口粮一天是八两七钱五。你完成国家的征购任务，口粮是那么多，你完不成征购，还是那么多。钱呢？像我们这地方，一天一般一个人分五六毛钱。你这一个劳力，一天分五六毛钱，一年分一百六七十块钱。分这一百六七十块钱时，还给你分粮食、分菜、分柴火，这些都从那些钱去(扣除)了。如果你是一个人，一年还落那么二三十块钱。如果你再有一个小孩，两口子有一个小孩，剩不了多少。你会过、不会过能差到哪去了？你不会过，能咋的了？

采访者：当时一对夫妻允许要两个孩子吗？

受访者(男方)：两个孩子，要间隔。要间隔四年？

受访者(女方)：两个孩子，要间隔五年。

# 结婚日子都选年根底下

访谈时间：2008 年 3 月 15 日

访谈地点：河北邯郸市

受访者情况：L 先生，1934 年 2 月 9 日出生，籍贯河北，中专文化程度；C 女士，1931 年 11 月 19 日出生，籍贯河北，小学文化程度。

采访者：您是哪年结的婚？

受访者(男方)：是 1953 年结的婚，日子是在农历腊月二十六日。咱们这儿，结婚日子都选年根底下，冬天置办的东西不好(编者注：容易)坏，办酒席剩下的东西还能留到年下(编者注：春节)使。

采访者：当时有没有领结婚证，是在哪儿领的？

受访者(男方)：领结婚证是在乡里，当时不叫“乡”，叫“区”，咱们这儿是县上的(第)四区。

采访者：也要开个介绍信吧？

受访者(男方)：也没有开介绍信，介绍信是后来才有的。我由俺哥哥领着我去的，她是由她表哥领着去的。记得，是区里的秘书接待的。当时只是登记，也没记得领证。

受访者：女方补充：有结婚证。当时，(秘书)就问：“有意见没有，同不同意？”

采访者：登记前认识吧？

受访者(男方)：她是俺村的外甥女，她母亲是后街的闺女。这门亲事，是她妗子(编者注：舅母)介绍的。

采访者：也定过亲？

受访者(男方)：订过。那时候也没有现在的“见面”、“换书(帖)”。定亲的时候都还小，村里叫这个叫“光屁股亲”。就是说，都还是穿开裆裤的孩子(就定亲了)。

采访者：还记得结婚那天的事吗？

受访者(男方)：记得。(结婚)典礼那天，家里套上大车，去接的媳妇。接到家后，拜天地、磕头，就这些。那时兴(编者注：流行)“住九天”，(结婚后)九天到娘家去住。(正月)初六请女婿，女家自己家的(本族的)，当装(编者注：故意)往饺子里放辣椒，让新女婿吃。

采访者：当时有彩礼、嫁妆没有？

受访者(男方)：也没有彩礼，也没有嫁妆。以前富人家有，穷人家没有嫁妆。女方进门，就带了个梳头匣子(编者注：即奁匣，女子梳妆用的镜匣)，还有个洗脸盆，不是这时候的搪瓷的，是个铜盆子。

采访者：结婚后就分家了？

受访者(男方)：当时，我还在上初中三年级。那时候上学，跟这时候不一样，上学都晚。我上学也不是一年级、一年级地念，都是“跳”着念。结婚后，还跟父母一起过日子，一块吃、一块住。跟我大哥各住一间房。1958年，添了一个女孩，没成(编者注：夭折了)。1963年，才添了第二个女孩。

采访者：结婚后女方迁户口、动土地了没有？

受访者(男方)：她在娘家没有给分地，(可能是年龄太小)，也没迁户口。1954年成立互助组，1955年成立初级社，1956年(成立)高级社，1958年(成立)公社，土地入了集体。1958年后都给生产队干活，1958年下半年成立食堂。她在村里的食堂给人家做饭。入社后，开始记工分，全家都到食堂吃饭。

采访者：村里合伙过日子，那也就不用再分家了吧？

受访者(男方)：也分，也分。我们是1974年分的家。记得当时把村里的××(编者注：家族长)、×××找到跟前作证，分家后哥儿几个都不得反悔。

采访者：分开后都各过各的？

受访者(男方)：分家后，父母基本不干涉小家庭的日子。有重大事情还通知。家里有孩子，公公、婆婆还帮忙照顾。南院儿的大侄子，生于1955年前后，三侄子生于1958年前后，他爷爷、奶奶还帮忙照顾。

采访者：办公社的时候，和后来不一样吧？

受访者(男方)：入社后，婆婆和媳妇很少吵架，街坊四邻也很少吵架。入社后，大家都很高兴，吃饭不用钱了。入公社时没有利益冲突，不会因为宅基地啊，钱财啊吵架。五十年代，妇女地位提高了，男人打女人的现象很少，没有人提离婚，很少有人提。

采访者：《婚姻法》运动时也这样？

受访者(男方)：《婚姻法》运动时也没什么离婚的。1958年后，村里有人离婚。××娘不喜欢他媳妇，让××提出离婚。女方嫁过来时带一女孩，后来还怀上一男孩，再后来就离了。也有女方因地位提高，提出离婚，到区上提出离婚申请。

采访者：和以前不一样了？

受访者(男方)：不一样了。解放前，我们这儿，有个大姑娘与一个姓王的青年感情很好，但是家里不同意。俩人，就跑到几百里外的××去了。后来还生了一个女孩。姓王的青年，感觉生活压力太大，就抛弃了女方。那个大姑娘，后来就找了个人力车夫，男方家中有个后娘，光棍汉一个。

# 两个媒人介绍，还给了人家五块钱的媒钱

访谈时间：2008 年 3 月 19 日

访谈地点：河北邯郸市

受访者情况：C 先生，农历一九五二年五月初五出生，籍贯河北，初中文化程度；女方，农历一九四九年四月出生，籍贯：河北，文盲。

采访者：您哪年结的婚啊？

受访者(男方)：我结婚，是在一九七三年十一月十六(编者注：此处指农历)。

采访者：记得还挺清楚啊？

受访者(男方)：那不是该记得？领证大概也是在十一月。是到公社领的结婚证。当时是公社的秘书负责。到场的有男女双方及我的母亲，要求按手印，然后念《毛主席语录》，唱《东方红》。

采访者：也是先定亲吧？

受访者(男方)：定亲是在结婚前的两三年。

采访者：有媒人吧？

受访者(男方)：有。是两个媒人介绍，还给了人家五块钱的媒钱，一个媒人是南面一里多地的×××。

采访者：结婚前见过面儿没有？

受访者(男方)：领证前见过一面儿。当时她姐姐、我母亲、两个媒人都在场。记得，咱们这儿给人家女方一件毛衣，另外还有三件衣服、袜子、被单，还有三四百块钱。

采访者：算是彩礼？

受访者(男方)：可不是。是彩礼。

采访者：嫁妆呢？

受访者(男方)：结婚时，女方从娘家带了一个衣箱、梳妆箱，“两铺两盖”(编者注：即两条被子、两条褥子)。

采访者：典礼那天是咋进行的？

受访者(男方)：按规矩，拜天地。两个媒人就问，双方愿意不愿意。都娶进门了，还能说啥？当时兴住“九天”，这时候都不兴这个了。正月初四请女婿(编者注：婚后第一个春节招待拜年的新女婿)。结婚时，摆了三四桌。

采访者：结婚请支书了没有？

受访者(男方)：没有请村支书、村长。只是向堂屋的梁头鞠了鞠躬。领结婚证、举办婚礼都向毛主席(像)鞠躬。当时提倡晚婚，但是找熟人也就没事了。

采访者：其他的呢？

受访者(男方)：以前先经过“换书(帖)”。结婚那天，是推着自行车娶的亲，女方(送亲)也是这样，是她大哥推着自行车送的亲。

采访者：结婚后咋住的，是和父母在一个院子里？

受访者(男方)：是。新结婚的和老人各住一堂屋。老人住小堂屋，我们住在大堂屋。自留地还合伙着种。结婚以后不久，我就去工地挖海河去了。

采访者：女方户口迁了没有？

受访者(男方)：当时还没迁户口，两三年以后才迁。一九七四年五月初五(编者注：此处指农历)生一男孩，是属虎的。那年我父亲老的头(编者注：去世)。

采访者：您家儿子啥时结的婚？

受访者(男方)：老大是(20)04 年结的婚，老二是(20)05 年结的婚。

采访者：分家了吗？

受访者(男方)：地还在一块种，收入各管各的。

采访者：他们结婚前见面吗？

受访者(男方)：他们结婚前，都去过女家三四回，每次俩人都见见面、说说话。这时候，村里年轻的可跟以前不一样了。

采访者：你们老两口，念书念到啥时候？

受访者(男方)：我上到初三毕业，大概十七八岁。她根本没有上过学。

采访者：家里成分不高吧？

受访者(男方)：我家成分是下中农，女方是贫农。

采访者：说说生产队里的情况吧？

受访者(男方)：当时下地干活时，男人、女人分成两组，男的干重体力活，女的干轻体力活。比方说吧，男的倒玉黍(编者注：指挖玉米的根)，女的负责掰玉黍、拉玉黍秸啥的。男女都有分工。

采访者：在生产队的时候是咋过的？

受访者(男方)：那时候，男的工分一天十分，女的八分，分的粮食基本够吃。婆婆帮别人看孩子，拨工分大概两三分。

# 谁要是有一天和当兵的结婚就请大家照相

访谈时间：2008 年 5 月

访谈地点：河北邯郸市

受访者情况：L 女士，农历一九六〇年十一月二十七出生，籍贯河北，小学文化程度；Z 先生，农历一九六二年四月出生，籍贯河北，小学文化程度。

采访者：大姐，您是哪年结的婚啊？

受访者(女方)：是在 1981 年腊月，那时候天冷，前院的××哥骑着自行车送的亲，从这儿到×××反正离得也不算远。

采访者：为啥都选年根底下？

受访者(女方)：年根底下，村里的人都不忙了，搿忙(编者注：帮忙)的好找人。但是现在情况不一样了，这时候，年根底下，也不好找人，年轻的都打工了，不在家，有的过年下(编者注：春节)也不回来。那时候，都在年根底下，置办酒席啥的，连过年的东西也都有了，剩下的烟酒也不浪费。

采访者：那时候结婚都用自行车，现在都不用了？

受访者(女方)：是。谁家过(喜)事，谁家就在村里借自行车。娶新媳妇的借自行车，陪送的(娘家)也借自行车。“永久”啊、“飞鸽”啊，都愿借这些。

采访者：是不是婆家用“永久”、娘家用“飞鸽”啊？

受访者(女方)：那时候，“永久”、“飞鸽”一个村也没多少，不好借，不跟这时候(一样)。一般的人家，买不起，有钱也不一定买得到，那都是不好买的东西。

采访者：那时候，找对象都愿意找什么样的？

受访者(女方)：农村人，能找什么样的啊？老实、靠得住、不缺胳膊短腿的就行。

采访者：那也要挑一挑吧？

受访者(女方)：条件好的，当然也挑。××，不就看一个不中、看一个不中。最后找了个当兵的。

采访者：当兵的比在家干活的好？

受访者(女方)：那时候，当兵的吃香。你看，这个墙上以前挂的是在生产队拍的照片，有××和××，我们几个在一块儿玩得不错，关系都挺好的，有几个是穿着军装照的。(当时)都觉得穿军装好看。咱们没条件，没有军装，穿的是方格的，梳的辫子像刷子一样。

采访者：为啥当兵的就好?

受访者(女方)：也不知道为啥。反正那时候，特别眼气(编者注：羡慕)人家当兵的，觉得咋看咋好。也不知道因为啥。俺几个关系好的一块打过赌，谁要是有一天和当兵的结婚就请大家照相。你不知道，那时候年轻人都觉得，穿军装照相好看得不得了。谁要是穿上军装照张相，就高兴多少天。

采访者：嫁给当兵的，后来过得咋样啊?

受访者(女方)：有的当了几年，就回来了，和咱们也没啥两样儿。就那样，当兵的也好找(对象)。

# 当时谈恋爱前要先跟领导汇报

访谈时间：2008 年 6 月

访谈地点：北京朝阳区大屯路

受访者情况：F 先生，农历一九五九年八月出生，籍贯河北，大学文化程度。

采访者：您是哪年结婚的？

受访者：我是，(19)74 年结的婚。

采访者：你们是自由恋爱，是吧？

受访者：是。但是和现在不一样，现在的年轻人才是真正的“自由”呢。当时谈恋爱前要先跟领导汇报，说我和谁谁处对象，介绍人是谁谁，请领导批准。领导先要看看年龄够不够，不够晚婚年龄的不行，是要批评的。然后，再看看俩人的成分，贫下中农早点儿没事，“地、富、反、坏、右”就不行。领导审查后，没问题了，才去征求家里的意见。这叫什么事啊？

采访者：当时北京有“拍婆子”(编者注：指北京的男孩通过与素不相识的女孩搭话来交朋友)的，要说起来，他们也算是“自由恋爱”吧？

受访者：你说这事，我知道。“文革”期间，我去北京办事，街上遇见个老爷子，我们俩聊天。老爷子说：“现在的年轻人真是‘自由’了，认识、不认识的都能往一块凑，有的是真的谈恋爱，有的就是搞流氓。”所以，也不能一概而论。

采访者：后来都“上山下乡”了，就好些了吧？

受访者：后来毛主席一发指示，“我们也有一双手，不在城里吃闲饭”，好多城镇青年都到农村插队去了。

# 他们谈恋爱，村里的人看不惯

访谈时间：2007 年 12 月

访谈地点：河北邯郸市

受访者情况：L 先生，1951 年出生，籍贯河北，中学文化程度。

采访者：叔叔，听说当时还有知青到咱们这儿插队落户，当时是什么情况？

受访者：当时咱们这儿有十几个知青，有天津的、唐山的。有的呢，是老家是咱们村的。比如×××，她是×××的侄女。当时号召“知识青年上山下乡”，他们家就争取，让孩子到老家去吧，好歹还有老家的人照顾。

采访者：他们没有少吃苦吧？

受访者：是啊。当时几个男知青就住在××家，那个房子破，四面漏风，冬天都冷得不行。几个女的，(条件)要好些。

采访者：他们没有干过农活，能行吗？

受访者：有的还不错，有的就不行。××他姐姐，是叔伯(编者注：堂)姐，夏天给生产队割草，在玉米地拱来拱去，脸都让玉米叶子给划了。再一出汗，再黏点儿泥，痛起来龇牙咧嘴。生产队的人还提意见说，村里插队的知青干不了农活。庄稼人割麦子一人三垄、××、××才割一垄。就那样，还累得呼哧乱喘、四面流汗。男的这样，女的更这样。

采访者：有人因此就和村里人结婚？

受访者：×××他二哥不是和××结婚了吗？人家是天津知青，性格活跃，长相也不错。当时他们谈恋爱，村里的人看不惯，说的话挺难听的。

采访者：后来呢？

受访者：后来生了三个儿子，现在都当爷爷、奶奶了。

采访者：他们是怎么回的城？

受访者：知青回城的时候，××没有回天津，都有孩子了，哪能说走就走？就回××了，虽然不像天津那样的大城市，但也算是回城，还给安排了工作。她一家子，连带×××他二哥，虽是个农民，也都跟着走了。现在弄了一个货场，挣不少钱，都挺好的。

# 访谈录（二）

FANGTANLU

访谈人：李巧玲

F A N G T A N L U

# 男女在一起时间长些，就会有人向领导汇报

访谈时间：2003 年 10 月 5 日

访谈地点：山西省临汾市造纸厂家属区

受访者情况：W 女士，1948 年生于山西省太原市，高中文化程度。1970 年到山西省临汾贯得乡插队，1973 年返城。工作于山西临汾造纸厂，1998 年退休。

采访者：中学期间您是在哪里度过的，学校是否有性教育课程？

受访者：我从小生活在一个大家庭，我的母亲一共生育过八个孩子，我排行第二。母亲没有工作，在家里伺候婆婆，照顾孩子。全家靠父亲一个人的收入供养。由于父亲在铁路部门工作，从记事起，我们家就不停地搬家，我就不停地转学，从太原到忻州再到临汾。我还比较幸运，可以继续读书，我姐姐是家中的老大，下面弟弟妹妹多，小学以优异的成绩毕业后，就无法读书，找一个工厂做临时工，补贴家用。我所读过的中小学，学校主要是讲基础课，然后配合劳动技术课，从未有像现在学生上的诸如生理卫生课等科目。

采访者：您是通过什么渠道获得有关性知识的？

受访者：大约上中学时，看过一些小说、杂志，有了一些了解。但具体的也不是很清楚。再后来就是偶尔和朋友聊一些恋爱等方面的内容，知道了不少。家里和学校从未讲授过有关性的内容。

采访者：您上中学期间男女同学交往正常吗？

受访者：五十年代，学校注重勤工俭学，贯穿着各种运动，如锄草、灭虫运动，在运动中划分各种小组，刚开始，是男生一组，女生一组，劳动中男生明显比女生干得快。后来，就男女混合分组，速度大大提高。男生和女生互相帮助，热火朝天。男女交往比较正常。

采访者：您中学毕业后，下乡插队了，请您讲讲插队时两性交往的情形？

受访者：我们刚插队时和异性交往非常小心，这可是个人前途问题。当时的国家政策是不准谈恋爱。插队的前几年，回城招工或上学的指标是和男女交往的程度相结合，交往越少，回城的机会越大。如果已发展到恋爱的程度，那几乎就等于放弃回城的指标了。但没过多长时间情况就有了变化，农村生活又苦又累，还特别枯燥，都是青年男女，因此有的比较接近。我们学

校有二十多个知识青年来到农村搞生产建设，有一个青年叫张军，在一次劳动中，他的腿受伤了，知青中有一个叫周英，出生于一个医生家庭，每天帮他疗伤，不久伤口就痊愈了，后来两人就经常在一起。他们的“恋情”很快传了出去，县里和公社来了主管知青的干部，召开了一次会，批评一些青年不思进取，受资产阶级思想的腐蚀。后来，队上的青年就不和他们来往了，原来紧密的集体变得松散了。但没过多久，我们队上几乎所有的男女都在“谈恋爱”了，只是有一些勉强得很，其中，有一个女生对自己的“男朋友”极为不满，宣称只是暂时的，要是一有优秀的，就让他走开。一年后，第一次知青招工开始了，而公社和县里的文件写得很清楚：受到资产阶级思想和作风影响的人(编者注：即有恋爱迹象)不在此次招工之列，我们都没有走成。

采访者：您回城是被招工吗？当时的条件是否严厉？

受访者：我是被招工回城的。当时返城的先决条件是不能有孩子，但在农村生活时间长了，有的知青认为没有返城的希望，就结婚了或未婚有了孩子。好多女知青为了返城，把孩子送给当地农村的农民。在招工问题上，还有一些犯罪行为的发生。山西有一个公社的副书记兼任公社武装部长(编者注：一般这个职位是管知青的)，利用招工的机会，诱奸了三个女知青，并使其中的一个怀了孕。三个女知青只走了两个，怀孕的知青因为是体检时被发现，因而被剔了出来。这位女知青在无可奈何之下，只好告发了他，当时，正是中央严惩破坏“上山下乡”运动的犯罪分子之际。副书记成了典型，立即被逮捕，开除党籍、公职。半个月后，被法院判处死刑。



采访者：您回城后在厂里工作，男女交往是否正常？

受访者：在厂里工作，正常的工作接触很正常，但工作之余，男女在一起时间长些，就会有人向领导汇报，说某人和某人有不正常的行为，领导就会找来谈话并予以警告。

采访者：您和您的爱人是自由恋爱吗？

受访者：我爱人也是插队知青，返城后被招到我们厂工作，经人介绍认识、结婚。

# 从不找这方面的书，都觉得丢人

访谈时间：2003 年 10 月 7 日

访谈地点：山西省临汾市造纸厂

受访者情况：G 先生，1948 年出生于山西省襄汾县，18 岁中学毕业，于 1968 年到山西临汾市浦县挂甲庄插队，1971 年返城，被招工为山西临汾造纸厂职工，1998 年退休。

采访者：您小时候生活在什么地方？是在农村读书吗？

受访者：我从小生活在一个小县城，小学和中学都在县城读书。

采访者：学校有没有组织安排讲授过生理卫生的课程？

受访者：像我们这样的小县城所学的课程，就是几门主课，剩下的就是业余劳动。种地和收割，生理卫生课从未听说过。

采访者：性知识是通过什么渠道获得的？

受访者：也没有什么渠道。家里和学校没有人教，我们也没有感觉到需要学习，当时没有性教育，年轻人也从不问，从不找这方面的书，都觉得丢人。好像自然就懂得了一些，现在想起来，也就是一知半解。

采访者：您在上中学期间，男女同学相处融洽吗？单独相处是否会遭人议论？

受访者：中学期间，男女同学的相处主要是在业余的劳动中，互相帮助，是一种群体的活动，几乎没有什么单独的相处。

采访者：您插队时的情况是如何的？

受访者：当时响应国家的号召，我们一个班的同学集体到那个小村庄插队，插队之前我报名参加了青训班，就是知青的前期培养。我那时的思想很先进，在青训班时为了炼好一颗红心，我们首先要过思想关。当时有一个叫王红的女学员，因为一双长长的辫子(每天要梳)，每天集合早操总比别人慢，组上同学经常埋怨她影响了集体的荣誉。我是组长，就去找她谈话，说她留长辫子是小资产阶级情调，是“大尾巴”，专拖同学们的后腿，说得她直掉眼泪。我说：“王红，你看了《军队的女儿》，不是要学电影里的小海英吗？小海英受了那么多委屈都不哭，为了集体，差点儿把生命都贡献出来，你倒好，连一条‘资产阶级尾巴’都舍不得剪，你这是什么行为？”我立即拿出一把早就准备好的剪刀，趁其不备，”咔嚓“一声剪掉了她的辫子。现在想起来，真后悔，但当时留长辫子就会被认为是有资产阶级思想。培训完就直接下到农村里，当时的条件非常艰苦，刚到时村里没有房子，我们分别住在老乡家里，半年后为我们知青盖了几间简易的宿舍房，大家欢喜地搬进去，但设施很差，连厕所都是我们自己挖的简易厕所。

采访者：知青中有谈恋爱的吗？

受访者：起初没有，因为政策不允许，但后来由于条件艰苦和生活枯燥，我们班中就有好几对悄悄地恋爱，生怕被公社领导发现，大约是1970年以后恋爱才变得公开化。在招工问题上，上级明文规定：受到资产阶级思想和作风影响的人不在此次招工之列。也就是说，凡是“谈过恋爱”的男女知青都被排除在招工之外，这下，大家才慌了，因为虽然才待了一年多，但是我们当初的雄心壮志已经烟消云散了，想的就是快快离开这里，回到自己的城里。我们纷纷打听，怎样的人才算是没有受到资产阶级思想影响的人，后来打听到要队上公社开证明才可以报名，而且最后还要由公社组织人来进行政审。于是我们又一窝蜂地讨好队长和管知青的书记了。这一次村里的知青走了七个，几乎都是没有受到资产阶级思想和作风影响的人。

采访者：你在知青时期，听说过《少女之心》这本书吗？

受访者：经历过知青生活的人都知道这本书，有的人甚至看过，并从《少女之心》上了解到性知识，说是一本性知识教科书。

采访者：您是什么时候回城的？

受访者：大约是1971年临汾地区造纸厂招工，家里托人找关系终于回城当了工人，到后来工作调动到人事处，直到退休。

采访者：您是自由恋爱结婚吗？

受访者：是领导介绍的，也就见过几次就结婚了，婚后感情很好。

采访者：您工作的单位，由于国家建设“大三线”，有没有两地分居的情况？

受访者：特别多，在我们厂里，许多夫妻都过着两地分居的生活，只要组织上一声令下，都得服从，单身者达九千余人，夫妻分居20年以上的就有五千多人，分居30年以上的有六百多人。我当时是厂里的人事科科长，我们厂的子弟学校有一个数学老师，两地分居多年，好不容易在妻子所在的市里找到一所学校接收他，那所学校也发来了商调函。这位老师找到厂里的领导，请求批准，领导根本不认识这位数学老师。他看了学校已经签了同意调动的申请书，和蔼可亲地说：“你是我们厂的人才啊，怎么能放呢？你要走了，厂里的工人子弟怎么发展？”数学老师怎么也不会想到自己是那么重要，平时学校的数学老师很多，自己也算不上骨干力量。他坚持要求调走，领导说：“回去考虑再说吧。这位老师想到领导这样说，当时也不好说什么，想过一天再来吧，就回去了。”领导迅速叫我来说：“这个人不能放走。”我只能服从领导的决定。最终这位数学老师没有走成，他们分居20年后才得以团圆。

采访者：在所谓的男女作风问题上，厂里有什么规定？

受访者：单位领导下命令：凡是看到、听到男女作风有问题的，应及时向厂里汇报。因此，如果有男女在一起时间长一些，就会有人向领导汇报，说某人和某人有不正常的行为，领导就会找来谈话并予以警告。

# 自由恋爱的情形少之又少

访谈时间：2004 年 5 月 3 日

访谈地点：山西省临汾市青狮北街 23 号院

受访者情况：F 女士，1930 年出生于山西省冀山县樊家村，小学文化程度。务农，八十年代后随女儿在城市居住。

采访者：您从小生活在农村，对乡下的情况很了解吧？解放后有什么新变化？

受访者：当然，农村的苦日子过惯了，也不认为怎样。解放后宣传新法（编者注：指新《婚姻法》），有了一些变化。以前妇女只准在家干一些家务活，不准出门。解放后，妇女走出了家门，和男社员一起共同参加生产大队的劳动。男女可以有更多的时间在一起劳动了，可以就一些生产技术进行交流。公社基层领导已提高了思想觉悟，重视男女平等，要求男性不歧视女性，成立互助组互相帮助。下地劳动时还可以开一些玩笑。



采访者：村里有识字班吗？班里男女交往如何？

受访者：我们村里，大多数就是认识几个字，女同志文盲很多，解放后进识字班学习。村里开展“识字运动”，全村 50 岁以下的妇女都参加了。不仅仅识字，还学习一些农业生产劳动的技能和本领。男女同班，大部分男同志文化程度比女同志高一些，就有一帮一的形式，不分男女。村里还分配来一些男教师，女学员和男教师的关系很好。

采访者：在村子里，人们关于结婚、生孩子方面的知识是怎样了解的？

受访者：没有人专门去说，一般女人结婚前夕，家里的嫂子或亲戚会点拨一点儿。

采访者：宣传新《婚姻法》后，在所谓的贞操观念上有变化吗？

受访者：以前乡村的人认为“好女不嫁二夫”，丈夫死后，理应守寡。我是解放前经父母包办，新中国成立后结婚，婚前我没见过我丈夫，结婚后才发现他不仅长相难看，而且脾气粗暴。我忍气吞声地生活，归结自己命不好，安排这样的丈夫给我，嫁鸡随鸡、嫁狗随狗，从没想过离婚再找一个，我怕离婚被人耻笑，说一个女人结两次婚，肯定不正经，就这样凑合过了。

解放后，伴随新《婚姻法》的颁布，村民们学习了法律，思想转变了，认为旧社会让妇女守节，是对妇女的迫害。旧社会有女人为男人“殉夫”，解放后妇女的地位提高了，这样的事情不可能发生了。我刚结婚一年我丈夫就去世了，(19)53 年宣传新法，就再婚了。

采访者：当初你想要再嫁的时候有没有顾虑？

受访者：那时候怎么会没有顾虑呢？从我们懂事起，就知道一个女人死了男人是不能再结婚的。要是再嫁了，就肯定是一个坏女人。现在解放了，有了共产党和毛主席做主，我们怕什么呢？而且经过县上的领导和乡上的领导给我们宣传了新《婚姻法》，我们也知道我们妇女与男人有一样的权利。对于寡妇重新寻找新生活的想法为广大村民认同，传统的寡妇从一而终是对妇女的迫害。寡妇们大都在新《婚姻法》宣传后改嫁了，有了新生活。但就这样农村一些年龄较大的老人们对于寡妇再嫁也不能接受。看到寡妇结婚，就认为她不安分守己，败坏门风，丢祖宗的人。也有人认为寡妇再嫁，肯定是两人以前就相好，就有不正当关系，现在政策允许了，趁势结婚了。

采访者：五十年代中后期，两性交往如何？

受访者：男女交往受限。受社会风气的影响，自由恋爱的情形少之又少，几乎没有。只要有女青年想对自己的婚姻表示一点儿独立自主的要求，大家就群起而攻之，认为这个女人“招风”、“生事”、“不正经”、干了“坏透了”的事，他们就要对她“改造教育”，什么是对她进行“改造教育”最有效的方法呢？那就是采取野蛮的手段：“痛打一顿”。“要打就打她个够受，轻来轻去不抵事”，还设计了许多打的武器，互相传授能叫女人疼痛万分的打的方法。有的女青年经受不住精神和身体的折磨，又不想改变主意，就自杀了。村里几乎每年都有这种自杀现象。

采访者：五十年代中期后，村里主要是反对资产阶级思想还是封建主义思想？

受访者：村里主要批判资产阶级思想，男女稍有接触，就被定为“乱搞男女关系”，要进行严肃的批评教育，男女交往很小心。如是男女要好，要被人说成作风问题，并且被批斗。由于城乡的差异，当时有许多军人、工人和干部由于种种原因，要在农村解决婚姻问题，村子里的女青年如果和他们交往，就认为她有鄙弃农业劳动思想。村干部会出面，阻止她和城市青年进一步交往。

采访者：“文革”时期的男女交往怎样？

受访者：“文革”时期，就是开各种批斗会，男女交往很小心，大家都不敢犯错误，唯恐被批斗。

# 并肩走路中间必须空出一个人的位置

访谈时间：2004 年 4 月 7 日

访谈地点：北京朝阳区芍药居北里 211 楼 104 号

受访者情况：L 女士，1940 年生于河北省乐亭县，中专文化程度，于 1958 年考入石家庄纺织厂工作，后随丈夫转业至江西九江纺织厂工作。1990 年退休，跟随女儿居住北京，中共党员。

采访者：您从小的生活环境如何？

受访者：我从小生活在河北的一个小村子里，我们家仅有两个女儿。五十年代初期，我和姐姐到了上学的年龄，村子里没有学校，我爸爸的观念很先进，让我们两姐妹到县城去读书(男女同校的寄宿学校)，还告诉我们可以和男同学正常交往。这在我们村里是第一次让女孩子与男孩子一样去外地上学。此后，这种观念得到认可，许多家庭也送女儿去读书。



采访者：您对解放后人们的贞操观有印象吗？

受访者：别的不太清楚，家里的几个堂姐的事情比较清楚(由于伯父去世，他的孩子居住我家)。我记得我大姐是解放前定的娃娃亲，解放后 17 岁结婚，一年后我姐夫当兵走了。我爸爸看见她在婆婆家受气，让她读初中，说以后可以自食其力。我姐顶着婆婆家的巨大压力去上学。全村的人说我姐姐不贞节，结了婚不在家守着，还去上男女同校的学校，在外面会跟别的男人跑了。我姐夫的舅舅甚至写信给部队，说我姐姐已经和别的男人私奔了，让我姐夫把我姐姐休了。后来学校及时向部队澄清事实，说我姐姐安分守己，是学校的好学生，我姐夫才安心工作。我二姐也经受过挫折。我们村是一个三十多户的村子，由于村里的成年孩子参加了志愿军，许多家里缺少劳动力，乡里号召互助换工活动，我当时 16 岁，我堂哥在朝鲜前线，我姐姐 19 岁，父亲身体不好，不能下地干活，乡里就派出邻村一个姓张的小伙子到我家帮忙，他的弟弟也在前线，家里没有姑娘，所以我姐姐去他们家做一些家务活，他们两个几天下来就熟了，春耕结束时，两个心里都有了一些想法，但两家大人都反对，张家数落自己的儿子，自己送上门的女子，肯定不是好东西，也不知道我家是怎样教的女儿，有这样的女儿，自己也该丑死了才是。现在看得眼熟，以后肯定要后悔。两家人都说发生这样的事，给在朝鲜打仗的兄弟丢脸。最终有情人没成眷属。

采访者：上学期间男女同学交往怎样？

受访者：上高中时，年龄差别较大，十七八岁上中学的很普遍，男女生到了情窦初开的年龄。有时周末、假期学校组织郊游，男女一起游玩，有的就互相爱慕，表露情谊，彼此非常融洽。有的公开与男同学通信、交朋友、聚会。

采访者：您在石家庄纺织厂工作时，恋爱的青年们表现如何？

受访者：男女谈恋爱都保持很大的距离。并肩走路中间必须空出一个人的位置，不能显得很亲密，如果不遵循这项规则，表现很外露，就会被人说成"流氓风气"，遭人耻笑。如果有男女在一起，又没有"搞对象"的迹象的话，领导就会找来谈话。这自然会影响以后的工作和晋升。

采访者：恋爱是经人介绍还是自由发展的？

受访者：大部分都是介绍，就是一个厂的互相有好感，一般也得通过介绍人。我们厂有个年轻人，中专毕业，分到厂里做技术员，他非常活跃，吹拉弹唱样样都行。同年，厂小学校分来一个姑娘，师范学校毕业，音乐、美术都是一把好手，因常常一起搞文艺演出，认识了并且相互都有一些好感，但是，姑娘的上级领导找她谈话，因为有人反映说她在生活作风上不够严肃，有资产阶级情趣，组织上为了她的健康成长，必须要告诫她，以后在生活作风上，要用无产阶级的好思想、好作风、好品德来严格要求自己，千万不要受到腐朽堕落的资产阶级思想的侵蚀，而且还要自觉地抵制一切不良的思想，末了，这位奉领导之命来说话的同志送了她一本毛主席的小册子《纪念白求恩》，又和她一起学习了里边的一段话。姑娘开始并没有想到更多的事，只是觉得领导能够派人来关心自己，挺感动的，但没多久，有一位年龄稍大的大姐对她说："有些事你自己是不明白的，你要是看上他，大姐我可以替你们介绍介绍，我们这里还是有点儿封建的。"姑娘忽然明白这些天来人们眼里奇怪的笑容，再加上有人代表组织说话的内容，想到一旦有人知道，她有这种想法，这辈子就算完了，她急忙找到领导，说清楚她和那个小伙子没有任何事，只不过因为排练节目，在一起的时间多一些，领导还连连地说了一句正确的话："小同志，不要紧的，只要改了就可以了，有则改之，无则加勉。"姑娘放心地走了，没过几天，小伙子给姑娘写了一封信，大概是一起走这人生的道路，姑娘准备回信时，学校的党支部副书记来了，告诉姑娘，她写的入党申请书已经在支部大会谈了一次，最后再找她谈一次话，书记说到了前段时间她和小伙子的问题，告诉她个人在党的面前是不可以有秘密的，姑娘就把小伙子的信交给了书记，小伙子受到了严厉的批评并调离单位。两个人的爱情就此结束。后来，他们各自结了婚。

采访者：您经历了"文革"，当时人们穿着如何？

受访者：没有女性敢穿高跟儿鞋上街，一旦穿上被人发现，要立即脱下并当街烧毁。我记得在理发店门口也贴着大字报，主要是为了紧密配合无产阶级文化大革命，店内男同志不理背头、中分头，一寸以上的任何非无产阶级发式，不留鬓角，不备头油，女同志一律不能烫发。

采访者："文革"时，您见过对于女性因为所谓的"作风"问题而遭受到批判吗？

受访者："文革"时，我家住在剧团附近，有一天下班看到了一个场景，一群女人在批斗一位演员，仔细一听，主要是这位演员已经结婚但依旧留一头乌黑的长发，被人说成"想装扮成大姑娘勾引男人"，后她们又看到演员穿的衬衣式样和花色很精致，不无嫉妒地说不知已经勾引了多少男人，遂剪掉了演员的头发和衣服。

采访者："文革"时期，因受资产阶级影响，有受批斗的吗？

受访者："文革"时期，我们厂的办公楼宣传墙上每天都贴大字报，具体内容除了"文争武斗"，就是××有作风问题，××原来是个"大破鞋"和什么人物通奸等成为人们茶余饭后的谈资，是否确有其事，还是无中生有，可能都有，但现在想起来，感觉大部分都是好事者的捕风捉影，对于群众来说，革命嘛，什么事情都应该有，那才过瘾。还有针对一位政治老师的大字报，"请看一个完全资产阶级化了的灵魂"——因为他经常穿西服，有一辆崭新的"永久"牌自行车。每逢周末，便后座上驮着打扮得花枝招展的妻子去跳舞，而且办公桌的玻璃板下，居然不压毛主席的像，压着他的妻子化了妆的彩色照片，那时还没有彩色的，就是照完后着色的那种。结尾还有：这样的人能留在社会主义学校吗？能教好无产阶级政治课吗？能用毛泽东思想占领学习的红色课堂吗？

# 我公公让我上小学

访谈时间：2003 年 10 月 10 日

访谈地点：河北省三河县城关镇

受访者情况：Z 女士，1935 年出生于河北唐山，高小文化程度，务农。

采访者：解放后，在两性接触上有变化吗？

受访者：以前女人不能和外界接触，女性在解放前所处的地位很低，每天就是伺候公婆，想都不敢想出去参加工作，自己挣钱养活自己。解放后，国家有了新政策，男女都可以工作，也可以正常接触。一些人认识到解放前的封建思想如“男女之大防”是对妇女的压迫。以往的“男女有别”的礼教使女人生活范围狭小，看不见外面的世界，生活上依靠男人，造成了性格的封闭。尽管如此，很多人的观念并未转变。我是 1952 年和我丈夫结婚，我丈夫家都有文化，公婆的思想转变了，男女平等，让女同志和男同志一样出去工作和学习。因我没上过学，我公公让我上小学，当时我的儿子已经一岁。村子里的人说闲话，说结婚的女人还出去，没有女人的贞操观念。学校里有一个男教师，看我年龄大还上学，在学习上特别帮助我。这样更被人说我不守妇道，我丈夫也为此瞧不起我，一时自己被社会舆论压得自杀过两次，后被救活，现在想起来还心有余悸，我的一生非常坎坷。

采访者：在农村是否有婚外性关系？

受访者：很少有，但也有个别的，比如实在穷，吃不起饭。因为这个，有妇女找男人的，但一经发现，就会被认为是“搞破鞋”。

采访者：在农村有自由恋爱的吗？

受访者：绝大部分都是经人介绍结婚。就是双方互有好感，也要找介绍人，这样才能名正言顺，不让人说闲话。

采访者：当时年轻人怎样认识青春期生理卫生的？

受访者：没有什么，女孩子来月经一般是母亲悄悄讲一下应注意的问题就行了。男孩子好像没人注意。那个年代没人把这当一回事。

采访者：您是结婚后读书的，在学校里和男同学交往吗？

受访者：女人结婚后再继续读书，在上学期间不敢和任何男同学交往，同学出去郊游时，绝不敢同去，只会留在学校里学习，怕村里的人评头论足。

采访者：人们对于离婚怎么看？离婚的人是否很多？

受访者：对于离婚是宁肯凑合，也不愿离婚，认为那是不光彩的事，所以很少有人提出离婚。即使一方提出，到了公社也大都被调解了。

采访者："文革"时，村里有主要批斗对象吗？

受访者：主要是地主、富农等，当然也批判在男女问题上"作风"不好的人。

# 想找一些书看看，但根本找不到

访谈时间：2004 年 5 月 2 日

访谈地点：山西省临汾市建设路 5 号

受访者情况：W 先生，1936 年出生于山西临汾，高中文化程度，先后在工厂、铁路工作。六十年代在临汾农药厂任职。后调入临汾铁路列车段办公室工作，1986 年退休。

采访者：解放后，男女交往公开吗？

受访者：大约是在(19)53 年，当时我在工厂里，社交公开性已被大多数领导职工重视。业余活动中经常开会讨论新时期的男女关系，反对旧社会对妇女的压迫，要求男女各方面的平等。

采访者：新中国成立的头两年，您还上中学，学校有生理卫生的教育吗？

受访者：生理(卫生)教育在当时社会没有一丝迹象，学校从没有开过生理卫生课，家里也不关心这些问题。我们中学时代对性懵懂时，想找一些书看看，但根本找不到，社会、学校、家庭从不谈“性”。

采访者：“文革”时的男女交往如何？

受访者：单位一看到男女接近一些，就“看不惯”，认为是“不正派”，要强迫他们“坦白”、“悔过”或是拉去斗争。男女交往密切的，马上就批判，开会检举揭发，帮助再教育，要求严格。“文革”中对“性”很保守，(19)66 年我在厂宣传科工作，我记得有一天上午，突然有一个新婚不久的妻子来告发她的丈夫，说他们结婚后，她的丈夫对她“耍流氓”要求组织对他严肃处理，仔细一问，感觉特别可笑，原来她不知道夫妻结婚应该有性生活，因此认定她的丈夫是流氓。

采访者：婚外性关系是批判的对象吗？

受访者：“文革”时期，对婚外情的处分是十分严厉的，当事人往往要受到批斗，被开除公职，或是定为“坏分子”强制劳动改造，这实际上是一辈子抬不起头。当时我刚调到铁路部门工作，我们列车段的乘警老张工作积极，曾参加过抗美援朝，但因为一次两相情愿的“男女问题”被开除公职，只是在约会时被抓住，并没有被发现有两性关系。他各方奔走，到处辩白，希望获得同情。被上级机关批驳为：“约会是开除公职，如被发现是通奸行为，则应该被判刑。”他的职业生涯就此结束。无奈之下，他只好干起捡破烂的行当。

采访者：资产阶级作风被批判吗？

受访者：因为所谓的资产阶级作风问题被揪出批斗时，无论男女都胸前挂大牌子，头戴高帽子，头发被剪成鬼头，被勒令弯腰、下跪。

采访者：您听说过未婚先孕吗？

受访者：很少，就有一例。我们单位有一对青年恋爱，家里极力反对他们结婚，因为逆反或是其他的原因（两人）有了性关系，导致女方怀孕。在当时未婚先孕是厂里最大的新闻，紧接着男青年被开除，女青年被批判。

# 每个星期都召开一次交谊舞会

访谈时间：2004 年 5 月 15 日

访谈地点：北京朝阳区朝内小街

受访者情况：W 先生，中共党员，1930 年出生于河北沧州，大学文化程度，1950 年任太原二中政治老师，1953 年工作于山西太原政法机关，后调至山西榆次经贸委。1990 年退休。

采访者：解放后男女交往怎样？

受访者：比较开放，在单位，领导鼓励男女正常交往，不要拘泥于传统的道德观念，还可以在友谊基础上自由恋爱。已经有一些恋爱结婚的现象发生。我爱人是中学教师，她家里很开通，允许自己的女儿和男同事正常交往。并且如有心目中理想的(男性)，还可以交男朋友，没有什么可羞耻的。我们是自由恋爱结的婚。

采访者：您调入机关工作后，男女社交如何？

受访者：在机关单位里，同事们在党的政策方针影响下，大家在共同的工作中接触很正常。从 1953 年起，国家学习苏联的进步生活、生产方式，我们机关为了增加异性交往的机会，每个星期都召开一次交谊舞会，有固定的舞蹈老师教我们学习，交往过程中，有一些青年男女由友谊发展成爱情。

采访者：您认为(19)58 年以后的两性交往如何？

受访者：那时，机关单位不像从前，大家每天开会、学习政治文件，精力都放在工作和革命上，男女之间交往很淡漠，也很谨慎。我爱人在学校工作，学校中男女交往的渠道是少而又少。反对资产阶级右派时，学校的男女教师交往不像从前，变得很谨慎。

采访者：您对解放后的"寡妇再嫁"有印象吗？

受访者：我有一个朋友，是共产党员，当时是部队的后勤助理员。他的哥哥因病去世，嫂子是地方上的一名小学教师，独自带一个孩子生活，在帮助嫂子干一些家务活期间，和嫂子建立了感情，决定和嫂子结婚。当时所有的战友包括领导都极力反对，认为他条件那么好，为什么会娶一个寡妇为妻，而且还是自己的嫂子，就更不应该了。在嫂子所任教的学校里，阻力更大——"死了丈夫才两年，就想改嫁，而且还是自己的小叔"。后来政府大力宣传男女平等，反对封建的"从一而终"的贞节观，禁止干涉寡妇再婚自由，人们的思想有了很大转变，经过努力，他们终于结婚了，生活至今都很幸福。

采访者：当时您对婚外性关系怎么看?

受访者：这种情况少之又少，相对比较隐秘。但在“文革”期间，有一些人被揪出批斗，被批为“破鞋”、“作风问题”。也不知道是不是确有其事。但每个单位都有指标，必须树立典型，在此阶段，但凡出现一些小事情，正好赶上运动，就得自认倒霉被批斗。

# 我那时不知道性教育是什么

访谈时间：2003 年 10 月 5 日

访谈地点：北京东风制药厂

受访者情况：L 先生，1949 年出生于北京，高中文化程度，1968 年赴云南建设兵团参加生产建设，1973 年回北京东风制药厂工作，1999 年退休。

采访者：您是共和国的同龄人，请您讲讲您从小受的教育？

受访者：我们从小就受到了对共产党和毛泽东的深刻感情的教化。当共和国的同龄人呱呱落地时，耳边便是对毛（主席）的颂歌："东方红，太阳升，中国出了个毛泽东，他为人民谋幸福，他是人民的大救星。"我们上学校学习时，学写的第一句话便是"毛主席万岁！"。此后的小学课本中还有一课《韶山》："韶山是红太阳升起的地方，是毛主席的故乡。"我们对领袖的崇拜之情可想而知。

采访者：中学您受过性教育吗？

受访者：我是在六十年代初度过我的中学时代。这一时期的性教育是一片空白，我那时不知道性教育是什么，男女学生没有什么区分，穿衣服颜色，样式也大致一样。"文革"期间，全社会对"性"是避而不谈，学校教育是典型的政治化、革命化的教育，我记得当时的教育口号是"为无产阶级政治服务、教育与生产劳动相结合"。

采访者：您下兵团时的男女交往如何？

受访者：我们下兵团，刚集合在一起，有些领导干脆就用行政手段把男女分开，简便易行，于是兵团无一例外地分建男、女班，男、女排。甚至有的地方是单一性别，建个"和尚团"。然后领导会郑重其事地宣布：生产建设兵团属于中国人民解放军序列，兵团内部不许男女交往。我们所在的兵团有一对知青悄悄"谈恋爱"，在兵团纪律严格要求下，也就是每天有机会相互对望一下，偶尔借送东西的名义看望对方一次，就这样也被人发现，在那些当年与他战斗过的红卫兵战友的强烈要求下，连里当众宣布了对他们的记大过处分。

采访者：您对知识青年这一群体怎样认识？

受访者：当时只是缓解城市就业压力的一种政策，我们到边疆接受革命再教育，我们这一代人非常苦，学习、就业都没赶上（好时候）。

# 大家都说不找对象就是有病，是“石女”

访谈时间：2003年9月25日

访谈地点：山西省晋中市经纬纺织机械厂家属区

受访者情况：L女士，1943年出生于内蒙古高力板镇县城(编者注：是一个旗)。小学文化程度，1958年“大跃进”时期从家乡出来被招为正式工人。后调入山西省晋中市经纬纺织机械厂，1994年退休。

采访者：您的家庭教育是怎样的？参加社会活动吗？

受访者：我当时不参加任何派系斗争，非常谨慎。小时候的家庭教育就是长大后当工人，我的哥哥有机会当干部家里都不同意，家庭教育非常严格。我父亲的朋友是会计，我是接班工作的，当时的副经理教我用四天的时间突击学习会计知识。

采访者：您接受过性教育吗？

受访者：那时学习非常不方便。上小学时男女生同班，但是互相不说话，从未有过性知识的教育。

采访者：您在技术学校的时候男女生的交往正常吗？

受访者：我原先在红石技术学校学习，后来到白山水电站工作，开山放炮，当时条件特别艰苦，男女交往很少，非常封建。大学生也不敢很开放，没有自由恋爱，最多也就是写个纸条什么的，后来好一些，有师傅或者朋友给介绍。当时如果作风不好，是要被人耻笑的。

采访者：“文革”时期的男女同志交往正常吗？

受访者：“文革”时期，是造反派的天下，表现不好就游街，男女交往也是偷偷摸摸的，不是公开的，不敢穿得很好，男女说话很少，正常交往也是偷偷摸摸的。工作交往也就是说几句话就走。如果男女在一起，又没有“搞对象”的迹象，你在人们眼里就成了和流氓差不多的人了。

采访者：您谈谈当时对于择偶的标准和想法？

受访者：我在上技校时期，曾经到北京十三陵水库学习一年，那里还有水电部的大学生，我在当时能干是比较出名的，我谁都不服，别人能干的我也能干。都可能会留在北京，因为家庭条件不好，但是出身好，贫下中农出身。当时在北京就比较开放了，但是和男同志接触还是害怕。因为文化程度低，才小学三四年级，所以就是一门心思把工作搞好，不敢搞对象，主要是不懂，当时错过了好多机会。我的工作是从水电部门到交通部门再到铁路部门后来又回到交通部门，所有的同事都结婚了，我才意识到该结婚了，因为就是害怕被人耻笑，现在想想当时特别的傻，我37岁才结婚，是同学介绍的。

采访者：您为什么那么晚才结婚？

受访者：当时我忙于工作。有人介绍对象也没时间见面，长期的跑车，后来坐办公室，别人帮我介绍好多对象都不见面，我尤其不喜欢当兵的，还有阶级出身不好的也不行，我当时就是一定要找一个有技术的，因为当兵的没有技术，到地方后干什么都不行。我记得有人给我介绍一个大学生，因为对方的家庭出身不好，所以也没见面。我也不想到别的县城去，给我介绍的大部分都是出身不好，怕以后的工作、生活受影响。总之，当时我找对象条件是阶级成分不好的不行、家庭出身不好的不行、部队的不行。

采访者：您为什么会感到害怕呢？

受访者：可能是胆子小，就是后来在搞对象的时候也害怕，从没有想过交往的事。主要是因为当时的环境影响，被社会舆论所压抑。大家都说不找对象就是有病，是“石女”，这样就产生了不在家乡待了的想法，因为当时的工作也确实是比较累的。

采访者：造成您晚婚的还有其他的原因吗？

受访者：我有一个同学结婚后的生活比较困难，家庭条件不好，回老家连车票都买不起，所以我就觉得结婚是一件挺可怕的事。我觉着我的一生是坎坷的。

采访者：是什么样的情况决定了您的婚事？

受访者：我刚开始一点儿都不同意找个二婚的，我的条件又不比别人差。当时是因为年龄大了，后来是我姐姐促成了这件事(我的一个特别好的姐姐做主让我和现在的老伴结合)，就来到现在的厂里工作。

采访者：当时选择对象的标准是否和金钱有关？

受访者：相互之间的找对象的标准是必须要能干，当时的生活比较困难，钱是比较重要的。

采访者：您周围的同事是怎样找对象、交朋友呢？

受访者：有身份、地位的是看上谁就介绍谁，托人递话。成也得成，不成也得成，当时在吉林省交通学校就有一个这样的情况。也有偷着约会的，为了照顾个别的大龄青年，同情他们，大家就撮合，七十年代的社会风气比较好了。

采访者：工会有没有组织学习、介绍过新《婚姻法》和有关自由恋爱的事情吗？当时有没有离婚的？

受访者：没有。离婚的特别少。如果离婚，那就是众叛亲离，舆论压力是很大的。所以即使再不好也要过下去。

采访者：有没有婚外恋的？

受访者：婚外恋很少，没有听说谁有婚外恋，当时我的工作是跑车。不跑车就是坐办公室，在交通部门将近二十多年，接触的也少。

采访者：您是哪年退休的？

受访者：1958年到1962年在交通和水利部门工作，后来结婚到山西，结婚时37岁，到山西后的工作是仓库保管，1994年退休。

采访者：您的有关生育的知识是怎样了解？

受访者：生孩子的知识是通过同学之间的交流才知道了一些，都是后来才知道的。我有一个湖北宜昌葛洲坝的同学说必须要结婚，我们就在一起经常聊天说一些家常话。

采访者：有没有因为两性关系受到批斗的？

受访者：没有。没有听说。那个时代是害怕得要命，说整你就整你，组织你的批斗会，女同志是比较谨慎的，不敢太开放。

采访者：那个时期您的主要业余生活是怎样的？

受访者：业余生活很简单，因为住的是单身（宿舍），平时就是织毛衣。很少谈论性，对象都是经人介绍，不敢偷摸地交往，只敢跟老年人说话。每天就是讲“忠于毛主席、祝林副主席身体健康永远健康”这些内容；而且，每天晚上跳忠字舞，特别累。

采访者：在那个时期的服装是不是就比较丰富了？

受访者：七十年代的时候就比较开放了，当时的服装就是工作服（编者注：劳动布的服装），下班也穿。

## 看的一些书也是简单的描写

访谈时间：2003 年 9 月 9 日

访谈地点：山西省晋中市经纬纺织机械厂家属区

受访者情况：Y 女士，1928 年出生在上海知识分子家庭，大学文化程度，高级经济师，1995 年于山西经纬纺织机械厂退休。

采访者：您是怎样到山西发展的？

受访者：我的父亲是大学教授，（我）小学和中学在上海南洋模范学校就读，当时是著名的私立学校，毕业后在上海交通大学读书，1950 年大学毕业，所学专业是交通运输管理，大部分的同学毕业后分配到东北铁路局，因为我的父亲身体不好，经过申请我就留在上海了，当时上海外贸招聘，我就到了上海对外贸易系统，主要是中国陆运公司接运的外籍来华船只，工作是搞保险索赔。我的爱人也是上海交大毕业的，年轻的时候响应党的号召到大西北，应该是 1953 年我们结婚后来到山西省经纬（纺织机械）厂，当时这个厂在上海招聘技术人员、技术工人和大学生等一批人，我们就报名参加了。我和我爱人是大学同学，在学校就认识并且有亲戚关系，我到山西以后没有我的专业，也没有我适合的工作，但是为了支持祖国的建设，我们只好就做出牺牲了。

采访者：中学时有没有生理卫生课和有关性知识的教育？

受访者：中学时有生理卫生课，但是没有性知识，主要是通过报纸杂志了解，没有青春期教育，也就看些健康常识，父母亲也没有教育，看的一些书也是简单的描写，如小说里的描写。

采访者：您上大学时男女同学的交往正常吗？

受访者：上学期间的年轻男女接触是很正常的，比较开放了。

采访者：您和您的爱人是自由恋爱吗？

受访者：从小就认识，自由发展，到大学就定了，最后双方父母明确了，我们 1953 年在上海结婚。

采访者：工作中的男女同事的接触正常吗？业余生活怎么样？

受访者：男女同事在工作上是正常的接触。我们的活动范围小，不太出去的，仅仅是工作关系，业余生活是看业务书、看电影，没时间看其他的书，不迟到，不早退，一心为了工作，回家做饭或准备第二天的饭，看报纸。记得上大学的时候还看小说。

采访者：那时的人们对离婚和婚外恋是什么态度？

受访者：也有背后议论的，有离婚不离家的情况，好几个，老干部进城后组织上同意和乡下的老婆离婚。因为作风问题婚外恋的很少，多数的人比较正派。

采访者："文革"中有没有因为生活作风被批斗的？

受访者：因为生活作风有被批斗的。只要怀疑你就批斗，大会小会地批。

采访者："文革"时期的生活和工作情况是怎样的？

受访者：我们"文革"期间一直是靠边站的，因为有海外关系，主要是台湾的关系，"四清"时要调查的，社会关系复杂，我们不是受重用的对象，我们当时年轻也不在乎，为了国家嘛！因为海外关系的原因就不入党，怕将来说不清楚。

采访者："文革"所受的最大的冲击是什么？

受访者："文革"最大的就是政治冲击，我们怀揣满腔的热情来建设大西北，却因为社会关系复杂，家庭出身不好，受到冲击，虽然我们与海外并不联系，但我们吃饭、穿衣的生活习惯，却成了资产阶级思想。

采访者："文革"时期是怎样反资产阶级思想的？

受访者：我们的西服和旗袍在"文革"期间都处理掉了，这些都是"四旧"的东西；反对资产阶级，当时我的家里有保姆，就辞掉了，所以我们是比较自觉积极的。1960 年女儿一出生就送到上海，我们没有被下放，家里有男孩子比较辛苦，每天是忙工作、忙开会、忙批斗，瞎胡闹，写稿子，每天晚上开会，社会关系复杂，我的哥哥是解放前去的美国，父亲是交大的教授，公公在台湾地区。

采访者：您对您工作生活的变化有什么感想？

受访者：1979 年后就开始好转。"文革"后期，我的哥哥回来了，是被邀请回来做教授(我的哥哥是美籍)，知识分子开始受到重视，我的几个孩子都是大学毕业，但是条件没有在上海的好。从现在来看呢，我们是吃了亏的，因为主要的精力都放在工作上了。后来就慢慢地好起来了，我的职称评定是高级经济师，八十年代后工作就对口了，领导对我也不错，再教育学习，后来一直在管理部门工作，个人经历是比较简单的，生活也很简单。

## 我们的工作是给农村做生育卫生宣传

访谈时间：2003年9月10日

访谈地点：山西省晋中市经纬纺织机械厂家属区

受访者情况：W女士，1934年出生在东北吉林农村，中专文化程度，中共党员。1953年加入医疗系统工作，主管药师，1990年于山西经纬纺织机械厂职工医院退休。

采访者：您可以介绍一下生活经历吗？

受访者：我的家庭出身不好，兄弟姐妹多，生活困难，排行老大，在我14岁的时候父亲想让我做童养媳，因为我坚决不同意，坚决不找对象，后父亲将我妹妹当作童养媳卖出去了，八路军来了以后，东北解放，我在小学毕业以后和同学参加了妇女会，识字班，搞副业，做军鞋，编席子，扭秧歌，写话剧，宣传演戏。大约是在1950年，我的姑姑在张家口铁路工作，她那时候也没有工资，就是发几十斤小米，有一次回家看我奶奶，我奶奶说我想上学，她就把我带出来到察哈尔省(编者注：中国旧省级行政区)，正好1950年春天，赶上高考，我想当老师就参加师范考试，后来考上卫生人员训练班，毕业后保送到妇幼保健训练班。1951年分配到山西(只有山西和河北需要)。当时要强上进的可以入党、入团，但必须无条件服从，我是1958年来到山西省卫生厅，当时是25岁，初中文化，并于同年入党，后又申请考到太谷护士学校学习，仁寿医院(美国人办的后被政府接管)实习，两年后毕业，因为喜欢护士工作，到药房工作，从1953年参加工作到1978年，革命工作25年。我的职称是药剂士，后来是药剂师，到退休是主管药师。在太谷工作时是1956年认识我爱人老王，老王在省卫生厅工作时负责空军体检，在体检小组工作，因为工作关系互相认识，以后就互通书信，老王(中专毕业)考入太原医学院，因身体不好就休学，没有毕业，最后肄业，工作分配在太原，结婚后因为我喜欢在太谷的工作，而且受领导的重视，就把老王调到太谷工作。“文化大革命”期间，1965年被下放到农村，因为出身好，表现不错又调回城里，以后又调到山西农学院，1978年工作调动到榆次，特别吃苦耐劳。我们是1960年结婚，婚后有三个孩子，当时的领导主要看重我在工作中的表现。我的一生还是挺顺利的，工作吃苦耐劳，不怕脏累。

采访者：您老伴的家庭出身是怎样的？

受访者：我的老伴是山西的大户人家，晋西书院就是王家的，大户人家，地主出身。

采访者：做了童养媳的妹妹是否幸福？

受访者：做了童养媳的妹妹后来也没有结婚，因为男方在外工作又认识了别的人，我的妹妹后来也是自由恋爱，就解除了童养婚约，因为童养的关系当时对我们家有很大的帮助，主要是在生活上的帮助，粮食等一些食品。

采访者：在您上小学的时候男女同学之间的接触是不是很随意的？

受访者：小时候的男女接触是比较别扭的，挺害羞的，不是特别的大方，也说话，同性之间还可以。社会活动主要是娘家人接触得比较多，也就是自己家里的人来往多一些。

采访者：大人们的接触是否开放？

受访者：接触得少，主要是和自己家里的、有亲戚关系的人接触，别的人比较少，是比较封闭的家庭。

采访者：在学习医务期间对性和性知识的了解？

受访者：护士方面的知识是学习过的，药剂知识是自学的，男女同学接触比较大方，当时的知识比较丰富了，懂得了有关性的知识，后来就习惯了。因为经常要讨论学习打针、输液，孩子是怎么来的、接生等知识。

采访者：您当时的病人对性知识的了解是怎样的？

受访者：城市比较大方，农村还是不行，很保守。五十年代初，我有半年在农村宣传卫生接产和产后的营养补给。当时的常见病，主要是大人得软骨病，小孩得四六风，原因主要是卫生知识的不足。印象最深的一次是有一对50岁的老年夫妇到医院看病，医生做了全面检查，发现女病人是“石女”，夫妻两个生活了一辈子都不知道。性生活很痛苦，但从没想过到医院去检查。

采访者：五十年代有没有计划生育这样的思想号召？

受访者：当时不避孕，鼓励生育，英雄母亲嘛！但当时成活率不是100%，我那时在妇幼队工作，我们的工作是给农村做生育卫生宣传，有关性的知识，在农村很受欢迎，各级领导都大力支持，男女都来，都比较爱听，主要有幻灯模型、图片、助产模型等，还讲解小孩是怎样出生的，这样的工作大概持续了一年多。当时的社会风气很好的，我们在农村帮助接生，群众特别热情，大姑娘和小媳妇都来，男女都有。

采访者：在医院的同事们的交往是否正常？是否受政治运动的影响？

受访者：在医院的男女接触很正常，因为都是学医的就不在乎了。当时的政治运动是“五反”、“三反”、“反右倾”、“反四清”，有几个同志是每次运动都拉出来，好多都是“老运动员”了，好几个都是大学毕业，后来平反后，工作就起来了，大部分当上了科室主任。再有些运动是批资产阶级医疗作风。如在参加农业劳动时戴了手套，都是要批判的，大会小会地批。各种运动都穿插着反资产阶级，其实有的人是很正常的关系，可能也就是比较密切，互相帮忙什么的，也被批判，批判资产阶级生活作风，批判“破鞋”，脖子上还挂上破鞋，好多原因，有的是生活困难，也有极少是自愿接触异性。六十年代，我们医院就批判一个女医生为“破鞋”，因为丈夫去世，孩子有病住院需要很多费用，另一位男医生资助她，遂两人发生了性关系。后被人发现，脖子上被挂上破鞋进行批斗。

采访者：有没有因为生活作风的问题受到指责的人？

受访者：生活作风不好的，社会舆论压力很大，因此人们一般不会有作风问题。

采访者：能否谈谈您的择偶观念？

受访者：家庭出身好，身体好，家庭条件差不多就行。那时大学生找不到对象，有文化的人不受重视。

采访者：当时的婚前亲密行为？

受访者：当时握握手就是非常亲密的了，就别说什么其他的亲密行为了。

# 五十年代可以买到一些关于此类的书籍

访谈时间：2003 年 9 月 11 日

访谈地点：山西省晋中市经纬纺织机械厂家属区

受访者情况：Z 先生，1947 年出生在山西省晋南地区新绛县，大学文化程度，“文革”期间于 1969 年下放到天津鼓风机厂进行劳动改造。1971 年调至山西晋中经纬中学任教师，后评为特级教师，1997 年退休。

采访者：谈谈您的教育经历？

受访者：1956 年上大学，1960 年毕业。小学、中学都在新绛县读的，大学(读的)是天津师范大学数学系，毕业后分配到天津当老师，后打成右派。

采访者：您上大学时男女同学的交往正常吗？

受访者：大学期间的男女同学的交往没有界限，比较正常，但是也不是特别的现代化开放，因为是当时的三大著名城市北京、天津、上海，所以有自由恋爱的，主要是大学的一二年级，比较开放，言论自由，1955 年以后就不能正常往来了，每天都是政治学习。

采访者：您毕业后的主要工作是什么？

受访者：毕业后的工作是在夜校当老师。学生主要是中专生，都是比较正直的学生。

采访者：当时的主要着装是怎样的？

受访者：衣服主要是蓝、灰、黑的。一开始旗袍和大褂比较普遍，后来就不穿了。

采访者：您下放后的主要工作情况？

受访者：“文革”时期有好多的政治运动，我下放后的情况是当钣金工人，当时厂里老工人多，也有派性，但是不严重，谁也不管谁。在厂里主要是开会，有关“文化大革命”政治的大会。

采访者：当时是以什么样的理由批判人呢？

受访者：有理由或者没有理由的都批判，出身不好的，马上就抄家，拉出去就打、游街、批斗。男女关系只要怀疑就批斗，在学校是学生斗老师，在工厂是工人批斗领导。

采访者：什么是修正主义？

受访者：那个时候是不符合毛泽东思想的，不符合社会主义的就是修正主义，学生批斗老师打老师，学生坐在办公室里，老师在院子里站着，人与人之间的关系是乱七八糟的。因为批斗的关系，两口子离婚的情况很多，直到 1971 年以后厂里的情况就比较稳定了。

采访者：资产阶级是怎样划分的？

受访者：当时是分成两派，有派性差异的不交往，人与人之间有隔阂，互相看不顺眼。

采访者：教师接触的时候是否正常？

受访者：男女教师的接触是比较正常，多数都是工作接触。

采访者：您上中学时有没有生理卫生课？

受访者：中学没有生理卫生课，高中有达尔文主义的生物课程，大学有心理学，上大学什么书都看，小说、文摘、各种报纸，等等。

采访者：对于性知识是怎样了解的？

受访者：那个年代互相之间都不会谈性，因为相对年龄都比较大，没有脏话，互相不谈。五十年代可以买到一些关于此类的书籍，专门是成人类的书，后来就买不到了，可能也是不太注意了。

采访者：有没有因为作风问题被批斗的？

受访者：有。因为作风问题被斗争的，还有被抓起来的。

采访者：您当老师的业余生活是怎样的？

受访者：当老师的业余生活主要是学习。有的好玩，但多数是学习，也有看电影、评剧、京剧、(地方)戏曲、河北梆子。

采访者：谈谈您当时的择偶的标准？

受访者：那个年代没什么标准，择偶的标准是差不多就行，家庭出身很重要，必须要考虑的事，如果有问题就牵连进去了。我是工人出身，1961 年结婚，不是自由恋爱，爱人是在山西，家里父母亲给介绍的。但是我认为自由恋爱的也有破裂的，经人介绍的也有白头偕老的。我们那时男的多女的少，长相什么的都要看，道德品质都要看的，但主要是看家庭出身。当时家庭出身划分的情况是：有人的地方就有地主，它有一个百分比，大资本家或者小业主都被划分成地主。凡划分成地主成分的基本没人给介绍对象。

采访者：离婚率高吗？

受访者：离婚的有，但不高。人们比较封闭，不开放，思想比较保守。现在太前卫了，太随便了。当时的年轻人还是保守的。

采访者：当时主要是反资产阶级呢？还是反封建主义呢？

受访者：当时主要是反资产阶级，反封建在有的情况下也是要反的，但很少。学习业务不学政治不行，必须要又专又红的。

# 我们交往太慎重了

访谈时间：2003 年 9 月 20 日

访谈地点：山西省晋中市经纬纺织机械厂家属区

受访者情况：W 女士，1939 年 10 月出生于山西省武乡县上广支村，高小文化程度。1956 年即 18 岁时参加山西晋中市经纬纺织机械厂招工考试，成为正式职工，1998 年于该厂退休。

采访者：您小时候家里是什么状况？

受访者：小的时候家里穷，没有房子，没有地，父母亲开荒种地，10 岁上学，六年后小学毕业，在家务农种地，粗粮细粮的也就凑合能吃饱。

采访者：您上小学时男女同学的交往正常吗？

受访者：在上小学时，班里有四十多人，男女正常交往，不密切，男女交往是各玩各的，没有早恋的，没有青春期教育，生活完全靠自己，担煤、担水。

采访者：当时您上班时男女同事的交往正常吗？

受访者：我在工厂里的工作是铣工，男女同事交往正常，我的师傅是男的，正常的交往，接触正常，当时我住宿舍，也没什么业余生活，下班就开会。业余生活主要是学技术课，政治学习。吃得好，穿得好就是资产阶级作风，小偷小摸的，稍微不正常就批判，男女交往密切的，马上就批判，开会检举揭发，帮助再教育，要求严格。

采访者：政治运动对您有什么影响？

受访者：我的家庭出身是贫农，因为成分好，几次政治运动，“三反”、“五反”、“四清”都没有什么影响。

采访者：“文革”的派系斗争有什么样的影响？

受访者：“文化大革命”时期，就是造反、开会，分成多数派和少数派，上下班都要汇报。男女交往要看是不是一派的，不是一派的两口子都不说话，因为派系有离婚的。当时我们厂分成两派，每天三请示、三汇报。

采访者：当时上小学时的性知识教育是怎样的？

受访者：当时在农村的时候连牙都不刷，对性知识更是一无所知，后来了解性知识只是看一些报纸、杂志，有时候就互相议论，(比如)什么找对象呀，慢慢地也就懂了。

采访者：您年轻时的择偶标准是什么？

受访者：结婚是家长介绍，家长说了算，我们小时候汽车都没见过，根本没有想过自己的终身大事，家里说行就行，家长们互相考察，主要看阶级成分和背景。我是到工厂上班后，大约在1956年结婚的，一分钱没花，一件花衬衣、一双鞋、一条蓝布裤子，就结婚了，根本不知道要财礼。当时流行的就是中式的衣服和裤子，比较单一的，五十年代主要是灰、黑、蓝色的衣服，穿布鞋，没有连衣裙。我记得结婚那天白天还上班，下午下班就结婚，邀请了几个同事，同宿舍的同志，也就是抽几盒纸烟，吃几块糖，就举行了婚礼，不办酒席，不请客。“文革”期间，除军装外都是蓝、灰、黑三种颜色。

采访者：当时的离婚率高吗？

受访者：当时下班后的业余生活就是开会，每天开会，思想政治会，生产政治一起抓，思想比较保守，离婚率很低。

采访者：当时的业余生活主要是什么？

受访者：业余生活主要是看技术书、业务书，什么工种就看什么书，(19)56年到(19)98年退休，上班是三班倒。上班很严格，不能随便出入，群众觉悟比较高。上班、买东西都是步行的，下夜班比较害怕，就等几个人下班一起走。

采访者：当时离家远回家是不是特别的辛苦？

受访者：当时刚刚工作，家里穷，负担重，出远门不会买东西吃，都是自带干粮，老家路途远不通车，要先坐火车再坐汽车，然后再坐大卡车，步行再走一天，挺辛苦的。所以很少回家。

采访者：当时家里的生活负担重吗？

受访者：后来有了小孩以后，孩子是让别人带的，工资的三分之一都花费在带孩子上，负担很重。

采访者：“文革”期间有没有受到政治运动的冲击？

受访者：因为家庭出身好，所以“文革”期间受的冲击很少，被批斗的都是知识分子，被批斗的人早晨上班站在厂门口，脖子上挂着牌子。知识分子、走资派、主任等有权威的人都要被批判，主要批判走资本主义道路。

采访者：当时您参加派系斗争了吗？

受访者：当时我参加的是联合兵团。主要是参与，去参加就行，大家有出海报的、有批判的、有讲话的。老百姓就是算人头而已，对于这种行为以前认为是正确的。

采访者：“文革”期间的人与人之间的交往是怎样的？

受访者：当时特别乱，人与人之间互相不管别人的事，很不正常。我当时只要不上班就回家，多一事不如少一事，工资照发就可以。

# 访谈录（三）

F A N G T A N L U

访谈人：唐海迪

F A N G T A N L U

## 当时生活的成本比较低，没有不想生的

采访者：唐海迪　李巧玲

访谈时间：2003年9月15日

访谈地点：首都师范大学家属区

受访者情况：C先生，1957年出生于黑龙江省，14岁中学毕业，在乡村的粮库做了六年临时工，1978年考入大学，获得博士学位。现任首都师范大学历史系教授，博士生导师。

采访者：唐海迪(以下简称“唐”)：解放前农村妇女是在家劳动还是外出做工？

受访者：一般是在家里。农活和家务劳动都做。那时的习惯是男主外，女主内。

采访者：李巧玲(以下简称“李”)：您在上学时受过性教育吗？

受访者：没有。父母和家里人都没有。小时候问父母我是哪来的，父母说是大马路上捡来的。小时候认为男女只要靠一起睡觉就会生出小孩。不懂性知识。

李：小学和中学时代，如果男生和女生经常在一起，会引起非议吗？

受访者：小学没有。四五年级男生和女生说话就开始少了。我在乡村中学，最后毕业是海伦农场中学。中学时期男女同学几乎没有交往。有一段比较特殊，“文革”时，即(19)70年的“一帮一，一对红”的时候。那时候有些交往。主要是谈思想，提高思想觉悟，贯彻最高指示。

唐：解放后政府曾动员妇女外出工作。您还记得农村中有哪些妇女成为工人了吗？

受访者：有印象。我父亲小学毕业后，通过考试成为国家编制的粮库会计。我们生活在县城，小学毕业可以出去工作。当时高小毕业就是高学历了。我母亲也是小学毕业，1958年到1959年间，父亲拿回招工表让母亲填表，这样就有机会成为国家工人了。母亲考虑要照顾我，就没有外出工作，所以我母亲一直是家庭妇女。当时家里并不反对母亲外出工作，而且很支持。如果有长辈带孩子的话，我母亲一定会出去工作的。

唐：您生活的地方，当时是否有托儿所、幼儿园？

受访者：没有。由于父亲在粮库工作，母亲和我经常随父亲到各个县去。

粮库多数是男性工作，女性是家属，多数妇女没有工作，在家操持家务。(所以当时粮库没有托儿所、幼儿园)后来的情况有改善。

李：粮库里的工人结婚是经人介绍还是自由恋爱？

受访者：一般都是介绍的。我周围的年轻人百分之百是经人介绍。双方同意，也要双方的父母同意。

李：如果双方有意的，互有好感，是否要找人牵线搭桥？

受访者：如果双方家(距离)比较近。两家的儿女相互有意，会找一个介绍人。这样的情况不多。例如我的小妹，两家都比较了解，男孩子还不错，双方已经认识互相有好感，也要找一个介绍人，后来就成功了。不过，这样的情况很少，主要还是经人介绍认识。

李："文革"前年轻人的择偶标准是什么？

受访者：对男方的要求是要长得好，身体要好，家庭背景要好，没有"前科"。对女方的要求是，要本分、贤惠、能干、身体好、背景好。特殊的特别爱打扮的女孩子都不敢考虑。当时没有家族(间)的婚姻，受宗族影响少。

李：当时男女择偶标准是要求在政治上"又红又专"的？

受访者：是的，特别在"文革"中，你的家庭如果是"地、富、反、坏、右"，这将成为择偶障碍。

李：当时人们对于离婚怎么看呢？

受访者：当时我们的观念是宁可凑合，也比离婚强。当时，即使是有再大的矛盾，也不会离婚，这主要是乡村的观念。1950 年新的《婚姻法》颁布后，城市的离婚率提高，但农村没有因为新《婚姻法》的颁布而导致离婚率的增高，但再婚的比较普遍，主要是鳏夫再娶、寡妇再嫁，而不是离婚了再婚。

李：是否有婚姻之外的男女关系？

受访者：很少有，当时人们认为这是一件非常不光彩的事。俗话叫"搞破鞋"，非常难听的话，当时在农村被指责为"搞破鞋"的人非常痛苦，比监禁她两三年还痛苦。

唐：从您的经历来看，新中国成立初期的环境是否有利于妇女的发展？

受访者：对个别的有文化的家庭来说是这样的，对于一般的家庭就谈不上了，比如，很多妇女根本没什么文化，读书的观念也不强。

唐：当时农村是否有重男轻女的现象？

受访者：有。但是也分家庭的具体情况，家庭条件好的，一般男女都让念书。家庭条件比较艰苦的，男女大都一样，多数上到小学，主要是响应政府的号召——扫盲，上中学就比较难了。在乡村，要想成为工人，主要出路是当兵转干、招工，上大学的可能性极小，而且农村很少有后门(可走)。

李：政府是怎样进行"反资产阶级"的教育的？

受访者：在乡村批斗资产阶级主要是批斗地主，并且通过报纸、广播，每个人都要挖掘自己灵魂深处的资产阶级倾向，那时还要写斗私、批修的日记。七十年代初，提倡写革命日记、自我检查，不符合主流思想的都属于资产阶级思想，比如婚外关系、男女自由恋爱等都属于资产阶级生活方式。所以男女双方自由恋爱的很少。

唐：当时人们的穿着都受什么影响？

受访者：当时穿得漂亮会招来非议，所谓漂亮，无非也就是整洁一些。男女穿着都差不多的，无非就是女的头发长一点儿。女同志先是短发，后来是梳两条大辫子，但稍稍打扮，就会被认为将来会有作风问题的。

唐：当时妇女的家庭负担重吗？

受访者：当时家里的孩子一般都比较多，没有计划生育，家务活比较多，妇女的家务劳动很多。

唐：有妇女可以参加的其他文娱活动吗？

受访者：学生有运动会，女青年有毛泽东思想宣传队，我爱人当时是文艺宣传队队长、妇女主任，成年妇女的活动很少。当时主要是唱样板戏和歌颂毛主席的歌曲。但是我爱人并没有因此改变她的农民身份，后来是通过上学改变的。那时妇女的工作很难的，在生产队的妇女干活是挣工分，很辛苦。

唐：工分如何计算呢？

受访者：按劳动量计算。妇女主任也记工分，妇女主任的选拔主要看工作能力。

李：当时人们是否提到"性"一词？

受访者：很少提，填表时有性别一词。但私下有讨论，可以说是一种扭曲的观念。如：两个男性开玩笑甚至骂人时，会提到性方面的事。已婚的男女有一些单独接触，但年龄相当单独相触的就很少了，否则会引起议论。

李："爱"一词可以提到吗？

受访者：也很少提到。当时农村结婚的第一天，大多比较保守、害羞，无性生活，第二天才有性生活。婚前的性行为就更少，因为单独相处的机会很少。

李：当时人们是否有避孕的措施？

受访者：没有。大家都生，也不去想。由于当时生活的成本比较低，没有不想生的。

李：当时年轻人对男女生理的认识是怎样的？

受访者：没有太在意。男孩开始遗精好像没人在意，女孩来月经可能是母亲悄悄说的。当时农村婚结得都比较早，十六七岁，没什么性教育。

唐：当时年轻人认为什么样的妻子是好妻子？

受访者：要比较漂亮、贤惠、身体好、正派、没有劣迹。

唐：新中国成立以来妇女地位发生了哪些变化？

受访者：城市妇女的地位有很大变化，可以出来自由地工作，主要是响应政府的号召出来工作，因为只有经济独立，地位才能提高。但在乡村变化不大。

唐：您怎么看妇女解放？

受访者：妇女解放是一个缓慢的过程，妇女解放和男女平等是一个相互促进的过程。妇女解放至少应该是孩子少、家庭负担少、家务少、业余生活丰富。

唐：当时，妇女学习的榜样是什么样的？

受访者：能干、贤惠、有本事、要本分。

李：您看过关于爱情的小说吗？

受访者：当时乡村的书很少。有的小说有色情的描写，但不露骨，如《水浒传》里说西门庆和潘金莲“云雨一番”，当时特别好奇，不知道是什么意思，这大概属于少年萌动期的正常反应，未婚男女的好奇心理。《水浒传》中还有其他一些蛛丝马迹的性描写，但特别露骨的也没有。

# 性绝对不可以说

采访者：唐海迪　李巧玲

访谈时间：2003 年 9 月 20 日

访谈地点：中国农业大学家属区

受访者情况：L 女士，1933 年出生于上海，出身书香门第。1952 年考入北京农学院，大学毕业后在北京农学院农学系教书，直至退休。1958 年加入中国共产党。在“三反”、“五反”、“大跃进”和“文化大革命”中，L 女士和爱人（中国农业大学教授）均受到冲击。

采访者：唐海迪（以下简称“唐”）：解放后女同志出去工作需要什么条件？

受访者：只要有能力，就可以参加工作，男女平等，没有听说只要男生不要女生。

采访者：李巧玲（以下简称“李”）：1949 年至 1978 年社会环境对个人的发展有什么影响，对家庭有什么影响？

受访者：我当时为了工作顾不上家庭，孩子就寄养在别人家里。后来送托儿所，上小学、中学，包括所有的家长会，都是孩子的父亲去，我是从来不关心孩子，我不是一个称职的母亲，也不是一个称职的妻子。但是在工作上我从不落后，一心工作。

唐：您周围的女同志是怎样处理家务的？

受访者：有的自己做，有的交给别人。

唐：您在生活中有没有榜样，比如说工作中一定要像××一样？

受访者：当时是党怎么说就怎么做，做好工作。我不和时尚，我无怨无悔，我的道路是我自己选择的。选择专业方向，从事自己喜欢的工作。做了好多翻译的工作，后来搞高蛋白的作物。命运要自己把握。

李：为什么说自己不和时尚？

受访者：现在人们都喜欢旅游、装修，我没时间想这些。我根据自身条件的不同，寻找失去的十年，发挥个人的作用，人生在世不能白走一回，应当给后代留下一些东西。现在我开始写书，翻译外文书籍，要做就做出成绩，人生在世不能白走一回。

李：您经常看杂志和书吗？

受访者：我看的书很多的。

唐：那个时代的女性的服饰与现在有何不同？

受访者：五十年代，全都是列宁装和解放服。当时就时兴，大家都穿，没有区别。有的人结婚时穿婚纱，涂口红。后来就不多见了。那时候结婚，就是两个人把床对一起，把被子抱到一起，就算结婚了。没有缎子被褥等嫁妆。

李：当时的结婚手续烦琐吗？当时年轻人的择偶标准是什么？

受访者：服从领导，由领导做主，组织安排。申请证明、开介绍信就可以了，选择对象时主要是政治问题。五六十年代是政治标准。当时我在大学有一个要好的(男)同学，大学二年级他向我表示好感。因为他的家庭出身不好，姐姐不同意我同他的关系。我一生在等待有人来爱我，但是当爱来临时我又不敢接受。当时他因为政治问题放弃了很多，有两件事我印象很深，一是留学苏联，因为父亲社会关系复杂，他没能去。二是入党问题，因为他家的社会关系复杂，他一直没被批准。因为家庭出身，我也放弃了很多。

唐：您在那个年代在工作中有自豪感吗？

受访者：当时年轻力壮，总觉得响应党的号召，有使不完的劲。

李：您在上中学时有没有受过性教育？

受访者：学校、家里都没有。谈恋爱时主要是通过看书，如(宣传)妇女卫生知识的小册子和医学杂志，因为比较容易买到。当时没有人(公开)谈论性，主要是谈工作、谈家务。

李：上大学时男女生交往是否随意？大学男女单独相处别人会议论吗？

受访者：比较随便，当然相处多了会议论的，我们当时有好多的科学小组，男女都参加，男女交往比较正常。

李：当时社会上反资产阶级还是反封建主义？

受访者：主要是反资产阶级。

李：什么样的人被划分为资产阶级？

受访者：老教授。当时要我们批判他们，说他们是臭知识分子，他们的学术和思想都是资产阶级的。还有的是生活上比较讲究的，也要批判。当然现在就无所谓了。

李：在性爱观上，什么样的就被认为是资产阶级性爱观呢？比方谈恋爱？

受访者：谈恋爱不是，我可以举一个例子，我的一个老同学，确实不像话，他有妻子，还搞第三者，而且还拍了一些黄色照片。那个年代的人也老实，一问就交代了，照片也上交了。后来受到党内处分，这就是批判的对象，很多婚外恋都被批判。

唐：女同志如果要是穿得花一些，比方说穿花衣服，别人会怎样评价？

受访者：那个年代，我很少见到有人打扮得妖艳，大家穿得都差不多，颜色比较深，也有穿格子的。

李：五十年代，什么样的人被扣上修正主义的帽子？

受访者：凡是和马列主义不一致的就是修正主义。而且后来越来越严重，到了“文革”，什么莫须有的罪名都有，都是资产阶级倾向。例如，在墙上贴一张画也是搞“四旧”。

李：“文革”中，男女两性交往存在禁忌吗？

受访者：“文革”中，大家都在搞政治运动，都怕有什么事情碰到自己头上，所以很少往那方面想。

李：什么样的人是作风不好？

受访者：有一点儿婚外恋就是作风不好。

唐：在人们的眼中，什么样的女性被认为是好的？什么样的人受到鄙视？

受访者：工作好，家务好。如果她只管家务而不管工作也是要受到批评的。

李：当时男性的择偶标准是什么？

受访者：首先是要在政治上符合当时的要求，然后对工作方面的要求也比较多，工作要好，业务能力要强。有的业务能力不强的也要被下放，(19)58年就有一批人。

李：女性的择偶标准是什么？

受访者：和男性差不多，除了政治上的要求，就是业务能力。当然也要看看外貌。

李：您知道当时哪个学校有性教育？

受访者：没有，由于人们传统的文化观念，认为这种事情就不该说。我认识一个人，有一年我住院，同病房的一个女同志结婚几年了，但她不知道什么叫结婚，不知道结婚要有性关系，她的配偶也不知道。后来大夫告诉她了。

唐：五六十年代的政治运动对您有哪些影响？

受访者：我大学毕业实习是到合作社实习，毕业到北京农学院教书。中间经过了(19)58年的下放昌平劳动，在“大跃进”的年代里，不分昼夜地开会，干很重的活，挑很多的水。后来就是修水库，我修过湘潭水库，也修过十三陵水库，修土方，背大石头，我干了将近三年，后来才回学校搞教学。由于长期的体力劳动造成了严重的后遗症，后来腰就开始弯了。当时的社员对我们是很好的，告诉我们干活要惜力，但是当时搞教学能走的都走了，人手少，我能干的都干。下放时的过度劳累造成甲亢，一年后就得了忧郁症，医生要求我更换工作环境，学校建议我做行政，或搞外语教学，后来又回到农大。随后，“文化大革命”开始了，开批斗会，学校停课。这是荒废的十年，全面的停顿，教学也停顿了。响应林彪的“一号战令”，农大搬迁到陕北，人力物力的损失很大，直到(19)76年“文革”结束，科学的春天又来了，一切才又重新开始。我一生所有的运动都积极参加了。

李：“文革”期间给您印象最深的是什么？

受访者：就是无休止地批斗，没有几件事情是真实的，就是互相认识的人也说假话，相互批斗。

李：您那时看一些爱情小说吗？

受访者：给我印象最深的是《钢铁是怎样炼成的》，解放初期就看了。其他时间很少看，住院期间，我有一个同学是学法学的，看了一些案例。

李：在"文革"期间，每天都干什么？

受访者：整天都开大会、小会的，因为思想、作风等问题批来批去。没事就待在家里。我认识一个人，她的丈夫留苏回来，可能是和一个留苏的女同学好上了，她就向组织揭发，批斗她的丈夫，最后她的丈夫，一个很有才华的人，自杀了。她遗憾一辈子，后来一直没有结婚。

李：在五六十年代，"性"是不可以说的，那么"爱"呢？

受访者：性绝对不可以说，爱嘛就是谈恋爱，没有人专门说爱，它只是心里的感受罢了。就是谁和谁好，没有谁谈什么浪漫的爱情。

唐：在您心目中，有没有觉得男同志应该做什么，女同志应该做什么？男女应该有差异？

受访者：没有，认为男女一样，在家务方面，也没有多想，我老伴做的就比我多。

# 当时人们都谈性色变

采访者：唐海迪　李巧玲

访谈时间：2003 年 9 月 23 日

访谈地点：北京市朝阳区芍药居北里 211 楼 104 号

受访者情况：J 先生，1935 年出生于山西的一个小城镇。1950 年考入武汉军校，1951 年赴朝，1952 年回国，分配到陆军某部后勤部，此后一直在部队工作，1971 年转业到山西省经纬纺织机械厂，现已退休。中国共产党党员。

采访者：唐海迪(以下简称“唐”)：新中国成立初期您有什么感受？

受访者：共产党主张“民主”、“平等”、“解放奴隶”、“打倒地主，消灭剥削”，所以新中国的成立让人们有一种欢喜若狂的感觉，每个人都决心好好建设社会主义。五十年代是我们国家欣欣向荣、经济建设和人民生活水平提高最快的时期。

唐：解放后女孩子出来读书的多吗？

受访者：解放后随着人们物质生活的提高，加之社会氛围的变化，许多女孩子出来读书、工作。我在上中学时，我们班有五十人，大概有七八名女生，男女同校不同桌，我那时还有一种“男女授受不亲”的思想。解放后学校里女生少主要还是由于家里比较穷，还有一部分人存在“女孩不读书”的思想。在部队里男性占多数，只有通信兵、医务兵、文艺兵和机关里有部分女兵，为了活跃部队文化生活，我们经常从地方工厂请一些女工到部队参观，从而增加交流机会。每周六晚和周日白天都搞文艺活动，主要是跳交谊舞，这在延安时期就很流行。许多人在交流中相识、结婚。有一部分老干部进城后就与乡下的老婆离婚，与城里姑娘结婚，这些人在后来的“反右”运动中都受到了冲击。

采访者：李巧玲(以下简称“李”)：当时人们择偶的标准是什么？

受访者：五十年代崇尚英雄，原因很简单：共产党领导的解放军打下天下，加之国家大力宣传英雄事迹，号召人们向英雄学习。六十年代是“英雄没落”时期，人们的择偶标准是“一工二干三教员，一般不找当兵的”。因为当时“工人阶级当家做主”的口号提得很响亮，另外也因为工人的工资高、福利好。七十年代是“英雄无知”的年代。

唐：作为军人，结婚需要怎样的一个程序？

受访者：军人结婚与其他人最大的不同在于结婚要上报组织，组织首先要对对方进行政审，即调查对方的家庭出身和社会关系，其次要对对方本人进行考察，一般是到对方所在单位进行调查。两个人自由恋爱如果没有组织批准也是不能结婚的。当然也有爱情至上主义者，宁可转业也要和自己心爱的人在一起。

唐：新中国成立初期，您觉得真正实现了男女平等吗？或者说男女真的平等吗？

受访者：口号上是这样提的，但在实际生活中仍然是"男尊女卑"，所谓的平等就是女同志可以参加工作，有独立的收入，在家庭关系和家庭生活中不完全是男女平等。农村只是停留在口号和形式上，如刚才谈到的老干部离婚问题，他们进城后觉得与农村的媳妇"不般配了"，这本身就体现了不平等。农村包办婚姻还很多，原因之一是共产党进城后工作重点放在了城市，对农村的改造是有限的。六十年代我参加"四清"，一年在农村亲眼看到了许多悲剧，农村公社的领导像个"太上皇"，其子看中的女人不惜用任何手段得到，不管人家女孩子同意不同意。当然这与妇女的知识水平、自我解放的要求和经济是否独立有关。所以，妇女解放和男女平等是要有一个过程的。

唐：新中国成立初期人们一般都穿什么衣服呢？

受访者："文革"前人们穿衣服还是比较随便的，不像"文革"时只许穿灰色、蓝色和绿色。1955 年为了推销苏联花布，男的穿花衬衫，女的穿布拉吉连衣裙，这与"文革"时比起来有些不可思议。总的说来，五十年代是"解脱封建束缚"的年代，人们的思想比较活跃，人们想穿什么就穿什么，穿着很随便，但这一时期很短暂，随后的自然灾害和"大跃进"中的人为因素使得人们的生活水平骤然下降。"按劳取酬，按需分配"的社会理想鼓舞着我们，"服从革命需要"成为我们每个人的行为准则，党号召什么社会上必然出现一种什么风潮，社会风气主流的变迁完全与领导者的意志强加在社会上分不开。这种倾向几十年来一直存在，如"文革"的目的就是"让人们想一个人之所想，讲一个人之所讲。"新中国成立初期，穿绿军装和列宁服是最时髦的。

唐：那个年代您认为与男性比女工的负担重吗？

受访者：很重，当时社会也提倡"男女共同分担家务"，还组织评选"五好家庭"和"模范家庭"。五六十年代社会风气很好。

唐：当时您比较推崇什么样的女性？

受访者：有文化，有工作，只有这样的女性才能有社会地位，否则就要受欺负。

李：当时有青春期教育或者说是性教育吗？人们是通过什么途径了解这些知识呢？

受访者：没有。当时人们都谈性色变，这些知识一般从亲戚朋友那里得知的，很有限。

李：男女同学交往的时候有顾虑吗？

受访者：当时年轻，一心想要革命，想为祖国做贡献，没有想过谈恋爱。也有教员和女学生谈恋爱的，但当时不知道，当他们结婚后才恍然大悟。

李：什么时候开始批判资产阶级生活方式的？怎样就算是资产阶级生活方式？

受访者：1957 年开始提出“反对资产阶级生活方式”，追求物质享受、讲究生活情调、爱花钱、爱吃零食、爱买新衣服、性格开朗、喜欢与异性交往等都算是资产阶级生活方式。我有一个战友到北京去吃了一次烤鸭就被戴上了“追求资产阶级生活方式”的帽子。当时有些极端化了，人们并没有认识资产阶级的实质，只是看表面现象。

李：您能介绍一下新中国成立初期人们的服饰变迁情况吗？

受访者：人们的服饰变化与社会风气有关：五十年代苏联向中国倾销他们的花布，为了得到苏联的经济和技术援助，周总理说：“我们国家那么大，人那么多，让我们的服装设计师将每件衣服长出一寸就可以多销你几亿尺布。”当时很多人穿花衬衫、花裙子，加之当时社会风气宽松，人们沉浸在新中国成立的喜悦之中，服装丰富多彩、不拘一格。后来就开始了“整风”运动、“反右倾”运动、“四清”运动……运动一个接着一个，其实就是在整顿社会风气，人们不再敢想穿什么就穿什么。“文革”时期只有绿色、灰色和蓝色。

李：当时人们如何界定作风问题？

受访者：人们一般从表面现象界定作风问题，如男女交往过多就是暧昧关系，于是领导就会警告。我在“支左”中亲眼看到了这样一件事：夫妻二人都是医科学校的毕业生，毕业后从上海来到河北一个矿务局从事医务工作。丈夫在他们的休息室里写了“憩园”二字，由于在“整风”中提了一些很中肯的意见，结果在 1957 年的“反右”斗争中被定为右派，下放到矿井中劳动，不许其妻探望，还动员女方与他离婚。这位女同志委屈万分、悲痛欲绝之下，为了报复所谓的“革命者”，先后与医院领导和矿务局领导四五十人发生了性关系，她想用这种方式来报复冤枉她丈夫的人。我当年“支左”来到这里时，这位女同志还问我说：“‘破鞋’可以参加革命吗？”

# 手拉手过火、手搭肩过火、多说话过火

采访者：唐海迪　李巧玲

访谈时间：2003年9月12日

访谈地点：北京市朝阳区芍药居北里211楼104号

受访者情况：L女士，J先生之妻，1940年出生于河北省唐山市。从小与父母和姐姐生活在一起，父母都是农民。在石家庄读完小学和初中，1959年转入邯郸一中，1961年被保送邯郸师范学校，1963年毕业，1964年结婚。此后一直从事小学教育工作，跟随丈夫随军调动工作，先后在邯郸、石家庄、山西等地教书，直到1995年退休。现居住于山西。

采访者：唐海迪(以下简称"唐")：新中国成立初期的社会氛围让您有男女平等的感觉吗？

受访者：那时国家大力宣传男女平等，在实际生活中，老人的思想如果比较落后，女孩子就解放不了。我们家就解放了，我和姐姐出来上学、工作，爸爸、妈妈都很支持。姐姐出嫁后还想继续念书，遭到婆家的极力反对，我爸爸知道后说："都解放了，男女都一样，女孩子有权利念书。"于是就卖了家里的田给我姐姐寄去钱，支持我姐姐继续念书，邻居们都说我爸爸疯了。就这样我姐姐在学校努力学习，回到家里像个童养媳，什么活都得干，干完活才能去上学，她的婆婆、公公说姐姐跟别人了，邻居们说姐姐有作风问题。如今回忆起这些事，我的姐姐并不觉得苦，反而觉得很自豪。中学时分男生班和女生班，但在分配劳动任务时是男女混合的。当时我们的体育老师是位女的，大家都觉得很稀罕。上体育课时老师总是先问："女生有特殊情况的请见习。"男生听到这话时总是说老师偏向女生。

唐：您在工作和生活中受到过歧视吗？

受访者：在学校中不受歧视，但社会舆论歧视女性，比如我爸爸在家庭经济极其困难的情况下坚持让我和我姐姐上学这件事就成为当地的新闻。

唐：当时女孩子一般穿什么衣服呢？

受访者：一般是根据家里的经济状况穿衣服，好衣服的标准就是干净、整齐、崭新，但不花哨。

唐：当时人们化妆吗？

受访者：当时没有化妆的，因为解放后不许浓妆艳抹，不许穿花哨衣服，不准烫头，这些都是资产阶级生活方式。人们一般穿灰色、蓝色和绿色衣服，主要是由于穷。穿列宁服是时髦，平常一般舍不得穿，只有结婚时才穿。

唐：那时人们照婚纱照吗？

受访者：那时很少有人穿婚纱，婚纱照一般是偷偷摸摸照的。结婚仪式很简单，我结婚时只花了五元钱买了一些糖果，而且没有耽误一天工作，下班后直接回家结婚，第二天早晨按时上班。当时就是这么提倡的，如果大办就是追求资产阶级生活方式。

采访者：李巧玲(以下简称"李")：那时男女交往有顾虑吗？

受访者：工作上的交往有，生活中的交往很少，一般的交往有，过多的交往没有，怕别人说三道四。

唐：下班后您一般做些什么？

受访者：那时我住在职工宿舍里，下班后一般是念报纸，学习当前形势，然后吃饭，自由活动。我有时去图书馆看书，有时打毛衣、练毛笔字、锻炼身体。时间虽然是自己支配，但是不能想干什么就干什么，如果你晚上听广播听得很晚才睡，第二天别人就会对你说："毛主席说'不会休息的人就不会工作'，请你注意按时休息。"当时还经常开生活会，在会上开展批评和自我批评，检讨自己身上及周围存在的资产阶级倾向，如花钱大手大脚、经常吃零食等。

唐：女孩子读完书后如何找工作呢？

受访者：一般是等学校分配，自己找工作的人很少。五十年代国家单位经常到地方、学校和农村招工，这种招工可以说是公平的，所以大家都争着报名。女孩子一般从事纺织、教师、护士、售货员等工作。

唐：当时您对未来有什么打算和憧憬吗？

受访者：当时没有自己的打算，"为党好好工作"是第一理想，新中国成立初期强调"一切服从革命"，强调共性，不鼓励个体发展。

唐：您认为当时"重男轻女"的思想还大量存在吗？

受访者：五十年代是鼓励生育，七十年代是计划生育，只允许生两个，多生就要受批斗，但大多数人都想要男孩。

李：当时什么样的女性是被大家看不起的？

受访者：有生活作风问题的，性格活泼开朗的也受到非议，爱唱爱跳的也被说成是小资意识或小资情调。老实、埋头工作的人受欢迎。

李：当时人们找对象的标准是什么？

受访者：当时不讲究外貌和长相，一般说是讲究家庭出身，要"根红苗正"，要思想进步，要工作努力。关于家庭经济状况和个人收入嘴上不说心里会好好考虑的。

李：当时自由恋爱的多还是经人介绍的多？

受访者：当时很少有自由恋爱的，大多数是经人介绍的。

李：恋爱期间什么样的行为算比较过火的呢？

受访者：手拉手过火、手搭肩过火、多说话过火，都会遭到别人的议论，要像与其他同志交往一样才行。

李：当时年轻人一般是通过什么渠道获得性知识的？

受访者：当时没有性教育，年轻人也从不问，从不找这方面的书，都觉得丢人。

李：领结婚证的时候没人告诉你们去读有关书籍吗？

受访者：没有。当时结婚很简单，只需要单位介绍信和体检证明，连结婚照都不需要。

李："文革"中对资产阶级作风的批判是否更严重了？

受访者："文革"中男女接触较多，因为当时讲派系斗争，一派中有男有女，人们在接触中更注重政治立场，当时有保皇派和革命派，就是造反派之分，许多夫妻因政治立场不同而离婚。

唐：当时家务劳动占用的时间多吗？

受访者：结婚后，尤其是有了小孩以后觉得家务劳动很多：带孩子、买菜、买粮、买煤、生火、挑水，等等，白天工作，晚上下班和午休时间忙得不得了，没时间学习了，生活乱了套。

唐：您觉得又要工作又要干家务，生活负担重吗？苦吗？

受访者：因为太忙了，没时间想这些。那时住在部队里，领导经常教育我们说："做军人家属一定要把自己的孩子照顾好，把家管理好，不要让军人操心。"在部队里，物质生活是有保证的，地方上没有的东西部队全都有，我丈夫每月发的津贴相当于普通农民半年的收入，所以物质上不觉得苦。

# 新中国成立初期妇女的恋爱、婚姻与社会工作

采访者：李巧玲　唐海迪

访谈时间：2003 年 9 月 26 日

访谈地点：北京市西城区东官胡同 31 号乙院

受访者情况：W 女士，1927 年出生于重庆。长期从事中国妇女工作和妇女理论研究。

采访者：李巧玲(以下简称“李”)：您毕业于法律系，是什么原因促使您从事哲学与美学的研究?

受访者：解放初期是一个革命高潮时期，我国还不是一个法治国家，1949 年毕业后觉得法律无用，于是作为一名地下党员服从组织分配，解放后从事接管学校的工作。另一方面我自己对哲学也很感兴趣，当时有许多讲师团，我经常去听。后转入北京大学哲学系，时值苏联专家来北大讲课，我作为苏联专家的助教，边学边给北大的研究生讲授马克思主义哲学，为一些老教师开设“马克思主义夜大学”。后来又担任北京大学美学与文艺理论研究所负责人，在北大教书 20 年。“文革”中受到很大冲击，不得不离开北大，在人民出版社做编辑。“文革”结束后，调到全国妇联分管宣传理论工作，在妇联工作五年，1988 年退休。从妇联的工作岗位退下来后又担任全国政协委员，从事理论研究工作。在这期间，参与筹建了中国妇女管理干部学院，就是现在的中华女子学院，我是第一任院长。同时还在全国各地做了七八十次讲演，讲演的内容主要是当前的妇女工作和妇女理论问题。

采访者：唐海迪(以下简称“唐”)：您能介绍一下解放前妇女外出参加工作的情况吗?

受访者：解放前妇女外出参加工作的人不多，职业女性很少。主要有四种情况：第一种是“花瓶”，出来工作只是为了与家庭的身份地位相匹配，一般没有什么真才实学。第二种是所谓的“女强人”，这些人事业心很强，都成就了一番事业，但是她们生活中留下了很多的遗憾，如林巧稚、吴溪芳等人为了避免处理生活中的双重负担都终身未婚。第三种是结婚前或有小孩之前外出工作，结婚后或有了小孩之后回到家中照顾丈夫和孩子。第四种是为了生计被迫出来工作，这种情况比较复杂，如城市中大量的纺织女工；战争时期由于贫困许多妇女被迫卖淫，这种情况在解放前很普遍；广大的农村妇女

迫于生计不得不参加农业劳动，有些地区完全就是妇女劳力。

唐：新中国成立初期党和政府是如何动员妇女参加生产劳动和社会工作的？

受访者：妇女解放运动不是从新中国成立才开始的。国民党也领导和组织妇女运动，但是国民党的妇女解放运动主要集中在社会上层，目标是争取参政权，没能有效地发动群众，无群众基础。中国共产党自成立起就非常重视妇女问题，党的第二次代表大会就形成了关于妇女的决议。最初党的工作重点是女工和女军，建立农村革命根据地以后，广大农村妇女成为妇女解放运动的基本对象和依靠力量。解放妇女使之能参加革命就必须首先解除婚姻家庭对妇女的束缚，所以，第二次国内革命战争期间制定了《婚姻条例》，极大地解放了妇女和青年。广大农村妇女积极参加生产劳动支援革命和红军，许多农村妇女和白区知识女性也来投奔红军，她们在革命中、生产运动中和根据地政权建设中发挥重要作用。另外，在白区的学生运动和工人运动中成长起来的妇女干部为解放后的建设准备了从高层到基层的妇女干部力量。所以，解放前中国共产党领导的妇女解放运动就已形成了一种新的格局，即在根据地广大劳动妇女和知识女性是我们解放的对象，在白区女工和女学生是我们解放的对象。关于发动妇女参加工作主要做了以下几个方面的工作：首先是发动农村妇女，动员她们支援战争、参加生产劳动、经济建设和革命工作，同时注意随时将她们从婚姻家庭中解放出来，新中国颁布的最早的法典就是《婚姻法》。其次是建立妇联组织，制定宪法赋予妇女与男子平等的政治、经济、文化、社会和家庭权利。再次是组织了大规模的废娼运动，对娼妓进行思想改造和疾病治疗，使她们能重新回到社会、过正常的生活。最后是动员城市中的太太和小姐们出来工作，1949 年有一部分太太参加了社会工作，1955 年社会主义改造开始后，大部分太太们都出来从事街道和工厂工作，家庭主妇也都大批地参加生产。1949 年中国有职工 90 万，到社会主义改造完成时，城市职工人数上升到一千余万。这与生产发展和经济建设需要有关，也与大规模的动员妇女参加生产有关。关于职业分布：由于教育和科技的发展，许多妇女从事脑力劳动。是什么因素使妇女参加社会工作呢？我认为主要有以下三个因素：一是与社会发展和社会需要有关；二是与人的意识有关，新中国成立初期，人们都认为参加劳动光荣、做太太是不劳而食，平等意识也促使广大妇女积极参加社会劳动；三是与人们参与社会发展的条件有关，新中国成立以来妇女运动的发展说明，教育和科技越发达，妇女就业的范围越广，越有利于妇女发展。

唐：新中国成立初期妇女的职业选择有哪些特点？

受访者：“文革”前强调突破自己的职业领域，因为当时许多领域不让妇女插足如操作机械等，所以要注意这样一个问题：当时提倡“男女平等”、“男女都一样”有其特定的背景，当时有许多的“第一个”，这说明了一种突破，作为一种口号，目的在于鼓励妇女参加生产劳动，突破行业的性别禁忌。现在许多重工业劳动强度较轻，而女工最多的纺织工业恰恰劳动强度很大。宝钢按日本人当初的设计只允许有百分之五的女工，从事服务性工作，现在职工中有百分之四十是女工。首钢的总经理是一位女性，八个副总经理中有两个是女性。如果按以前的传统，没有那么多的第一个，何时才能走到这一步呢？我们既要鼓励她们参加劳动、突破传统性别分工的制约，又要对妇女实行劳动保护，坚决执行劳动保护政策。不仅是对妇女，对男性同样也应该有这样的保护。五十年代提倡“日战”、“夜战”、“苦战”，由于超负荷劳动，“三年自然灾害”时期男性的死亡率极高，其中很多是青壮年劳动力，所以，劳动保护很重要。我们不能一味地、简单地认为当时是“男女不分”，这里有一个突破行业禁区的问题。五十年代我们就有了对女工的保护政策和法规，在农村男女社员干的活是不一样的，所以工分是不一样的。“男女都一样”作为口号，它的目的在于鼓舞女性的士气，突破行业禁区。

唐：操持家务、带小孩一直是妇女的事情，新中国成立初期大量的妇女参加生产劳动，在社会服务系统还不完善的时候，如何解决边工作边照顾小孩的问题呢？

受访者：任何国家都存在这个问题，许多孩子被锁在家里。妇联在这方面做了许多工作，如利用街道妇女组织创办小餐桌、儿童活动站，等等。这是一个社会服务的问题。

李：那时候男女在工作和日常交往中有什么顾虑吗？

受访者：男女交往是一个过程，在工厂里，大多数较正常，在农村，规定生产队队长要男女各一人。实行家庭承包责任制以后反而没有了这些规定。其实任何时候都有封建意识，新中国成立初期这并未形成一个社会问题。“文革”期间对女干部有流言蜚语，人们不相信女性靠实力能取得成绩，如果哪位女性做出点儿成绩，就会有人说她与上司关系不明不白、“搞破鞋”，等等。这是一个长期存在的问题，直到今天仍然存在。

李：当时人们认为什么是资产阶级生活方式？

受访者：新中国成立初期穿旗袍不会有人议论，只是不时髦了。当时人们都崇尚革命，穿列宁服和花布连衣裙当时叫布拉吉，最时髦。当时穿列宁服最革命，列宁服同时也说明了一种身份，即是从解放区来的或者是军队上的人。解放军是中国共产党领导的绝大部分是农民的军队，他们进城后看不惯城里人的穿着，他们觉得太花哨了，于是就认为是资产阶级的东西。城里人同样也看不惯军队，觉得他们土得不得了：不会用抽水马桶，蹲在马桶上方便，为了节水把马桶上的开关卸掉，弄得整栋楼臭气熏天。后来军队逐渐习惯了，军队歌舞团的衣服也很漂亮，解放军（四野）也开始穿细布军服，穿衬衫、皮鞋，戴手表。

李：当时人们的择偶标准是什么？

受访者：关于择偶标准分几种情况。大学生一般比较浪漫，还是愿意找有文化的，但当时是一个崇尚英雄的年代，也有许多女大学生嫁给了老干部或是当时的战斗英雄。工人、农民结婚一般是以过日子为目的的，在他们的择偶标准中，封建的东西多于资产阶级的东西。知识分子在选择配偶时封建意识较少，在政治标准第一的年代里，相当一部分同志在政治运动中保持了恋爱、家庭婚姻和夫妻关系，这是非常值得敬佩的。

李：那时自由恋爱的多还是经人介绍的多呢？

受访者：在学校里自由恋爱多，在社会上经人介绍的多，因为当时主要是集体活动较多，社交并不公开。

李：当时您在北大教书，业余同事们在一起都做些什么呢？比如出去吃饭。

受访者：当时男女同事经常在一起跳交谊舞，我在(19)57、(19)58年经常到北大饭厅跳交谊舞，这些都是集体组织的。也经常和朋友们一块儿出去吃饭，这在当时是很正常的事。总的说来当时“服从工作第一、服从集体利益”的呼声高。

李：五六十年代学校是否对学生进行生理卫生和性教育？

受访者：没有这方面的教育。

李：当时人们如何获得这些知识呢？

受访者：一般知识分子是通过看小说知道的，农民是通过看家畜性交和为牲畜接生而一知半解，工厂工人之间说黄色笑话，其中大部分是有关性的。家长如父母亲、叔婶、哥哥、嫂子等一般会在结婚前告诉你，结婚前对于性知识一无所知的人是极个别的。

李：男女接触多一些会招来非议吗？

受访者：这没什么，在高校里有许多是师生恋，但一般是在毕业后公开恋爱关系。

唐：您是怎样理解“男女平等”和“妇女解放”的，您认为二者的关系如何，新中国成立初期在这方面有哪些不足之处？

受访者：妇女解放是人类解放的一部分。马克思认为妇女解放是从一种制度、体制、思想、行为规范等中解放出来，从束缚中解放出来；整个人类在进入阶级社会以后都有一个解放问题——人类的解放问题。有了私有制，就有了剥削问题、有了阶级划分问题、有了压迫和束缚、有了维护所有制的上层建筑和社会行为规范，强者按他们的意志束缚弱者以利于制度的巩固和发展。妇女解放、民族解放、阶级解放都是人类解放的一部分，所以妇女解放与人类解放是同步的，人类解放的最后标志是人类能自由全面的发展，这是以承认每个人的自由全面发展为前提的。这一点我们现在还做不到。如果你可以从制度方面解放出来，而你还没有从家庭劳动中解放出来，你仍未解放，所以不能自由。当物质极大丰富时，人们的需要不受劳动所得限制时，才叫自由、才叫解放。按劳取酬是不公平的，平等竞争也并不是绝对公平，比如大学教授的儿子和山区农民的儿子，他们可以平等竞争，但是他们的起点是不一样的：地域、生长环境、家庭条件甚至是天赋都不可同日而语，这怎么能说是平等竞争呢。女性的起点比男性差得多，强求环境一样是不可能的。现在只能做到法律上平等、男女同工同酬、按劳取酬和平等竞争，还不能解决由于不同的生长环境所造成的劳动能力不同所带来的不平等问题，此外，我们还必须承认现在是一个阶级社会。所以说平等是一个发展的概念，是随着生产力和生产关系的发展而发展的。许多国家已经解决了城乡差别，但还有脑体差别、阶级差别等没有解决。性别差别也一样，现在法律上的平等问题解决了，还有事实上的不平等问题，如家务劳动上的不平等，由于传统性别分工造成的妇女性格上、心态上的弱点，这些不平等关系往往已经内化为妇女自己的认识和行为准则。不平等的关系形成了不平等的意识，意识是反映关系的，经济上的依赖是一切依赖的基础，由于经济上的依赖必然产生各种关系上的依赖，这种依赖关系必然反映在意识上。男女的性别差别即生理和心理的差别虽然不会改变，但是性别差别的意义和分量不一样，是可以改变的，如痛经和分娩对妇女已不成为致命的威胁，使事实上的平等得以落实，这走过了很长一段时间。男女平等的全面实现需要科技和生产力的发展，需要生产关系和社会意识的不断变革，这是一个漫长的过程。

# 访谈录（四）

F A N G T A N L U

访谈人：姚立迎

F A N G T A N L U

# 自己再不乐意也要服从组织安排

访谈时间：2007 年 11 月

访谈地点：北京海淀区首都师范大学老干部活动中心

受访者情况：Z 先生，1941 年出生，天津人，原北京钢丝厂职工。

采访者：对于婚姻自由观念，当时人的想法是怎样的？

受访者：当时我们所处的那个年代，差不多在 1966 年前后，那个阶段谈婚论嫁都比较自由。我是 1941 年出生的，今年 66 岁，我们这批人在“文化大革命”刚开始的一两年都陆续结婚了，那个时候结婚还是比较自由的。我是 1948 年上学的，基本是解放后的时候了，我们那时受的教育基本上都是(提倡)婚姻自由的。当时我住在上海，工作后到北京，这两个地方思想都比较开放，我和我周围的同事都有婚姻自由这个观念，没有什么思想包袱。只有个别的，例如我们厂有个同事，清华大学毕业的，叫李根山，他迫于父母无人照顾，他的婚姻就是他父母包办的，他当时的想法比较陈旧，婚姻还得由父母定，因为将来还需要有人来照顾家里的父母，所以他听从了母亲安排。我们厂那个时候，无论是大学毕业的还是其他中专、大专的来工作的基本都是自由恋爱。以前我们厂叫北京钢丝厂，因为这个厂将来是准备发展成材料研究所的，所以技术人员比较多，全体职工差不多有七百多人，工程技术人员就差不多占 20%，对冶金局来说我们厂是个科研实验基地，技术人员大多是刚毕业的学生，没结婚的也就比较多。我是(19)62 年来北京，当时 21 岁，(19)63 年大学生就多了，当时这个厂处在创业时期，厂里的条件不太好，小伙子多，大家都住在平房，都在谈恋爱，大家很少谈到婚姻不自由。有的在大学或中专时就有女朋友了，有的女朋友在外地，比如天津的，他们交往都觉得挺好，没有任何约束，父母基本管不了。当然，当时也有个别父母干涉儿女婚姻的，有的城里的年轻人谈对象，父母嫌弃对方收入低或者嫌弃对方不是城市的，不是北京人，是农村的，等等，这样将来经济负担会重，父母会反对。在政治上，比如你是党员，政治上需要找个差不多一致的，如果不一致，有的单位领导也会反对。

采访者：当时择偶的标准主要有哪些？

受访者：当时的标准主要是政治上的，其他的都是次要的。当时的政治氛围比较左，强调政治是第一位的。我们这一辈人总是感觉政治上的压力很大，比如有些人特别喜欢学习，喜欢自己的专业，在这方面付出的时间比较多，这样就不行了，总有人要找你谈话，最低限度是技术组长找你谈话，说你只关心业务，不关心政治，不关心国家大事，这是不对的，等等。当时的情况是很形而上学的，基本天天都要政治学习，不厌其烦地学习，当时日报发表的社论，一论突出政治，二论也要突出政治，等等，天天政治学习而且还要发言，我们这些搞技术的当时每人都有很多任务的，比如技术改造，等等，如果天天这样政治学习心思就分散了，很多知识分子就不愿意了，这样就表现出一些抵触的情绪。这时组织上就要找你谈话了，说你家庭出身挺好，为什么这方面就不要求进步啊，说你业务挺好，又是团员，为什么不提交入党申请书，等等，这种政治上的压力是非常巨大的。知识分子一般都很有个性，有时和领导对着干，因此得不到领导的重用。我采取的是一种比较隐晦的办法，表面上也跟着你闹，但实际上我怎么想的还怎么干，比如学习的时候，那个时候学习"毛泽东选集"，我就拿个英文版或者日文版的看，这样他们就说不出什么了。这方面各个单位表现不一样，我们单位比较平和点儿，而且个人的应付方法也不一样，有很多人就跟着人云亦云，表面上总装着很积极。

采访者：当时选择对象也是考虑看你政治上积极不积极吗？

受访者：说是这样说，当然主要还是看专业，例如我们厂钢院毕业的老陈，在我们单位保卫科，以前没有组织部，这个地方保密性要求比较高，他谈的第一个对象是个教师，人很好，他也非常满意。那个时候谈对象是要向领导汇报的，领导知道这个情况后就调查了一下他对象的情况，发现这个教师非常活泼，怕这种性格会影响老陈的工作。领导就找老陈谈话，干涉这个事情。老陈是个党员，也是个积极分子，由于领导的干涉，最后老陈就只好忍痛割爱。当时他很痛苦，这个事情对他刺激挺大，但是他的党性很强，即使自己再不乐意也要服从组织安排。

采访者：政治上要好，性格上是不是也要考虑？

受访者：政治上要求其实是个幌子，只要你家庭出身还不错，不是地主、富农，不是右派等，领导也就不管了。其实心灵深处和现在年轻人还是一致的。

采访者：那个时候很讲究门当户对，对吗？

受访者：我们那个时候也不是很讲究，因为那个时候大家工资、生活水平都差不多，只要政治上差不多就可以了。比如说父母都是工人阶级的就差不多了，只要不是右派、现行反革命的，知识分子和工人都没有问题的。但是个人的择偶方式不一样，当时我们有个同事，太原理工学院毕业的，学轧钢的。她择偶就要志同道合，找个学轧钢的，她认为这样将来在技术可以大家一起切磋切磋，后来她找了对象，是冶金所的，也是搞轧钢的。

采访者：当时主要的择偶方式有哪些？

受访者：比如经人介绍的，自主认识的，这些情况都有。当时我的技术组组长是武汉钢铁学院毕业的，后来他的对象是石家庄的，山东工学院毕业的。这个女同志当时经常来我们厂出差，后来由于工作的接触，他们两人志同道合，最后就在一起了，后来我的组长就去了石家庄，到他的对象那去工作了。也有的时候两人在一起，互相都有了这个意思后，男同志找个介绍人，把这层窗户纸给捅破了。也有的就是同事觉得两人合适，就问问两人有没有这个意思，有的话就找个时间找地方介绍两人认识下。例如我们夫妻，我是(19)63年来北京的，我们当时都认识，各自是男女乒乓球队的队长，但没有说过话，我那个时候比较忙，后来就是我的技术组组长介绍的。女方主要是在意对方在单位的表现，有没有前途等，男同志主要看对方长相，看对方对家人是不是很好等。过去也有找外地的，但很少有在外面瞎搭讪的，因为大家都很怕，怕被误会要流氓，那个时候如果有了个污点，一辈子都抬不起头。当时也有在汽车上、火车上认识的，后来结婚了，我一个同事就是，这种情况也有，但很少。当时我们单位有个同事是我们人事科科长给介绍的，一个部队的军人。那个时候组织安排不像革命时期，介绍后就让你们结婚。那个时候就是安排你们认识，你们谈，然后跟踪调查、汇报、找谈话等，尽量安排给你们接触机会。组织虽然安排，但允许大家相互了解，如果双方乐意当然好，如果不乐意也是可以拒绝的。如果单位认定你作为培养的对象，组织就会对你的婚姻比较关心，也会比较关心你对象的基本情况。那时候一旦你结了婚，如果还有外遇之类的事情，组织上还是要管你的，不允许你这样。那个时候总的气氛还是比较自由，虽然政治上很“左”，如果你不触及，自由的空间还是很大的。当时，技术人员也是被改造对象，地位很低，老说知识分子脱离实际，一开始也和工人一样摸爬滚打，但是这对我们以后的工作还是很有利的。(19)78年后，这种情况改变了很多。

采访者：那个时候有收费的媒婆吗?

受访者：这个倒没有。都是同事出于好心给介绍的。对于媒婆城市倒没有，农村可能有。我那时就介绍了一对，后来他们快结婚的时候才告诉我，去参加他们的婚礼。

采访者：那个时候的婚礼是怎么办的?

受访者：那个时候结婚很简单。家在北京的，就请几个亲戚朋友举行个简单的仪式，关系不错的几个朋友凑凑份子，买个新婚礼物，到时大家吃点儿喜糖。办婚宴的很少，最多就是他们在家做顿饭，大家吃完饭就走了。这种情况还是很少的，大部分很节俭的。“文化大革命”前期，在大礼堂里举行个婚礼，厂里领导说几句话，大家一起唱唱歌，让两人说说恋爱史什么的，完了就散了。有时候也请一些亲朋好友，但也不是人人都请，特别是“文化大革命”的时候都分成两派，对立派是肯定不会请的。没有像现在这样穿婚纱，那个时候物质生活很匮乏，大家不太讲究这些。那个时候单位发两套工作服，家里的手巧，把另外一套工作服改改，就经常穿，有时候参加婚礼，都穿那套工作服。那时候以艰苦朴素为荣。外表是次要的，人的素质是最重要的，你是不是受人尊敬，关键是有没有本事。

采访者：当时对于军婚是如何看待的？

受访者：当时有个阶段解放军很吃香，我们单位有个女同事，很漂亮，性格开朗，是中专生，预备党员，父母也是革命同志，自己要求也挺严格。后来组织认为这个同志政治上很可靠，就给她介绍一个"二炮"的军人，那个同志也是做工程技术的，人也挺好，但工作很保密，需要经常出差。后来他们结婚了。那个时候大家对解放军都很崇敬的，当时的宣传就是部队的这些人都是保卫国家，都是很优秀的人，而且当时都是嫁给军官的，大家都很愿意嫁给军官，这在当时也是一种潮流。对于解放军经常在外，不能回家照顾家属，大家都是认可的。而且女方在家如果想要离婚，男方不同意也是离不了的。当时南海舰队一个首长和我们单位一个女同事结婚了，后来这个女同事生活作风不好，要和丈夫离婚。当时如果一个人在男女关系上作风不正的话，是很被人看不起的。大家都认为婚姻是神圣的，是一种责任。所以那时大家听说她要离婚，都很反对，组织也找她谈话。后来直到"文化大革命"后期，她爱人觉得实在不行了，才同意离婚了。

采访者：对于再婚，大家怎么看待这件事情？

受访者：这个大家没有什么非议，认为这是你个人的自由。例如我们厂的第一个孩子是脑瘫的那个女同志，最后也离婚了，后来又结了婚，大家都没觉得有什么障碍，但是她的婚姻始终不幸福，她也很痛苦，因为她是个很优秀的女人，后来由于婚姻的事情心理出了些问题。

采访者：女同志改嫁，做后妈，一般心理都有负担，担心能否做好后妈，大家怎么看这个问题？

受访者：这个大家都认为很正常，也没人管。有时候再婚的，关系不错的大家就凑个份子，但是钱很少，一块两块的，顺便开导开导她，不要考虑太多。

采访者：您觉得您那个时代婚姻，还有什么和现在不一样？

受访者：婚姻自由是肯定的。但是那时接触面很窄，信息量很少，大部分还是靠介绍，父母托人介绍。相互见的第一面很重要，一看行就谈下去，不行就算了。

# 破坏军婚就会有开除等惩罚

访谈时间：2007 年 5 月

访谈地点：北京市海淀区首都师范大学塔 1 楼 5 号

受访者情况：T 女士，1931 年出生，湖北人，教师；C 先生，1930 年出生，广东人，教师。

采访者：您对婚姻自由有什么看法？

受访者：解放时，我们只有十八九岁，对于解放前那一段不是很了解。我们也知道解放前婚姻不自由，家长包办等情况，但我们自己并未亲身经历。从我们来说，我们结婚比较晚，(19)58 年结婚，那时候都二十多岁了，在当时来说呢，女同志 18(岁)就可以结婚了，我们那时候都二十七八岁了，属于晚婚那类的。我们属于自由恋爱的，我们是同事，在接触当中慢慢认识、熟悉的，没有经过人介绍。那时候是(19)54 年、(19)55 年左右。我们是(19)58 年结婚的。我们家里他是解放前入党的，我是解放后入党的，所以工作后一心都扑在工作上了，对于家里都没有怎么管，当时就我母亲帮着，没敢过早要小孩，我是(19)31 年出生的，(19)62 年才要小孩，31 岁才要的小孩，这点跟当时的情况不太一样，当时人结婚比较早，我们因为工作、家里的经济情况等关系结婚比较晚。那时候的人大学毕业后，像咱们这里，一般都是二十三四岁结婚。比当时《婚姻法》里规定的年龄要晚，《婚姻法》规定是 18 岁、20 岁，但我身边因为接触的大部分都是老师，所以没有那么早结婚的。像我身边的一些老师，一般家里都是两个小孩，虽然国家那时候没有计划生育，但是一个是工作上不允许，再一个经济条件也不允许，像我们系没有说要太多孩子的，有两个是三胎的，那都是属于办公室行政人员，搞教学的女同志，一般和我年龄差不多的，都是一个孩子，后来因为“文化大革命”，时间充分一些，一部分人要了二胎。

采访者：当时人找对象，有的是经人介绍，像您是工作当中认识的，当时选择对象的标准是什么呢？

受访者：那时候，作为我们来说，我接触的大部分都是同学、同事。出身问题那个时候是讲，我们当时不是特别考虑，不一定非要门当户对，但基本上家里都差不多，不是说差异特别大。我们接触到那些农村来的，他们结婚就比较早，像我们系当时就有，男同志从农村来，考上大学之后到北京工作，他的爱人就在农村，到“文化大革命”后才把爱人接过来，没有正式工作。一般城里的知识分子，多半是在城里找对象。我们谈恋爱的时候，我们都已经是党员了，没有考虑过这一条。我们的同事中有的人还真是考虑这些，比如政治条件、工作表现、家里条件，等等。当时我们单位里的人，都是挑选出来的，政治上一般都没有问题，都是好的。当时的青年一般来讲，首先的一个条件，就是从政治条件上考虑，不是党员也是团员。当时，在师院，有的是同学之间认识的，有的是工作之后认识的，也有的是同班同学。当时接触的人大家的条件都差不多，相貌、金钱并不大考虑，不像现在的年轻人，女的可以傍大款啊，男的希望找个年龄小的、长得漂亮的啊，起码当时我们这些高校里的、刚参加工作的没有，除非那些从农村考过来的，后来留在学校工作的，这里面有的是已经结婚了，有的还没有结婚，那就是家里给找了。1956年时，可能农村里还有的地方要看经济条件，考虑孩子多，比较困难，因此考虑这个多一些。那个年代，讲求男女平等，大家各自挣各自的工资，不一定要找个比自己工资高的。那时候，没有说是我在家不干活，不工作，就靠老公的，那会被人瞧不起的。一个是经济条件也不允许，另外风气也是这样，大家都有工作的。

采访者：为什么1953年后离婚的突然增多？

受访者：那个是老干部，工农兵干部。由于进城后，思想上发生变化，希望找个有文化的人，各方面可以谈得来，对他工作有利。过去在农村里边工作的那一套，农村妇女的这一套，已经陈旧得不行了，随着环境上的变化，工作上要求的变化，有一些干部是南下大军挂帅的，他们这方面的要求会比较强烈一些。当时这样的情况不少，像咱们学校一些离休的老领导同志中就有这样的情况。

采访者：《婚姻法》公布后，大家有没有觉得因为婚姻自由，所以以前包办的婚姻就都要离婚呢？

受访者：这个情况，如果你从革命队伍里面来讲，什么叫包办呢？好多婚姻也是工作之中发生的感情，进一步结合的。或者当时好多情况讲级别，有的是到了一定的级别，组织上才会批准结婚。为了照顾一些首长、领导，组织上关心同志，就会主动物色一些条件好的，并且双方情投意合的，进行撮合。新中国成立以后，这种情况，从我们解放前后参加工作的同志来讲，好多情况是不存在这样的问题的。大部分都是在工作岗位上认识，谈恋爱的。我们部队南下的时候，好多人有的是在学生时代就谈恋爱的，有的是在南下过程中谈的，有的女同志是找工农干部，彼此年龄差距大，但是男同志级别高，女的只是刚入伍。因此，好多就跟之前农村的就离婚了，再结婚。好多离婚的就是工农干部，我们接触的人里面有这样的，这样的情况存在一定的比例，我们表面上不说什么，私底下也瞧不起这些。也有的是女同志因为婚姻是父母包办的，因此有了《婚姻法》之后，婚姻自由了，所以就要找个喜欢的，也有这样离婚的，但一般文化层次高的，都是自由恋爱的，自由恋爱的就不存在包办婚姻。当时的思想，有的也比较单纯。像我的那个家庭，弟弟妹妹多，就要体谅家庭多子女的困难。在自由恋爱的过程中，家庭也会有阻止，但是家庭一般阻止不了的。因为都工作在外，不受家里控制。解放以后，知识分子里面都是这样的，但是农村就不行了。因为要劳动，经济大权都控制在父母手里，都得听父母的，因此要区别地区、城市、农村去考虑。我们结婚的时候，就借了个县委招待所，就办了仪式。后来是同事们一手张罗的，当时同事之间感情很好，领导也很平易近人。我们当时的仪式就是按照革命队伍里面的仪式去搞的，证婚人、主持人都是我们的领导，当时也还有给毛主席鞠躬，等等。不像现在还要看什么双日子，那时候就是抽出空闲的日子来办事。那时候知识分子都没有坐轿子了，农村里面也很少有。过去那种花轿都是解放前地主老爷们操办婚事时有的，一般老百姓也不用的。我们那会儿在农村工作的时候，在农村吃派饭(编者注：指干部下乡工作时不在食堂用餐而是分派到农户家中吃饭，干部要付一定的饭费给农户)。我们两个都是工作当中认识的，那个时候经人介绍的也有，但大部分都是工作当中认识的，自己认识的情况多。

采访者：解放后，对军婚如何看待？

受访者：那个时候，大家都能理解保护军婚，因为刚解放，抗美援朝，男同志打仗去了，一般人都同情军人。基本上如果爱人去打仗了，女的都会等。也有破坏军婚的，破坏军婚就会有开除等惩罚。一般来讲，解放初期大家对军婚都是支持的，家里和邻居都支持，政府也有优待，热情很高，六十年代以后就变化了。有的时候，也可能个别人在工作中，在平常的接触中，女方和男方会有出轨的事情，但是比较少。刚解放的时候，解放军是到学校里面找对象，通过联欢等形式慢慢认识，然后交往。那个时候解放军的威望是相当高，大家都愿意找解放军。解放初，女同志最想找的是解放军，后来，就逐步开始愿意找干部了。解放前后，这里要分不同的情况。过去受强迫婚姻的影响，后来离婚，有的呢，不办离婚手续，在外面就另外又找了，这些情况都有。但是年轻人里不存在这些问题，那些工农干部抛下糟糠之妻，离婚的挺多的，同刚参加工作的小知识分子结婚的比较多。我们南下的一些工农干部，还有当地的干部都是这样的情况。有的干部由于当时条件不允许，当时并未离婚，有了条件后就与和自己年龄相差比较大的结婚了。

采访者：当时为什么对大学生提倡晚婚呢？

受访者：当时59届、61届的学生是不能谈恋爱的，但这个也阻止不了。61届的学生谈恋爱的后来成了十几对。当时大学生中有的是结婚后上学的，那没有办法，但如果上学后要想结婚学校是不允许、不批准的。

采访者：当时年轻人对于结婚、离婚的这种自由观念是不是特别深入人心？

受访者：农村里，如果有儿子的话，就得想着盖房子，但当时家长管得已经不像包办了，都是相互介绍，成就成，不成就不成。到现在，他们也还是想着要给儿子挣钱盖房子。现在家长也还是听孩子的想法。作为家长，不管你找不找，但是作为家长我还是得该找的找。

采访者：当时结婚的手续和婚礼的仪式呢？

受访者：结婚的时候都要登记，很简单，就一张纸条，大家都严格遵守《婚姻法》。那个时候结婚也没有什么特别的仪式，因为当时的经济条件和社会条件不像现在，人民生活水平提高了很多。那时候，没有工作以前，家里要负担父母，弟妹上学等这些事，我也得负担母亲，当时的经济条件也不像解放前，两个人把铺盖卷在一起就行了。也不兴大操大办，不像现在。那时候就是两个人谈得合适了，就去结婚登记，领个结婚证就完了。当时工作比较忙，挺辛苦的，因为不太熟悉。那时候我们那一帮人都没有结婚，都是大学毕业分到那里的。对同事呢，就是买点儿糖，请大伙吃个糖，我们连糖都没有买，那时候生活比较困难，也没有什么家具这些东西。他是单身工作的，我也是单身工作的，然后学校给间房子，这就算行了。也没有可能自己买房子，那时候房子都是单位的，结婚后就住筒子楼，不像现在买房子什么啊，那时候比较简单。

# 文化程度都差不多，这样比较有共同语言

访谈时间：2007 年 5 月

访谈地点：北京市海淀区首都师范大学主楼

受访者情况：Q 先生，1937 年出生，上海人，教师。

采访者：您能说说当时的人对婚姻自由的看法吗？

受访者：我是(19)37 年生，(19)56 年上大学的，华东师范大学毕业的，同学大部分都是南方人。我们同学现在留在北京的有十个人，据我了解，有九个人都是自由恋爱结婚的。只有一个也算自由结婚，他是介绍的然后结婚的。我们九个人都是毕业后到了北京后，才谈了朋友，后来结婚的。我爱人就是这个学校中文系的学生，后来毕业分到京师公立第一女子中学(后改为“北平市立廿一中”)工作。我们交往了五六年后才结婚的。因为都是大学生，婚姻自由的观念都深入人心，另外一个是受《婚姻法》的影响，还受巴金的(作品)《家》、《春》、《秋》的影响，而且我们这些人家里都比较民主，因此大家都自由恋爱。大学生基本上都是自由恋爱，但是也有包办的，比如政治婚姻、金钱婚姻等。我中学的同学中就有，女方家里是牙科医生，就算是很富的，她就要求对方，也是我的一个中学同学，男方家里是郊区的，种地的。因此女方家里要求门当户对，后来女的受了打击，精神出了点儿问题。那个时候党的干部也不讲究门当户对，但是经济上的要求是比较讲的。我们这十个到北京的人，素质都很可靠，都是知识分子，父母都是允许自由恋爱的，一个是《婚姻法》大张旗鼓的宣传，几乎全面总动员，另外受到电影、小说的影响。巴金的《家》、《春》、《秋》是当时流行的小说，用事例生动地说明了包办婚姻是吃人的，让人深恶痛绝。大学生明白自己的事情要自己做主。我是解放后在学校看的电影。

采访者：当时的择偶标准是什么？

受访者：我们同学这十对里面没有一个漂亮的，相貌并不是标准。总的来说吧，就是可靠。当然两个人的地位都差不多，像我们这些同学基本上都是大学同学，文化程度都差不多，这样比较有共同语言。政治上当然也有一些共同的想法，政治上要可靠，大家的政治信仰要先进。但我知道的，我中学的同学，南方人，不是很考虑政治上的问题。六十年代后开始强调阶级关系，从那以后，阶级斗争这个弦就绷得很紧了，也影响到当时人的择偶标准。

那时候，结婚的时候父母就开始考虑政治问题了。我们上大学的时候，五几年的时候，并没有这个问题。顶多会有一些资本家，这个不允许结婚的。

采访者：当时经人介绍的多还是自己认识的多？

受访者：介绍的也有，但介绍也不是盲目，但是都是要经过几年了解才结婚的，没有像现在的小青年认识没有两天，就草率地结婚，然后又草率地离婚。我们都比较注重婚姻基础，我们这十个人都没有离婚的，大家夫妻的感情都比较和谐。婚姻基础应该有一段比较长的了解过程，它对你的工作、你的家庭、你的个性都有影响。个性很重要的，如果个性不合，很难相处的。不能互相包涵，不能相互宽容，动不动就离婚。我们那一代人，都是比较能够同甘共苦的。我觉得我们这一代人第一是忠诚，不能做对不起对方的事情。第二是关心，互相关心对方，照顾对方。第三是宽容，要包容对方，理解对方。

采访者：(19)53 年后离婚的很多，为什么会出现这样的情况呢？

受访者：老干部很多，一个是政治原因。地位的原因，因为地位变高了。当时一大批进城的老干部，就不要自己原来的妻子，都开始新找了城里的姑娘。因为自己当时地位变高了，觉得之前的妻子和自己不般配。老干部觉得自己是高干，一般也都是男同志地位变高后，和女的离婚的，没有女的地位变高后，和男的离婚的。有的女同志提出离婚，是因为婚姻是父母包办的，要追求婚姻自由。不过，基本上中国的女人都比较传统，所谓“嫁鸡随鸡”了。再者，“不看僧面看佛面”，孩子是“佛面”，为了孩子，怕孩子以后受苦，因为女的一般都比较疼孩子，也就不离婚了。虽然有了《婚姻法》，但一般的女的其实还不敢离婚，除非男的特别不像话。我看我身边的女的一般都是忍气吞声的，很少有离婚的，还是受传统的影响，一般都是男的提出离婚。还有一种是，如果女方是地主家庭，男方就会提出离婚。如果男方是地主家庭，女方一般是不会提出离婚的。另外，历场政治运动，如果男方被打入右派，女方受到单位、组织上的压力，要和男方划清界限，会提出离婚，基本上婚姻都破裂了。打成右派的人生活都是很惨的。我们学校就有这样的例子，两个人现在都七十多岁了，吃饭都是分开吃，就是因为当初政治斗争，影响到现在的生活。农村这个离婚的情况我不是太了解，不怎么接触。

采访者：请您谈谈对于军婚的看法？

受访者：军婚我也不太了解。

采访者：对于晚婚的看法？

受访者：解放后，晚婚很难，农村很难的。农民是不认可的，但知识分子是认可的。虽然《婚姻法》规定是 18 岁、20 岁，但是我们那个时候是先事业后家庭，把事业先站稳了，再考虑家庭。因为大学毕业就 22 岁了，而且以前大学生不允许结婚，不像现在，当时如果结婚就得退学的。毕业后大家都不会马上就结婚。那时候，家里也不会催着，因为你在外面工作，家里想管也管不了。反正知识分子早婚的很少，农村的早婚的很多，因为“早生贵子”的思想很严重。我们并不是因为当时政府的宣传提倡晚婚，主要还是考虑先发展事业，把事业站稳。

# 大家看不起离婚再婚的

访谈时间：2005 年 1 月

访谈地点：北京市丰台区岳各庄解放军总装备部大院

受访者情况：X 先生，1940 年出生，北京居民，工人；X 太太，1940 年出生，北京居民，工人。

采访者：您对重男轻女的问题如何看待？

受访者：直到现在也在提倡妇女地位提高，但是多年流传下来的观念还是让大家喜好男孩。我虽然不在农村生长，但是在农村生活了一段时间，和农民接触，重男轻女特别严重。多子多福，不见男孩不收兵。在城市里也是这样。如果生了男孩可能婆婆就高兴，(生了)女孩可能就没有好脸，生个男孩还给点儿鸡蛋，要是生女孩就得干活去了。我母亲生我是女孩，我家还算有点儿文化、有点儿钱的，我是第一个女孩没受歧视，第二个我妈又生了女孩，我的名字我爷爷起的，爷爷喜欢女孩，但是我爷爷的父亲不干了，所以我妹妹出生后就不允许我爷爷起名字了，说什么还得要，等我弟弟出生后，我妈妈的地位好像一下子改变了，我弟弟就是“太上皇”，老太爷有点心，我们谁都不许吃，我弟弟随便吃，而且可以跑到他的头上、膝盖上坐着，尿尿啊，什么都可以，老爷子还特别高兴。

采访者：有特例吗？

受访者：我婶母有六个男孩，不见女孩不收兵。她觉得女儿是母亲的贴心棉袄，将来女孩跟妈一条心。当时我母亲有两个女孩，我婶母老和我妈商量过继一个(女孩给她)，直到她四十多岁了，终于生了一个女孩。

采访者：您对妇女解放的自身感受如何？

受访者：我这个年纪的人对解放没有太大的感受，我的母亲应当才是感受最深的一代人。我从小，大概(19)50 年，就上幼儿园了，真是万分之一(的幸运儿)，因为那个时候最低生活费是五块五，我的托儿费就得十几块，所以从小到大我没感觉到自己是“半边天”，我觉得自己是“整个天”。后来家里发生事情基本我说了就得听我的。我上学的时候也是自己做自己的主，真正是我母亲那辈(对解放)才有感觉。她们老一辈的人变化最大，比方从装束上。解放后把头发剪了，髻也不梳了，以前还要开脸，结婚前后的装束是不一样的，结婚后盘头用老弦把脸上汗毛剪了，解放后穿上列宁服。这些变化父辈女性感受非常大的。能上班了，而以前能上班也没有条件，(19)58 年走出家庭，到社会上去工作，然后吃大锅饭，共产主义了。我们大杂院办食堂，腾出来三间房子。(19)58 年一度价钱很低让孩子上幼儿园，就为了解放妇女，后来“自然灾害”，就散了。

采访者：婚姻自主，有冲突时如何解决？

受访者：婚姻自主在“十七年”里仍然是主流，尤其是解放初期婚姻自主宣传得很厉害。当不能自主的时候，真的和家庭决裂，和电影上说的那样，脱离封建家庭，摆脱封建婚姻束缚，走上革命道路的人极少。那时候出现的矛盾主要是门不当户不对。当时我接触到的事情，是婚姻自主，自己选择，她自己不了解家庭的成分，具体情况，但是父母过不了这关。父母觉得对方是资本家的孩子，咱们和人家攀高亲不行。而这种不是普遍的，真的是说女方坚持婚姻自主，不顾父母的反对，和家里决裂，这样的是少数，但是也有。多数都是说服父母，说服不了的情况下以妥协告终。我一个同学，小学毕业的时候我 15 岁了，那个人比我大 4 岁，叫秦怡，演过电影，她就是婚姻自主，最后和家庭决裂了，和她的两个弟弟，和她的父母都脱离关系了。我是(19)55 年小学毕业，她那时候都十八九岁了，也是小学学历，在班上和大姐姐一样。她小学毕业就到天津去了，是因为婚姻的问题离开家庭，她的父母是“北影”的，她爱人的工作不清楚。别人的看法，后来我们这些同学之间的议论，说这个人真能耐，个性特别强，有主见，有些佩服的色彩。从我父母来说不赞赏这个，父母给她养这么大最后跑了，觉得她太自私了。这样的人不典型，但是也能代表一部分人的想法。《中国妇女》、《新观察》都有这些内容，婚姻自主在女同志中确实是有种意识，是主流思想，她们会遇到其他的很多麻烦，经济地位、文化程度、阶级成分不相当。大学毕业找了个大字不识的，但是大字不识的妇女形象特别好，这样的婚姻也是有的。大部分在事实上还是妥协父母的。当时《婚姻法》宣传的力度很大，甭说那个同学，连我那么点儿都知道，何况她的家庭父母都是文艺工作者，和父母都大字不识还不一样。她父亲是“北影”的美工，她可以接触到社会上很多信息。而且我的学校在积水潭附近，我的老师也有离婚的，小学生就会议论，不知道别的，就说这老师就一个人，那是跳舞跳得就剩那一个人了，那男老师是体育老师。社会信息、家庭信息和大杂院信息让我知道好多，当时广播不普遍，读书看报的机会也不太多，但是大多数还是知道婚姻自由的。而且街道也有这样的宣传，挂着大横幅，认识字的人就知道了，收音机里也说。另外就是大家聊天的时候还有学校和主要的街道宣传。体育老师姓徐，业余爱好跳舞，带学生也是考跳舞，我是跳舞不及格，那时候集体舞在小学里特别普遍，《让我们荡起双桨》都能跳集体舞。

采访者：招女婿的社会评价怎样？

受访者：社会评价不高。都认为小子无能，更名改姓。招女婿有几种情况，一种是男方本身形象很好，但是经济地位低下，女的看上他了，男的就图有个家，女方家往往没男孩子，想有个劳动力。当时招女婿的人很少。我办公室一个同事“倒插门”，这女方家里三个闺女，在农村，这男的家里哥们儿七个，这男的挣钱很少，对象不好找，家庭经济困难，所以“倒插门”了。这是居民插到农村去了。没有改姓，他爱人缺两根手指头，但是当时家长同意，男女双方也同意，女方想有个劳动力，有个主心骨。后来他俩生了三个孩子，孩子随男的姓。但是社会舆论主要说男的没能耐，法律上允许，但是大家不认可，即使不更名不改姓也不被人接受。男的“倒插门”过去，可能城市和农村不一样，农村对这个过门的儿子待遇还很好，毕竟是个劳动力，城里就可能不一样。“十七年”里，“倒插门”很少，社会评价也不是正面的。

采访者：请您谈谈童养媳的问题？

受访者：童养媳解放初期有，是解放前遗留的问题。我家以前住在后海的羊房胡同，这胡同里我知道的有童养媳的就三家。孩子叫大妈、二妈，二妈就是童养媳。其实解放前已经算合法婚姻了，解放后就算不合法了，大妈、二妈相处得还很好，后来宣传《婚姻法》力度越来越大，这个二妈就在家待不下去了，街坊四邻都知道这怎么回事，二妈就参加工作到广播器材厂，她在家里也没有自己的孩子，最后就离开这个家了。解放后的童养媳我没有听说过了，顶多是农村里的娃娃亲。解放后根本就不允许有童养媳，所以根本就没……要说解放前同学里有大妈、二妈的人不少，一个班四十多个人，起码有三五个的，一说就是大妈、二妈，同学不理解，以为是大妈和婶子呢。胡同里还有一个姓郭的，解放后岁数已经特别大了，当时都60岁了，所以就一直在那家生活下去了。我们去他家就叫伯父伯母，管二妈也叫伯母。童养媳消失的原因和当时政府的宣传有很大关系，还有一个是妇女地位的提高，还有当时文化地位的提高，大字不识的开始认识字了。《刘巧儿》、《小二黑结婚》、《两家春》(小女婿)的戏上演。妇女自己也开始意识到自己当童养媳是自己的地位太低了，已经是童养媳的人，环境就让她不愿意在这个家里待着了，可能在原来的家里有歧视、虐待什么的。童养媳也不是无偿的卖劳力，女方父母是要钱的，牺牲自己女儿长远幸福。我觉得当时童养媳消失主要是国家宣传和妇女的自我意识提高了，妇女本身对这个已经不认可了。

采访者：请您谈谈当时婚姻的媒人和彩礼问题？

受访者：多数老百姓还是认同彩礼，以前结婚女方要有陪嫁，男方也得准备好东西。但解放后男的结婚前如果家庭不是很富裕，女方为了子女以后生活更好，婚前彩礼不是没它不成，把它放在重要位置。六十年代的人多接受简单的婚姻，集体婚礼，单位还给办婚礼。我单位有女的是北京人，男方是江西人，我组织大家出钱，最多五毛钱，然后到街上买点儿脸盆、毛巾、枕巾什么的，在会议室布置一下，写上联下联，大伙买糖、买点儿茶叶，单位领导主持，有的会把家长也请来。先向毛主席三鞠躬，向双方父母鞠躬，夫妻互相鞠躬，然后领导讲话祝贺一下，提个希望什么的。最主要的是大家吃糖聊天，也不吃饭，也没有闹洞房。集体宿舍给腾出一间给两人。仪式很简单，大家也乐意，经济实惠，自己顶多买床被子，但是仪式的钱不用出。最多领导出一块钱，把生活必需品都买了，炒菜锅、茶盘都送齐了。他们回家也不用单办了。我和老伴结婚他父亲做了个大衣柜，我这里就一张桌子一张床，我骑着自行车，组织一个大概十多人的自行车车队就把我老伴接来了。介绍人这样的人乐意这样做，主要是觉得是行善积德、成人之美的事情，媒婆是收礼的，介绍人都是非常热心的人，没有人图钱财，主要就是想成人之美，成了非常高兴，还愿意自己花钱给人出份子，而且当时两口子吵架还可能找介绍人调和调和。“文革”前介绍人和现在的介绍人还有区别，那个时候两口子有矛盾了介绍人还会说和说和。夫妻打架的时候街坊也会劝，那时候人情味儿很重。结婚的时候必须请介绍人。介绍人主要起搭桥作用，最终决定还是得男女双方。媒婆就挣钱，已经职业化了。当时没听说过婚姻介绍所。

采访者：当时如何看待离婚问题？

受访者：社会上对离婚鄙视，大家看不起离婚再婚的。老百姓看张三离婚了，首先就说这家女的作风不正，多数先谴责女的，不说男的是不是有外遇。女的离婚再嫁更难了，这跟咱们封建社会时间太长有关系，几千年的夫权压迫，妇女地位太低了。所以别人看来可能觉得是女的乱搞。当时离婚的不只是年轻的，很多岁数比较大的也离。干部、军人，特别是国家干部，有一定权势的、经济地位上升的，但是家里的媳妇在农村又是小脚，所以就离了找城里的了。从男方离的原因不外乎是看不上以前的老婆了，看不上的因素主要是没文化、小脚、形象差，带不出来。要是从女方来说，主动要求离婚的，往往是夫权压迫得她实在受不了了，或者是自己觉得自己和对方没有感情。有的男的对女的说打就打，说骂就骂，而且还动家伙打。有的没孩子更容易离，有孩子还好些。真是说女方看上合适的了，见异思迁，这样的人是少数。女同志往往从一而终的思想比较严重，即使有点儿不合也要在一起凑合，为了孩子，为了家庭，也免得让别人说自己“二婚”。但是从整个社会看，离婚在当时还不是很普遍。离婚再嫁叫往前走，真往前走的这些人如果有孩子再组家庭难度很大，除非对方也有孩子，也是“二婚”。当时多数还是女的带着孩子，有的自己就带孩子过一辈子。当时女的在实在不得已的时候才走这一步。

采访者：是否存在第三者插足？

受访者：存在第三者插足的现象，是造成离婚的原因之一，但是鸡蛋如果没缝苍蝇就没地方下蛆。家庭生活不和睦才容易出现这种情况，而往往是男方见异思迁。好多人都因为跳舞离婚。那时候二十多岁的人很多人都喜欢跳舞。在(19)54到(19)58年跳舞特别盛行，(19)58年大炼钢铁、三面红旗，就没时间跳舞了。连小学体育都考跳舞了……男性有更多机会去了解去接触其他女性，到(19)58年大家都炼钢去了，白天晚上转圈炼，轻伤不下火线，我的班主任都晕在炉子边上了。大家对第三者的态度很是谴责，社会舆论很大。有个姓彭的老师，当时是我们音乐老师，唱歌好、形象好，在广播电台兼职，三十多岁。五十年代戴墨镜的人在老百姓眼中就是流氓，我的那个老师就戴个大墨镜，骑个轱辘特别小的车，烫发，长得又漂亮，她就离婚了。她爱人就见异思迁，到(19)57年"反右"，大字报写她的特别多，资产阶级臭小姐。女的插足的人比较多，外界给家庭提供了插足的机会。有的家庭本来很稳定，但是咱就说跳舞的那个，平时没有跳舞哪有机会了解别人去啊。学校里也是男生一班，女生一班。男的觉得原来的家看什么都不顺眼，原来的小矛盾可以小题大做，有在外界找到共同语言的人，又有共同爱好，就觉得家里的妻子和自己差距比较大了，就算家里没矛盾，男的有时候也经不住诱惑。关键还是他自己。女的有这种想法，男的也乐意，这是鸡蛋和苍蝇的问题。这男的表态，这种事情太多了，我单位里处理这样的事情，关键是男的对这个家庭不负责任。

采访者：请您谈谈单位领导对职工生活干涉的情况？

受访者：单位领导在夫妻闹矛盾(生活作风)时能起一定的作用，领导会以领导身份、党员标准、党的纪律约束你，但是民不举官不究，如果你的爱人到这里告发来了，拿出证据了，领导就得管。但是家里不主动找来，领导是不会主动去找事的。顶多群众有这种反映，但领导没有真凭实据，管起来太被动。这件事情因为有了证据和家属举报，所以采取诱导启发，党员该做什么不该做什么，来谈话。有的领导吃喝拉撒好像都要管，但是是有特殊情况的。我当初在前门的一个单位，整个单位的人都有亲戚关系。夫妻离婚时要领导开证明，我会真心地劝和不劝分。家庭不和直接影响一片。家里的人都在一个单位，从大的方面考虑，而且矛盾到一定程度了，单位会过问过问，否则会影响上班，会影响单位的工作效益问题。

采访者：是否有溺婴情况存在？

受访者：少，少，少，极少极少，基本上没有直接听说过。多数孩子多的话，尤其是女孩子，解放后，给人。我的婶子曾经介绍过，她在新中国成立前夕，在后海看见一个绝望的人，那个人想把孩子扔后海里面，然后自己去闯关东，孩子是拖累。我婶子看见了，就把孩子介绍给院里一个姓张的人家，这个孩子是(19)47年出生，现在五十多了，但是她不知道自己的身世。这是解放前，人为了自己的生计，把孩子扔了。解放后，子女多，真正溺死的、掐死的没有，多数处理办法是给人。看你家有钱，又缺孩子，然后把孩子送人。往往都有个口头约定，就是死门，今后永不来往，一次性两相情愿地给多少钱，以后就断了。解放后，张家又收养了一个男孩，这个男孩的家也是因为自己子女多，养不起，把孩子给人了，他的生身父母在陶然亭，这样经过别人介绍，就把这孩子过继到这家了。这样张家就有了一儿一女。张家自己没有孩子，但是女的还很想要孩子，养儿防老，闺女怕指望不上，所以又过继了一个，这个儿子是(19)54 年出生，今年也五十多了。

采访者：家庭暴力情况怎样？

受访者：有一部分家庭暴力，多数家庭都是很矛盾的，当然都有矛盾，矛盾主要是经济原因，到月底了没吃没喝，说男的少抽烟喝酒，钱就出来了，还有因为孩子闹矛盾，但是不会激化到家庭暴力。张家老头子军阀作风，关起门来打，谁劝都不行，后来因为抱两个孩子了，女的从孩子方面考虑，没有和他离婚。但是这个男的恶习难改，打顺手了，打老婆的时候，街坊到德胜门找男的的妹妹，他妹妹来都不开门，继续打。女方的娘家管不了这些事情，那个女的都是姐们儿，各自成家了，谁也管不了谁，如果有个弟弟哥哥什么的还有可能。有的时候女的挨打了跑回娘家，娘家人还要劝这个女的回去，因为女的已经是别人的人了，在娘家过夜就说不清了。顶多劝劝男的，没有什么有效的办法。女人嫁出去真的就是泼出去的水，就随夫家的姓了，即使是娘家人也这样认为的。

采访者：分家问题如何解决？

受访者：结婚前我奶奶两个儿子，每个儿子挣钱后由老人主持过日子，结婚后三间屋子，每人一间，然后各过各的，吃饭也不在一起了，算成立小家了。我的祖父祖母当时是个大家族，在方庄胡同，我奶奶分家的时候分了钱、家具、水缸啊，桌椅板凳啊，然后自己出去租房。当时我祖父在外面工作去世了，我奶奶成了寡妇，一个人在这个大家族里生活受歧视，但是我奶奶本人很要强，不想受歧视，于是决定带着儿子离开家庭。当时家里分了钱，用这个钱租房，给儿子办了婚事。我的父亲和哥哥，两个人都在中华大学工作，老人给儿子张罗对象，在她的操持下，给儿子分别找好媳妇。儿子成了家，就必然另过了。因为分别结婚了还在一起过，不好过，老人考虑妯娌之间、婆媳之间的问题。妯娌之间、婆媳之间的相处不容易，分开了，避免了很多家庭矛盾。老人觉得儿子都有家了，你们每月给我多少钱，我愿意跟谁过跟谁过，你们自己过自己的了。避免了好多矛盾，分家之前没有闹矛盾。而且老人岁数越来越大，精力体力也不够使得了，没法掌管一个大家庭了。大杂院里的其他人家，住在一起，也不在一起生活，有个姓于的，哥仨，分别有自己的房间，起自己的灶，老人愿意到谁家吃到谁家吃。如果老人只有一个儿子的话，就不分了，这个儿子负责养老送终。儿媳妇再厉害也不敢把老人分出去。而且那个年代儿子拿大主意，儿媳妇是从属地位，不敢对公公婆婆怎么样。儿子对自己的母亲也是很孝顺的，钱在男的手里，给老人的生活费的事情上也做不了主。多数儿媳妇顺从婆婆的，但不一定没有主见，家庭表面上比较和睦，不至于因为婆媳关系闹得家庭不和。恶婆婆是极端现象，说明不了当时的情况。

采访者：请您谈谈子女成长成本由社会承担的情况？

受访者：那时候孩子多，主要是因为愚昧，没有文化的孩子都多。和当时宣传的人多力量大，人多好办事有关。“文革”当中我才知道的马寅初。当时大杂院里前国民党遗留人员，孩子就很少。一个孩子生下来就有口粮，根据人口给票，然后拿着票自己花钱买东西去。一部分穷人家有票，但是没钱买东西，但是可以用票换钱的情况，但是这种情况不普遍，很多时候找不到需要票的有钱人。而且布票交易也是私下的，有的时候你想用票换钱还可能找不到人，大部分人家庭富裕点儿，能够用，但是真有钱的人可以买不用票的。自然灾害之后才都用票的。还有粮食，有些是不用粮票的，就是钱花得多，有钱人家不在乎这个，而大多数人家承受不起。

采访者：请您谈谈子女在家庭的情况？

受访者：刚解放时像我这样的人是祖国的二代，我是刚解放带的红领巾，未来的希望，祖国的未来，自我也有这种意识，小学生的时候，普遍有这种意识，随着年龄的增长，社会阅历的增加……（笑）家长对孩子也是有期望，没钱也要供孩子上学，我家没钱也供我先上了私塾，主要是“劳心者治人，劳力者治于人”这种思想还是有的。我入少先队的时候家里特高兴，倒不是说解放前孩子就是私人的，解放后孩子就是国家的，主要是从家庭角度考虑为了摆脱贫困，供孩子念书，希望子女优秀。我入队后家里给我做了身制服，白汗衫、蓝裤子，我奶奶手工做的，裤子上还给我做了个兜，当时就很时髦了，就为了能带红领巾，因为当时入队仪式上要求穿蓝裤子、白汗衫。当时的孩子非常注重加入少先队。入队（要求）相当严格，不是够岁数都入，仪式也非常隆重，入队前有宣传，当时全班也没有三分之一的人入队，要求学习好，守纪律，调皮捣蛋的不成，得品学兼优。红领巾走在大街上见面还得互相敬个礼，不管俩人认识不认识，我敬礼的时候还觉得挺自豪。当时每天有升旗仪式，少先队在少年心目中也是非常神圣的。入团的时候作为个人来说自己觉得挺光荣的，一个班才仨，觉得自己还得进步。家庭无所谓，我父亲就说入（队）好，（挺）鼓励，但是没当大事。

# 北京好多女孩都嫁给了当兵的

访谈时间：2004年10月

访谈地点：北京玉渊潭公园

受访者情况：B先生，1937年出生，北京居民，工人。

采访者：请您谈谈婚姻自由的问题？

受访者：解放初婚姻大部分是父母给定的，介绍人介绍的。自己自由恋爱的有，但是人太少了。包括到(19)51、(19)52年，提倡婚姻自由，有宣传《刘巧儿》、《小女婿》什么的，但是包办的还是主流。真正婚姻有自由了大概要(19)58年以后了，那个时候大家都出来工作，好多小企业组织成了大单位，人多了，可以相互认识了，那个时候自由恋爱才多了。而且妇女在(19)58年开始才大规模外出工作，在此之前女同志也有出去工作的，但是还不成规模。一般单位那个时候用的男的比较多，但是(19)58年女的就多了，大部分人就是婚姻自由了。以前没有这样的机会。

采访者：请您谈谈门当户对的问题？

受访者：虽然说解放了，但是对人的层次还是比较重视的。层次得接近。层次差得远，两个人都得考虑考虑，但是作为职业和家庭成分来讲，在1949—1966年间还是不太重视成分，主要考虑人品、长相各方面的。军人特别受到青睐，姑娘都比较喜欢军人，北京好多女孩都嫁给了当兵的。然后是工人，有固定职业、固定收入的。

采访者：请您谈谈自我学习的问题？

受访者：(19)58年有了广播，但是在此之前大家就是工作、吃饭，对周围的事情了解比较少，对国家发生了什么大事也没有关系，而且也没有途径了解这些东西。

# 大家冲着孩子，能凑合就凑合

访谈时间：2004 年 8 月

访谈地点：北京学院路冶金大院

受访者情况：T 女士，1951 年出生，北京居民，居住于西苑。

采访者：当时对婚姻选择的标准如何呢？

受访者：解放前肯定谈不上什么婚姻标准，基本是媒婆介绍的，讲究门当户对。解放后可能门当户对好一些，但是也有，要说变化最大是在(19)58 年，以前跟小地主还享福呢。从六几年开始重视家庭出身，不久就开始“文化大革命”了，但是刚解放的时候没有太多的重视。如果找了成分不好的，家长可能不太乐意，贫下中农还是找贫下中农。解放后家长对子女的婚姻影响小多了，我家有个邻居比我大好几岁，比我先工作，看上了自己的师傅，师傅都有家了，家长不同意，结果最后还是把人家家拆了。解放后双方认识主要靠介绍，和媒婆不一样，而是介绍人，大多数是在一个工厂工作，相互认识，然后介绍认识。但是相对城市来说，农村结婚年龄就比较小。我(19)69 年到陕北，当时十六七岁的人都出嫁了。我们插队的时候也是这么大岁数，说我们都是订婚来的，因为我们五个男生五个女生，所以觉得我们都是订婚来的。有个和我一样大的都已经出嫁了，她说如果她不嫁人她嫂子会在家骂，骂她在家吃闲饭，其实她也劳动。

采访者：对象标准有哪些？

受访者：第一是得老实，要是自己家这边成分好，可能会看中对方的政治身份，社会关系。大家愿意找军人、工人，能在城里找对象的军人基本是军官。我有个二姐就是嫁给了军人，她特别喜欢当兵的。自由恋爱的人很多就不在乎对方社会关系，找到政治身份不高的人，家里会给压力，但是周围的人很少管这种事，到“文革”的时候这些事情才敏感起来。

采访者：婚姻仪式是怎样的？

受访者：城里和农村的差别还是很大。我妈妈(19)49 年结婚，当时结婚还是坐轿子，仪式还是挺隆重的。解放后在我小时候见过花车，但是很少见。大多数人结婚都是挺简单的，就是鞠躬，结婚时坐公共汽车，包括送人的人，都是坐公共汽车去，还有人骑自行车去。村里人还要随份子。专门有人来收。请一些至亲好友参加，但是街坊邻居也会攒份子。婚事大办的不多，但是丧事大办的很多。披麻戴孝的，关系好的人送幛子，讲究点儿的人家门口还放着大鼓，有人来探丧的就敲鼓给人报信。大办丧事好像很孝顺。流水席外面老摆着，孝子见人磕头作揖，事后吃饭谢亲。

采访者：如何看待再婚？

受访者：以前不太爱找二婚，尤其是女的，大家会议论。除非女的也找个二婚。男的二婚找得多，还容易找到没结过婚的人。离婚后年轻人还比较容易找一个，但是舆论上有些不好。我村子人这样的不多，没有什么离婚的，大家找到了就过日子，尤其女的没有工作，更谈不上自己去找别人去。特别感情不和的离婚也有，但是基本上都没有孩子，尤其是有了孩子的，大家冲着孩子，能凑合就凑合，也就不离了。可能年轻时还打架打得厉害，但是岁数大了，脾气就好了。农村尤其是陕北就更少离婚的了，遭遇那样的虐待也不离。离婚的可能是第三者插足的，但是第三者插足也是很少的，多是学徒关系，在一起日久生情了。离婚后孩子一般给女的带，男的出生活费。离婚时要到领导那里开介绍信。结婚时农村好多不登记，他们也不懂，但是他们也会离婚，城里基本是先登记，后结婚，城里的要是没有登记办手续就生小孩了，真的会被人笑话。

采访者：能否谈谈个人对政治的关心？

受访者：还行吧，我上初中的时候写入团申请书，我觉得轮不上我，和老师关系不太好，所以也没有写，回家的时候唠叨，结果被我爸训了一顿。(父辈)好像对入队、入团还是挺在乎的，因为这毕竟也是对党的报恩，有感情的，觉得孩子应该争取进步，否则自己没有上进心怎么行啊。忆苦思甜也很少，主要是老师布置，让家里讲过去的事情然后写作文，不问的时候家里很少讲这些事情。我妈给我讲她上学的事情，没事给我唱歌还会讲故事，也拉家常，但是忆苦思甜的情况很少。

采访者：夫妻政治生活怎样？

受访者：我接触的这些家庭，大部分妇女都没有工作，这个问题特别不明显。哪怕男的是右派，也跟着一起过，出去找工作的也有，“大跃进”的时候都有工作了，我家是托儿所，我妈妈是阿姨，但是很快就散了。后来也没闲着，自己出去找临时工(干)。当时很多妇女还是组织起来了，当初这里有个修理公司，修鞋、修车、修表、缝衣服，弹棉花什么的，这些地方的人都是临时工，都是家庭妇女。我当时上学宁愿去插队，也不想到这样的单位工作。

采访者：您还有什么要补充的吗？

受访者：农村姑娘基本找工人，大家都愿意找居民，近郊的小伙子找远郊的，实在找不到的就找外县的。姑娘还是心气高一点儿。

# 铺喜床，最好找那些儿女双全、双亲健在的人

访谈时间：2004 年 5 月

访谈地点：北京东小口胡同

受访者情况：H 女士，1942 年出生，北京人，农民。

采访者：穷人结婚在礼金上有讲究吗？入赘男子在赡养老人上还有义务吗？

受访者：我爸爸原来在城里拉洋车，我姥爷也是拉洋车的，城里生活困难，想着农村有地有饭吃，用一袋子老玉米就把我妈娶过来了。我爷爷就两个儿子，我爸爸是老大，我的叔叔因为家里穷娶不起媳妇入赘到了外村，随了王姓(编者注：被访者姓胡)，之后爷爷就一直和我爸爸生活在一起，直到去世。叔叔很少管爷爷，老宅子最后也没有叔叔的份。

采访者：结婚时有没有特别注意的习俗？

受访者：结婚的时候铺喜床，最好找那些儿女双全、双亲健在的人，因为他们能带来福气。

采访者：重男轻女问题怎样看待？

受访者：我家六个孩子，五个女孩。老家儿最喜欢的就是那个弟弟，父亲上班回来有的时候会买一些肉，他就着酒，弟弟和他一起吃肉，我们这些丫头都没份儿，在旁边看着。

采访者：如何对待离婚问题？

受访者：家里闹矛盾也不找领导。闹到离婚份上……离婚的人没有，除非父母包办的离婚，这个村有好几个父母包办的都没离，男的不乐意，但是家里的婆婆不让离，最后没有离。媳妇没有几个愿意离的，不像工人，老农民嫁鸡随鸡嫁狗随狗，没有什么不乐意的，人家不把你休了就不错了。婆婆在家里地位还挺重要的，一般结婚之后还住在一起，吃饭也在一起吃。要是婆婆有本事钱就都归婆婆管，然后婆婆负责一大家子的吃喝。过去的媳妇老实着呢，婆婆说什么是什么，跟婆婆打架，大家没人向着媳妇这边的。到了(19)58 年“大跃进”，“土地深翻二尺半，高粱秆上架电线，一个玉米拉一车，一个米粒煮一锅”，当时浮夸，其实产不了多少粮食。大家都吃食堂，还免费的，给多少吃多少。12 点开放，大家都去吃。大家也感觉挺富裕，白薯这么大个在手里(编者注：受访者此时比画了一下)，一脚给踢一溜滚，没人捡。

大家吃食堂，捡它干什么啊，到时候打饭去，捡它没有。家里不做饭，小孩也去吃。到(19)60年就没的吃了，正好苏联也和咱们要这个要那个，和咱们要苹果一边大的，还要猪肉。那时候就开始定量了，一个人17斤一个月。也吃食堂，吃糠、吃棒糊，一个窝头分三半，一个人一角。后来窝头都吃不上，食堂就解散了，开始自己吃自己的了。那时候我还念书呢，回家也没什么好做了，好容易弄丁点儿面来，切点儿片，弄一锅汤，一人两碗汤。那时候我父亲没少受累，上一天班，下班就到小营那边抓蛤蟆去，抓一宿蛤蟆，早上起来扒皮，然后给做了。我妈妈还在生产队干活，饿得不行了也没人偷老玉米。合作社甭管好点心坏点心都有，没人偷去抢去。“文革”前时候谁都特听话，整个社会都是一个风气。

采访者：平时种地之余有何业余生活？

受访者：“文革”前还学习呢，有民兵训练课，有科技训练课，团支部有时候也组织，普通青年也去。学怎么种地，什么时候施肥。每天晚上到那里和大家一块开开玩笑，差不多就回家睡觉了，第二天还得早起上地里呢。

采访者：对政治问题的关注当时是什么情况？

受访者：什么时候也不提政治问题，没有广播，没有报纸，什么都不知道。“文革”后才知道政治的事情。“文革”前每天就干活、吃饭、聊天，聊天也就是东拉西扯，但是没人提政治。

# 访谈录（五）

FANGTANLU

访谈人：李　静

F A N G T A N L U

# 婆婆在家里还是比媳妇有优势

访谈时间：2004 年 6 月

访谈地点：北京玉渊潭公园

受访者情况：B 先生，1937 年出生，北京居民，工人。

采访者：能否谈谈您的家庭生活？

受访者：夫妻之间阶级话题和政治观点没有什么话题。夫妻离婚不像现在这么简单，妇女主任、工厂的领导会出来调和一下。女的地位比较低，在离婚问题上很少主动提出，还是妥协着。在(19)70 年以前，特别在(19)66 年以前，家庭都是以男的为核心，女的地位很低，基本以丈夫为主。家里孩子多，有托儿所，但是大概一个月要 6—8 元，有托儿所也送不起，所以这些妇女在家做家务，照顾孩子，还要听丈夫的。等到“大跃进”她们有了工作了，这些工作还很多是到街道登记，当临时工、捡土豆、扫大街，而且(19)58 年即使大工厂招工要求初中学历，还要求没结婚。当时我家里的钱由老伴的母亲管理，老人看孩子、做饭、做家务。家里要是没有老人，(女人)只能是不去工作，否则看孩子真是困难。当时我家里和老伴是商量来的，大家都有工作，都挣那么多钱。(19)58 年后工厂有夜校，我们这些文化程度不高的，可以到这个地方补习，自愿去，画画、念书、(学)乐器什么的。也有不学的，单位有篮球什么的。单位和家一样，有食堂，有幼儿园，基本上不用出单位就什么都有了。夫妻之间有打架的，男的还是占上风，女的到一定程度上也不敢太嚣张了。当时人没什么文化，认老理，觉得让着男的是应该的。而且有男人打老婆的，女的就到我们单位和领导提去，工会就出来调解。调解了不听也没办法，只能不停地调解，也就这样了。那时候人和人之间还是比较关心的，有人会可怜受害者，大家会劝，但是也不会太重视这种事。哪个单位都有打老婆的，男的就是觉得我得说了算。婆媳关系上婆婆也说了算，当时家里就这么多钱，指望婆婆维持这个家。包括到(19)66 年我和我爱人的工资总共才一百多，老人没有工作，为了维持一个家庭，个人也没有什么特别要求，家庭还是很和谐的。人们的思想比较死，对事情无所谓，不较真，家里一直都是老人说了算，所以那个时候和老人打架会让大家笑话的，不管到底谁占理。媳妇和婆婆打架好像有些说不过去的。婆婆在家里还是比媳妇有优势。但是和睦的还是比较多的。

采访者：在您印象中最早什么时候听说计划生育了？

受访者：真正实行计划生育得“文化大革命”了。当时一家子能有两个孩子的少，像我们这一拨，大部分两个孩子，我再多生点儿也行，但是大部分两个孩子。我(19)66年30岁的时候结婚，最小的孩子今年34了，大孩子(19)68年出生。我结婚也比较晚的。我结婚的时候已经号召晚婚了，当时“文化大革命”已经快开始了，单位已经提倡晚婚了，但是没有什么硬性规定。(比起)解放前十几岁就定了亲的，已经晚多了。抗美援朝时候还宣传(过)英雄母亲，宣传人多力量大。

采访者：您在养育子女方面有什么特别的考虑或计划吗？

受访者：没有想过怎么培养孩子，让孩子念书，在家里礼拜天休息的时候带孩子出去玩玩，没有什么刻意的政治教育，对孩子要求很简单。最多让我的男孩下下棋，弄个木头枪玩会儿，对政治这方面不注意。

采访者：解放后到“文革”前人们工作后就会和父母分家单住吗？

受访者：过去和父母一起住的占的比例大，当时房子也是很紧张，除非家里特别有钱的，能到外面租房。我结婚的时候单位才有宿舍，当(19)58年刚有房子的时候基本没有宿舍。农民有房子，但是城市居民的房子很紧张。

采访者：当时邻里之间的关系如何？

受访者：邻里关系还是不错的。家里的孩子没人照顾，可以给街坊看着，但是基本上这样的人也是出去做临时工，不会长久地把孩子给别人看着。(19)58年“大跃进”的时候吃饭有一段时间不要钱，到时候打饭去了就行了，饭量不限制，但是后来就限制了。家里有了孩子把孩子养大很容易，而且有孩子的口粮。随着孩子长大，口粮也会增长。当时的人只要有了工作就不会失业，除非犯了大错误，很少见有人被单位开除的。不过那个时候还没有接班，七十年代才接班。而且从“大跃进”之后，城市里很容易找工作，基本都有活。

采访者：当时儿童出生后是否普及疫苗以防范一些疾病？

受访者：(19)58年以后疫苗已经复杂了，但是解放初疫苗很简单，顶多打个天花什么的，但是(19)58年以后各方面力量已经积蓄起来了，所以疫苗就多了。

采访者：五十年代的火葬是否普及？

受访者：当时火葬的人不多，城里的人往远处埋。(19)58年以前地是个人的，城里人可以到农村买地或者在农村亲戚的地里埋。(19)52、(19)53年的时候就听说过宣传火葬，我知道最早的火葬大概是在(19)53或者(19)54年，我姥姥就是选择这种方式。因为我姥姥家不在这边，我家也不是农民，所以就给火葬了。当时选择这种方式的人很少，在我家那片儿我姥姥是头一个。当时在宣传上主要是破除迷信，(减少)占用土地方面，对空气污染没有提过。尽管不让埋了，在东郊还建了一个火葬场，还有人民公墓，埋的人还是少数，国家仅仅是提倡但不是强制性的。人在医院快不行的时候一般都抬到家里去，不愿意死在医院。在(19)58 年以前，死后出殡还是很隆重的。人死了要放在正屋子里，然后停尸三天，寿衣都是自己家做好的，再穷的人也有寿衣。当时巴沟就是，不管穷富，可能就是规模不一样，有钱的可能弄几台，没钱的可能就一台，还有人送吹奏的，打“文场”什么的。印象中没见过穷到死后就用席子埋的。解放初贫富差距还是比较大，(19)55 年公私合营，大资本家还是有自己的买卖，穷人还是很穷的，很多人都没有工作。农民可能还有地，但是居民就是临时地到处做工。除了有文化的，男的都没工作，甭说女的了。等到(19)58 年以后，双职工就多了。妇女争先去工作，为了糊口吧，而且当时“大跃进”了，一个是需要人，那女的就得考虑自己出去挣钱，养活家里的孩子。

# 穷人家庭不管大人小孩有病都挺着

访谈时间：2004年7月

访谈地点：丰台区岳各庄解放军总装备部大院

受访者情况：X先生和X先生的妻子，1940年出生，北京居民，曾居住在什刹海。

采访者：您能否简单介绍一下你的家庭情况？

受访者：我有两个妹妹一个弟弟，家里本来有八个孩子，我是老大，新中国成立前我妈妈生了四个孩子，存活的就我一个。主要是当时医疗条件，再加上家庭这方面也无知，有些小病不及时看。过去都是白喉，舌头上有大疱，然后到街道找类似跳大神的，胡同里有私人开的药店，拿点儿黑药面儿，擦到舌头上，这些人不一定是医生，可能对医药方面有一些了解。我上面的几个基本都是这样死的。

采访者：在新中国成立前接生婆很普遍吗？她们学过医吗？

受访者：我母亲解放前是姨婆接生的，这些人就是生过孩子，知道怎么处理。解放后，就到怀仁医院了，是教会医院，都是修女神父看病，他们出生都有出生证。接生婆基本是街坊四邻，是大家公认的，不是专业干这个的。她们不知道消毒，大不了做锅开水，用蜡烛烧烧剪子。过去老百姓没钱，让街坊接生便宜，听说谁接生挺好，别人也就去找她了。事后也不是说给什么钱，也给不起，接生的人也知道只要请他来的人也给不起，都是穷人，一般就是送点儿礼，感谢一下。只有有钱的人才去医院，县里边恐怕医院还是很少的，普通老百姓根本不敢进那个门，没有那个钱。

采访者：此期间是否听说过计划生育？

受访者：没有，那时候谁越生得多越好。那真打起仗我们人多……这事也不能绝对啊，但是这17年，从咱们党的教育，从舆论上面，从身边、民间，老百姓的认识都是觉得人多干劲大，一说就是地大物博，人多好办事啊。尤其在农村，没有劳动力就是干不了活，人口多自留地多，人口多劳动力多。很少家庭有计划生育的想法，比方住大杂院，看到张家就两个孩子，李家八个孩子，生活特别累，然后觉得孩子少挺好，我的母亲看到大杂院中孩子少的家庭生活很轻松的时候，会偶尔感慨自己孩子多，很辛苦，但是那个时候人不知道怎么避孕，也没有什么业余活动。

采访者：老百姓平时有什么文化生活吗？

受访者：我当时在回民学校念书，上初中，给我们任务就是扫盲。到各家各户去扫盲。有的是一个院扫盲，我是到各家去，教人认字。当时大部分人都不识字，小孩还上点儿学，大人都不识字。当时是 1956 年，到 1957 年“反右”就结束了。大部分人认识不到文化的作用。我妈和我婶母是文盲，她们参加夜校，叫识字班，大部分都没坚持下来，因为子女多，照顾孩子，伺候老人，家务劳动还要操心，挣钱，一般是晚上学，晚上有好多事情。街道有组织，当时已经有居委会这个雏形了，当时街道主任把街道的人组织起来，从区里面，从学校借教师，组织学习。都是三十多岁的人学习，最开始的时候人还挺多，后来都坚持不下来了。还有缝纫班，学剪裁，用机器缝纫什么的，教家庭妇女学习技能。当时手工的缝缝补补大家都会，但是其他的就不会了。我的奶奶就会机绣，还进识字班，会念“老三篇”，但是我妈就什么都没学会，还是分人。大家积极性都挺高的，我们的大杂院不识字的人占多数，个别的人是国民党上层人物，解放后留用的，除了这些个别的都不识字。每个院子有院长，我们的大杂院是 15 户，院长是派出所指定的知根知底的积极分子，院长再通知人上夜校。院长什么权力都没有，负责收电费、通知会议什么的。五十年代还是烧煤油灯，快“文革”的时候有电了。院长是负责人，独院的话就是有街道积极分子，通知打扫卫生、开会，大家都特别听，大家对政府说的话都特别听。那时候老百姓对共产党信仰至高无上，只要是上边下达的都认为是党的号召。

采访者：你说对党的信仰至高无上，能举个具体例子吗？

受访者：街道值班(“文革”前)，“地、富、反、坏、右”要搞破坏，在群众中，如果“五一”、“十一”要值班，带个红袖章治保，只有积极分子才能派上值班，我母亲有一次和我说，这次怎么没派我值班啊？这是什么想法，这是党对我不信任，值班时审查祖宗三代没问题，是街道领导信任我的表现，没有值班，就心情不好了，觉得自己是不是有什么问题啊？还有，就连吃饭的量也是和信仰挂钩的。当时吃饭也是定量的，年轻人每月 36 斤定量，到六十年代初期，(19)59 年开始就紧张了，(19)61、(19)62、(19)63 年更紧张了，上政治课讨论自报粮食，我当时比较积极，我自报 21 斤，一天 7 两，人家说三七二十一，要是一个月 31 天你多的那天上哪吃去？那时候政治老师说，你是要共产主义呢还是要 36 斤粮食，当时像我这样的年轻人还不少，就吃家里去了。

采访者：当时如果夫妻是双职工，基本由谁来照顾孩子呢？

受访者：孩子都是老人看，除了上幼儿园的。当时都是奶奶看，姥姥从来不看。外孙和家孙是有区别的。姥姥还有自己的孙子孙女呢，外孙根本不是嫡系的孩子。我家人都是奶奶看大的，我的姥姥没有。我的叔辈弟弟有姥姥，但是姥姥没管过他们。

采访者：但是孩子那么多，老人如何照顾得过来？

受访者：我妹妹是(19)50年出生，当时我已经10岁，奶奶带着我俩，她也得做家务，我就拉着妹妹到处玩。等到妹妹长大的时候，就由大妹妹看着下面的弟弟妹妹了。老人精力也有限。我的大堂弟还要给小的做衣服，做裤衩，锁扣眼儿，上袖笼，还会用缝纫机裁着做。

采访者：当时女儿是否和儿子承担一样的赡养义务？

受访者：女儿不赡养老人也没有人挑剔。因为闺女也不惦记家产，管好像是情分。但是儿子就必须得管老家了。女儿结婚后不用交生活费。

采访者：您能和我谈谈解放后的丧葬及火葬的普及吗？

受访者："文革"后就火葬了，强行的。老人传统的观念，入土为安，开始火葬的时候没有人接受。经过宣传，传染病什么的，大家在强制下也就接受了。比方想土葬，没地方买棺材去，这已经是"文革"以后的事情了。"文革"破"四旧"的时候就都破了。"文革"前丧事很麻烦，白事非常烦琐。

受访者：我奶奶(19)57年去世，民间停尸三天、五天、七天不等，我奶奶当时停的是三天，有好多的仪式。报丧，长孙穿着孝袍，到亲戚家报丧，孝袍可以租。院子里搭上大棚，人来了后，街坊四邻送帐子，我父亲姓徐，我奶奶姓塔德，我叔叔、父亲写：徐老太太千古，驾返瑶池。棺材停在大棚里，准备"接三"那天，来人听到大门外的鼓响，就磕头。第二天晚上念经，请和尚来。信天主教的人会请神父，也有没钱的没信仰的就什么都不请。和尚念经时候袖口里的馒头往外扔，小孩吃了不害怕。念完经在凌晨前，把纸人、纸马、纸车朝西面烧了，等到第二天出殡。孝子贤孙排队，长子打幡、摔盆，然后大家一起哭。起杠，一直到坟地。女儿就排在后面扔纸钱。我家当时的坟地在清河南镇的汪家村，坟地是自家买的，我家的坟地是祖上留下来的，我爷爷当初在皇宫里吃俸禄，所以有块地。地里挖一米就是水，就跟水葬似的，然后就回填了。回来后，有的人就可以直接回家了，本家的人还得回来，在门口放个盆，盆里放把刀和水，每个人回来的时候都拿起刀在盆里蘸点儿水钢两下子，意思是死鬼不会再回来了。然后大家在一起吃顿饭，谢亲朋好友。这是五十年代，经济条件允许的情况下这么办。后来就很简单了。请来的人都是亲戚、朋友，小孩出生办满月也很重视。我妹妹(19)50年出生还很重视，送礼都是自来红、自来白、槽子糕什么的，让孩子有个小名，脖子上有把锁，期盼还能留住孩子，别夭折。小名起的无外乎是希望平安、升官发财、长寿健康什么的。办满月请来的都是至亲好友，规模比较小，不像结婚那样搭大棚。解放初期很盛行，到"文革"就什么都没有了，九十年代又回潮了。

采访者：除了生孩子平时生病也去医院接受治疗吗？

受访者：穷人家庭不管大人小孩有病都挺着。我就是一个例子，我老胃疼，一年三百六十五天没有几天好受的。家长也不注意，最后疼到吐血，胃穿孔才去医院，在这期间没有去过医院，一直都是挺着，和家长说他们也意识不到有多严重，他们让我歇会儿，或者拿点儿石头子或者砖头，烤热了捂着，一直到1956年，到积水潭医院，到那里急救，缝合，但是已经胃穿孔、腹膜炎了。当时挂号五毛是急诊，三毛钱是排队，我父亲为了省那两毛钱还排队呢，当时我在大厅里都吐血了，大夫经过看见了问是谁家孩子，赶紧给我推手术室去了。家里我父亲有病也是挺着，最多到学校医务室开点儿药。大人也无知，不知道病情有多严重。

采访者：在当时的情况下如何防治疾病？

受访者：解放前也有疫苗，种牛痘，两个胳膊一边仨，用刀划个十字。解放前这些很普遍，解放后主要是注射。医院有保健科，专门有保健医生，他到街道去，每个街道有登记卡片，这是“文化大革命”以后，“文化大革命”以前这方面已经比较健全，比方我弟弟，他(19)58年出生，脑积水，在积水潭医院，有个保健科的姓沈的大夫，从出生一直追踪到他病愈。医生到家里宣传脑积水的知识，怎么用药。这时保健的基层网络已经比较健全了。保健科就管他管辖的范围，管的片儿不大，就几条胡同，大夫就骑着车到街道去，看谁家有新生儿，到时候该打卡介苗什么的，这个时期大概是五十年代。我的二妹妹(19)54年出生，就没有(19)58年更健全了。我大妹妹(19)50年2月出生，当时是医院接生，好多消毒就好了，成活率就高了。那个时候我才10岁，上小学三四年级，那时候还没有太注意。到我二妹妹出生的时候，就有了儿童医院，是街道里的医院，区里面棉花胡同儿童医院，这个儿童医院就负责儿童保健这方面的东西。小孩有病都到那里去，积水潭医院是(19)56年建立的，其业务就逐渐扩展到街道了。

采访者：当时妇女生产之后的产后恢复主要靠什么？

受访者：坐月子这个时期还是很重视的，我母亲生我弟弟妹妹时，不到一个月根本不让出门，然后吃小米粥、吃鸡蛋、吃红糖，这是老人总结出来的经验，怕到时候出去着风，落下月子病，这很严格的，而且脑袋上弄块布绷上，连炕都不让下了。要是月子里得了病，可以在月子里把病养好了。

采访者：新中国成立后生孩子如何从接生婆接生到去医院分娩的？

受访者：也没有什么宣传动员，(19)58年以后参加工作以后大家都说，然后大家都很自然地上医院了。

# 我妈特别偏爱我哥哥

访谈时间：2004年7月

访谈地点：学院路冶金大院

受访者情况：T女士，1951年出生，北京居民，居住于西苑。

采访者：婚后是否和父母居住在一起？

受访者：刚解放的时候单过的不多，不愿意分家。农村有地方有房子，城市没房子只能自己找房子住，但是农村好一些。婚后一般儿子给父母生活费，然后由婆婆操持家务，但是住是单住，各自住在自己的房子里，吃饭在一起吃，由婆婆操持。我觉得两个人都工作了就不愿意单过了，分出去麻烦，在一起吃饭有老人伺候着，孩子还有人看着。当初我哥哥的孩子就是我妈妈带的，婆媳关系还是比较融洽的。我婆婆伺候她的婆婆周到着呢，我家街坊有一家，他大儿媳妇和我妈妈岁数差不多，他家老太太就对儿媳妇特别厉害，开始在一块过的时候家里的家务活儿媳妇都得干，大姑子、小姑子来的时候从来不干活，回来就是客，就是她儿媳妇干活。婆婆也不干活，看孩子也是儿媳妇看，后来老太太跟着二儿子过，二儿子结婚晚，三十多才结婚。一般家里面总有一个和老人一块过的，没有说都出去过的。基本和老大过，或者和在家的儿子过。这个街坊开始和老大过，后来老大出去了，所以老太太一直和二儿子过。老太太挣不挣钱和她在家中的地位无关，关键是看这老太太厉害不厉害。有的老太太拿不住。我老姨的婆婆不挣钱，在家里很受人尊敬。几个孩子就算单过的也得给生活费，跟着老太太过就得多给点儿。

采访者：当时单位对在职职工的家庭生活是否干预？

受访者：以前工会的人会在谁家吵架的时候做协调工作，但是领导找人谈心的情况还是比较少。那时候把组织看得很重，对组织很相信。就好像现在和朋友聊一样，要是没有朋友谈事情就可以找组织了。

采访者：能否谈谈当时家庭中的生活？

受访者：父母不太重视孩子的政治教育，不管身边发生什么事情，别人让怎么干就怎么干，那时候我家五个孩子，生活不是特别好，我爸爸七十多块钱，我妈妈是家庭妇女，我爸爸一周才回来一次。家里家务都我妈妈干，一般妇女没工作，家务都得干，缝衣服什么的，我们这些孩子长大一点儿了就帮忙，那时候我看我大弟弟，我的大弟弟当时三岁，我五岁多，我就看着他。都是一个看一个，能带小孩出去玩去了。小时候到我姥姥家里提水、浇地，平常洗衣服，我可能十多岁就洗衣服、刷鞋、刷屎褯子，再大些就插队去了，在插队前没有正式工作，但是没少给家里做家务。插队前，上学放了学之后就干活。上学也没有现在这么紧张，作业基本都在学校做完了。干活干到夜里就睡觉了。当时身边的小伙伴都上学，男的女的都能上学，学费一年五块，没有不上学的孩子。

采访者：那时候的疾病防治怎么样？

受访者：我家有三个男孩，两个女孩，死了一个，是解放后死的，得的是脑膜炎，当时没有防疫针。而且解放初得麻疹死的特别多，我还差点儿得麻疹死了，我妈说我当时都没气了，都给我扔到一个小屋里了，后来我又缓过来了。出麻疹转肺炎特别容易死，我大姨家死了三个呢！打疫苗已经比较晚了，种牛痘早一些，解放后天花好像没有了，霍乱、鼠疫什么的也很早就没有了。我上学的时候吃过预防脑膜炎的药，后来我打过麻疹的针。我的弟弟死的时候六个月。当时小孩很多都是在家里生的，我大弟弟都是在家生的。但是医院有专门的接生员来，然后在家里生。我弟弟出生的时候是颐和园那里的一个红十字会来给我弟弟接生的。西苑有个中医研究院，但是老百姓生病了基本都不到医院去看，也没有钱，也不知道上医院，当时我咳嗽得很厉害也没有人带我去医院。除非得的是那种急病，胃疼得受不了了，我妈给我背医院去了，平时小病都扛过去了。

采访者：您小时候家庭的父母在家谁拿主意？

受访者；家里大事都是我爸做主，比方大的开销。一般的事情就是我妈做主。钱都交给我妈，我妈管家。但是要买个收音机就得爸爸同意。妇女工作有收入了对她们在家中的地位没有太大关系。我父母在家争吵不多，我爸爸脾气好，一般不吵架，我妈妈脾气也不好，但是她怕我爸。我爸真急了我妈不言语了。本身我爸工作远，不容易回来一回，回来的时候大家改善改善生活，很少争吵。

采访者：您小时候见过或听说过谁家存在家庭暴力吗？

受访者：我见过打老婆的，但是很少。但是夫妻间吵架是常事，真的动手就不多了。夫妻间还是很和睦的，女的没有什么心思，结了婚了，大家一块儿过日子。以前教育孩子还是经常用打的方法，比方我们出去打架，回来先挨打，让人到家告状了也得挨打。家里的孩子也很服从家长，有的时候不知道做错什么事就挨打，也不敢辩解什么，都挺老实的。挨打原因主要是不好好学习，交代的活儿不干。以前的孩子很少没挨过打。

采访者：家长对孩子的教育怎样？

受访者：家里没有给买书或者玩具什么的，主要是到外面去找点儿小人书，或者同学间互相借。家长没时间专门教育孩子，除非犯错误，我妈基本就是打，我爸爸基本不打。我爸爸教育我哥哥怎么走上社会，就是我哥哥都上初高中了，回家以后，在床上聊天，通过一些事情讲道理。我妈脾气暴，不会讲什么道理，犯错误就打，但是谁也不怕(她)，我爸爸说句话大家都老老实实的。只要一个孩子犯了错误就大伙一块儿说。教育孩子基本都是在聊天的时候就说出来了，没有干巴巴的教育。(19)58年时候入社，大家一块吃饭，后来没有多少时间就散了。吃的时候用票吃，大人和小孩粮食标准不一样。家庭妇女就是26斤，有工作的30斤，孩子按照年龄定口粮，给的粮食一般不富裕，家里女孩多的还好，男孩多的根本不够吃。

采访者：家里那么多孩子父母是否有性别偏好？

受访者：我妈特别偏爱我哥哥，男孩还是比女孩好。当然没有那么明显，但是紧着老大吃，紧着老大穿。想要什么性别的孩子就生呗，以前想不生也没有办法，我上初中时还没听说过计划生育。

采访者：当时邻里之间的关系怎样？

受访者：关系很好，相互照应，看到有人打起来了就过去劝。村里有什么事情，大伙出出份子，家里生蜂窝煤的火，大家相互看看活儿，看看饭，帮别人带着小孩。我妈当时没工作，就给很多人看过孩子，大家你来我往，别人有菜或者好吃的，经常会端过来。老街坊邻居都是一辈一辈的，相互都有关系的。或者都是一个单位的同事。大家没有什么隔阂，觉得帮助对方是应该的。

采访者：火葬是从什么时候兴起的？

受访者："文革"前就已经开始火化了，在八宝山公墓里埋，开始埋棺材然后埋骨灰盒。"文革"前大多数人还是埋的，"文革"时除"四旧"，家里有棺材的也给破坏了。

# 生病了扛着

访谈时间：2004 年 7 月

访谈地点：北京市昌平区东小口村住所

受访者情况：H 女士，1947 年生，北京人，农民。

采访者：您家中父母在家务上是否共同承担？

受访者：我妈在生产队干活，女的有没有工作和在家里做不做主没关系。我妈每天从地里回来，大点儿的(孩子)就开始喂猪、做饭、挑水，我妈得给家里人缝衣服、做鞋子，经常到半夜，那时候衣服鞋不禁穿，老得缝缝补补，这个还没缝好呢，那个又坏了。直到我们几个长大了自己会了，我妈才轻松点儿，父亲基本上不干什么，除非房子漏了什么的，非他干不可……家务劳动差不多都是我妈干，孩子长大了就开始干活，我九岁就开始给家里做饭，周末推碾子，推棒子面什么的，推出一个星期的吃的。

采访者：家庭过日子的时候男人打女人常见吗？

受访者：有人打老婆，老街坊会管，给拉开，但是没人去谴责打老婆的人，人家打老婆，别人管什么。顶多背后议论谁对谁不对，当面没人说。村里的干部对这事也不管。

采访者：当时在生多少个孩子上是否有计划？

受访者：没听说过，谁家都一群孩子。那时候还小，不太知道这些事情。生病了扛着，严重了上清河瞧去，得走着去，看个病一天。"文革"后才有医疗队到村里来。

采访者：您印象中解放初村里人生孩子去医院吗？

受访者：我母亲生了九个，死了三个。推广新型分娩法的事情没听说过，都在家里生。几个村有个负责接生的人，生孩子都找她去。农村哪来的医院，基本是在家生。村里有个卫生站，生的时候去找他们，然后卫生员就到家来帮着接生。不但那个时候，到我自己生孩子的时候(编者注：已经 1973 年)，我都是自己生的，当时我丈夫去叫孩子他姥姥，然后又喊来卫生员，等她们来的时候孩子都出来了，她们给孩子剪断了脐带，然后擦了擦……生完孩子都得坐月子养着，要不然落下月子病。也有不坐月子的，大飞机(编者注：一位妇女的绰号)生完孩子三天就下地了，到现在这么大岁数了，也没看见有病有灾的，你这紧养慢养还这疼那疼，就没见她有事。她家人也没人拿她当回事，一般的人都坐月子。

采访者：当时农村小孩怎么教育？

受访者：不听话就打，没见过不打孩子的。没别的方式。也有不上学的，上学一年两块，生活要是特困难的话就免费了。男孩女孩都上学，上早上晚都上学。

采访者：当时人死了之后采取火葬还是土葬？

受访者：人死了就埋到地里，每家都有自己的地，后来集体化土地都入社了，人死了就随便找没有田的地方埋了。也没有听说过火化，"文革"以后才实行火化，以前的人死了都是埋。

# 访谈录（六）

F A N G T A N L U

访谈人：周　静

F A N G T A N L U

# 文化层次不同，娱乐方式也不同

访谈时间：2007 年 7 月 2 日

访谈地点：人定湖北巷德外敬老院

受访者情况：G 先生，1931 年出生，北京居民，“十七年”时住西城区三里河，干部。

采访者：大爷，您好，请您简要介绍一下个人的基本情况。

受访者：1954 年大学毕业，开始时在包钢工作，1956 年进京，调到了冶金部设计司。

采访者：新中国“十七年”这段时间，您的娱乐生活有哪些呢？

受访者：我向来觉得文化层次不同，娱乐方式也不同。当年，我的娱乐生活，按季节来说娱乐活动有所不同，主要就是看电影，有时候去中山公园听听音乐茶座，看看球类比赛，逛逛公园。1960 年以前，有时部里会有点儿文娱活动，比如国庆或“五一”时，为招待苏联专家而专门开的庆祝会、舞会，等等。中苏关系破裂以后就没有了。到 1966 年，我家已经有了四个孩子，大部分的时间都是工作和照顾孩子，基本上娱乐活动还是很少的。有时带孩子去动物园看看。那时看的电影主要都是苏联片子，1958 年才有电视，电视机还不普遍，我们单位也就一台电视机，电视节目也没有什么好看的。单位上每个礼拜都会组织舞会，但我家里孩子多，所以去的机会也不多。

采访者：当年因为物质条件有限，娱乐项目比较少，看电影可能是最主要的娱乐方式了，您都爱看哪些电影？

受访者：我说不上是喜欢看电影。因为当年只有这么些放松的方式，所以电影自然成了主要的活动。我们当年的大学生，在学校里对苏联的音乐和文化接触得比较多，比如苏联的那些革命历史电影。从我个人的观点来看，苏联制作的电影艺术性比较高，我比较倾向于看苏联的片子。新中国第一部翻译片就是翻苏联的，叫《宝石花》。像《白毛女》、《中华儿女》、《赵一曼》、《我这一辈子》，等等这些国产片，我也基本上都看过。

采访者：您有喜欢的演员吗？

受访者：我没有特别喜欢的演员，因为我个人从中学开始就很反对所谓“追星族”，我认为那是最低级的一种品位。这可能跟我的家庭教育文化有关系，我家里原来是民族资本家。

采访者：电影对您的生活和思想产生过一些影响吗？

受访者：当年的电影影响了很多人，比如很多人看了苏联影片《乡村女教师》之后就立志要当教师。但我这个人跟别人就不一样，电影对我的影响几乎很小。我一直念的是美国教会学校，学校培养了我的个性。我这人比较顽固，对什么事情都有自己的看法和主见，不会受别人思想的影响。我算是个个例了。但我主张，电影是应该存在它一定的教育意义的，寄教育于娱乐之中。

采访者：您看电影的机会多吗？

受访者：因为家里孩子多，所以看电影的机会很少。一般都是单位组织去看，个人很少看电影。

采访者：您主要是到哪些影院看电影呢？观影条件怎么样？票价贵吗？

受访者：就我所知，当时北京主要的影院，我去得比较多的是西单的大华、东单的人民艺术剧院，另外还有真光、大光明，等等，现在这些地方都拆了。高级一点儿的地方，如北京饭店有时候会举办个人音乐会。刚解放的时候，钱还是银圆，那时的电影票价一千元相当于一毛钱。大概 1951 年改革币制，电影票价也就一毛两毛，我觉得那时候中国的电影票是最便宜的了，一直到 1966 年也就两毛钱。北京主要的几家电影院的环境都还不错，大华很好，真光的音响效果不错。一般都没有冷气只有电扇，座位也就是普通的组合板椅子。

采访者：观众的观影反应怎样？当看到好看的电影会不会大家相互讨论呢？

受访者：看电影时观众反应很平淡，很少看见很热闹的场面，看完电影大家就散了。单位上也很少有时间评论电影，几乎没有。

采访者：当年有机会看文艺表演吗？

受访者：地方文艺团体在北京进行的观摩会演，我没看过。一些外国艺术团的演出，我倒是看过，也看得很少。如西班牙、墨西哥的歌手表演。一般都是单位负责买票，集体去看。个人是没有机会买到票的。音乐会也大致是这个情况，我在苏联展览馆看过几次，北京饭店也看过。这都是单位组织的，招待专家时才有机会看。

采访者：老一辈都爱看戏，您呢？

受访者：我从小就看戏，但我对京剧一直都不大欣赏。我老伴爱看京剧，但也看得很少。就 1958 年梅兰芳演的《穆桂英挂帅》看过。

采访者：主要到哪儿看戏呢？

受访者：看戏的话，主要就是去吉祥戏院、东安市场，王府井大街那个剧院。

采访者：看戏时大家反响怎样？

受访者：看戏的时候大家反应一般，看完也就各自回家了，单位里很少讨论哪部戏好哪部戏坏的。

采访者：票价贵吗？

受访者：看戏的票价，我记得不太清楚了，大概是两三块钱的样子，比电影院的票价贵多了。尤其国外的戏剧演出，票价更贵。

采访者：你爱唱歌吗？

受访者：刚解放的时候，那时还是中学生，革命歌曲唱得比较多。参加工作之后，基本上就没唱过了。像《团结就是力量》，就开会的时候唱一唱。

采访者：单位有没有组织过歌唱比赛？

受访者：我们单位没有举办过歌唱比赛，那时候有点儿接受苏联的“洋化”了，都比较接受苏联那些歌曲。

采访者：您有没有印象，当年有批判“黄色歌曲”这回事？

受访者：我没听说过批判“黄色歌曲”这个事。黄色歌曲，你应该给它个准确的定义，才能有所区别，不然就枉谈。应该可以称“黄色歌曲”为流行歌曲，确切地说是通俗歌曲，不应该给这些歌曲都盖以“黄色”之名。刚解放的时候，陕北的那些歌曲，如信天游，我们都特别喜欢听。学生唱革命歌曲的积极性都特别高。到五十年代，就倾向于听苏联的歌曲了，主要是苏联革命时期的一些歌。

采访者：您参加过舞会吗？跳集体舞在当时是不是挺流行的？

受访者：单位工会每周都会举行周末舞会，主要就是跳舞。就在食堂举办舞会，把饭桌围成一个圈，乐队都是自己人，由有音乐特长的人组成。曲子大部分都是苏联舞曲，也有一些传统的老的古典音乐。跳的都是交谊舞，集体舞没跳过，那都是中学生才跳的。除此之外，我们单位工会干部的能量大，打着冶金部的牌子，去影剧院买团体票很方便，另外，他们与外界经常有联系，哪里有什么演出也都能搞到票。像首都大剧院、苏联展览馆的音乐厅、护国寺那的剧院，我们都经常去。

采访者：当年很多家庭都有个小黑匣子——收音机，您听广播听得多吗？爱听什么节目呢？

受访者：那时广播算是仅有的娱乐方式之一了，所以听得很多。广播节目中有新闻节目，但我都是通过报纸来了解新闻的，所以新闻节目听得很少。说不好听的话，干部上班都是一杯茶、一支烟、一份报。五十年代就有球赛直播了，比如国外哪个队来北京进行足球比赛了。那时是宋世雄，还是宋世雄的师傅，我记不清楚了。不过，像这样的比赛，我们工会也都能买到票，但家里孩子多，老伴不让去。广播里也播放歌曲，我主要就是听歌曲。我比较喜欢听苏联歌曲，以及一些传统的古典音乐。

采访者：相比之下，电视机可能就是奢侈品了，您是怎么看电视的呢？

受访者：1958 年有了电视，我们单位也就一台电视机，放在会议室里，谁愿意看谁就来，长期开放着。我们中间一部分人的宿舍就在单位附近，我们住的地方也离单位不远，很多人都去看。就十几寸大的电视机，大家都围着看，里三层外三层的。但我看得很少，因为我一直都近视，电视机太小，看不清楚。对当年的电视节目也不太了解。

采访者：连环画老少皆宜，大人小孩都爱看，是这样的吗？

受访者：当年连环画特别多。在我印象中，连环画比较盛行应该是在“文化大革命”之后。我记得有次我在书市上买了一大堆连环画，像《三国演义》、《西游记》，很多很多。那时候买连环画很便宜。孩子上中学时都特别爱看。

采访者：报纸杂志呢？

受访者：我很少有时间看娱乐休闲类的报纸杂志。顶多也就看看《文艺报》，工作偷闲时去单位图书室看一看。另外，《红楼梦》看得比较多，老伴爱研究，红学方面的书籍看得很多。

采访者：过年时气氛热闹吗？贴对联、逛庙会、拜年，等等，活动很多吗？

受访者：过年的时候，贴年画、贴对联，这些都很少。“反右”的时候，就是贴对联贴出了毛病。像我们知识分子，贴对联的话，请人写呢不好意思，自己写呢又怕出问题。而且我们那筒子楼，门上都没法贴对联，一边门框紧贴着墙，贴对联的话不对称。我一直都在城市生活，老一辈的人还经常在家里贴贴福字什么的，解放后，我们读书，毕业，参加工作，对这方面就很少注意了。像庙会这些，我们都很少去。老实说，现在想来，小时候的年味确实比较浓厚些，我们参加工作之后，觉得就那套而已，而且刚解放，(思想上)对老一辈的那些东西都不太接受了。我老家是西北内蒙古的，旧社会时过年都要接神，烧旺火，用干柴烧一堆火，把砖烧红，借以取暖。小孩玩作一堆，那年味特浓。到自己成家之后，孩子一多，家庭环境根本不是那个样，你根本没办法还照老一套来做。但吃饺子还是沿袭下来了。其他的活动都很少。拜年的话，开始也还互相走走，但后来也很少了。1953 年“反胡风”，1957 年“反右”，1958 年“反右倾”，1959 年“反右派”，解放后就没有闲下来过。社会上都“流行”着不能跟旧同学联系。所以，亲朋好友相互拜年都不敢了。

采访者：北京很多干部群众都曾参加过天安门广场的国庆游行，您参加过吗？当时的情况是怎样的？参与者的情绪是不是很激动？

受访者：五十年代每年都有“五一”、“十一”游行。我参加过好几次。在我印象里，早上早早起来，车子把单位里的人都送到中山公园西边，在规定的地方等着，然后集体走过天安门。现场的气氛非常热烈，场面非常壮观。我记得，1950 年，我站在单位的游行队伍的最北边那一排，天安门上的毛主席看得很清楚，心情特别激动啊。游行活动，广播中都会有直播。

采访者：有没有游园活动？

受访者：公园里有游园活动，天安门广场还有歌舞联欢。联欢时，各个单位有固定的场地，各自跳各自的。不过干坏事的也特多。游园活动，主要在中山公园、劳动人民文化宫、北海公园、颐和园举办，都是单位组织去，还得排队进去，进去之后可自由活动，里边有类似打彩球、套圈之类的游艺活动，也有表演。我也就参加过几次，人山人海的，太挤了。

采访者：婚礼呢？

受访者：当年的婚礼都很简单。就大家买点儿糖，买点儿水果，完了坐在一块，大家开开玩笑。没有什么婚礼过程，就说这两个人登记了，谈谈恋爱经过，然后做几个亲密的动作，朋友说些贺词，大家吃完了聊一聊也就散了。有时候，同事送点儿对联贴上，都是些我认为不太雅的话语。就这么简单，没有像现在这么折腾。

采访者：做体操似乎是学校的传统，一直延续至今，以前单位是不是也要做操，叫工间操？

受访者：在单位有固定时间做工间操，上午十点一次，下午三点半一次，有的觉得是强身健体，有的也就是去活动活动，也有上厕所聊天的。基本上广播一放，大家也都出来做操了。得活动活动，不然工作太累了。有时候，工会还搞工间操评比，看谁做得好。有好几套体操，一套新操下来，工会干部就组织大家学习做。据我所知，中学有课间操，单位有工间操，广播体操还一直都有。

采访者：其他的体育活动呢？

受访者：其他的体育活动，就要看个人的喜好了。像我们院里有篮球队，那几个人还经常打篮球。我们院经常邀请其他院进行篮球比赛。愿意看比赛的大部分都是单身，像我们这些有家庭的，都回家忙家务了。

采访者：单位经常组织运动会吗？

受访者：我在大学时是得过劳卫制锻炼勋章的，有好几项，短距离赛跑、长跑、跳高、跳远、单双杠、引体向上，等等。单位组织过冶金部系统的职工运动会，不多，也就几次而已。

采访者：大家对全国运动会的关注度高吗？

受访者：群众对于全国性的运动会，或者其他国际性的比赛都是比较关注的。像苏联篮球队、排球队来北京打比赛，我们工会一定会组织集体买票。这就可见一斑了。

采访者：开放的公园有哪些？活动多吗？票价怎样？

受访者：新中国成立之后，中山公园、景山、北海、颐和园、太庙，等等，这些公园都开放了。公园里的环境、绿化都很好。“文化大革命”时把中山公园里的那些古树都给砍了，太可惜了。公园票价特别低，就一毛两毛。新中国成立之前游公园的人不多。新中国成立之后还可以，公园里有些音乐茶座啊，有些表演、晚会之类的。晨练的人也有。

采访者：逛街购物可算作娱乐活动之一吗？

受访者：说实话，当年像我们这种阶层的人，不敢讲究穿着打扮，那会儿被说成是资产阶级情调。去商场买东西都是生活有所需要了才去。小孩子要用东西了，自己需要用什么了才去买。当时主要的百货公司就是王府井那个百货商场、西单商场。

采访者：文化站会组织活动吗？

受访者：我们那里没有街道文化站，是单位小院。工会没有组织游艺、下棋之类的活动，就组织大家看戏、看电影。

采访者：北京的小吃挺多的，当年的小吃店有哪些？跟朋友聚餐的机会多吗？

受访者：像王府井、西四、隆福寺、菜市口这些地方的小吃店很多。卖豆腐脑、豆汁、炸焦圈、灌肠这些北京特色的小吃。但当年我从来都没有跟朋友到外边去吃过小吃。因为当时大家相互接触得都很少，尤其像我们这种家庭成分不好的。

采访者：您出生在旧社会，肯定了解一些老北京旧有的娱乐活动？

受访者：那时我还小，养鸟是老头儿们才玩的。斗蛐蛐儿我玩过。说书的茶馆里很多老头儿听书。天桥的表演我也看过。很多老头儿爱在鼓楼、地坛这些地方唱戏，得有“场面”，就是要有唱京戏的乐队，拉起来，你唱唱我唱唱。北京人特别好这口儿。街头巷尾，下棋的到处都有，一张棋盘摆起来就开始下，这很普遍。最有意思的是这看棋的，爱支着儿。像那些小商小贩，捏江米人、糖人的很普遍，捏些孙悟空、猪八戒，小孩子特别喜欢。耍鼠的、拉洋片的、拉水箱的，这些天桥、厂甸都有。解放之前，群众的休闲很少很少，穷苦人更是只能奔生活，也就晚上闲下来了，坐一块聊聊天。尤其是夏天，街道有个稍有文化的人的话，大家都爱围着他，听他说故事，什么鬼故事之类的。

采访者：对文艺界的批判比较多，您单位是不是也受到些影响？

受访者：对文艺界的批判，我们单位没有组织过什么座谈会。像我刚才提到的批判胡风，那是政治运动，是必须参加的。单位天天组织开会，检查单位里边有没有小集团，通信也得检查。

采访者：您说说对当年娱乐生活的总体感受吧？

受访者：以前，生活也就如此，说白了，就是养家糊口，没有多少娱乐休闲。我认为，制作电影、话剧，本身就带有一定的教育性和导向性，不存在什么党刻意地去号召什么。我本来就主张电影、戏剧里边应该带有教育性，让你在看过之后有所收获。虽然现在有很多为娱乐而娱乐的东西，但任何东西都不存在纯粹性，现在很多影片也同样存在政治性。

# 当年的娱乐中很是突出政治

访谈时间：2007 年 7 月 5 日

访谈地点：首都师范大学校本部

受访者情况：D 先生，1932 年出生，北京居民，机关干部"十七年"时住东四以及礼士路。

采访者：大爷您好，请先介绍一下您的基本情况，好吗？

受访者：我工作得比较早，1948 年就参加工作了。之后，开始是参加了解放军，那时还比较小。经历了华北的解放战争、抗美援朝，之后，参加了祖国的大规模建设。解放初期的国民经济恢复时期，"三大改造"时期，"大跃进"时期，"三年困难"时期，再到"文革"之前。1952 年我从部队转业到机关工作，那时候才来到北京。当时，我二十多岁，对社会生活以及高层次的东西，了解得并不是太多，知道的都是一些群众的生活。但每个人了解的事情还都不一样。我是在国家机关的科研设计单位，建设工程部、核能研究院，这样的单位里。总的来讲，在部队的时候也是在高层次的机关，军政治部之类的，接触了很多方面，如组织部、宣传部、文化部、文工团，都是搞文化生活的。接触的人都是些大学生，全国各大学校的都有，都是知识分子。虽然我参军得早，但在部队里学了文化，在机关里也到(中国)人民大学学习过，还上过函授。

采访者：我看您准备得挺充分的，还列了提纲，那您先谈谈当年娱乐生活的大概情况吧。

受访者：因为我对口宣传、文艺、组织，这些部门接触得比较多，范围比较广，自己本身也比较喜欢吹拉弹唱，所以总体来说，我认为当年的娱乐生活还是挺多的。新中国成立后到"文革"前的"十七年"，可以分为这么几个阶段。因为文化这个东西是上层建筑，经济是基础，上层建筑是为基础来服务的。第一个时期是三年恢复时期，国家进行"三大改造"，这是社会主义的过渡阶段，这一阶段群众的文化生活最主要的就是看电影，看的大部分都是苏联片子，都是些卫国战争时的片子，例如《难忘的一九一九年》、《斯大林格勒大决战》，等等。因为当时国家的发展就是要朝苏联的道路发展，而且大家都是从战争经历过来的人，都爱看战争片子。另外，全国各地土改不同程度地完成了，反封建的意识和宣传，都在影片中有所反映。比如《小二黑结婚》、

《刘巧儿》，都是反封建、自由恋爱、自己找婆家这些内容。郊区的农民也是看电影，而且挺喜欢评戏，京剧倒看得不多。那时候刚制定新的《婚姻法》，各地方通过不同形式宣传《婚姻法》，片子和节目中很多东西都是关于这方面的。“三大改造”完成之后，1955 年一直到六十年代初，我们的情况就不一样了。国家大发展，尤其 1956 年是最好的一年。大食堂里伙食特别好，还很便宜。群众的生活很好，社会特别安定，“夜不闭户，路不拾遗”，真就是这个样子。物质生活好了，文化生活也就特别的丰富。跳舞，最突出的就是跳交谊舞、友谊舞。当时的学生课间也跳，放学后也跳。每到周末，机关干部是必跳舞，在单位会议室或者小礼堂办舞会，不管是领导干部，还是普通群众，大家都在一块跳。就像侯宝林的相声《跳舞迷》里说的那样，大家都很迷跳舞。另外各种球类也很多，篮球啊，排球啊。1956 年以后直到 1966 年，我国的电影事业发展得非常好。你们现在所知道的这些电影，都是在这个阶段创作出来的。具体哪些片子我就不详说了。这一阶段，全国人民的精神面貌非常高涨，意气风发，各个方面的发展都非常蓬勃，可以说是日新月异。那时，大家看的小说，还都是新中国成立初期的一些小说，比如《钢铁是怎样炼成的》这些苏联的小说，国内的小说也多，比如《柳堡的故事》。电影制作主要就是八一电影制片厂和长春电影制片厂这两个。出产了很多片子，如《南征北战》、《辽沈战役》、《淮海战役》、《南京路上好八连》、《董存瑞》、《永不消失的电波》、《狼牙山五壮士》、《地道战》、《地雷战》、《野火春风斗古城》、《平原游击队》、《敌后武工队》、《赵一曼》、《战上海》、《抗美援朝》、《海南岛》、《山间铃响马帮来》、《上甘岭》、《英雄儿女》、《怒潮》、《洪湖赤卫队》、《党的女儿》、《大跃进》、《五朵金花》、《我们村的年轻人》、《天仙配》，等等，都是这十年拍出来的。1955 年之前拍得很少很少。我们现在所熟悉的老电影就是这些，很少是“文革”时期拍的。实际上，“文革”时期的八大样板戏都是在“文革”之前就产生了的，是后来林彪邀请江青开文艺座谈会，让江青来整理文化方面的事情，这才让她在这些片子的基础上弄出了八大样板戏。比如《沙家浜》、《红灯记》就是从《芦荡火种》、《自有后来人》改编过来的。当年我们看电影看得特别多，所以很多片子都记得。主要都是去电影院，或者在广场上看。电影院有大华电影院等，广场上也看得很多，一到放电影了，大家拿着板凳去广场，都高兴得不得了。依我看，这一时期的电影文化事业，是我国电影发展的鼎盛时期。改革开放之后，电视剧则比较多了。当年，家里有个收音机都不得了。所以，电影和戏剧中反映军旅生活的片子，都是在这时候拍的。尤其是 1960 年前后，出产的片子特别多。“大跃进”的时候，群众激情高涨，但是它太过分了，造成比例失调，最后出了问题。困难时期就不行了，到了 1964 年生活才变好了。文化生活也很丰富，方方面面都有，书、报刊、戏剧事业、电影事业都非常活跃。

采访者：您有喜欢的电影或演员吗？

受访者：年轻的时候都曾有过特别喜欢的演员。我就很喜欢《南征北战》里那个营长，形象特别逼真，说出来的话、办的事，都跟部队里的营长一模一样。还有《野火春风斗古城》里的王心刚，等等。片子里演的过春节，风俗习惯都很贴近生活，大家写对联，抄起笔来就写，都写得那么好。

采访者：电影有没有对您，或者对您这代人产生一些影响？

受访者：这些影片教育了我们这一代人，影片中塑造的很多形象，在心灵中鼓舞着我们，遇到困难的时候就想到影片中的英雄们。那时的演员不会到机关来体验生活，而是深入工农兵，到最基层的地方去体验生活，以便塑造形象。这些影片以及影片中的形象，影响了很多人，不光是我一个。像《钢铁是怎样炼成的》，教育了我们整个一代人。为什么战士那么英勇，那么坚强，苏联的英雄形象、我们国家的英雄形象，都深深地印在我们心里，对我们的工作和生活产生很大的影响。我们这代人，受影响最深的就是毛主席思想，“一不怕苦，二不怕死”，就是要求我们艰苦奋斗。

采访来：你们都是怎么看电影的？

受访者：以前我们住过东四，去大华看电影看得最多。另外就主要是在院里的小广场上看露天电影，大家搬来板凳，聊天聊着，电影就开场了。我们单位都是文化科来组织放电影，有电影放映员，从海淀区拿些电影过来放。

采访者：电影票贵吗？

受访者：电影院的票价，我记不太清楚了，反正是很便宜，也就一毛多，到不了两毛钱，要知道那时候的工资和津贴都很少啊。

采访者：影院环境怎样？硬件条件好吗？

受访者：电影院的环境挺好的，非常干净整齐，都是古典的建筑。没有现在的影院这么大，也就能容纳几百人，有风扇。尤其我们这些从战争中走过来的人，从山沟走入城市，一看这电影院，觉得真不得了。

采访者：您看电影的时间多吗？

受访者：有的人爱看电影，有的不太爱看，我属于一般的人，也就一星期看一次的样子。但我每星期必去看一次电影，觉得这片子好就看，不好就不看。当年学习和工作的任务还是比较多的，没有多少时间去看。

采访者：观影时观众的反应如何？

受访者：看电影时观众的反应还是很好的。那时候的人都比较敏感，感情非常丰富，看到激动的时候热烈地鼓掌，看到感动的时候眼泪哗哗地流了下来，看到高兴的时候就哈哈大笑。当年的人都比较实诚，思想比较单纯，片子里演的东西都信，演什么我信什么。当年的影片，歌颂英雄的战绩和事迹的特别多，再一个就是反映翻身求解放的多，也有大量反映阶级斗争的片子，反特片子。这些影片，政治性和教育性特别强，艺术性并不是很高。就像咱老百姓，朴实。

采访者：北京作为首都，文艺演出挺多的，您看过吗？

受访者：全国各地方文艺团体到京演出，以及社会主义国家的文艺团体到北京来演出，这些我看过，但看得不多。我印象中，他们来得很少。

采访者：相声小品呢？

受访者：相声听得很多。侯宝林这些名家很多很多。讲得非常好，很受大家的欢迎。印象深刻的是侯宝林的《昨天》。这个相声特别形象，讲生活在旧社会老北京四合院的一个老人，看的都是旧世界的东西，成了“植物人”后，一觉睡了十年，醒来时已经是身在新中国了。到天安门广场转转，怎么这也变了那也变了。看到警察了就赶快跑。小孩子见到爷爷了，抬手敬礼，他说“别打我啊”。特别逗。我听相声一般都是通过收音机，也听过现场的，但是忘了。

采访者：您爱看戏吗？

受访者：我看戏也看得比较多，梅兰芳、程砚秋的戏我都看过。吉祥剧院、东单、东安市场都去过。梅兰芳也来我们单位演出过，那时是后勤招待我们开会而办的。

采访者：戏剧主要是什么内容？

受访者：整体来说，古典的戏不多，主要都是革命现代戏，反映战争的、军旅的很多。另外就是农民，“大跃进”的，这个也不是很多。最主要的还是战争的，因为刚从战争年代过来，演这些很多人都爱看。

采访者：唱歌呢？

受访者：唱歌，翻翻歌本，老歌都是当年创作的。开会了，大家一块儿唱个歌。当年在连队的时候，天天唱歌。开晚会的时候，组织人唱唱歌。

采访者：单位有没有组织唱歌比赛？

受访者：单位也有组织唱歌比赛，但是很少。

采访者：1958 年有没有批判“黄色歌曲”这回事？

受访者：关于 1958 年批判“黄色歌曲”，我没有印象。1958 年没有批判过“黄色歌曲”吧。1958 年正“大跃进”呢，大方向都是搞生产，都号召年轻的要学耿云，老的要学黄忠，女的要学穆桂英。没有批判“黄色歌曲”的。

采访者：单位是否经常组织周末舞会？

受访者：单位几乎每个周末都会组织周末晚会。主要活动就是跳舞、唱歌、放音乐。跳的是友谊舞。单位绝大部分职工和领导都会去，而且特别愿意去。可以增进友谊。现在男女青年相互接触的机会多，但当年就不一样。于是，妇联、共青团给大家创造条件，机关里的人一块儿联欢，互相认识，互相沟通。

采访者：您看过“东方红”晚会吗？

受访者：我在人民大会堂看过“东方红”晚会。是上边发票给各个单位，给国家各个机关专门演的一场。每个单位只有几张票，并不是每个人都能轮到，我算是幸运的了。

采访者：现场观众反应如何？

受访者：那时候的人们都特别实在，看到高兴的哈哈大笑，看到悲伤的眼泪汪汪，现场的气氛很好。

采访者：您听广播听得多吗？都爱听什么节目？

受访者：我家里有台收音机，听广播听得很多。广播里歌曲多，相声多，讲故事多，戏曲节目也有，京剧、评剧都有。有体育比赛的直播节目，但是很少。

采访者：看电视呢？

受访者：1958年有了电视，但有电视机的单位和家庭很少很少。那时只有中央机关有，像我们这机关或家庭都没有电视机。六十年代末七十年代初，才有了半导体。谁家有台收音机都不得了，更不要说电视机了。基本上新中国"十七年"都没有看过电视。到了七十年代，单位才买了几台电视，放在楼道里，大家休息时来看，或者晚上来看，作为娱乐生活。电视机由一个人管，用个箱子锁起来，到时间了就开开。

采访者：您谈谈当年的报纸杂志和小人书吧。

受访者：带有娱乐性的报纸杂志很多。画报、人民画报，很多漫画很早就有。小人书也特别多。比如《三国演义》、《西游记》，大事小事，古典的、现代的都有。挺有意思，故事也挺系统的。搬家的时候，我家里有一大堆小人书，烧的烧，卖的卖了。小人书里的图画都画得很好。一种是人手工画的，一种是电影翻拍的照片，给印下来的，这个更好。我看的小人书大部分都是买的，挺便宜的，大家都买。可能一些普通群众会租小人书看，我们机关干部一般都是自己买来看。

采访者：过年的气氛好吗？有些什么活动呢？

受访者："十七年"的时候，我还是单身，都是在单位集体过的春节。过春节的晚上，大家一块会餐，做好多好多的菜。大家互相敬酒，领导发言，然后开舞会。有游艺节目，如套圈、猜灯谜。热闹得不得了，单身的都这么过。初一的时候，就出门拜年。有时候团拜，大家集中到一块，领导出来讲话，祝大家新年快乐，身体健康，这就不到各个家里去了。这是一种形式，还有一种形式是到各个家里看看，吃点儿瓜子花生，互相祝贺。一般大年三十的晚上都会有晚会，放电影，或者自己表演节目，自娱自乐，如小合唱，拉个二胡独奏。

采访者：庙会您去过吗？

受访者：春节时的庙会我去过。厂甸、前门饭店的，我都是春节时抽空去遛遛大街。那时的庙会就在大街上搞。卖糖葫芦、卖风车，就跟现在庙会上卖的东西一样。也有艺人的表演。高跷、扭秧歌、打鼓，什么都有。

采访者："五一"、"十一"的天安门广场游行您参加过吗？

受访者：五十年代每年都有"五一"、"十一"的游行活动，都要求我们参加，一年两次，几乎年年都参加了。“五一”、“十一”之前，提前半个月，二十多天就得开始练队，抽个空儿到操场去练习，走的时候怎么走，方块队走成什么样的方块，分成几路几路地走队，这都是固定的。穿衣服，得把你好的衣服，可以过街的衣服给穿出来，女孩子穿上花裙，带上大红花。高兴得不得了，一夜都睡不好觉。1952 年，我们刚从部队转业，没有便衣，机关帮我们借了好多制服，当作是便衣穿上。那时我是第一次参加游行。过天安门的时候，大家眼睛死盯着毛主席，高喊着“毛主席出来了，毛主席出来了!”。毛主席一挥手，大家欢呼雀跃，锣鼓喧天，热闹得不得了。游行队伍从东单走到西单，这才散了。

采访者：是不是还有其他的庆祝活动?

受访者：晚上有焰火晚会，大家都去，站在广场上看焰火，经常还被烟花壳子给砸着。有几个点放焰火，天安门、北海，等等。联欢晚会上，每个单位分一小块地方，跳舞，跳圆舞曲。学校的学生最会跳了，我们机关的人也会跳。单位的团委都会组织我们学跳舞的。1959 年十年大庆的时候，我记得很清楚，当时我们住在礼士路，就是广播大厦那个地方。头一天要预演，三百多人的队伍，由两个人带队，我是一个，另一个是位老同志。队伍要从东四，沿着东单，转到天安门。第二天早上，老同志的肚子不好，不能带队了，我一个二十多岁的人带着三百来人的队伍，出了问题怎么办啊。我一鼓作气，走吧，反正你们都有分队队长。走到天安门的时候，我们单位有好几百苏联专家都坐在观礼台上，一看到自己单位的队伍，高兴得笑啊叫啊的。这次我的印象最深刻，一个是自己一个人带队，一个是苏联专家的热情，让我记忆深刻。还有一次，下大雨，齐膝盖深的水，但大家都好像是没有感觉到有雨似的。每年“五一”、“十一”，游行和晚会我们都去，又累，又高兴。就累了我们这些单身的。游园活动，我就很少参加了。

采访者：当年的婚礼是不是比较简单?

受访者：婚礼的话，条件好的就弄得热闹点儿，条件差的就简单凑合一下。像咱们单位有人结婚了，大家晚上都去祝贺祝贺。先自己贴好对联，大部分都是贴祝贺的对联。买点儿糖，买点儿花生招待大家。婚礼的时候有主婚人，要么是科长，要么是处长、主任。先是主婚人讲话，再是来宾讲话，新人讲话，谈谈恋爱经过，咬一个苹果，两人一块儿吃，你啃一口我啃一口，都是瞎折腾。六十年代就变成了先向毛主席像敬礼，再向家长敬礼。

采访者：单位是否都会组织工间操?

受访者：单位都有组织做工间操，都觉得挺好的。上午十点钟，下午四点，每天做两次。一打铃，大伙都出来做操了。大家都非常积极，都愿意出来做操，可以调节精神嘛。只有个别的懒人不想做。

采访者：其他体育活动呢?

受访者：游泳、滑冰，这些年轻人都爱。过去，我冬天都是在大河里滑冰。到了北京之后，买了滑冰鞋，这滑冰鞋至今还在呢，皮子都没了，冰刀也磨平了。冬天在北海滑冰，我都摔了好几跤。夏天游泳都去游泳场游，如北海游泳场。到了后来，六几年毛主席畅游长江和十三陵水库之后，我们每年都到玉渊潭的河里去游泳。

采访者：当年是否要求参加国防军事体育活动？

受访者：国防军事体育活动，那是体质好的人才能参加，我没搞过。

采访者：单位组织过运动会吗？

受访者：单位有组织过运动会，但是不多。我们都很少有机会参加，工作学习都很忙。

采访者：大家关注全国运动会吗？

受访者：全国性的运动会，爱好体育的人比较关注。

采访者：开放的公园有哪些？活动多吗？

受访者：我们经常去公园里玩。北海、景山、什刹海、天坛、颐和园，我是老北京，几乎所有公园我都玩到了。单位也组织过春游活动，1956年组织我们去了八大处、香山、碧云寺，爬山去，爬鬼见愁，照相。公园里的游人倒是不怎么多，不像现在这么多，当年的人口也少啊。没有晨练的人，"大跃进"的年代谁还晨练啊，工作都累死累活的，一切都是为了工作啊。

采访者：百货公司有哪些？逛街时间多吗？

受访者：北京百货大楼、西单、东安市场、前门大栅栏，卖东西的地方很多。没有时间逛街，那时也没有逛街的概念。没结婚之前，缺什么东西就买什么东西去。结了婚之后，孩子缺什么东西就赶快买去。一个礼拜才休息一次，那么紧张的工作，那么艰苦，那么累，没有谁还有闲工夫去逛。但是没事的时候，还是会去遛遛，去看看。商场里的货源一般都充足，就是困难的时候不充足，六十年代都不怎么行。商场里的环境也很好，干干净净的，售货员的态度也好，他们的地位高啊。

采访者：有没有参加文化站或俱乐部组织的活动？

受访者：文化站不多，那都是街道上的事，我们机关单位里没有。我们单位里只有共青团啊，俱乐部啊。俱乐部的活动也就是组织大家跳舞，歌咏比赛之类的。

采访者：有没有其他业余活动？

受访者：单位也有组织歌咏队、舞蹈队之类的。逢年过节，单位下了任务，搞些文艺活动。就像是任务来了，搞个临时组合。

采访者：您单位有没有开展过文艺界的批判呢？

受访者：我们不是专门从事文艺方面的事情，所以对于文艺界的批判，关注得很少，自己批判得也不多。我们都是工业设计部门，单位不注重这方面，从来都没搞过这方面的座谈会。

采访者：您谈谈对当年娱乐生活的总体感受吧。

受访者：我感觉当年的娱乐生活还是很红火的。不管是哪个时期，包括困难时期，娱乐生活都很丰富，都很充足。但工作实在是很忙，压力大，娱乐生活只能是忙里偷闲。我感觉，当年的娱乐中很是突出政治，文艺都是为政治服务的，没有单纯的文艺，文艺都是在为建设服务，都在服务这一个体系。政治性很强，和文艺混合在一起。单纯的文艺还要受到批判呢。

# 现在看来，那时的娱乐生活确实单调了一点儿

访谈时间：2007 年 7 月 3 日

访谈地点：人定湖公园

受访者情况：S 先生，1935 年出生，北京居民，工人，“十七年”时住西城区后桃园。

采访者：大爷，您好，请您先说说自己的基本情况吧。

受访者：1950 年进京。刚开始在私营企业工作，做学徒。1954 年转到了国有工厂，做无线电。学徒时就住在小作坊里的生产区，白天生产，晚上收拾好了，摆几张凳子就睡觉。1954 年到了大的厂矿里，工作条件也好了点儿，住进了西城区后桃园的宿舍楼。1956 年全家都来到了北京，就靠工资养活全家人。那时候都低薪制，我的工作有五十来块钱，在那时算一般人里头不错的了。

采访者：当年您的娱乐生活大概是怎样的？

受访者：娱乐时间有，但是不多。看电影的话，外边也去看。票也就一毛两毛，很便宜。但是看的也不算太多，一个月偶尔看一回两回的。再就是工厂里放电影，大家拿着小凳子到厂区里、广场里看电影。刚解放的时候，我在私营工厂，娱乐活动，或者叫集体活动，就是各个厂子的工人，什么缝纫的、装订的、汽车修理厂的，这些产业工人下了班，去某个工厂的大院子，围个圈，唱歌啊，跳舞啊，找朋友啊。这个不算是“周末晚会”，因为当时我们还没有周末或者休息这一说法，“三反”、“五反”以后，这才两周休息一天。进国有厂矿后，周日就有休息了。不过那时候周日经常开会，日常学习，劳动也很多。整体来说，娱乐生活还是比较少的，也许半年能去一次香山爬爬山，去公园玩玩。

采访者：您爱看电影吗？

受访者：对电影有多喜爱也谈不上。就是有人叫看电影，也就去了，没有喜欢看电影而专门跑去看的意思。新中国刚成立的时候，苏联电影比较多，如《列宁在 1918》，等等。后来的国产片基本上都能看到，因为那时候的电影比较少。像《英雄儿女》、《白毛女》、《赵一曼》、《狼牙山五壮士》、《羊城暗哨》这些影片我都看过。

采访者：有没有比较喜欢的演员？

受访者：那时候不追星，我们一般都没有特别喜爱的演员，就光知道谁演什么就完了，也仅仅是知道谁比较有名而已。

采访者：电影展播呢？

受访者：那时对于新片展览周，社会主义国家影片展或文艺表演，我都听说过，但是我们都不追着去看，只是有机会了，比如刚好碰到休息或者几个人拉伴儿，赶上了也就去看了。

采访者：电影是否对您产生过影响？

受访者：当年那些影片对我的影响真的挺大的，那时咱们受的教育就要求你大公无私、听党的话、一心一意为工作，等等。电影里头演的也是这些，艰苦奋斗啊什么的，如苏联电影里演的生活多么艰苦，怎么跟敌人做斗争，跟咱们在工厂受到的教育一样。所以，当我一看到电影，“原来就是这样”，恍然大悟，在现实生活中也就学电影里的这么做了。当年的电影可以说对我的思想观念、精神品质都影响很大，我们这代人对工作都踏踏实实的，这也是受了电影的影响。

采访者：主要都去哪儿看电影？

受访者：当年看电影一般都去胜利电影院、西四牌楼、红楼、首都、大光明，西单西边那还有一个，我给忘了。

采访者：单位会组织看电影吗？

受访者：单位或者街道也有放过免费电影，露天电影。一般是工会或者是中苏友好协会组织的。像我们这单位系统，各部各局都有放映队，自己厂里也有电影院。放电影之前会放些新闻纪录片，或者做报告，有时候就是在开完大会后放电影。

采访者：电影票贵吗？

受访者：大概1954年时，票价改成了五分。后来也就一毛两毛。虽然那时没觉得票价贵，但是几分几毛的也不舍得花。“三年自然灾害”之前，电影票很难买，因为看电影的人比较多。1956、1957年时戏票也很难买，想买的话都得排队。

采访者：影院环境好吗？

受访者：电影院的环境当然不能和现在同日而语，但还是很不错的。有风扇，没有空调，空间也比较小，有凳子椅子，那种活动的铸铁椅子，开始是小荧幕，后来有宽荧幕了。

受访者：观众的观影反应怎样？

受访者：观众看电影时都很安静，没有什么说话、乱走动的，好像也没有电影看得激动鼓掌的，也就看完了就走人了。当年的电影结合实际，结合时事比较紧，都是配合政治运动、配合形势的，教育性很强。而现在的电影都是比较生活的。

采访者：当时经常有各地方文艺团体或者社会主义国家艺术团到北京来

演出，您看过吗？

受访者：我没怎么看过，就看过一次外国团体的演出，好像是话剧叫《卖货郎》。一般都自己买票，也算好买，提前买或者排队买。

采访者：地方文艺团体的演出呢？

受访者：各地方文艺团体的会演我没看过。

采访者：芭蕾表演、音乐会呢？

受访者：芭蕾表演不太符合我的欣赏习惯，所以没看。音乐会我也没听过，因为我的欣赏水平没到那程度。

采访者：《东方红》的演出您看过吗？

受访者：《东方红》，我们是在大广场里看的电影。

采访者：相声呢？

受访者：相声主要都是在广播里听的，记忆比较深刻的如马季的《打电话》、侯宝林的《夜行记》、《卖布头》，等等。

采访者：戏曲呢？

受访者：戏曲也看过，当时厂庆的时候，请些名角儿来唱戏，“四大名旦——梅尚程荀”的戏我都看过。1958 年以前，厂庆基本每年都有，一开就是半天，先开会，领导讲话，之后都有文艺节目。对于“大跃进”时的厂庆，就记不起来了。

采访者：您都是通过什么途径来看戏？上剧院、听广播？

受访者：我爱看戏，那时候主要去长安大戏院、西单游艺社看戏。总的来说，各种戏曲我都能接受，如曲剧、京剧、各种地方戏，电影戏剧片也看，后来有了电视机，就在电视上看。像我们是搞无线电的，各个车间、办公室也都有黑白电视机。

采访者：戏院看戏观众反响如何？

受访者：在戏院里看戏，气氛也就一般，很平常。我没见过那种像过去一样往舞台中央“扔手帕”的。有一回在中山公园看戏，人很多，名角儿也多。也许是在人民文化宫，地点我记不太清楚了。看的《龙凤呈祥》，名角儿都集中了，那里看戏的人多，那气氛热闹。

采访者：您爱看什么类型的戏？

受访者：我看的戏主要是古典戏剧，革命现代戏我都没在剧场看过。

采访者：戏票贵吗？

受访者：戏票我没花钱买过，我估计票价也不算太贵吧。

采访者：单位有组织唱歌比赛吗？

受访者：单位有组织过唱歌比赛，组织过歌咏队，小型演出。五几年就组织过职工歌唱比赛，但是规模都比较小，就一个车间有几个班组派出几个人来唱，条件比较好的也做个人表演。唱的都是革命歌曲，具体唱的什么歌已经记不起来了，我就记得有一首东北的《砍伐歌》。

采访者：1958年有批判“黄色歌曲”吗？

受访者：对于1958年批判“黄色歌曲”，我的印象不深了。

采访者：周末舞会呢？

受访者：五六十年代，团工会基本每周都有组织周末晚会活动，年轻人一块跳舞，主要跳交际舞。有一段时间跳过集体舞，那是为到天安门表演和联欢而组织大家跳的。

采访者：听广播听得多吗？

受访者：家里有收音机，开始都是大的电子管收音机，后来才有半导体。收音机可不好买，灾荒那些年，工资都低，一个收音机得一两百块钱，还得凭票才能买得到。国家不准群众听国外的电台，所以短波基本上没有。广播中有很多娱乐节目，各色相声特别多，革命歌曲比较少，也有戏曲、新闻。比赛直播应该是有。

采访者：看电视呢？

受访者：1958年刚有电视，那时有电视机的家庭太少了。我是搞光波体实验的，后来是做电视发射设备。那时电视机很大很笨重。首先是给部长家里装电视，然后再是各大工厂，个别领导家里也有电视机。那时候大家看电视特别积极，看个电视的话，那就把一台电视机给围得水泄不通了，站后边的得拿个凳子站得高高的才能看到。其他单位的人也想来看电视，厂里的人把着门，不让外单位的进来，人太多了。

采访者：电视中的娱乐节目有哪些？

受访者：电视娱乐节目主要有戏曲、球赛。那时有宋世雄解说的足球、排球、篮球比赛。大家看电视都全神贯注，我也不记得有过特别激动的情况，就有一次看球，听宋世雄的解说听得特别带劲。

采访者：报纸杂志和小人书呢？

受访者：娱乐性质的报刊不多。像专门刊登歌词、小说的刊物也有。那时就到单位的俱乐部、图书馆看看小说，当时我就爱看《萌芽》。成年以后，我也爱小人书，但也没经常看了。我没租过小人书，也基本上没买过。图书馆里就有小人书可以借来看。小人书里的图画画得还是挺好的，现在不是有些人觉得当年的小人书挺好的，还收藏嘛。我有了小孩之后，给他们买过，估计小孩们对小人书的印象更深刻一些。小人书的故事，一般现代的多一点儿，古代的，如三国之类的也有。

采访者：当年您是怎样过年的？

受访者：春节的休息时间比较短，就前后两星期天，外加一天的假，只有三天，最长也就五天。也就包包饺子，家人聚聚。开始的时候初一有拜年的风俗习惯，单位也组织拜年，领导一块儿挨家挨户地串串宿舍。初二有时能看看戏，看场电影，出去逛公园的机会也比较少，也不是说从来不去，偶尔出去看看。那时候没贴过什么年画，就算有个画什么的，也觉得挺新鲜。

单位发本日历，发个图片，当时也当宝贝似的。好像单位或者街道也组织过文艺演出。厂甸庙会也有表演，偶尔去过。那时就在大街上表演，庙会都比较简单，就卖些小吃、零杂碎。1954 年以前，我们去天桥玩，那时还有耍杂技的，后来就没怎么看到过了。1954 年以前，护国寺庙会也有表演的，过去的艺人都集中在那儿，说相声啊，说古书啊什么的。有时也有一个厂子出钱包下来看演出的。我小时候在家乡河北农村过春节，拜年、正月十五闹龙灯、高跷会，等等。唱戏的有自己本村演的，也有外边请来的，要票的情况很少，要票的话小孩就钻进去或者跑进去。另外还有“社火”，晚上给老鼠娶媳妇，就是有很大一根木杠子，前面坐一个人，骑在木杠子上，后边的人问他是高是低。小孩去人家家里要旧鞋，捡作一堆就烧，然后把馒头窝窝头放在火里烤着吃，说这个驱病，最后用棍子把燃着的鞋子挑起来，用石头或棍子一打，就冒火，不放礼花，就打这些东西作为放礼花了，挺热闹的。到城里来了以后，这些东西也就没有了。在城里，高跷会之类的农村的活动都很少见。

采访者：“五一”、“十一”广场游行您参加过吗？

受访者：五十年代，每年的“五一”、“十一”都有游行，游园活动以及广场联欢，我参加过几次。天安门的游行活动，几乎北京主要的厂矿单位都会派代表参加。天安门前一群儿童。有一次，我们单位做排字方阵。有人在前边指挥，一下口令，就变换方阵，排成“祖国好”之类的文字。也参加过游行，得早早地就去排队，都有自己单位的方块，在指定的地方等着。准动的时候才能去上厕所，该回来的时候就得马上集合。在天安门前一晃就过来了。游行的话，王府井大街、南池子大街、东四大街、东南西北的队伍汇成一个队伍过天安门。从观礼台一直过天安门的时候，能看到毛主席，当时特别特别激动，热泪盈眶啊。

采访者：其他的庆祝活动呢？

受访者：晚上广场上有联欢，一个单位一个圈子，大家跳啊唱啊，到放礼花的时候就停了，看礼花。主要跳集体舞，自己唱(打)节奏，各个单位不是统一的，但也规定了只能跳哪些舞。

采访者：游园活动呢？

受访者：游园的话，主要在劳动人民文化宫、中山公园和颐和园举办。公园里头都人山人海的。游园可不能随便去，都是批准某个单位去才能去，职工家属都是组织去的，当然也免票，进去了就让自由活动了。游园的保卫工作也是比较严格的，因为“五一”、“十一”时的游园通常都有领导人参加。有一次，我们去劳动人民文化宫，陈毅、周恩来这些领导人都去了。一见着他们，大家都特别激动，使劲地喊：“总理!”他们身边的保卫很多，也不让群众靠太近。游园中有游戏活动、有戏剧表演，舞台前通常都围满了人。

采访者：婚礼是不是很简单？

受访者：当时婚礼过程太简单了，几乎是过去鞠个躬就完了。顶多有点儿糖之类的，六十年代条件艰苦，糖都成“黑糖”啊，很不好买，街上都得排队买，用本儿啊，卡啊才能买到。鞠躬也就向毛主席鞠躬，向家长鞠躬，向主婚人、领导、介绍人说说话，婚礼也就结束了。也不去礼堂什么的，就在自己家里办。婚礼时间都很短，有的爱开开玩笑，拿个苹果吊着咬一咬，也就没别的了。

采访者：单位组织的工间操，大家都会参加吗？

受访者：单位都积极号召做工间操，每天上午十点，固定时间做操，下午可能也做操，记不大清楚了。四套体操我们都做过。一放音乐，大家伙就自觉地出去排队做操，积极性都很高。单位组织运动会的时候，集体项目中就有体操评比。

采访者：其他体育活动呢？

受访者：其他体育活动也有，但没有硬性要求大家都参加，也没用到“锻炼”之类的词。体育活动有篮球、单杠、双杠之类的，但参加的人不多。

采访者：单位每年会组织运动会吗？有哪些项目？

受访者：基本上单位每年会举办一次运动会，算作是职工活动。项目有跑步，包括短跑、长跑，有自行车、篮球。单位小的话就没有足球。排球、乒乓球之类的也很少。虽然当时国家的乒乓球不错，但在单位里还是不普遍的。单位都组织了自己的篮球队，如厂队，部里也有篮球队。

采访者：游泳、滑冰呢？

受访者：游泳、滑冰这些运动就属于个人的活动了，自己爱好就会去。

采访者：六十年代，毛主席畅游长江，游十三陵水库，是不是带动了群众游泳的热情？

受访者：六十年代，毛主席畅游长江，群众游泳的积极性增加。畅游十三陵水库这事，我没有什么印象了。我一直都没学会游水。溜冰嘛，很早就开始溜了，1954 年，那时都用冰刀鞋。

采访者：国防军事体育活动您参加过吗？有些什么项目呢？

受访者：国防军事体育活动，我们单位都有俱乐部，如摩托车俱乐部，我也参加了，但是也没拿到证。因为厂里范围小，就几辆摩托车，也就随便练练而已。舢板我也参加过，就几个人下了班就去划船。还有射击，都是小口径枪。大概情况就是，提倡国防军事体育活动的时候，单位就搞搞俱乐部，平常活动得也不多。工厂里也有劳卫制，很多个项目，你都得达标，具体的我记不清了。

采访者：大家对全国性运动会关注度怎样？

受访者：像国家性的运动会、国际比赛，大家是很关注的。厂里的厂报上都提前预告运动会举办的时间，我们都是从厂报上知道这些消息。广播里会直播一些运动赛事，那时宋世雄的解说就已经很有名了。这些运动会召开，对我们群众的体育活动也是有促进的。虽然不能说，看了一场篮球赛，篮球就打得多好，或者打球的人就多了，但总归还是有促进作用的。

采访者：传统的体育运动呢？

受访者：传统的娱乐体育运动也有，比如跳长绳、踢毽子。运动会或者比赛里边也有这些项目，但没有组织专门的运动队，个人玩得比较多。

采访者：开放公园多吗？票价如何？

受访者：解放之后，北京大大小小的公园陆续都开放了。那时国防兵进公园都不要钱，有证就能进去。中山公园、北海公园好像都不要票。我记得公园几乎都不要票，就算要买票的话，也要得很少，因为当时工资普遍都很低，公园的票价都很便宜。

采访者：公园条件如何？活动多吗？

受访者：公园环境挺好的，虽然不能与现在相比，但总体还是很不错的。公园里的游人不算多，肯定没现在多。去公园春游的人有，但没有晨练的，那时没有“晨练”这一说，我们上班都特别早，吃了饭就去了，没有时间晨练。而且，那时晨练、遛鸟，这都是资产阶级作风，是要被打倒的。单位每年都组织一两次春游，有时候去公园，我记得去过香山。春游的机会也不多，开始的几年有，后来也就淡了。

采访者：百货公司有哪些？逛街机会多吗？

受访者：我老伴去逛百货公司，但去的机会太少了。那时的百货公司不像现在这么多，当时王府井百货大楼就是最大的了。我们一般都去家附近的商场，如新街口百货商场，西单也去过。那时叫“买东西”，生活有所需了才去百货公司买，没有“逛”的意思。

采访者：百货公司货源充足吗？

受访者：商场里的货品不怎么充足，很长一段时间买东西都是凭票的，市场上供应什么就买什么，如果没买着，可能帮你调调货。就算是货源充足的时候，你想买什么东西，那也得排队，排队的人相当多。

采访者：文化馆、图书馆或俱乐部的活动多吗？

受访者：文化馆很少。我们单位就一个图书馆，五几年就有了，一直到“文革”。每天下班时间开放，中午十二点到一两点，我们吃了中饭就到那去看书了。平常也就是让你看看书、看看报纸杂志，没有别的活动。单位俱乐部有时组织舞蹈晚会、电影晚会、戏曲晚会，自己演的节目或者外边演出的节目都有。没有固定的晚会或演出时间。我们单位自己组织了话剧队、歌唱队、小乐队。一般都是有这方面的人才，像我们单位有会山东快书的、会吹笛子的，有演出任务了，布置一下任务，自己练练，就到部里表演了。这些业余表演队并不普遍，都是有这方面的特长的人参加。他们也给厂里职工表演，像厂庆的时候，过年过节的时候都有表演。领导通常都会对他们有方向性的指示，选什么演出段子，这都得领导说了算。搞业余创作的也有，但创作条件并不是很好，所以创作的东西还是不多。

采访者：新中国“十七年”时对文艺界的批判比较多，您单位有没有组织过相关的座谈会？

受访者：关于对文艺界的这些批判，单位确实有组织过相关的座谈会。但参加的人不多，一般都是对文艺方面比较敏感、比较爱好文艺的青年参加座谈。我也参加过，但仅限于学习。那时我们连“批判”是个什么意思都不太清楚。比如说批判《武训传》，大家聚在车间里，每个人拿张报纸，就看看文章而已，有点儿像走过场。上头有指示了，你不批判也不行，但当时的批判也就如此，不像“文化大革命”那样激烈。

采访者：谈谈您对当年娱乐生活的总体感受吧。

受访者：总体来说，那时的娱乐生活，面还是小了点儿，但那时人的感受和感情都比较真挚些。我觉得现在的一些娱乐还不如当年呢。现在看来，那时的娱乐生活确实单调了一点儿，但当时我们都没有感觉，反而觉得还挺好。我也认为当年的娱乐生活政治性太强，结合时事很紧密，意识形态的东西很多。娱乐中所掺杂的东西，跟我们当年受到的正规教育的方向是统一的。所以，我们这些生活在五六十年代的人，受过这方面的影响，脑瓜子都转不过弯儿来，都死板一些。思想有转变的人确实有，但毕竟还是少数。

# 对于文艺，我乐在其中

访谈时间：2007年7月2日

访谈地点：人定湖北巷德外敬老院

受访者情况：B女士，1928年出生，北京居民，家庭主妇，“十七年”时住鼓楼以及中南海北边。

采访者：奶奶，您好，请您先介绍下个人的基本情况吧。

受访者：北京解放时进京。新中国成立之后，我基本上都是在家做家庭妇女。1958年出去工作过一段时间，在印刷厂搞装订，做书。当年我家里的条件算是中产，特别是1958年我出去工作之后，家里条件一直都算比较好的。

采访者：新中国“十七年”时您都有哪些娱乐活动？

受访者：主要是看电影。我没参加工作的时候，做过街道工作。街道上组织这些人扭秧歌，搞些文艺活动什么的，都在大街上搞。我们做街道工作还是挺忙的，宣传卫生，从上头领了杂志，要出去推销，抗美援朝的时候挎着小篮儿卖东西，卖鸡蛋支援抗美援朝。所以娱乐时间很少。

采访者：您有喜欢的电影或演员吗？

受访者：看的电影很多，我都没什么印象了。就《白毛女》，打仗的那个《南征北战》，我还记得。电影演员中间，我比较喜欢《白毛女》、《刘三姐》里那两个女主角，还有（歌曲）“一条大河……”什么的。

采访者：电影有没有对您产生一些影响？

受访者：我觉得那时的电影都还挺好的，都挺真实的。电影对我的影响很大，第一次看《白毛女》的时候，看到女主角跑到山里，没东西吃，头发全白了，看得我眼泪哗哗的。

采访者：您通过什么样的方式看电影呢？

受访者：那时候放电影，露天的多，以前就在鼓楼那有个操场，那里的主人家是摇煤球的，他家院子大，放映队就借他家的地儿放电影。

采访者：外国电影看得多吗？

受访者：外国电影也就看过苏联的，别的国家的都没看过。

采访者：电影院呢？

受访者：电影院就去过西四那儿的。看电影看得特别少，那时我没工作，有点儿钱都攒着。看电影的话，提前买好票，几个年轻人一块搭伴儿去。

采访者：观众反应如何？

受访者：电影看到激动的时候，也有鼓掌的，但那时电影院不让鼓掌。

采访者：有没有机会看歌舞表演？

受访者：我们住在鼓楼的时候，看过街道组织的露天歌舞表演。我们街道组织的秧歌队也在街边演出过。这秧歌队算是街道的业余表演队，都是大家有力出力办起来的，你能做裤子就做条裤子，你能绣花鞋就绣双花鞋。扭秧歌都得穿花点儿，不能穿太素。我们也表演过其他的，比如唱歌，有文化的就帮忙打拍子，我们就跟着拍子唱。都是唱一些革命歌曲，《团结就是力量》、《解放区的天》之类的。还唱过评剧，比如《刘巧儿》、《小二黑结婚》。我们街道里头有那么三四个人都挺喜欢搞文艺，特别积极，晚上遛弯儿的时候，自己就练习，唱上了。“话匣子”里头唱什么，我们就赶紧听，跟着学。这个没记住，那个还有记住的呢。现在想想，那时候的乐趣也挺大的。

采访者：音乐会呢？

受访者：音乐会、舞蹈表演之类的我们都没什么机会看。当年有段时间，我们住在中南海后边，中南海里搞些文艺表演，我们通过老乡搞到点儿票，就进礼堂去看过表演。节目都是解放军的表演，唱歌什么的。

采访者：您爱看戏吗？

受访者：我年轻的时候爱看戏。经常就在外头看人演小戏，大戏院咱也去不起。那时，就有很多喜欢戏剧的人在公园里唱戏。

采访者：1958年批判“黄色歌曲”您听说过吗？

受访者：没听说过1958年批判“黄色歌曲”这个事。周末晚会我也没去过。

采访者：您听广播听得多吗？

受访者：喜欢听广播，但我家没有。有收音机的家庭很少，有人家里条件不错的有那种大的“话匣子”，我们就在他那听听。大家喜欢什么，就播什么。那时，戏剧、相声，听得比较多。没有体育比赛的直播。

采访者：1958年有电视机了，您通过什么方式看电视呢？

受访者：1958年虽然电视机发明出来了，但是家里条件达不到，你也买不起啊。那时八寸的、十二寸的就特别好了。整个院里只有一家人家有电视机，大家都围着看，也就一乐一鼓掌，就完了。那时大家都挺爱看球的，我是通过电视才对球有点儿了解。另外，有时看看相声、看看京剧、听听歌。

采访者：您看小人书吗？

受访者：那时小人书特别多。二十多岁的时候也看。小人书上有字，但我没文化，不知道上边说的是什么，我主要是看图画，画画得没现在好。有《西游记》、《红楼梦》，等等。一般都是租来看，有小孩的家庭也买来看。

采访者：您是怎样过年的？

受访者：每到春节，我都被累得够呛，都得“扫房”。年三十晚上吃饺子，还必须荤的素的都有。“初一的饺子，初二的面，初三的合子”。那时也贴年画，但“文革”后，就被禁止了。年画贴门上、墙上，这才有年味。春节庙会有地坛庙会、龙潭湖庙会，好多庙会呢。庙会上，特长串的糖葫芦、吉庆的对联；有变戏法的、唱戏的、说相声的、蹬幡的；很多卖小吃的，爆肚、炒肝；还有很多卖零碎的小玩意儿的，做些猫啊，狗啊的吉祥物。

采访者：单位组织做体操吗？

受访者：单位组织做过体操。上午八点，广播一播，大家就都来做体操了。做体操的音乐都是从半导体录过来的。我记得有四套广播体操。

采访者：运动会呢？

受访者：单位也没组织过运动会或者体育比赛，只有义务劳动，出去拔麦子。

采访者：去公园玩的机会多吗？

受访者：公园去得很少。那时候公园票才两三毛钱，有的还去不起。

采访者：有没有逛街的概念？

受访者：去百货公司买东西，你得光买自己需要的。没事，你去商场逛，那可不行，不敢看。那时候，西单、王府井、东安市场多大啊。东西虽然多，可买不起。只能是生活需要了，才去商场买东西。

采访者：文化站会组织活动吗？

受访者：文化站我们倒去过。组织些消夏晚会什么的。

采访者：平常会出去吃点儿小吃吗？

受访者：从没去过，都在自己家里吃，哪有钱到外边去吃啊。

采访者：谈谈您对当年娱乐生活的总体感受吧。

受访者：年轻时候，我参加文艺活动挺活跃的，虽然生活艰苦点儿，但对于文艺，我乐在其中，那时都是“玩儿”啊。但娱乐时间还是不多，街道工作太忙。

# 那时没钱看电影

访谈时间：2007年7月2日

访谈地点：人定湖北巷德外敬老院

受访者情况：P女士，1921年出生，北京居民，家庭主妇，“十七年”时住天桥万明路。

采访者：您好，请您先介绍下自己的基本情况。

受访者：来北京之前我生活在长春，那边很困难，挨饿，什么吃的都没有。解放之后，我也一直没有工作。1952年来到北京。来北京之后也没找工作，因为我没文化，只自己自学了点儿，认得几个字。家里孩子多，我就在家照顾孩子。那时候搞过街道工作，就是街道开会、晚上站岗之类。另外，我就做些针线活，缝扣眼，补贴生活。刚来北京时住在胡同里，后来搬到了天桥万明路。家里条件一直很困难。我没工作，老头在印刷厂订本也就每个月三十来块钱，糊口都难。

采访者：您的娱乐时间多吗?

受访者：娱乐生活可以说几乎没有。我上北京来的当年，就去故宫里头转了转。那时候一毛钱的票游三宫，里头破破烂烂的，不像现在这么干净。赶紧跑啊，一个小时就把三宫给看了个遍，其余哪儿都没去。一直到1966年，都没什么娱乐活动。家里活都忙不过来，小孩都帮忙干活呢。而且哪有钱去玩啊。

采访者：电影看得多吗?

受访者：都不看电影。那时没钱看电影，后来可能也看过几回。主要没钱，也没时间看。

采访者：街道组织过放映露天电影吗?

受访者：街道没组织过什么露天电影或者免费电影。

采访者：看戏呢?

受访者：看戏我倒是看过几回。因为我院里有一闺女跟我要好，她在广和剧场当服务员，她总带着我去看。可到那儿我就犯困，戏开始不多久我就睡着了，人家一鼓掌，戏歇场了，我就醒了。没办法，在家成天熬夜干活，看戏呢我又不太懂，所以犯困呢。看的戏都是名角儿演的，梅兰芳这些名角儿的戏都看过。看的都是古董戏(编者注：古典戏)。看戏的观众都很热情。

六十年代的时候，前排的座都十块钱，后排的五块钱，多贵啊，可大家都去看。

采访者：您喜欢看音乐会吗？

受访者：这些我都不爱看。音乐会什么的，咱也进不去。去广和看戏，也是靠的院里那闺女，不然进去不了，票贵，咱都买不起。

采访者：您平时听广播吗？

受访者：我家没有收音机。身边也很少有人有。我们院都是从东北来的，家里经济都不好。后来，我买了个小收音机，效果不好，偶尔听一听。

采访者：您当年看过电视吗？

受访者：当年只听说过有电视这么个东西。有电视的很少很少，那只可能是特别(有钱)的人家，有收音机的家庭都不多。那时候，我就从来没看过电视，连电视机长什么样子都不知道。

采访者：连环画看得多吗？

受访者：小人书我特别爱看，看得多。我就是靠看小人书识的字，不认得的字就问人，人家一说我就记住了。

采访者：以租为主呢，还是买？

受访者：那时候租小人书特别便宜，我经常一次租好几本。多少钱我给忘了，反正很便宜。一般都是到附近的小铺子租，那里又卖书又租书。小人书里的画都画得很漂亮，内容主要是古代的故事，武侠的故事很多，也有革命故事。

采访者：过年的活动有哪些？

受访者：春节呢，就三十晚上包饺子，白面的、荞面的都有。六十年代贴过年画，年画净画小孩之类的东西。过年有庙会，但我都没怎么去过，也就逛过厂甸的庙会。庙会上有卖小吃的、杂耍表演的。街道里也没举办过文艺表演。

采访者：体育活动呢？

受访者：我不爱做体育活动。乒乓球、羽毛球这些更没可能。那时候，街道没举办过类似的活动，就光开会。区政府、天桥办事处一下通知，大伙就在屋子里或者场院里集合开会。

# 访谈录（七）

F A N G T A N L U 访谈人：李兴锋

F A N G T A N L U

# 家庭关系与个人经济地位密不可分

访谈时间：2009 年 1 月 21 日

访谈地点：首都师范大学本部

受访者情况：G 先生，1925 年出生，北京居民，祖籍江苏。参加过抗日战争、解放战争，担任过营指导员。新中国成立前后，在安徽工作，1952 年进京，先后在北京外国语大学、首都师范大学任行政职务。“十七年”时住西城区西单、西直门、海淀区首都师范大学本部，干部，中共党员。

采访者：新中国成立初期，北京城区家庭经济情况如何？

受访者：抗日战争、解放战争时期没有工资，就管饭吃，发衣服给你穿，一个月发的津贴就只够买两包烟，非常穷。理发的钱都不多，衣服穿公家的，冬天的衣服到春天一剥棉花就当夏衣，三年发一套衣服，供给制。尤其抗战时非常艰苦，病了没有医药费，一直到解放。新中国刚成立的时候，我已经是营指导员了，当时还在安徽，那个时候经济上谈不到工资，管饭吃，有衣服穿，但很一般，没什么好东西穿。到了北京，由供给制改成包干制(编者注：“包干制”是我国在解放战争时期和新中国成立初期实行的一种关于干部生活待遇的制度。每人每月除按一定标准供给伙食外，再发给若干实物或货币)，衣服也多了，生活也改善了，我是靠写稿赚钱抽烟。解放以前那个时候胶鞋都没有，下雨天也就是那一两双鞋，买不起胶鞋。身上的虱子、疥疮满身都是，好几个月不洗澡，身上脏，你传染我，我传染你。晚上挠挠，身上都是脓和血呀，那肯定是不卫生的。到了北京，我在北京外国语大学管留苏的学生，当团级的科长，留苏的学生要政治审查，不够标准不让出国，比如说你家有台湾关系，或者有被共产党枪毙的反动家属关系，都不能出国，或者自己的品行不好的也不让出国。到北京后实行包干制，我拿八十多万(编者注：此处为旧币制)呐，那时每月十几块钱就能养活一个人。我的女儿生下来国家给安置，那叫供给制。你生一个孩子，国家就给你一份，管理孩子的保姆也有一份收入，没有现在多，都是低标准的。钱多了，我也有孩子了，孩子我还是放在老家养，每个月寄钱给他们买东西。生活好了，八十多万可了不得，那个时候，一般的大学毕业生才拿 49.5、56，拿了几十年。教授、副教授 56、58、72、76、78，一级差几块钱，越向上差距越大。没拿到一年就涨到 120 元了，那时国家是有标准的，什么干部评什么级拿多少钱，毛泽东是1级四百多块，不到五百块钱，刘少奇2级，周总理2级，部长是10级、7级、8级都有，副总理3级、4级。新中国成立之后我城里住过西单、西直门，住的是公房，公房是不给钱的。从(19)49年解放到(19)52年，我都没买上皮鞋，很向往穿皮鞋。我1952年到北京看毛主席的时候，在中南海看戏一幅土样子，农村的衣服，学生蓝色大衣，太土了，所以我做了一套呢子衣服八十多万呢，一个月的工资，那个呢子是进口的，那是新呢子衣服，那时干部大一点儿的就穿呢子衣服，那也是一阵风，这阵风刮的时间挺长。我买了一双皮鞋18万元(编者注：换算为新币制约为18元)，在西单百货公司买的布做的衣服，这不就改善了嘛。我这个家庭五个孩子就不宽裕了，还有保姆，比一般的工人家庭好一点儿，工人家庭一个月10块左右。我连老婆的工资，当时已经是一百出头了，我老婆还有五六十块钱，我是校长级别的一级的干部，她母亲是厅局级的干部。这个经济上，我在安徽没有衣服穿，我还在老家问我爸要一套衣服穿。我到了北京呢，我一买毛线买四斤寄回家去，四斤毛线三四十块钱。我也穿呢子衣服了，也有了皮鞋，到中南海看戏，看到毛主席。家庭的经济状况是随着国家的经济发展而发展的，我们是比较老的干部，工资待遇高于一般人。尽管我五个孩子，我还有父母，把丈母娘也接来，还有大姨子，要不五个孩子谁看呢？我一百二三十块钱，一百七八十块钱，我养八九口还过得去，但也一般不算高。买带鱼二毛五一斤，我一块钱就能买五斤带鱼回来。我到这个学校后，也到西口去买带鱼，尽管这样我还没买过自行车，自行车很贵，一个月工资却买不到一辆自行车，现在一个月工资买七八辆。“文革”前工资在不断增长，“文革”时及以后，三十年工资没涨一分钱。到了我们17级以上，一级差十块钱，17级，营级干部科长一级。困难时期计划供应，一个月二十斤面，十斤米，其余的棒子面，不是像现在，你吃什么就买什么，凭票供应，布票、鱼票、鸡蛋票、糖票，什么都要票，尤其是(19)60年搞什么“大跃进”人民公社，搞得老百姓没有粮食吃，饿死人，就不说了！我们都有浮肿病，懂不懂？腿都肿得那么高，为什么？天天肚子饱不了，熬过来了。当时我在北京才二十五斤大米，哪够吃呀！没有菜呀！菜是计划供应，一天给你半斤菜，一个人半斤，半斤菜哪够吃呀！虽然我们的经济，解放后一天比一天好，但是子女多，曾经有一度还要补助，孩子住院呢，五个孩子，那个时候医药费也便宜，也没有什么更多的药。中国的经济正逐步地在提高，(19)63年我调到首都师范大学文学院，为15级干部，老干部的生活待遇当然要高了，他有斗争历史，有贡献的嘛。我五个孩子，共养活八个人，住房不要钱，家具不要钱，这些桌子、凳子，没有好玩意但能用，没有这些书柜什么的。所以现在看，中国人的生活好了，邓小平赢得人民的尊敬，就在这一点，现在生活已经是小康了。国家的经济在发展，人民的生活在提高，我们城市的干部生活水平要高，同农村的农民相比就不好比了。我来的时候，这个地方连三环路都没有，没几座楼。我(19)56年八十多，(19)62 年一百二十多，“三年自然灾害”扣了一元，当时都减工资。到改革开放后，经济发展了，涨工资了，到现在涨了十几倍呀！现在我老家一个农村妇女，一年还赚一万多块钱呢！

采访者：新中国成立初期，北京郊区家庭经济情况如何？

受访者：但那个时候的工人家庭也有穿也有吃，就是没有好的穿，好的吃。窝窝头、咸菜、二毛五一斤的西红柿。“大跃进”总路线，搞得非常糟糕。这个农村的干部，村里打一百斤粮食他非说三百斤，国家就照三百斤交税，叫你交三百斤的公粮，农民没粮呢吃什么？又加上土地公社化，不许留自留地，老百姓没有粮食，所以安徽、四川死了多少人哪！为什么四川的姑娘嫁到新疆、青海？全国各地都有四川的姑娘。农民靠粮食生存，粮食打得多生活就好一些，你盖楼占他的地了，让没地的农民当工人，工人就三四十块钱哪！要是子女少生活还是不错的，要是子女多那就不好说了。农民吃的主要是玉米棒子面，白面很少。

采访者：新中国成立初期，北京地区夫妻关系怎样？

受访者：我们家同一般家庭不同，我们是父母从小主婚的，从小订的婚。老婆跟着我来北京的，她也是离休干部，在安徽参加的工作，高小毕业。当然是以我为主导的，对不对？尤其是在城市里，新的妇女解放、妇女参政，她有文化、有工作，有工作和没有工作的家庭妇女是不同的，她有一份经济收入就有一份家庭地位，我不吃你挣的，这是不一样的，所以，城市里的妇女和农村里的妇女是不一样的，两个人各有各的工作，都接受过教育，就都有相应的地位，一些人有些大男子主义，他也到不了明显歧视妇女的地位。当然这个家庭的关系，也是随着自己的经济收入、经济地位而来的，是密不可分的。我们小的时候，农村妇女社会地位是很低的，没有选举权，老百姓也没有选举权，穿的衣服都躲在家里头，衣服不一样，像我这样年龄的女人那时都裹小脚，哪有个地位！当然有的家庭妇女有一定的地位，有能力的或者怎么的的，劳动得好啊还有点儿说话算数，但没有社会地位呀。共产党提倡妇女翻身，妇女地位提高，国民党不提倡，解放后妇女的地位比以前好一点儿。随着社会的发展社会的前进，妇女的地位越来越高。不过你看，现在的当家的、当政的还是男的多，女的还是少，是不是？妇女地位提高了但还不能真正男女平等有多种因素，妇女生孩子要拖累她，好多因素影响男女平等。新《婚姻法》由国家确立了妇女的政治地位、社会地位，但是它不能教育没文化的家庭妇女。像农村里的女孩都希望上大学呀，上大学能接受教育呀，妇女的地位就越来越高了。随着社会的发展，个人的经济地位的提高，妇女的地位也在提高。

采访者：新中国成立初期，北京地区婆媳关系怎样？

受访者：我们的儿媳妇和我们分开住，我们家里没有婆媳不和这种情况，周围这种情况也不多。农村是有，城市里少但也有，我们院里就有，儿媳妇不服婆婆的，婆婆打儿媳妇的，还有的儿媳妇公然打婆婆，姑爷也搞不好。我们两个女儿，我们该说什么就说什么，也不考虑。我们对儿媳妇就不一样，对姑爷说话也不同，这都有区别。

采访者：新中国成立初期，北京地区家长平时怎样教育子女？

受访者：我们的孩子毕业后，有的当兵，有的参加了工作。我们从小教育他们学做好人学好技术，参加共产党。我的这套教育思想尽管和孩子们的想法有很大的差距，但是我们还是从小这样教育他们，孩子大多入党。我和我老婆入党几十年了，到现在快 70 年了。我们的教育还是正统的教育，但是孩子呢，和我们想的还是不一样。搞“文化大革命”不念书了，知识越多越反动。知识分子容易造反，大学生少多了不好。我在家里有绝对权威，但我在家里不使用武力，哪个孩子吵架了叫过来，批评两句就完了，孩子主要在教育，以教育为主。打孩子的现象，城市里有但少，但农村不同，城市里到底更文明些，不允许打孩子。你平凡的工人家庭打孩子，工人家庭里的孩子，没有几个上大学的。住楼房的，大多是干部、知识分子家庭的孩子；住平房的，(大多是)工人家庭的孩子。工人本身文化少，教育的孩子也差，做坏事的孩子多，一些老被逮去，主要是偷呀，摸呀，打架呀，流氓打架，流氓打学生，这不狠狠地敲他们！学生好好地走路，你去向他们挑衅，打起来了，那就得劳改呀。

采访者：新中国成立初期，北京地区家长对子女阶级教育的情况怎样？

受访者：“文革”时我家的这些孩子还小，最多初中，大姑娘初二。阶级教育呀，肯定有，都是穷人最革命，这是用我们解放区的一套。“文革”期间唯“成分论”，越穷越好，你像地主就是坏的，你像贫下中农就是好的，是天然的革命者。抗日战争、解放战争是要讲阶级、阶级路线的。“文革”前 17 年，阶级教育讲得并不厉害。成分好的优先上学，成分好的学生当干部，成分不好的就不让他当学生干部。你入党、入团，成分好的先入。相对来说，成分论并不像“文革”那样明显，或说不是那么严重。参军、入党、入团、当干部，都看成分。你家里成分不好，你再聪明、文化再高，也不让参军。阶级教育在家庭里并不多，“文化大革命”多。“文革”我挨斗争低着头，一个小孩看见了，马上到我家来报告：“哎，你爸正在被斗争低着头呢，还喊口号。”我孩子有的七八岁，一想就害怕了。我这一进门，几双眼睛都瞧着我，意思是说你在外面被斗争了。“文革”中打呀，一塌糊涂，打死的都……我是中农出身，没历史污点，表现也不错，冬天到我家来抄家什么也没有，没什么可抄的。“文革”前批斗不多，(19)57 年“反右派”是在公家的地方斗争，右派呀什么的。(19)57 年我在北京外国语大学，抓走好多右派。好多人是知识分子，给你记五条八条反党。右派，你能抵制得了呀！右派就(被认为)是敌人呐，你还不服，就划成极右，你心里能舒畅？报纸上全部报道反右派的斗争。

# 出生于旧社会的婆婆封建思想很严重

访谈时间：2009 年 1 月 29 日

访谈地点：朝阳公园

受访者情况：S 先生，1930 年出生，北京居民，“十七年”时住在朝阳门附近的竹杆胡同。1949 年参加工作，因为会开车，后来就在机关开车，直到离休。机关干部，中共党员。

采访者：新中国成立初期，北京城区家庭经济情况如何？

受访者：演乐胡同的东口，直对着新鲜胡同，从新鲜胡同往北，紧挨着的是南竹杆，就是旧称的“八大人胡同”，过了南竹杆就是竹杆胡同了，我家就住在这条胡同的 51 号院。51 号院坐北朝南，高台阶，两扇厚重的木门。门前左右，是一对兽头门墩儿，在我的屁股底下没少受罪。门楼高大宽敞，盛夏很凉快，我们孩子写作业、斗蟋蟀、打扑克、下棋，都在这儿。进得门楼左手是三间倒座，挨着门楼的一间，不足 10 平方米，住着姓杨的一家四口。杨叔是印尼归侨，杨婶儿长得很漂亮，他们有两个孩子，长者为女，次子为男，男孩儿淘气不爱学习，常常被他父亲罚站。我家住在东厢房，进深较窄，约为两米。和我家对门住着的是米奶奶一家。米奶奶是东北人，大个儿，在“文革”中曾被批斗，神情庄重，但为人很宽厚，极善良的。北屋高大敞亮，前有廊，后出厦。房屋的主人姓张。新中国成立初期，51 号院对过儿是邮局，邮局的左侧，过去是家银行。我们家平时的生活很节俭，有些月份可以省下 5 元或 10 元钱存到银行里，一年下来可以储蓄 50 元到 80 元，真是口挪肚攒呀。那个时代就是这样，人人都如此。在大中电器商店的地方，原来是菜市场和副食店，对面是家酒馆，小时候父母就告诉我，到酒馆喝酒的都不是好人，因此，每次路过的时候，我都向里面张望，看看坏人都长得什么样。等我长大了，我也和同学到里面喝酒、抽烟、聊天打闹，感觉很有意思。到了六十年代初，发生了自然灾害，那时的人们，因为没有副食品而且油水也少，总是感觉饿。那时，为了解决粮食问题，给浮肿的人发豆面吃，但还是解决不了问题。后来开始派人到内蒙古大草原去，开着跨斗摩托车，架上机枪打黄羊，后面跟着卡车收拾被打死的黄羊，回到北京后按户配给，这样就稍微解决了一些问题。只是我记得肉很肥，也不太好吃，不过这已经很不错了。还有许多家庭开始养鸡和兔子，我家就养了鸡和兔子，到了秋后，草没了，就把兔子杀了，吃起来很香。那个时候非常艰难，真不容易呀。但在那个时代，干部作风都很正派，没有多吃多占的，和群众一起共渡难关。1962 年到 1963 年，情况就开始大为改观，开始有副食品了，人们在买猪肉时都爱买肥肉，一般买两毛钱的肥肉，回家炼出油来炒菜，油渣可以解馋。那时的猪肉是 0.85 元一斤，好的是 0.95 元一斤，两毛钱可以买二两半猪肉。鸡蛋 0.9 元一斤，玉米面是 0.125 元一斤，标准粉是 0.185 元一斤，大米是 0.22 元一斤，机米是 0.12 元一斤，带鱼价格有 0.18 元、0.25 元、0.38 元、0.46 元等。那时的七机部工资是比较高的，在东高地地区出徒职工的工资是 43.48 元，算比较高的，而北京市职工的一般工资是 37～38 元。新中国成立初期，居住条件极差，城市居民的住宅，大多面积小，设施简陋。大杂院，十分拥挤杂乱。

采访者：新中国成立初期，北京郊区家庭经济情况如何？

受访者：新中国成立初期，农村破破烂烂的，不像样子，到现在改变的也不多，小时候我有个表叔是西山的，在石灰场干活儿，那时石灰场里，基本上是没有消毒面具的，穷呀。一车子土豆，基本上是够吃够花的，村里也没什么生气，街上来个拿着喇叭卖老鼠药的，基本上等于来了一个唱戏的。“三年自然灾害”时，“低标准”吃糠咽菜，农民苦啊，在生产队拉车驾辕、背石头、修铁路、修水利，当牲口用。“农业学大寨”时，没日没夜地干，那时叫作“敢教日月换新天，正月初一开门红”。那时农民孩子的唯一出路，就是上大学。不过，那个时候干农活的姑娘倒是最美的。农村里，新中国成立初期，多为土坯房、茅草屋，房屋破旧，年久失修，墙破屋漏，卫生条件差。

采访者：新中国成立初期，北京地区夫妻关系怎样？

受访者：解放后，经过土改、复查和解放妇女，人们的老思想，越来越跟不上新形势了。尤其在农业合作化以后，妇女也参加劳动，和男人一样。但并不是所有的妇女都参加劳动，还有很多妇女从不出三门四户，但参加劳动的妇女，的确比以前多多了。妇女在家庭中的地位提高了，不分男女老幼，在一个桌上吃饭。旧时吃饭的时候，女人是不许上桌的。但家庭中的大问题、出头露面的事，还是男人做得多，(男人)有发言权。新中国成立初期，“养儿防老”、“传宗接代”、“重男轻女”等旧思想，仍影响很多家庭，没有儿子的，总觉得矮人一头，心不畅，气不顺，非生个儿子才作罢。两口子关系搞好了，家里才安顿，家人也舒心。但有时，不是冤家不聚头，这夫妻间，也免不了吵吵闹闹，或是隔三岔五地弄出点儿事儿来。有的夫妻吵闹一辈子，却也能凑合过一生，但有时从来不吵不闹的两口子，倒忽然分了手，真搞不懂。

采访者：新中国成立初期，北京地区婆媳关系怎样？

受访者：我们小的时候，那个时候的婆婆，多出生于旧社会，她们的婆婆，对她们管制得很厉害，封建思想很严重。她们认为：婆婆就是婆婆，儿媳妇就是儿媳妇，儿媳妇必须要伺候婆婆，一旦儿媳妇不服或怎么着的，婆婆就会往死里整。这种情况不普遍，但也不少。各家情况不一样，农村多，城市少。特别是那些自由恋爱的，婆婆相不中的儿媳妇，要使婆婆喜欢她，是很难的。说实话，媳妇和闺女是不一样的，“闺女是娘的贴身小棉袄嘛”。娘儿俩生活那么长时间，相互知脾知性，娘儿俩出现点儿矛盾，好弄一些。所以，当婆婆和儿媳妇生活在一起时，婆婆往往认为儿媳妇不如自己的闺女好，而儿媳妇呢，也常常会认为婆婆不如自己的娘亲。当然，这不是绝对的。

采访者：新中国成立初期，北京地区家长平时怎样教育子女？

受访者：你们可能知道，过去一个家庭，都是不低不高孩子一大群，父母哪有精力管孩子？也没有条件娇惯孩子。讲两个笑话：六十年代，(在)朝外有一对夫妇生了十个孩子，一个夏天的晚上，全家人都在门外乘凉的时候，好几个孩子都在地上睡着了，由于天黑，父母往回抱的时候少抱了一个，六岁的小琴就在门外睡了一夜。第二个例子，这是我们的邻居，我对这个非常了解，讲的都是真事。有一家弟兄七个，家里的一件衣服，缝缝补补要穿七八个人，父母传给老大，老大传给老二，老二再传给老三，依此类推，传到最后补丁几十个，成了真正的百家衣。五六个人睡一个土坯炕，一条破苇席大窟窿、小眼儿的。从小到大，这七个孩子不知道褥子和床单是何物，常常是一块红薯一碗饭，吃一顿面条算是改善生活了。在这样的条件下，孩子知道孝敬，责任心强。爹娘把老大的媳妇娶回来以后，定了一条家规：老大负责给老二娶媳妇，老二负责给老三安排住处，依此类推，孩子们人人无怨言。结果倒也不错，都有家口，日子也算红火。六十年代宣传雷锋事迹时，一定要提到雷锋那双缝了又缝、补了又补的袜子。电影《雷锋》中，老支书攥着雷锋那双“千层底”的袜子，接受雷锋给灾区捐款的镜头，我至今都记着。当时虽然不是人人的袜子都是“千层底”，但袜子穿破了，补一补再穿上是很平常的事儿。当时，许多家庭都有“补袜板儿”，我家就有一副。用“补袜板儿”是为了把袜子补得平展，穿上后，走路不硌脚、不磨脚。今天的孩子对“补袜板儿”根本没有印象。

采访者：新中国成立初期，北京地区家长对子女阶级教育的情况怎样？

受访者：阶级教育“文革”讲得厉害，全家人都是为了吃穿，忙忙碌碌，天天开会、斗争，精神紧张，话题谈斗争多。“文革”初，一些红卫兵冲进家里批斗我，红卫兵要我下跪。我就说：“你们不是‘破四旧’吗？下跪是封建的，怎么还要我下跪？”红卫兵也不好再要我下跪了。五十年代那会儿，搞过“排队摸底”，重点是有学问的、当老师什么的，把他们分成“左”、“中”、“右”，甚至“中左”、“中中”、“中右”、“极右”，然后再搞。“文革”前，家庭中不怎么讲阶级教育。

# 解放初的孩子自理能力都比较强

访谈时间：2009年2月6日

访谈地点：玉渊潭公园

受访者情况：Y女士，1935年出生，北京居民，祖籍安徽。家中兄弟姐妹多，五男四女，Y女士排行老二。小时候家里穷，但孩子们很争气，学习都很好。那时候讲“根正苗红”，Y女士家是典型的贫农家庭，1951年，Y女士因学习成绩好，被推荐进北京大学学习，毕业后就留在北京，在区妇联工作，一直到退休。“十七年”时住甘家口，妇女干部，中共党员。

采访者：新中国成立初期，北京城区家庭经济情况如何？

受访者：1951年刚进北大时，新的学生宿舍还没有盖好，暂时先住教室。理科学生多半住在小饭厅，都是上下铺，双层木床。这时发生一个重大事故：一个学生从上铺摔下来，摔死了。校方立即在所有的上铺，增加了长木条护栏。第一学期吃饭不用付钱，那叫供给制。大饭厅，每桌八人，每个学生发一个捷克生产的大洋瓷碗。伙食不错，为大锅饭、中灶、分菜制，经常有鱼、肉吃。可能到了1956年以后吧，就实行饭票制。那时所有同学都享受助学金。最低每月14元5角，其中12元交伙食费，2元5角零用，包括买书和笔记本、理发、邮票等。同班有“调干生”六人，每月领取27元，生活很宽裕。同班有位女同学叫黄文华，她的父亲和大哥都是工程师，每人每月各给她寄25元，这咱比不了，也不比这。她每个星期都要去莫斯科餐厅，花费1～2元吃俄罗斯风味的西餐。此外，她还有一辆自行车，那时叫“跑车”，在学校里十分显眼。在大饭厅窗口排队，她总是站在“甲菜”的窗口，价格1角5分，而我永远站在“乙菜”，价格1角，或“丙菜”，价格5分的窗口。这种印象我很深。六七十年代，京城的大副食商场不少，离我家不远，就是甘家口副食商场。主要经营副食、鱼、肉、蔬菜。不过，平日里百姓购买日常用品、食品，去得最多的，还是本居民区里的小商店，这种小商店叫“合作社”。一是图方便，二是那时是计划经济，都是定量供应。比如我家所在居民区的住户，都是到三塔寺合作社买东西，而我们东边仅一站路远的居民就要去车公庄店，西边一站路远的居民去的是二里沟店，再往西有百万庄店，往南有北营房店，往北有西外大街店。“三年自然灾害”期间，子女多的家庭生活就比较困难，那时，一般家庭都有四五个孩子，还有老人在家里，生活很紧张。

到了1961年左右，开始有黄羊肉了，每户都发购物券，无论干部和群众都一样，每户可以得到一块黄羊肉，这样就减轻了当时的困难。到了1963年，情况就开始好多了，基本上可以吃饱了，菜市场可以买到肉了，副食品也多了起来。1964年至1966年，商店里商品多了起来，自行车、缝纫机、手表等都可以买到，布匹的花样也多。那时人口比较少，不像现在这样人满为患。主要是大学生很少，当时大学生很吃香，工资也比工人多，只是不像现在这样悬殊，工人、干部的政治地位也很平等，那时应该说是个好时光。论经济条件，我家的确要比一般工人家庭好许多，但是我父母孩子多，又要独立供养外公外婆，所以我们要经常给父母寄钱，而且，父亲乡下的亲戚也需要经常接济，生活上还是很紧张的。小孩儿的衣服是“新老大、旧老二、破老三”。我们孩子身上的衣服都是打过补丁的。

采访者：新中国成立初期，北京郊区家庭经济情况如何？

受访者：我婆婆家当时住东高地，她家境况要比周围的好一些。我就说一下东高地这个地方吧，说个大况。东高地给我最深的印象就是村风很好，邻里和睦。不论谁家有个婚丧嫁娶，全村人都会出动，出人出物给予帮助。在五十年代末，东高地是一个典型的农村，那时东高地周围都是庄稼地，人口也不多。最热闹的地方在南苑镇，要买大的东西时，要到南苑商店去买，后来才有了东高地百货部，地点在现在的九九嘉到建设银行之间，建设银行的地址上原来是个饭馆，我们去那里吃过饭，但次数非常少，也在那里买过啤酒和凉菜，回婆婆家招待客人。那时，一瓶葡萄酒的价格是0.45元，但是，平时还不怎么喝，主要是不舍得喝。在五十年代，东高地足球场那里，还是个坟场和垃圾场，周围还很荒凉，后来开始了整理，把垃圾和坟头给平整干净，东高地最早的楼房应该是老二栋那片楼房。后来盖起了一片片平房，建起了东高地第一小学和幼儿园，幼儿园地址在现在的办事处那里，还有个幼儿园，在二营门那里的西大院地区。

采访者：新中国成立初期，北京地区夫妻关系怎样？

受访者：我家老头子性子慢，为人忠厚，一生不争名不争利，对我很好，这是我的福气。我们感情很好，虽然日子过得时好时坏，但几乎没红过脸。有事我们商量着办，我有时闹心，他就迁就我。老头子去世五年了，我总念叨他，不说这些了。

采访者：新中国成立初期，北京地区婆媳关系怎样？

受访者：婆婆原来也做妇女工作，和我是同行，所以我们婆媳能说到一块儿。在家里往往是婆婆说哪个好吃，我就会尽量买回来。婆婆说吃这个好，我马上给全家人讲它的好处。家有老人，难免在饮食上多支出，婆婆总是告诉我们要节俭，不要浪费，过日子要细水长流，不能因为她，多花这钱，多花那钱，令我们感动。婆婆有个好习惯，就是每天坚持锻炼，这也带动我们全家(锻炼)。至今，婆婆虽然早去世了，但我们还坚持锻炼。婆婆不守旧，晚年总是带着老花镜，关心国家大事，在报纸刊物上圈圈画画。能为别人做点儿什么，她最开心了。就是有一点儿不对劲，总是嘟囔着我收拾家务，我哪有时间呀，催急了，我就央求她帮我——就帮我收拾一次，她拗不过我，就答应了，(但)一次又一次。(因此)到现在，我都不善于收拾家务。

采访者：新中国成立初期，北京地区家长平时怎样教育子女？

受访者：我孩子小的时候，我们都很忙，就给孩子每人配一把钥匙，孩子把钥匙挂在脖子上。那时候，孩子每天挂着钥匙，早上吃完饭就出去，找邻居家的小孩子玩。那时候，家家的孩子都有好几个。到了中午，孩子回家，大孩子把在锅中热好的饭菜拿出来，一起吃，吃完又去玩。那时(孩子)虽然没有我们照顾，但邻居的爷爷奶奶会关照一下，不至于出危险。所以，那时的孩子，自理能力都比较强。我家的很多玩具，都是我和孩子们一起做的。比如我们做弹弓、剪纸、折纸、小房子，这些东西，我们一教，孩子就会。五十年代到七十年代，几乎没有人不知道“小喇叭”的，大家都知道孙敬修。那时，孩子们每天准时守在收音机旁，等待这个“故事爷爷”讲故事。

采访者：新中国成立初期，北京地区家长对子女阶级教育的情况怎样？

受访者：新中国成立后，一个运动接着一个运动。1951 年，搞过“镇压反革命”运动，那时叫提高群众的“对敌斗争觉悟”，大多数人是拥护的。1949 至 1953 年，配合大的政治运动，在城市各工厂、机关、学校、商店、街道，对所有人员进行“阶级摸底”，重点对旧人员进行调查，包括家庭出身、1949 年以前你干过什么，查历史、查社会关系、查生活，这项工作在五十年代一直进行。五十年代初，还搞过“城市民主改革”，1953 年后，户口(控制)就严了，单位、街道、派出所，搞治安保卫。主要针对“特殊群体”，就是那些被管制的、有犯罪前科的，居住在城里的地主、小偷小摸，等等。

# 新中国刚成立时老伴在家庭大事上听我的

访谈时间：2009 年 2 月 11 日

访谈地点：紫竹院公园

受访者情况：C 先生，中共党员，1929 年出生，北京居民，祖籍山西。曾参加过解放战争，在部队做过后勤工作。1949 年随部队进北京，C 先生以副团级的身份转业到地方，在工商行政总局工作。

采访者：新中国成立初期，北京城区家庭经济情况如何？

受访者：在中华人民共和国成立之前，人民生活困难，当时参加工作没有薪水，工作人员享受供给制待遇。什么是供给制待遇呢？就是公家发给衣服，每日吃粗菜淡饭不花钱，生病享受公费医疗，每月或隔月发给少量零用钱，以供购置牙膏、雨伞等日常生活用品。如果夫妻双方都参加工作，生下娃，公家就发给娃生活费、保姆费。以上情况，都是我的亲身经历。

我 1949 年转业到北京，夏天，三个月后即领到一套棉衣，地方党政机关不同于军队，不强求统一，服装式样由自己请裁缝量体缝制。每天吃的是粗菜淡饭，每周可以吃到一次肉，逢重大节日另发过节费。新中国成立后，我们的生活大有改善，其中最好的是看病不花钱。西城区人民政府卫生院，发给每人一张“供给制人员保健证”，凭证看病记账，就医不花分文，证上贴有本人脱帽一寸半身照片。这张“供给制人员保健证”，正面有姓名、年龄、性别、籍贯、服务机关等，我的证件盖有西城区人民政府卫生院的印记，证件背面有分年度健康记录，至今我仍然保存在身边。1953 年，我结婚成家，妻子在西城区人民政府工商科任文书，不久生了一个女娃，按月领到婴儿生活费、保姆费、产妇营养费等，全家皆大欢喜。1955 年，由于国家财政经济状况基本好转，供给制被废除，改行薪金制。

新中国成立初期，一般居民区里的商店都设有蔬菜柜台，夏天则在门口搭个蔬菜大棚，那会儿的菜价挺便宜。到了冬天，百姓的“看家菜”就是大白菜、萝卜和土豆，合作社的菜架上常常是空的。春、夏、秋三个季节蔬菜的品种比冬季多，但细菜供应量很有限。如今超级市场里的蔬菜都是经过处理的，用保鲜纸包成一个个的小包装，顾客可以随意选择。早市上的蔬菜呢，农民为了卖个好价钱，也弄得干干净净。那时候的卖菜方式可不像现在。记得合作社的蔬菜，多是被装在大筐里，从京郊公社用马车拉来的，随卸随卖。

好菜和细菜基本上不用摆放，因为很快就卖完了。不过，也有某种蔬菜一下子来得多，卖不完，又怕坏掉，于是就有扒堆儿出售的时候。我记得一毛钱能买一大堆西红柿。蔬菜不分级别，连泥带土，好的和坏的，个儿大的和个儿小的，统统混在一起出售。顾客呢，不许挑不许拣，只能是赶上什么是什么。那个年月，“走后门”风气盛行，不要说手里有点儿权力的，连卖菜的售货员也利用手中的“特权”，为“七大姑”、“ 八大姨”开“后门儿”。

卖菜的方式不同，居民买菜用的家什儿也就不同。六十年代，上了年纪的和家庭妇女们，主要是用篮子，有竹子的，也有塑料的。有不少人，特别是上班的，喜欢用玻璃丝编织的网兜，揣在衣兜里或者书包里，既不占地儿，又随时可以用。七十年代以后，开始有了塑料袋。每年合作社总有两种成批来的季节性水果。一是西瓜，每年夏天，许多西瓜被堆在露天地里，以“黑崩筋”居多，大多是大兴的。吃完西瓜后，许多家庭都把西瓜籽留下，洗干净后，炒熟了当零食吃。二是甘蔗，每年秋天，合作社都来几大捆甘蔗，一毛钱能买一大根，那段时间里，几乎每个孩子手里都拿着一节甘蔗，动作熟练地咬一口，大嚼几下，再把没有甜味儿的渣子吐掉。一般来说，居民区合作社、小商店的规模都不大，不过就几十平方米，可提供的商品并不少，从吃的到用的，生活必需品都能在小商店里买到，当然是以吃的为主。就拿我们合作社来说，除粮店是单独的外，合作社里就有糕点柜台、副食柜台、果蔬柜台、鱼肉柜台。说是柜台，每个不过三五米长。可就这三五米的柜台，出售的东西可全啦。糕点柜台不仅包括糕点，也卖糖果和烟酒。副食柜台呢，则是油盐酱醋、各类调料、鸡蛋、酱菜、粉丝挂面、豆腐制品，应有尽有。果蔬柜台和鱼肉柜台，相比之下比较没准儿，与季节变化有很大关系。由于商品供应不足，空台的时间不少。“三年自然灾害”时期，我家有一个抽屉，老锁着的，我老婆管家，那里装着全家的各种票证。“文革”后，有人考证过，说是发过几十种票证，我也记不清了，但是有几种肯定是家家必不可少的。如粮票，还有肉票、鱼票、糕点票、蛋票，只是过春节才发，除了票，还有卡，最重要的是小菜卡，按人口分为大户、中户、小户三种，可以限量购买不同数量的菜。有一种叫“解放菜”的，就是花菜的硬叶子，现在没人看到过，因为特别硬，不能吃，而当时也是好东西。

采访者：新中国成立初期，北京郊区家庭经济情况如何？

受访者：我对当时北京农村的情况并不是很了解，只是有时会去帮助夏收和秋收，那时兴这个。如果下农村，每天需要付房东 1.5 斤米以搭伙，和群众同吃同住。我们一般去四季青，当地一个普通生产队，劳动力的月工分值相当于二十多元，年收入大概在 300 元左右，好的生产队劳动力收入在 400 元左右，与当时普通职工四十多元相比差不了多少，只不过福利待遇要差些。

采访者：新中国成立初期，北京地区夫妻关系怎样？

受访者：我们老两口还算合得来，在家里，老伴管钱，我管大事，出个头露个面的，实际上不怎么管事。一家人的吃穿用度，都由老伴操持，就紧张的时候，请一个保姆。虽然老伴常在一些家务琐事上念念叨叨，但在大事上听我的。那时，各家有各家的情况，情况不一样，有些搞得好，有些搞得不好。

采访者：新中国成立初期，北京地区婆媳关系怎样？

受访者：当然了，婆婆们都希望自己的儿媳妇孝顺、能干，而儿媳妇们呢，则希望自己的婆婆讲理。她们的想法是不一样的，难免互相抱怨、磕磕碰碰，难免有时关系紧张。儿子结婚后，儿子和儿媳妇组成了新的家庭，儿子同母亲的交流就少了，因此，就有“娶了媳妇忘了娘”之说。总之，多种原因吧，使婆媳关系就紧张。那时，也有的儿媳妇对待婆婆，已经到了“呼之即来，挥之即去”的地步，尤其是儿子、儿媳妇都有工作的小家庭。工作忙时招来婆婆干活，一旦放假在家，就马上让婆婆卷铺盖走人，但这样的毕竟是少数。在农村，经常可以看到、听到有关儿媳妇打骂婆婆，婆婆生病、吃饭穿衣等无人过问的事情。这样，婆媳之间无疑会有矛盾。

采访者：新中国成立初期，北京地区家长平时怎样教育子女？

受访者：因为我喜欢读书，我谈一下那时娃们的读书情况。我记忆中，街边巷口的小人书书摊很多，娃们每天放学路过，一分钱，就可以看一本书。这个价格也是挺贵的，要知道，那时的馒头是两分钱一个，肉包子也才三分钱一个啊！我家条件好些，能订一份《小朋友》，这就很不错了，绝大多数的娃娃都是没有小人书的。那时最流行的应该是《卓娅和苏拉》之类吧，大多是苏联的书。但我家三个孩子最愿看的三本书是：《小猫钓鱼》、《小红帽》和安徒生的《豌豆公主》，对此我们很支持，但以后被批为“资产阶级思想严重”。

采访者：新中国成立初期，北京地区家长对子女阶级教育的情况怎样？

受访者：家庭中的阶级教育，在新中国成立初期讲得不多。我说一下门头沟地区的“反右”吧，五十年代，门头沟地区无一所高校，也没有民主党派，更没有“文联”和“作协”，有一农场集中的1500名右派，都是文化程度不高的小人物：小学老师、办事员、保管员、送货员、半文盲等，他们都是当地领导为完成“右派”的指标，而被凑成“右派”的。而其中许多小学老师只有小学毕业的文化程度，只读了半年速成班，就做了小学老师，在“反右”暑期学习班中，因答错题成为“右派”的。这些小学老师都是乡里孩子，见识很少，工作的地方又在农村或山区，看不到报纸也听不到广播，他们被要求在考试中判断一个题目：“有人说现在是党的天下，你认为是对还是错？”他们根据有限的知识都填了“对”，于是全部成为“小右派”。1953年后，1949年前的知识分子被划为“旧知识分子”，他们被视为“不纯”，依据是，他们大部分出身不好，曾为旧社会服务。在这群人中，“历史不清分子”和“不纯分子”占有很大一部分。

# 我那些孩子都是我一手带大的

访谈时间：2009 年 2 月 15 日

访谈地点：什刹海附近

受访者情况：L 女士，1931 年出生于北京西外的上园村，北京居民。1951 年参加过工作，在工厂织手套，当年结婚，开始住三塔寺附近，老伴是做生意的。1953 年至 1955 年，老伴做生意，被人说成“投机倒把”，被赶到西山农村放羊种地，L 女士和两个孩子也被迫跟着去了，生活很苦。后来政府又说搞错了，于是就又回到三塔寺附近居住。L 女士由于在西山生第三个孩子时落下了月子病，就始终没参加工作，靠政府的一些补助生活。“十七年”时住三塔寺附近，家庭妇女。

采访者：新中国成立初期，北京城区家庭经济情况如何？

受访者：我先说一下那时三塔寺附近的合作社吧。那时每个小店，负责一小片居民区，购物很方便，看见什么没有了，抬腿就往商店跑一趟。常常是一天去几趟，一趟只买一两样东西。几岁的孩子就能独自打酱油，被大人差使着一趟趟往商店跑。有的大人怕孩子说不清楚买什么，便写个纸条，到了柜台前，孩子连钱带字条递给售货员，连嘴都不必张。商店来了什么紧俏货，比如豆腐、新鲜蔬菜什么的，不出十分钟商店前准排起了长队。我们三塔寺的合作社，就设在新华印刷厂职工宿舍楼的一层，住在楼上的居民，恨不得是往油锅里倒了油，炝了锅，现差孩子去打酱油。除吃的外，这些商店也进些日用品，我能记得的有信纸、信封和邮票，文具和作业本，擦脸油，针头线脑和扣子，牙膏、牙刷和毛巾，肥皂、香皂和洗头粉、洗衣粉，卫生纸，蜡烛、灯泡和电池，鞋带和鞋垫，女孩子用的发卡和玻璃丝等。至今，我还能说得出其中一些东西的品牌和价格。比如常用的牙膏是“中华牌”，肥皂是“灯塔牌”和“固本牌”，一条肥皂是一毛四分钱，半条，也叫“一块儿”是七分钱。洗头膏是四分钱一包。一般铅笔是三分钱一支，而“中华牌”铅笔是一毛钱一支，写字本是七分钱一本。常用的擦脸油有“友谊”牌、“牡丹”牌、“万紫千红”牌，还有一种冬天护肤用的蛤蜊油，是一毛钱一盒。鞋带是两分钱一副。卫生纸大都是由“福绥境街道造纸厂”或“东北旺人民公社造纸厂”生产的，一毛五一卷，妇女经期用的条形卫生纸是一毛七一包。“金鱼”牌的卫生纸是粉色的，价格比较贵，好像是五毛钱一卷。六十年代初，人们穿的袜子多是棉线做的。线袜吸汗、透气，穿着很舒服，缺点是不禁磨，不够结实。尤其是小孩子，穿不多久，不是磨穿了脚掌，就是磨破了脚后跟。那时候，穿有补丁袜子的人很多，没有人笑话。可袜子破了不补，露着脚趾或脚后跟，则会被人嘲笑。女孩子流行自己织线袜。许多人把工厂发的福利白线手套拆了，织成线袜子。也有的买一种白线绳，当时叫“小线儿”，把它劈成几股，织成袜子。如果掺上其他颜色的棉线，便能织成条纹袜子。六十年代中期开始有了尼龙袜子。尼龙袜子的花色品种较多，还有弹性，缺点是不透气，脚爱出汗的人，若不勤洗袜子，一脱鞋，就是满屋子臭味儿。七十年代流行穿锦纶袜，一双“弹力锦丝吊线女花袜”在北京的价格是一块九毛五，一双“锦丝罗口素色加底男袜”是一块八毛六。尽管尼龙袜、锦纶袜的价格高，但好看、结实，一上市就受欢迎。

采访者：新中国成立初期，北京郊区家庭经济情况如何？

受访者：我在西山农村待了两年，那不叫人过的日子，我不想提那段日子。我说一下结婚前吧，那段日子还不错。上园村是北京老城墙外的一个小村，新中国成立初还是农村，但一些地方已开始修建一排排的平房，我家也因此住上了新房。每天早晨，街坊四邻端着搪瓷把儿缸子，里面装着牙膏、牙刷，脖子上还耷拉一条毛巾，在公共自来水井旁打着招呼。夏天晚上，街坊们搬着小板凳，一把大扇子、一壶茶，聚在一起啦呱（编者注：聊天）：晚上吃了什么，毛主席又有什么指示，谁家的婆媳又打架了，谁又涨工资了，哪家的老大要娶媳妇了……那段日子真好！

采访者：新中国成立初期，北京地区夫妻关系怎样？

受访者：你说解放后妇女地位提高了？提高啥呀！累死了！城里的还好，有上班下班，农村的妇女真是遭罪！妇女白天干地里活，天黑了回来才干家里的活，推磨、喂面、做鞋、管娃。地里不去不行，分不下粮时，你要生活嘛，农村的妇女可怜得很，这我亲身经历过。(19)53 年那年，我在西山种了六亩八分棉花地，那时地多也薄，也没有多高的产量。六月二十七正热，我生了娃才过了三天就跑到地里看棉花去了，蹲在那，结果弄成脱肛，那就是月子里落得病，在地里硬捂、硬撑。说实话，我们夫妻关系并不好。我那口子，被人诬告，生闷气，就喝酒，越喝越厉害，我们就吵架、打架。

采访者：新中国成立初期，北京地区婆媳关系怎样？

受访者：我有一个抹稀泥的婆婆，更有一个眼睛长在头顶的妯娌。这个嫂子虽然是农村来的，可是看我总是斜着眼儿看，就好像谁都欠她钱似的，看钱比看自己的孩子还重要。我那口子从来都不跟他哥哥争，大气不敢喘一口。婆婆就更别提了，是个热心肠，更老实的没话说，对我们也都不错，就是爱抹稀泥。

采访者：新中国成立初期，北京地区家长平时怎样教育子女？

受访者：我是自己带孩子，婆婆帮不上忙，她还有自己的孩子，也请不起保姆，孩子都是我一手带大的。那时候，孩子穿开裆裤是很普遍的事儿。在幼儿园里，男孩子和女孩子上厕所、洗澡都是在一起的。反而是年龄大了以后，被家长和老师一再敲打要和异性同学小心相处，都老大不小了，还没有碰过异性手的孩子有的是，包括我。

采访者：新中国成立初期，北京地区家长对子女阶级教育的情况怎样？

受访者：我不懂什么阶级教育，但那时，就这什刹海周围，住着南腔北调的各地来的人。每到晚上，人们吃完饭后就常坐在一起聊天，小孩就在周围打打闹闹。有一次，大人们好像都在小声嘀咕着什么，而小孩们还是照样打闹，大人被孩子吵得厉害了就突然说："别闹了，国民党的兵要反攻大陆了，到时候，你们小孩被抓住，就一刀切开肚皮，把你们的心、肝都给吃了。"顿时，小孩被吓得要命，都不敢打闹了，他们问："国民党是谁？到时候我们怎么办？"许多人也害怕，只是没有什么好办法。

# 访谈录（八）

FANGTANLU

访谈人：贾大正

F A N G T A N L U

# 农村婚礼中的“彩礼”——绵羊

访谈时间：2008 年 6 月 23 日

访谈地点：北京市海淀区肖家河 X 先生家

受访者情况：X 先生，1941 年出生，北京居民，农民。

采访者：北京五六十年代人们是否都实现了自由婚姻?

受访者：应该说大部分人都摆脱了封建包办买卖婚姻的束缚，虽然完全自由恋爱结婚在当时还不是很普遍，但是最起码个人的婚姻都能自由表达自己的意愿，最后决定是否结婚。父母不能够代替包办，对子女的婚姻可以发表自己的意见，但最终决定还是当事人自己。我和我老伴当时就是别人介绍认识，然后谈了一年就结婚。

采访者：北京五六十年代选择对象的标准是什么?

受访者：农村里，女子找对象的要求是：老实，长得壮实、有力气、能干活，为人本分，不好吃懒做。男人选择的要求是：勤快、能劳动、体贴丈夫、孝顺公婆等。那时对相貌的要求不是很看重，觉得不难看就行。

采访者：北京五六十年代选择对象时对阶级成分如何看待?

受访者：当时大部分人都不愿意选择与家庭出身不好(也就是“地、富、反、坏、右”)的结婚，因为当时讲阶级斗争，家庭成分不好，可能影响到生活的方方面面，不仅会影响到自己可能还影响到自己的亲戚，比如找工作、参军、提干、(孩子)入学，等等。成分不好的青年找对象就有些困难。

采访者：北京五六十年代结婚的日子是如何选择的?

受访者：在农村，结婚日子一般是女方确定的，有的是自己选择，也有的请老先生看皇历，选择一个黄道吉日。城市里好像不在乎这些，结婚都选择在节假日。

采访者：北京五六十年代婚姻仪式如何进行的?

受访者：当时的传统习惯还有一定的市场，一些封建思想或多或少还存在于某些人的头脑中。闺女出嫁向男方要一些东西，比如绸缎、衣服、绵羊等不一而足，也就是所谓的彩礼吧。结婚这天，家里一般都摆上几桌酒席，请亲戚、朋友等来吃上一顿，热热闹闹地庆贺一番。晚上新媳妇还要吃半生不熟的饺子，这时长辈就问一句：“饺子生吗?”媳妇就回答：“生。”这意味着早生贵子，祈求生育的愿望。新人的床上还放一些枣等东西，也是含有祈求生育的意义。结婚第二天，一对新人到新娘家去回门。

采访者：北京五六十年代夫妻关系如何？

受访者：我是倒插门女婿，在女方家生活，我们夫妻关系不是很和睦直到现在，但没有离婚，当时孩子小，觉得离婚孩子可能会受影响，后来孩子们都大了，我们也老了，夫妻就分居了，家庭中各自该干的事还是得干，该负的责任也负，对当时提倡的男女平等我体会不是很深，我觉得我们夫妻没有存在过不平等。

采访者：北京五六十年代离婚的多吗？

受访者：那时不像现在，想离婚就离婚，一切都围绕着自我为中心。当时离婚得考虑社会舆论，得考虑父母的感受以及自己的脸面，等等。当时只要能凑合着生活的就不提离婚，除非不能在一起生活了才离婚。所以当时离婚的不多。

# 门当户对在婚姻中的淡化

访谈时间：2008 年 11 月 30 日

访谈地点：北京市西城区陶然亭公园

受访者情况：W 先生，1941 年出生，北京居民，北京某大学退休教师。

采访者：北京五六十年代婚姻自由进行得如何？

受访者：城市里人们对婚姻自由都很支持，可是当时人们还受传统习惯的影响，在找对象时比较羞涩，完全靠自己，选择自由恋爱还不是十分普遍。大多数都是由家长、朋友、同学等介绍，然后男女见面聊聊，觉得可以再慢慢地接触。

采访者：北京五六十年代大学生谈恋爱的情况如何？

受访者：那时大学生谈恋爱还不是很普遍，但也有，不过也就是男女之间互相交往多一点儿，学习上、生活上互相帮助。不像现在的(大学生)没有结婚就先同居，在那个年代是不可思议的事情。

采访者：北京五六十年代找对象是否还讲究门当户对？

受访者：并不十分讲究门当户对，认为双方条件可以就行了，特别是女的，更愿意找一个家境不错的结婚，但这都是相对而言的。

采访者：北京五六十年代人们在找对象时如何看待家庭成分？

受访者：一般人对家庭成分有要求，尽可能找家庭成分好的。但这只是大多数情况。如果男女双方感情好，以及对方各方面都不错，也不在乎家庭出身。在五十年代家庭成分还不是十分严重的政治问题，不像“文化大革命”中家庭成分是个非常敏感的政治问题。

采访者：北京五六十年代找对象的标准有哪些？

受访者：其实很难说有固定标准，再说个人情况也不一样。大体上男的当时选择对象时，要求女方长得可以、有份工作最好，这样可以减轻以后的家庭负担；女的当时选择对象要求男方要老实，有稳定的收入。

采访者：北京五六十年代婚姻礼仪如何举行？

受访者：非常简单。买一套床、桌子、椅子、被子，有的还是借用单位的，同事送一点儿小礼物，如脸盆、暖瓶、笔记本等，大家在一块儿聚一下就行了。

采访者：北京五六十年代男女平等体现在哪儿？

受访者：在家庭里，就是男女共同承担家务劳动，比如谁下班早，谁就买菜、做饭，对方回来晚一点儿就搞搞卫生，比如打扫房间、晾晒被褥等。男女平等的另一点就是男女都参加工作，都有劳动收入。农村里，妇女也下地劳动自食其力。总的来说，群众对男女平等还是比较支持和认可的。

采访者：您对北京五六十年代离婚问题怎样看待？

受访者：当时离婚的不是很多，受传统习惯的影响，一般情况下不选择离婚，因为离婚可能遭到别人的议论。为什么离婚了？人们可能猜测，是不是男女生活作风有问题，有了外遇，等等。所以人们为了顾及脸面，害怕别人在背后闲言碎语，轻易不离婚。虽然离婚算不上耻辱，但总不是什么光彩的事。

# 妇女的经济收入与夫妻平等关系

访谈时间：2008 年 12 月 10 日

访谈地点：北京市海淀区首都师范大学平房区 L 先生家里

受访者情况：L 先生，1936 年生，北京居民，原运输公司工人。

采访者：北京五六十年代的择偶方式有哪些？

受访者：当时找对象都是亲戚、朋友、邻居、同事给介绍见个面，然后双方互相交往，在交往一段时间后，双方觉得没有意见，而且互相能合得来，双方父母就开始商量准备给办婚事。新中国成立后虽然政府提倡自由恋爱，但由于受到种种条件的限制，自由恋爱在当时只占很少一部分。大部分都是父母托人介绍男女双方见个面，然后双方不断接触，最后才决定是否结婚。这种情况在当时是结婚的一种主要形式。

采访者：北京五六十年代还有以谋利为目的的媒婆吗？

受访者：没有了。解放前有，新中国成立后基本上没见过。因为新中国成立后，男女双方可以互相接触了，找对象时只要经亲戚、朋友介绍，彼此就可以了解了。旧社会那种靠欺骗的媒婆已经没有存在的空间了。

采访者：北京五六十年代择偶的标准主要有那些？

受访者：我们工人找对象，基本上谈不上有什么标准，只要男女双方见了面，没有意见，能合得来就成。但是有一个要求，当时父母对儿女找对象的家庭成分还是很在乎，也就是说相当重视，一般不同意儿女与家庭成分不好的人处对象，害怕将来自己受到牵连。因为五六十年代特别是六十年代搞阶级斗争，家庭成分成了一个很重要的选择。

采访者：北京五六十年代人们如何决定结婚的日期？

受访者：有工作的人结婚，一般选择在节假日、礼拜天，主要是不影响工作。没有工作的，结婚日期的选择是女方家长定的，有的是自己选择，也有的请阴阳先生看皇历，看哪天适合办喜事。

采访者：北京五六十年代的婚礼是如何举行的？

受访者：非常简单。男女双方相约一起到派出所进行婚姻登记，领取结婚证，也不摆酒席，双方父母和一些亲戚、朋友在家里来祝贺一下就算结婚了。没有隆重的结婚仪式，穿红戴绿更没有。婚礼结束的当天晚上，一对新人将两床被子合到一张床上，这婚就算是结成了。第二天早上，新郎、新娘各带一点儿水果糖到单位分发给同事，向大家宣布自己结婚了，有点儿广而告之的意思。

采访者：北京五六十年代结婚时有没有添置一些新东西？

受访者：很少。一般就是一张床、一张桌子、两把椅子、一床新被子，再就是一些生活必需品。那时老百姓生活都不富裕，有些东西根本买不起。同时国家物质匮乏，生活用品实行限量供应，不是随便就能买到的，比如买布要布票，买油要油票，买面要粮票，等等，这都限制你买新东西。个别家庭条件好一点儿的，也好不到哪儿去，只是稍微富裕一点儿的，就多买一点儿东西，比如一身新衣服，有的还买一辆自行车，那时已经是很奢侈了，相当于现在的小汽车了。一般家庭结婚时都穿平常的旧衣服，有的床、椅子还是借来的呢。

采访者：北京五六十年代如何实现夫妻平等？

受访者：女方没有收入，不可能做到真正意义上平等。只有女方有工作，男女双方才能平等。虽然当时政府强调要男女平等，但是女方如果没有工作，经济不能独立，生活要依靠男方，就很难实现男女真正的平等。

采访者：北京五六十年代人们对离婚的看法如何？

受访者：一般不轻易离婚，夫妻之间出现矛盾，都是能忍则忍，除非双方实在不能共同生活下去了才提离婚。因为人们总是认为离婚不是什么光彩的事，也害怕同事、乡亲们议论，觉得很没有面子。

采访者：北京五六十年代夫妻离婚的数量多不多啊？

受访者：五十年代前期比较多，有两种情况：一是封建包办婚姻的要求离婚；二是一些干部要求离婚，他们属于那种进城以后喜新厌旧、另结新欢的。

采访者：北京五六十年代对于寡妇再嫁有什么样的看法？

受访者：没有太多的干涉。如果寡妇因为生活困难，不能正常的生活下去，又没有依靠，寡妇选择再婚，人们一般是支持的。前夫家里如果也没有能力对孀居的儿媳妇予以帮助和照顾的，对其再婚也不予干涉，不持异议。

# 人们对寡妇再嫁没有什么大的议论

访谈时间：2008年12月26日

访谈地点：北京市海淀区八里庄街道办事处

受访者情况：C先生，1934年出生，北京居民，工人。

采访者：北京五六十年代自由婚姻的情况如何？

受访者：完全自由恋爱并结婚很少，大部分人还是通过亲戚、朋友介绍，男女双方见个面，然后互相交往，经过一段时间接触，认为可以就准备结婚。有的男女双方经人介绍认识后，彼此觉得还合得来，但是父母不同意的，儿女就托人给父母做思想工作，争取父母的认可，因为父母的意见不能完全不考虑，得到父母的同意，这样可以减少结婚的阻力。

采访者：北京五六十年代还有专职的媒人给介绍对象吗？

受访者：解放后没有了，因为解放后，随着人们交际范围的扩大，男女双方的认识不再需要专职媒人的牵线，邻居、同事等都可以帮助自己物色对象。

采访者：北京五六十年代找对象的标准是什么？

受访者：男方当时的标准是女方要贤惠、尊重照顾好男人、孝顺公婆、不执拗、性格没有缺陷。女方选择对象的标准是男方要老实、能好好过日子、不能不务正业、对女方要照顾、不能(让女方)挨打受气。

采访者：北京五六十年代结婚的仪式如何？

受访者：简单。家庭条件不是特别宽余的人结婚就穿着平时的衣服，也没有新衣服，就是一床新被子。男女双方到派出所登记一下，领个结婚证，回到家里吃个喜糖，亲友祝贺一下就算结婚了。但是当时有的家庭比较富裕，仍然大操大办，给女方送彩礼，女方出嫁时，置办一些嫁妆，热热闹闹的，不过这种情况在当时不多。

采访者：北京五六十年代对男女平等的认识如何？

受访者：男女平等主要是收入上的平等，如果一方收入高，另一方收入低或者没收入，他们在事实上可能就不平等。男方收入高就可能另结新欢，女方收入高也可能另找情人。

采访者：北京五六十年代的离婚情况如何？

受访者：新中国成立后，农村里离婚的还不是很多，因为那时人们把离婚还看成是一件不光彩的事。有的女方在家里挨打受气，也不愿意离婚，害怕别人说三道四。这主要是当时传统习惯对人们还有一定的影响，不像现在离婚现象很普遍，人们当时的思想还比较保守。

采访者：北京五六十年代对寡妇再嫁人们有什么样的看法？

受访者：人们对寡妇再嫁没有什么大的议论，觉得如果寡妇生活困难再找对象也是应该，很正常，并没有对其行为有所非议。

# 完全自由恋爱还不是很容易实现的

访谈时间：2009年2月28日

访谈地点：北京市海淀区紫竹院公园

受访者情况：H先生，1942年出生，北京居民，原国家物资部再生公司的干部。

采访者：北京五六十年代夫妻平等的体现有哪些？

受访者：对家庭中的一些事情夫妻都有发言权，共同商量后做出决定，一方不能够独断专权。还有男女共同承担做家务，男的做饭、买菜，女的就搞卫生，或者相反，总之男女在分担家务上是平等。

采访者：北京五六十年代对婚姻自由的看法？

受访者：大部分人都是父母托人给介绍对象，然后男女双方互相接触，觉得合适就谈婚论嫁。当时完全自由恋爱的也有，但不多，因为那时人们的交际范围比较窄，完全自由恋爱还不是很容易实现的。

采访者：北京五六十年代人们选择对象的标准是什么？

受访者：城市里找对象，男女双方的要求有共同的地方就是要有工作，并且能在国有企业工作那是最好的。其他方面的要求可能随着个人情况不同而有所不同，这个不能一概而论。

采访者：北京五六十年代选择对象对家庭成分有要求吗？

受访者：当然一般人找对象都愿意找家庭成分好的，也就是没有地主、富农、资本家背景的人。但是也有男女双方自由恋爱的，双方感情好，也不在乎家庭成分的。

采访者：北京五六十年代是否还讲究门当户对？

受访者：不太讲究，男的找对象，对女方家庭条件基本上没有什么要求。女的找婆家，可能要求男方的家庭与自己家条件相当或者好于自己的家庭，但是这些都不是绝对，也是因人而异。

采访者：北京五六十年代城市里找军人结婚的情况如何？

受访者：这主要是针对女的来说的，当兵大部分都来自农村，城市的姑娘也不一定喜欢找农村出身的普通军人结婚。

采访者：北京五六十年代对上门女婿的看法如何？

受访者：城市里，上门女婿不改姓，就是在女方家里生活，孩子也随父姓，不存在歧视问题。

采访者：北京五六十年代的结婚仪式如何？

受访者：很简单。一张床、一张桌子、两把椅子、一床新被子，双方父母、亲戚、朋友、同学来了吃点儿糖果瓜子，不办酒席。当时物质匮乏，没有多大的选择余地。有的家庭条件好一点儿的，有点儿嫁妆。我老婆当时就陪嫁了一辆自行车，那可是奢侈品了，相当于现在小汽车。有的还凑份子，送一毛、两毛、五毛不等。

采访者：北京五六十年代妇女解放的表现有哪些？

受访者：城市中在工作上男女同工同酬，有的单位女工的工资还高一点儿，主要是增加一点儿卫生费。我是在城市生活的，对农村的妇女解放的情况不清楚。

采访者：北京五六十年代离婚的多不多啊？

受访者：应该是不多，我们周围当时没发现有几个人离婚，当时人们的思想还比较保守，不像现在年轻人把婚姻当儿戏，说离婚就离婚。

采访者：北京五六十年代对再婚的看法如何？

受访者：对于男的再婚，一般没有什么议论，而寡妇再嫁，总有人持不同意见，难免背后议论纷纷。

# 访谈录（九）

F A N G T A N L U

访谈人：李二苓

F A N G T A N L U

# 北京城区淳朴而和谐的生活

访谈时间：2008 年 2 月 20 日

访谈地点：航天大院老年活动中心

受访者情况：Y 女士，1939 年 8 月生，北京居民，工人。

采访者：请您回忆一下您小时候，新中国成立初期的关于婚姻家庭的事情吧。

受访者：十一岁，读高小。太小，多记得自己参加的事情。(那时候)北京人非常非常少，少到什么程度，队员见了队员还要敬礼，我们那时候有可能走过一条胡同都没见着人。(19)58 年人才多起来，当时不是马寅初提出如果不限制人口就会人口大爆炸吗？那个时候才慢慢开始人多的。我记得我爸妈生到第四个孩子的时候就不想要了，都准备先去做节育了，结果被我奶奶知道了，奶奶就不让啊，后边又生了三个，最后我们家就七个孩子了，我是第一个，假期里面要做鞋垫什么的贴补家用。(19)49 年读书的时候很多老师都是地下工作者，参加开国大典，老早就集合了，拿着花，不知道怎么回事，但心情特激动。(19)50 年左右，解放军挨家挨户地上家里去，老是有两三个人到家里去玩儿去，其实他们不是纯粹地玩儿，那时宣传一夫一妻制，像我们家就是那解放军连长经常去。后来，记不清具体时候了，反正是五十年代初的样子，这个连长后来成为派出所的所长了。隔壁杂货店的三女儿当时还没结婚，我们都叫她三姑，她家里想把她嫁给一瘸子了，是天生残疾，她当时不愿意去。

采访者：您是怎么知道的？

受访者：就知道有一天，她家都把彩礼收了，还敲锣打鼓的特热闹，我们不就看热闹去嘛，就知道说她爸她妈让她跟瘸子结婚，三姑就哭，后来解放军就找到她家去了，是不是做工作咱们就不大清楚了，因为还小嘛，就知道热闹好玩儿，反正最后是没成，后来那个三姑还是和她中学同学结婚了，反正就说肯定是她家里包办的，后来解放军给她做工作。因为好玩儿印象就深刻。

采访者：您觉得她家是什么原因让三姑嫁给瘸子？

受访者：那时候三姑挺大的了，十八岁该结婚了，那时候家里都愿找那些有钱的人，谁愿意自己家的闺女找个穷人呢？三姑家就是开小铺的，离我家很近，卖瘪花生之类的，那花生基本就没什么人买，瘸子家特有钱。

采访者：您刚提到解放军来做工作，那您当时是什么印象？

受访者：(19)52 年“肃反”抓特务、国民党的，那时特务还有很多呢，拿那种苏联的大卡车拉。解放军来了还是挺好的，当时(编者按：1949 年)都不知道是解放军，后来听他们说啊，开国大典啊才知道的。没解放的时候是傅作义的部队，这部队还挺好的，也不抢我们东西，只是借点儿锅碗瓢盆之类的。后来解放军来了也没什么变化，只知道是走了波部队，又来了波新的，也住在我们家，但更好了，因为不在我们家吃饭，他们吃集体餐。

采访者：在您的印象中那个时候是一夫一妻制吗？

受访者：那个时候，二三十年代，我爷爷那时候，你只要家里头有钱娶几房媳妇都没关系，我爷爷啊也娶了两个老婆。

采访者：听说民国的时候颁了《亲属法》什么的，知道吗？

受访者：那个时候一般家里的矛盾都自己解决，告到衙门就是告官了，一般都不告状的，闹了矛盾不行的话都请群众帮忙解决，或者干脆不要那个媳妇了，再换一个。我爷爷娶两房媳妇，不是因为家里有钱啦，因为那个大奶奶生完我爸后就傻了，坐月子的时候不知道怎么的就傻了，醒来吃个饭就睡，喊她，她醒来一下又睡，所以我爷爷又娶了一房媳妇，这个奶奶手可巧了。我们那时候的鞋不像现在只是面上有花，那个时候边上也都是花，鞋帮上也有，我奶奶啊，就是二奶奶，绣花绣得可好了，当时绣这个收入还可以，别人会来定做绣花，所以后来我家啊，(境况)才慢慢好起来。解放后啊，我爷爷就特别害怕，就把我大奶奶送到姥爷家去了，后来解放军来了，问：“你家那个傻奶奶哪儿去呢？”我就说：“我傻奶奶上我姥爷那去了，我姥爷在大红门呢。”解放军说：“那是以前的事了，不会追究你爷爷。”然后又给接回来了，没事儿，以前的事不管，只是共产党来了之后再结婚(编者注：重婚)就不行。

采访者：那解放军来了之后有没有结了婚还结婚的？

受访者：解放军来了之后都挨门挨户地查，大家的情况都知道，所以很少有再结婚的啦。他们(编者注：解放军)经常跑你们家来，有事儿就聊会儿天，没事儿就走了，那时候特别亲，来了我们就给他们沏茶，然后就坐在院子里聊会儿天啦，特别亲切，不像现在这样。

采访者：您记得后来有没有再宣传这个新《婚姻法》呢？

受访者：后来就没印象了，很多政治运动啦，我们小孩儿也不对我们讲的。1950 年就是挨家挨户调查，有针对性地和你讲讲，不像现在大喇叭一广播，(当时)还没有那些方法。那个时候他们对各家的情况都有了解，要是谁家有大姑娘没嫁的，他们都知道，还帮忙撮合呢。

采访者：您对当时邻里环境有什么印象？

受访者：当时很平静，解放前有贩卖人口的，用迷魂药的。解放之后治安好极了，家里晚上不锁门都成。

采访者：那个时候女的都出来上班吗？

受访者：(19)58 年之后很多家庭妇女才出来上班，讲“同工同酬”。(19)58 年以前就开始了，北京“扫文盲”很厉害，挨家挨户教她们写字。解放军搞的啊，教人们写名字啊。一般啊都愿意学，当时好多人没名字呢，帮她们起名字然后又教她们写。当时好多女的都是某某氏，没结婚时叫小名或者原来取的名字，结完婚之后就再也不叫了。当时好多女的都没名字，比如我妈就没名字，后来起了叫高淑珍，因为她娘家姓高。她学会写自己名字特别高兴，大家都愿意学，尤其是在北京，基本上都愿意学。她们都有任务，规定一个人都要“扫”几个，能认到一百个字就毕业了。

采访者：您对当时家庭氛围什么印象？

受访者：那个时候家里都挺和睦的。可能是后来对男同志宣传的关系，虐待妇女的现象才越来越少了，没有说谁动不动就打老婆的。像我们原来住在城里头的时候，一家一家过的日子都还挺好的，我们家斜对面是报馆，就一酒鬼打老婆，我们街坊都去劝，也没事儿，酒醒了就好了。我认为啊文化素质高的地方这些现象少。八十年代，一姓赵的男的提出离婚，还是我亲自去劝的，我找那男同志谈，他就说女的太能花钱了，刚买的油就拿东西炸，下半月就没油了。家里也不收拾，东西扔得到处都是。我们去他家看了，确实是这种情况，男的说：“这门能进去吗？”他也没冤枉这女的，这女的忒懒了，她就这种人，我们就同意了。女的不想离也没办法啊，法院硬性判下来的。我那时候是在党支部帮着做些事。就算是双方都想离的，也要自己写申请书到指导员那签字，然后再到单位开证明，离个婚不像现在那么简单的。

采访者：您读书那会儿宣传政策的会议多吗？

受访者：我们开会，爱听就听，不听爱玩玩去了。我们那时候都挺齐心的，老师说要干什么就干什么。

采访者：那时候街道是不是也负责宣传？有没有街道积极分子？

受访者：那时候没有街道，都是派出所、区委，没有居委会，一直都没有居委会，一些大事都是单位管起来。宣传一般都是区委宣传部管。街道积极分子都是区委选的，他们有提名，然后家家户户地问：“这人怎样？这人行吗？”我们说“行”就行了，很简单。一般的积极分子都是单位里面出，选先进什么的都是从单位出的。给单位一个名额，有硬件标准，然后大家伙都选，很简单。

采访者：那你们管基层工作的都是些什么干部？

受访者：基层干部就是支队干部，一般都是上级派下来的，不做具体的工作。主任、指导员主要起上传下达的作用，他什么特殊权力都没有。这些老同志都是很值得信任的，工资奖金发放也都是透明的。

# 戏剧是农村中给人印象最深的宣传形式

访谈时间：2008年2月20日

访谈地点：航空大院老年活动中心

受访者情况：Y先生，1936年8月生，原籍河北，工人。Y女士，1939年8月生，北京居民，工人。

采访者：您是哪儿人？

受访者(Y先生)：河北农村的，(19)59年来的北京，读军校过来的。

采访者：您对《婚姻法》的宣传有哪些印象？

受访者(Y先生)：当时宣传《婚姻法》有些个剧本，是配合《婚姻法》讲的，最有名的就是《小女婿》、《小二黑结婚》，有艺术团下来演的，或者学生自己排，然后到村里来演。(19)53、(19)54年下来演的。

受访者(Y女士)：北京的就在戏院里面演，那个时候还有电影了，不用票，自己拿个小板凳爱看就去看去了。北京1954年就没有宣传了，因为解放军都了解每家情况了，谁家好还帮着撮合呢。

采访者：刚解放的时候记得吗？

受访者(Y先生)：没印象了，都是在(19)53、(19)54年呢。

采访者：您对斯大林逝世有印象吗？

受访者(Y先生)：那我就不记得了。我们那时候好像都没怎么讲斯大林逝世的事。我印象最深的就是《小女婿》、《小二黑结婚》，小女婿大媳妇，就是说包办婚姻的，还得搂着他(编者注：小女婿)睡觉呢，还要换尿布，小孩儿还尿床呢。

采访者：后来这一对怎么样了？

受访者(Y先生)：细节就记不清了。当时活动很少，大家都去看。还有扭秧歌的。

采访者：《小二黑结婚》的情节还记得吗？

受访者(Y先生)：那女的啊(编者按：女主角)不知道家里给她定的亲是二黑哥，就不想要包办的，但没想到她在劳模会上认识了劳动模范二黑哥，她就喜欢上二黑哥了，就自由恋爱了。原来(的婚约)是原来的，包办的她不要。细节就记不清了，反正是自由恋爱，解放军的军管会做主让他们结的婚。

采访者：当时家庭关系怎样？

受访者(Y 先生)：农村家庭矛盾也不多，有的话也是街坊邻居来劝。那时候街坊邻居特热心，有什么事都来劝，闹大了或者经常闹，解放军就来调解。

采访者：关于“扫文盲”您还记得吗?

受访者(Y 先生)：“扫文盲”都是些中学生啊，当时还是有很多人不愿意学的，因为都用不上啊，当时大多数男的也都还不识字呢，所以一般都先教男的，有的就是小孩儿先学了，也没有硬性要求要学，当时城乡差距还是很大的。那个时候我们那儿读书的不多，我是我们村第一个读书读出来的。

# 五十年代农村建设注重经济和政治

访谈时间：2008 年 2 月 20 日

访谈地点：航空大院老年活动中心

受访者情况：W 先生，1936 年 2 月生，原籍吉林，工人，1956 年 3 月来京工作。Y 女士，1939 年 8 月生，北京居民，工人。

采访者：请您回忆一下上个世纪四五十年代您印象最深的事情吧。

受访者(W 先生)：(19)50 年抗美援朝，捐东西、写信。(19)53 年高岗、饶漱石反党集团，广播宣传。(19)56 年“八大”，以经济建设为中心，主要矛盾在经济上。当然啦，以前也抓经济，比如说“三反”“五反”，但是“八大”才重点抓，可是(19)57 年就以阶级斗争为纲了。

采访者：那“八大”之前您感觉国家抓什么抓得紧呢?

受访者(W 先生)：主要还是恢复生产嘛，第一位应该还是摆在政治上。后来大炼钢铁，人民公社，讲什么“人有多大胆，地有多大产”，食堂吃不饱。(19)58 年“反左倾”，(19)59“反右倾”，彭德怀遭到错误批判。三年大灾荒，(庄稼)长得太密了，长叶不长果。

采访者：您是哪儿人?

受访者(W 先生)：东北吉林省的。

采访者：能说说您老家那会儿的事吗?

受访者(W 先生)：(19)47 年就解放了，日本战败后共产党就来了，就开始“土改”，当时大家翻身得解放了，分了土地、分了房子也分了牲畜，然后动员大伙儿保护已经得到的成果积极参军。“土改”主要还是根据有没有剥削关系定性的，就是不能雇工，特别是长工。

受访者(Y 女士)：每个村都必须要分地主非地主的，如果两家土地差不多，就看谁家雇工，特别是雇长工，如果雇工就定地主，没有剥削关系就定长工。不完全靠土地多少来办判断的。

受访者(W 先生)：我们那个村就有三家地主，从来不劳动的，村里的地基本都是那三家的，骡马的话都有上百头，有好大的院子。不像南方论亩，东北的地比较多，论垧(编者注：垧，是俗称，标准称为公顷。亩，分大、小亩，大亩即市亩，小亩即公亩。1 垧＝1 公顷＝10 大亩＝15 小亩＝10000 平方米)的，还有好多荒山呢，这些地主都有几百垧地。

采访者：农村的事都谁来管？

受访者(W 先生)：农村一个村就一个农会，什么都管。还有民兵，管治安的。大家选农会主席什么的，都是选自己想选的，那几个人往那一坐，后面呢摆几个碗，你投谁就往里面投豆子，谁的(豆子)多谁当。当时事先有区长派人下来做宣传，给大家讲道理，农会是干什么的，是为大伙儿办事的，选的人也有硬性指标，要办事厉害的，要能为人民办事的，要帮助农民当家做主的，要正派的。

采访者：新中国成立初期政府宣不宣传男女平等？

受访者(W 先生)：没有没有，那个时候人特别简单，农村男的说什么就是什么的，结婚都是男的给女方钱娶进来的。

采访者：是叫彩礼吗？

受访者(W 先生)：对，对，对，叫彩礼，后来就不同了，变成买卖婚姻了，那是(19)50 年以后的事儿了，那(时候)才开始提男女平等啦，不过讲只是讲，除非出人命，人家管她干吗，那个时候打了也就打了。

采访者：五十年代的时候政府都不管啊？

受访者(W 先生)：不管，那是后来的事儿了。

采访者：您对婚姻登记怎么看？

受访者(W 先生)：还是要合法的，要不然舆论不好，好说不好听。

采访者：有没有评模范家庭？立家庭公约之类的？

受访者(W 先生)：没有，挂牌“四好家庭”的事儿都是很以后的事儿了，五十年代没有。一般是单位来处理家庭纠纷，两个人的单位领导来做工作。

采访者：当时有什么政策要传达是通过开会吗？

受访者(W 先生)：很少开会，我们读书的时候有什么大事儿就在朝会(编者注：上午开的全校会议，一般周一开，校领导发言)上讲。

采访者：您工作后基层的事都是谁来管？您觉得他们工作怎样？

受访者(W 先生)：支队干部千方百计为大伙儿谋福利，一般都是脱产的，搞组织领导。(工作)一般的，不敬业的上面也不会派下来。主任、指导员是上面直接领导的，为大家着想。奖金都分成三等，是一定的。补助的话是另外一个系统，工资奖金方面是公平的。

受访者(Y 女士)：支部就是一个小集体。

# 以个人现实为基础的婚姻

访谈时间：2008年6月5日

访谈地点：北京铁家坟，受访者家

受访者情况：Z女士，1933年3月生，汉，北京人，大学文化程度，中共党员，机关干部，1957年7月工作，正高级研究员。

采访者：您能否和我说说您解放时的情况？

受访者：解放时差不多20岁吧。(19)53年高中毕业，我是北京师范大学附属女子中学的，那个时候我们女校有男老师也有女老师，有住校的，当时我就住校，当时女校很多，有市立的，也有像我们国立的。我们那个时候八周岁上学，日本占领北京的时候也是影响学习的，(19)45年以后才开始上学的，上的是北京师范大学的附小。

采访者：您读书那会儿宣传男女平等吗？有没有什么旧式婚姻的现象啊？

受访者：那个时候知道男女平等，解放之后就开始宣传，其实在我们学校男女本来就挺平等的。我觉得可能北京在“五四”运动之后这方面就比较自由了，女的十几岁就参加革命了。那个时候活动很多，女校和男校搞联欢，还有歌唱团、舞蹈团，所以学校嘛对封建婚姻不太了解，了解的时候都已经工作了。(19)53年以后我上了这个留苏预备班，俄语陪练，那个时候就进来很多工农速成中学的、调干生和我们一起学习俄语，有农村来的也有城市的，许多家是农村的，有很多是结婚有孩子的，20岁左右，有些人觉得包办婚姻痛苦啊，要离婚。我了解的是有的童养媳家不一定是很有钱的，就这么暗定了，也有些童养媳不是很受罪的，当然啦，从小也得劳动啊，或者不让上学，所以后来上学就比较晚。我们看到的那些很富裕的人家才收童养媳，那是历史故事。当然啦，在俄语学院里面也遇到有男同学要离婚，因为婚姻不自由嘛，当初是家里包办的，也不能说没有那样的，就是嫌贫爱富呗，陈世美那种人物，我觉得也是有的。也有勉强了、包办了以后，结果也很好两个人，也有这样的；有的呢包办了以后也老不满意；也有的开始也好，然后留苏回来一工作就不喜欢了，就有点儿嫌贫爱富了。我们当时就没有说一定对，通常组织也做工作说尽量少离，劝解说你都有孩子了，不过当时《婚姻法》在那，成不了也离呗，而且将来一个在农村，一个在城市，生活上也难。实际上要接来也一时半会儿接不了的，你想想我们那时候要念好几年书呢。(19)55年出去，到(19)60年才回来的。

采访者：您印象中当时政府做宣传吗？都宣传些什么？

受访者：当时经常有宣传，像刚刚解放的时候有“土改”，当时我给“土改”的老干部当过一些记录，有“三反”、“五反”的几百个人。我们学生也参加一些关于(宣传)婚姻平等自由、(反对)婚姻买卖的活动。当时有买卖婚姻，没钱也只得卖，解放后就不能公开了。当时有很多逃婚的人参加革命，当时父母做主，非强迫你定亲。据我了解当时都很穷，不一定男方非有彩礼，那和电视差不多，我们周围都没有这些事。

采访者：能说说您家那会儿的情况吗？

受访者：最穷的时候可能是日本占领时期，那个时候父母都没有工作，靠配给，天天早上去排队买去，苦人比较多。一般划成分的话都叫城市贫民，也包括小职员，像教师什么的，就几十斤小米一个月，小米还得换玉米面，去换更多的粮食让家里填饱肚子。还有解放前有一段，我记得我小的时候美国有救济的，一车一车的面粉、牛奶，也不能光靠那个。解放前我父亲在东北沈阳工作，解放前他得回家呀，我们家子女都在北京，所以就没有工作了，北京那时候工作不好找。抗日战争胜利了以后有一阵子(比较)好，国民党接收嘛，后来就又因为两党打起仗，就不太好了。沈阳解放前夕，我父亲就过来了，因为怕回不了家了，我们当时都不可能预想到很快北京就解放了。

采访者：那个时候婚姻状况怎样？都有什么手续？选择有什么标准没有？

受访者：我在部队里找对象的话得有组织批准，部队里比较严，要调查对方的历史，必须是没有问题才行，就多这么一个程序。那个时候主要是看出身好，人比较可靠，特别是要出身好，就是说有些条件比较好的同志出身不好就不能继续发展，我有个同学就因为出身不好，本来学无线电专业，后来到清华，学校说他出身不好不能学这个，就给调到铸造去了。我有不少同学出身不好，他们都是挺苦的，他们的家庭原来都是比较富裕的。出身不好也不是找不着老婆，但是不能在重要岗位工作。例如我认识一北航毕业的，他找的朋友也挺漂亮的，也挺不错的。我们一同志，他还是北京的人大代表，跟他说这人出身不好，她就和他分手了，他就只能后来再找一个。这些事在当时是很常见的，成分非常重要，其实关键的是他们可以不分，人家出身不好他一样有工作，只是那什么一些吧。比如说我同学留苏回来了，他有一个苏联老婆，那他就只能回北航，就不能去研究所，这就看人了，有的人觉得家庭最重要，有的人觉得个人发展最重要，他也可以不要这个苏联老婆。当然结婚必然要考虑将来啦、下一代啦，他肯定会考虑，影响还是很大的，很多人当时都受影响了，比如很多人当时本来(条件)就不怎么好，但组织上撮合应该好，女同志就该和英雄好啊，要培养感情，组织上是为了那个英雄做工作，当然啦，组织上也不能勉强，只能做工作，但是干涉还是比较厉害。

采访者：您印象中有离婚的没有？

受访者：当然部队里有很多老干部，有的也都是原配，也有从一而终的老干部，但是也有的人解放后就离婚了，因为打仗时也考虑不到这些，下级的军官根本就没条件考虑这个。女的要求离婚的很少，我好像不知道，这离婚不离婚还是和经济、地位有关系的，反正我这么认为，农村的妇女她不会离婚，反正我是没听说过，那时候又不打仗，都是技术人员，除非军队的要跟她离婚。我觉得经济地位还是起主要作用，部队里面粮食都比别人多啊，他不管够那也多啊，有三十多斤，人家就二十多斤啊，而且还有津贴啊，都带工资的，工资也挺多的，反正那时候部队的条件还可以，一个是穿军装为荣，一个是衣服里里外外都不用买，衣服鞋子都发，福利当然好了，另外吃的也还可以，而且经济待遇都可以。我们有一件“文化大革命”当中比较有趣的事，我比较了解。就是230厂有个工艺员，我们出差经常要在一起，他要离婚，他是山东人，他已经有三个儿女了，他非要离婚，这不有两派嘛，他哪儿都不是，人家就强行地不允许他离，强行到什么程度。他爱人来了敲门不开，组织上让他开了，给她送进去，《婚姻法》不是有一块儿嘛，说要同居，没同居几年才能怎么着哦(编者注：意指离婚)，结果他为了躲避这个就逃跑了，他怎么逃跑啊，他就跳楼，他拿一个绳子，可能知识分子我们也都不懂哦，就四层楼他就摔死了，可能就三十几岁吧。他也有论调呀，真的讲道理的，这婚姻自由，我觉得他还是比较深刻的，为什么呢？他认为到了共产主义社会家庭就解体了，没有家庭了。但是那两派斗得很厉害，反正都认为他是陈世美，但是我认为，这是对爱情自由的一种干涉，干涉过度了，导致我们那位同志牺牲了，我认为这件事是比较有趣的。我们周围也有离婚的，最多说他怎么怎么痛苦，组织上批准他就能离，组织上如果同意了，就可以去和对方研究什么的，对方不同意你也离不了呀。

采访者：组织是指的什么？是指街道吗？

受访者：是团组织，以单位名义，和街道没关系。据我了解，组织上也只是做工作，不过组织上不同意你也没办法，但是应该说组织上一般都比较同情，比较注重婚姻自由，不像“文化大革命”的时候那么强硬，非得怎样，这一派整那一派。

采访者：当时是不是宣传一夫一妻制啊？

受访者：解放前有一房二房三房，一般的女同志有时候也能忍，但解放后就是非法的，偷偷的，很厉害的，过去政治上很厉害的，老百姓会去抓奸的，然后组织上就会出来管了。那个时候舆论是很厉害的，要是一个人不正各方面都会遭到谴责的，现在政治风气完全变了。我觉得当时的政治风气啊，我们一帮小孩儿共产党一培养就出来了呗，真的，共产党一培养，我觉得谁要在那个环境谁也是那样。就相当于苏联也是一样的，我们很多事都和苏联一样一样的，比如说男女的关系，年轻的男孩儿女孩儿的关系在一块儿玩儿，都像亲兄弟姐妹一样，那些都是营造出来的，青年团、党组织得宣传呀，那宣传我觉得是很厉害的，而且也确实没有别的目标，就一个苏联，然后中国共产党，然后它教育的那些东西确实也是很吸引人的，对青年也是很有吸引力的，我觉得啊。再加上那时候经济条件也就是那样，当时都很穷的，也都是小时候嘛，刚一懂事，你肯定它教给你怎么生活，为人民生活，为解放全人类生活，那么你在那个环境就这么生活。当然有的人也不一定真信，和家庭教育有关系，确实有不服共产党的，有些家庭呢，也有一些落后的东西。就因为吃不饱穿不暖你才追求呢，你比方很穷，甚至上不了学，那你还不努力呀，有的人甚至……比方说我小的时候，大冬天都冻死人，好多要饭的，穷人非常多，灾难非常多，比如说发大水都发到天津来了，有一阵儿很厉害，记得我父母是看报纸的，他们都掉眼泪，我那时候还很小，就几岁。再有呢，第二次世界大战胜利以后，中国变强了，但实际上只是中国人口多，谁都希望自己的民族真正强大起来。我觉得当时有个现实的课题，对年轻人来讲，包括"五四"运动过后，本来没解放的时候，都希望中国真正强大起来，解放的时候，那时我上小学，那个时候老师都搞学生运动，老师就拿着血衣在早上锻炼的时候就又哭又说的，我们那个时候年轻的，又没有什么历史问题的，家庭也比较民主，就很容易跟着共产党走了，基本上是这样。

采访者：那国民党呢？

受访者：国民党也宣传，但是国民党宣传一开始，那个时候我可能已经上初一了，初中一年级上的还是国民党的课本，教什么修身，这我印象很深呀，它就画了一条线，人人都是生来平等，你看社会那么坏就是因为不平等。那么经济穷了怎么办呢？穷就好好念书呀，书念好了可以有助学金。政治平等、经济平等、民主，这些他都讲，三民主义的民主、民权、民生，上学的时候还讲礼义廉耻，但是它讲了半天不还是败了吧，社会问题解决不了，社会就越来越穷，穷了不就要造反嘛。也不是说一解放人民生活就改善，也都有个过程，但很快就改善了，应该这么说。农民工人都解放了，把地主都打倒了，土地又有了嘛，有成果了，他生活就能过好点儿了。

采访者：国民党那会儿也是一夫一妻吗？

受访者：国民党在这方面好像没有绝对的一夫一妻，国民党那时候有不少家里面有几个老婆住在一个院子里，但也不是很多，一般的比较正派的家庭是没有的，不会这样。我觉得比较高尚的家庭就不会这样。你想想还是一夫一妻，这是十九世纪的资本主义社会，那个什么革命，就是人权、自由、个性解放，那个时候形成的，崇尚真正的爱情自由，不主张强迫，像法国、美国那样，比较自觉的不去强迫人家，比方说人家不喜欢你，比较高尚的人那就不会去强迫你，应该双方都喜欢，那我觉得那层次就高得多了，资本主义社会那些当官的，私人的家庭生活有些问题都被揭露，你看那些总统都是一夫一妻制，他们崇尚的就是一夫一妻制。"五四"运动就开始宣传。我一同学是国民党军官的小老婆生的，人家还不是一走只把大老婆带到台湾去了。

采访者：您那会儿有没有学习《婚姻法》？

受访者：《婚姻法》没好好学，大家都说呗，大家知道了我也就知道了，我也没把《婚姻法》好好拿来看，我们学生里也没有组织学习，只是大家都知道这个，只记得《婚姻法》说两个人共同生活，然后分了有几年就能离是最主要的。

采访者：那您怎么看待那会儿的离婚现象呢？

受访者：你十七八岁结婚，那个时候你什么都不懂啊，好啊你工作了，有些事懂了，或者要求也不一样了，那他凑合着一辈子生活那也不怎么。首先是道德上的，因为大多数女的没有经济能力，得到法庭的判决，要不男的得给多少钱，要不孩子给男方抚养。你看，陈世美这样的人物大家都知道唾弃的，不是大多数。不过我觉得有那种风气，就是看不起原来老婆，一开始的各种条件不好。不过这个也很难说，你看了觉得他嫌贫爱富，但可能他并不是嫌贫爱富，你不能强加于他，你感觉不一定正确。

采访者：看报纸吗？会不会看《北京日报》？

受访者：我们在预科时我们主要看《人民日报》、《中国青年报》，我们那时候都是学生嘛，没时间看地方报纸，那个时候也不是特别多。那个时候叫读报，每天早晨，那个时候也不是每天。

采访者：那当时学校的宣传都是通过什么途径呢？是通过党团组织吗？

受访者：宣传，班里有团支部、宣传委员、组织委员，党支部，看人多人少了，一般班的话起码有团支部、党小组，然后几个班有一个党支部。他们没做什么工作，他们也不组织学习，组织学习都是校方、老师。像组织委员就是组织发展团员，交团费，宣传委员教着玩儿，就是搞宣传，反正是些学生活动。排的节目都是些解放、斗地主、什么忆苦思甜什么的，比较有名的有什么《放下你的鞭子》(我哥就上街演过这个)，那个时候叫作活报剧，很短，解放初期我们都到街上、工厂去演，有的时候也下乡宣传。各种内容，也有一些有名的小说，什么《白雪公主》啦，也演，大家也没什么水平，就玩儿啦，当然啦，大家也受教育；还扭大秧歌，抗美援朝也都得宣传。那时候都没人组织，自己编自己排，自己组织，参加庆祝会，工厂有时候邀请我们去演节目。基本上到了(19)50年以后，毛主席提出学生要“三好”了，那之后这种活动就少了，就让大家努力念书，我反正遇着了一阵儿，歌咏团什么的都解散了，那歌咏团都是跨学校的，要求比较高，耗费的时间也比较多，活动很多啊，这个歌咏团我参加的比较多，里面有好些男生，我们联欢干什么的都和男生在一起，那时候都不忌讳的，像兄弟姐妹一样，手拉手啊，一起跳集体舞啊。后来都解散了，要念书，过节也都只在学校里面弄些小范围的了。可能(19)51年到(19)53年，说国家需要工程师，让好好念书了，到(19)57、(19)58年“大跃进”、“反右”，就把学生们都反了。那个时候我对党团组织的印象是，特别是在中国，都比较不太抓政治工作，也不能说不抓政治吧，就说反正他们的具体任务吧，青年都是在玩儿当中学。但是到了苏联就另外一回事，都是大使馆党委领导，因为苏联怎么样我们得跟着人家，但是一有点儿政治什么的就得安排，通过党组织，比如政治补课呀、“反右”啊、“反右倾”啊，这边完了之后再补补课，传达，一般党支部都是由大使馆党委领导。

采访者：您还记得那个时候您印象深刻的别的什么事情吗？

受访者：解放初期，我们还帮助扫盲，教工人夜校。我晚上还去当老师去了，哈哈，那个时候不讲报酬，义务的。去的一般当然是先进分子，那个时候我们学校就五个团员，那时不叫共青团员，那时候叫新民主主义青年团员，党员也没几个，那时说实在的对共产党是不太了解的，了解很少，我是因为我哥哥也是中学生，我也在上中学，什么要自由要革命也都懂点儿，家里也不太管我们，家里比较自由。你要积极地想去教课一般也可以，教工人认字也是为人民服务嘛。现在《新华字典》上也还有呢，我就认识那时候的拼音，有点儿像日本的字。学生一般是各种工人，一般都是小工厂，到工厂里，他们是什么工人我就不太了解，因为上完课就走了。社会上也有家庭妇女政府让她们出来认字，特别是二十世纪五十年代和二十世纪六十年代初，我觉得那时是很好的。到了(19)53年的时候，城市里，像我们学生吃的什么就很好了，东西都比较丰富。因为根本是解放了生产力，官僚资本都被没收了，地主田地、粮食也都分了，那生活条件自然好了，农民积极性也高了，种粮也丰收了；工人当了主人，那当然他也那什么，具体情况我不是很了解；知识分子反正也都提高了，我的父母工资都提高了，生活自然好了，他们一解放就都安排工作了，女的就是妇联安排，有文化没工作就给你找工作。一开始我母亲去小学当老师，当着当着就到中学，她也是师范大学毕业的，然后在中学教英语，后来又教俄语。当时我们老师都知道我母亲没工作，后来跟妇联说一下，他就给找了工作，当时很需要有文化的人，好像是市妇联吧。当时只镇压反革命，一般的教职员你原来就在这工作，解放后还可以工作，基本上是这样的。肃反就是人人都把自己的历史梳理清楚，看有没有反革命，要互相检举，不说当然也没人管，但是还有调查呢。

采访者：您母亲有工作，那家务谁来打理呢？会不会因为这类家庭琐事产生矛盾？有没有定家庭公约的或者评模范家庭的？

受访者：家务方面，小孩儿大了也可以帮忙做家务，母亲下班自己也得吃饭呀，可不也得做饭，我父亲就不太会做家务，他就知道挣点儿钱，家务他不大会做，像那一代人里头，也不是绝对的说不会做，但总的来说是不会做，因为两人都工作不可能光靠一个人，所以也帮着买点儿菜、买点儿粮食，我有印象我父亲拿个筐出去买菜去。北京市的家庭吧，一般我感觉，据我了解，我的一些同学，正常的家庭都是这样，都很自然的，因为一家人嘛，共同谋生啊，养育儿女，一般来讲都挺好的，我是不大知道，没引起什么家庭纠纷的，有时候男的干活多，女的干活少的，也有女的干活多男的挺懒的或者不会干活的，但那时候不构成社会问题，那都是互相愿意的，你不愿意那不该离婚了嘛，我认为没有什么根本的束缚，也没有公开听过任何一个家庭有定什么家庭公约的。因为解放前好像我母亲也工作过，后来因为孩子多了就没干了。没有评什么模范家庭，那时候不讲那个，那六十年代之后可能有，像我们这一代人那倒是有模范家庭什么的，那时候你不评有的家庭也是很模范的。

采访者：和现在对比，您对那个时候男女地位的印象如何？

受访者：那个时候男女平等我认为要比现在更好，那个时候对女同志的使用都是一样的，甚至更重视，有那么一个意思，没有比例要求，但是自然的就是高层次的技术人员就是女的少，男同志的特点是他该卖力气的也得卖，但是在技术的使用上，六十年代初期我觉得是很不错的，那时很重视女同志，但是你女同志不努力那就没办法了，对不对？像那时候我觉得单位一大堆设备做实验，好几个人啦，当时有清华的、北大的、也有留苏的，那也不是我要干的，反正组织上要我干，看我能干，它就用你啊，它看你行它就用你啊，我觉得这个在当时还是不错的，如果组织不用你，你也没办法，你也只能在旁边看着。那个时候男女平等好像比现在更加好一些。男女不平等跟社会有关系，有封建的传统，有的男的就认为女的不行，但是有的女的比男的还行，他看不见。当然也和女同志本身有关，有些女同志就不这么想，就认为女的就不一样，要求不高的那种，有依赖思想，她不争，就认为男的就该比她强，她工资不高她不说，她老说她爱人工资不够高，两人一样的工资她就要唠叨了。像我哥就有点儿瞧不起女的，但他也不见得比我好多少，社会上遗留下来的"重男轻女"(的思想)，总认为男的就一定强，我哥就不怎么行，我觉得他太娇生惯养，当然他也是很有智慧的人。但一般男同志都有这观念，如果他看问题客观那他就好点儿，如果不客观的话容易就是(编者注：指容易产生"重男轻女"，男的一定比女的强的观念)，比如在工作岗位上那就会埋没一些女同志，但都要从两方面来考虑。不过城市里面虽然有"重男轻女"的观念，但是说什么像农村那种溺女婴的现象我是没有碰到过，你再"重男轻女"你也得喜欢你自己的孩子。

采访者：当时父母对子女的婚姻干涉得多吗？

受访者：那个时候挑朋友父母也会有他们自己的意见，但我觉得没有现在厉害。我们那时候不一定要父母同意才能交朋友，我们都参加革命了，有时候还要批评父母的不对的，父母也不要求。这点很重要，我们的父母从来不说将来你怎么孝顺我，他们讲的都是岳飞怎么怎么好，秦桧怎么怎么不好，对吧？他讲的都是那些，翅膀硬了你们就飞吧，他也管不了我们，给我的感觉是你能尽忠不孝也可以，不是说忠孝不能两全嘛。两人就是好，你应该尊重他们，他们也是很有主见的，有个人的想法。我父母一点儿没管我，我就领回家了，就来往来往，每个礼拜过来，全靠自己看，他们什么意见都没提。

采访者：您当时结婚有没有举行什么仪式或者走什么程序吗？

受访者：我们结婚就买点儿糖啊，请大家吃糖就好了，当然也有个仪式，单位领导参加，父母参加，就非常简单，当时国家困难，连糖都不好买，那时候是(19)61年。也要结婚登记，向组织申请，如果双方都在一个单位就不用调查，因为一个单位两个人的历史都了解，但也得组织批，比如哪年哪月结婚，要打一个报告，批了你就可以登记了，登完记然后你就说哪天叫同学同事都过来，很简单。反正大家都那样，也没有人告诉我要怎么结婚。一般有什么事都要跟组织上讲，这里指的是政治部的干部处。

# 军旅生涯的婚姻与家庭

访谈时间：2008 年 6 月 11 日

访谈地点：北京铁家坟受访者家

受访者情况：L 先生，1929 年 4 月生，原籍辽宁，初中文化程度，1950 年 12 月参军，1957 年来京工作，工人。

采访者：能否先说说您的个人经历？

受访者：我是辽宁人，(19)50 年，在东北参军。(19)50 年以前由日本人教书，东北的学校在战争期间(1944—1946 年)停了好长时间。朝鲜战争时我还在辽宁凤城县读初中，朝鲜半岛已经打起来了。咱们中国人民志愿军 12 月 25 日全部入朝作战，这之前，有美国的飞机过来骚扰，且有传言美国要占领东北三省，所以学校搬迁到附近老百姓的乡下，这之前部队已经在这住了三个月了。后来，号召学校的学生，特别是东北的，都要出来参军，我们学校一千多人才选出十二个人来参军，然后回家一个礼拜就到部队了，不过这十二个学生当中只回来了七个，少五个，估计照现在的说法，应该是他们是恋家吧。不过当时马上要走了呀，所以学校又动员挑了五个。

采访者：怎么动员的？

受访者：个别谈话，告诉他们要干什么。去的人都是团员啦，都是骨干。当时凤城县县委会、县长、书记及学校校长给我们开了欢送会。到了长春，部队就说全体待命，到时候就去朝鲜。于是(19)50 年 12 月份我就参军了，就是这志愿军入朝那段时间，我们 15 号回家嘛，大概待了一个星期。到了长春之后就读预科，进行政治、军事、教育培训，从(19)51 年的 3 月到 5 月是杜-2 轰炸机的飞行员选拔阶段，主要是以身体情况为标准，我当时被选为地勤员，搞仪器仪表。后来转到长春第二航空学校地勤班，在航校学习一年多，到(19)52 年年底了，我们班 43 个同学，教官都是苏联人，俄语教学，不过教课的时候有讲师翻译。然后转到本科学习一年多，毕业后到济南部队工厂工作。(19)56 年 8 月离开航校到吉林，到了(19)56 年 11 月吉林高中时来选人，(19)57 年 12 月被教导队，都是部队、空军来的苏联教官，选给老五院当技术人员，部队 2 级技工，相当地方的 6 级。当时选拔可严格了，首先要成分好、高中学历以上、党员，然后还要问你，我们是保密单位，你觉得合适你就来，不合适也没有关系。然后学习，要考试，4 分以上才算合格，考试和现在不一样，一个题一个纸条，你自己拿，拿了之后准备十分钟，然后他问你。成绩不合格的就调去机关工作了。开始来还属于部队编制，六几年才就地转业，从这干到(19)83年才退休。

采访者：当时军队里面怎么和外界联系呢？

受访者：在部队的时候有通信，写番号不写地址。部队里面是自己投信，不能在信中给家里透露部队的所在地，那个时候不贴邮票，直接投到部队信箱，有通信员收信，不限信件数量。我们和抗美援朝沾边，所以收到好多鼓励的信，都是给谁就是谁的信。

采访者：怎么知道军人的姓名呢？

受访者：比如说，家里来信询问情况的，还有就是我们往外寄信，比如寄给学校什么的，单位就会贴到宣传栏上，因为抗美援朝当兵很光荣的，在宣传栏上就会被人看见，人家就会寄信给你的。有的通信后都有接着联系的。

采访者：您是怎么成家的？是通过通信吗？能和我说说吗？

受访者：(19)56年在家成的家，是家里给介绍的，结婚之前也有通信，不多，先休假回家见了面，双方都同意了。我们部队也有爱人过来到部队结婚的，部队里给办手续，爱人新婚可以在部队住最多三个月，当时在招待所啊，给你一套房子。当时结婚都得走个程序，要到地方上登记，乡一级的才可以开那个结婚证，拿着部队政治部给你开的介绍信、身份证然后到地方结婚登记的地方领个证，证明你结婚合法就行了；爱人不用开介绍信的。后来，在北京街道上就有结婚登记处。部队的结婚之后，不带家属两地分居的，每年爱人都有机会过来探亲，一年来一两次，每次可以待一个月，部队条件好的就可以最多呆两个月；老兵有十五天的探亲假，回去的时候部队给你买火车票，赶着来的时候就不管你了，自己买票。

采访者：都不能带家属吗？

受访者：按级别。我们部队里当时都有级别的，有分技术级、行政级是什么的，部队和地方还有级别的换算表。我到北京来算高级工，所以在当时是唯一一个带家属的，还分给我房子。校官以上、团级以上可以带家属，不过后来有段时间家属必须都返乡，因为是“三年困难”时期，部队里也都困难了，那个时候领导要我们去内蒙古打黄羊去。我们属于轻体力，粮票有一斤二两，到卢沟桥那一斤粮票可以换五斤地瓜，有时候去涿州买，买回来了第二天还要上班，过年的时候花生瓜子自己一个都不能吃，来了客总得摆上意思意思，甚至生了两三个小孩儿了也都得回去，反正大概有三年的时间吧。

采访者：部队里有离婚的吗？

受访者：也有离婚的，一般都是女方不愿意。一方面是军人老不在家，有的女的又有了比较合适的了。另一方面当时工资很少，六七块钱，就能够买点儿牙刷什么的，家里困难的一个月还只能用一两块，你还得给家里寄过去。比如说部队里面发军衣了，一年一年的又发新的了，旧衣服你就得攒下，寄家去。第三个原因就不好说了，有的结了婚的，男方、女方都有喜新厌旧的现象啊，有的当了官了，结了婚了，想不要了。第一次实行军衔制的时候，正排级是七十来块钱，副连级八十来块钱。当时军人的婚姻是受保护的，婚约，就是各方面都承认的那种，都是要保护的，部队保护，地方也保护。如果女的不愿意，部队要做点儿工作，先接到部队来看，指导员做点儿工作，让女的觉得小伙子很有出息，这就把婚给结了。也有的女的接来看都不看，自己打票就走了。当兵光荣，但是经济跟不上，养不了家没办法。

采访者：那军队里面结婚的状况怎样呢？

受访者：第一次实行军衔制的时候，团以上的干部就允许结婚了，但是不一定是留部队的。当时分两种，一种是他在济南你也在济南工作，礼拜天可以见面，平时也可碰到头。另一种，大尉(编者注：大尉军衔是尉官级别的最高军衔，现已在中国废除)以上的结婚就要给房子，可以在部队住。结婚对象政治上有要求，不能是“地、富、反、坏、右”。有一个飞行员，第一天结婚，第三天的上午出任务飞机出事了，后来我参加追悼会了，他妻子哭得可厉害了。当时我们空军的伙食很好，工种的水准都不一样，飞行员是老大，都跟苏联那学来的。部队里光棍多嘛，济南附近有好几个纱厂，当时我们就用大车把纱厂女工接来跳舞，跳完了再把她们送回去。是青年团组织的，他们的部队叫青年科。你去还教着练，完了不行还回来拿个板凳继续练，这是后来开放些了，大概(19)56年以后就开始了。舞会，当时跳舞也不是全参加，一般是团级以上干部，当然了你不是(团级以上干部)，想去也可以。

采访者：谈谈您那时的工作情况行吗？

受访者：我年年被评为劳动模范、先进工作者。印象最深的是第一次在部队获奖，奖的是“毛选”，当时还没有出齐，后来出一册就发一本；生产竞赛中也拿第一，(19)60年左右。(19)60年我爱人生大儿子，我第二天就去出差了。老五院第一次开党代会的时候，(19)62年，我就是党代表，一个支部(超过四十人)一个，小支部两个支部一个，先小组提名，选举上报，当时和中央首长还有合影。“文化大革命”时期都跑了，留下的一拨人工作只有我来领导。我是在部队里面入的党，(19)54年，因为在当时在班上是副班长，我们班什么评比都是优秀，是模范班，我带班带得好嘛，所以才有机会入党的。那会儿上下班都很准时，下班的时候我还要送一个同事去坐车，有时候送完他再回来加班。早上我也经常提前一个小时来，提水什么的，什么零部件坏了也由我来修。我当时是车间主任，我自愿啊。我退休的时候加班票都有三千多张。这加班票可以在有困难的、家里有小孩儿的，或者不忙的时候可以用来倒休。我爱人也有工作，在食堂、托儿所、保院都做过。我家住颐和园那儿，那次不是大儿子一生，我就走了嘛，后来部队的大校都上我家来看我爱人。而且除了单位照顾以外，邻居也帮忙照顾。例如，正好有一天她烧蜂窝煤，结果熏着了。后来邻居来我们家叫了，结果没人开门，这才发现的，然后才开了窗、开了门，把她抬到外面，这才慢慢好过来。我当时在单位上班呀，就礼拜天回去，家里有什么事我爱人就来找我，比如小孩儿病了，大病就去解放军总医院看。小孩儿我爱人照顾得比较多，所以我爱人是咱家的第一功臣，我就是我们单位的第一功臣。所以现在节假日什么的，我就去给我爱人上上坟，送送东西什么的，每个节日我都给她录像，比如上次清明节啊。现在都录了六个磁带了，到时候一起给她。

采访者：您觉得国民党和共产党的军队区别在哪儿？

受访者：我接触过国民党的军队啊，它不像共产党住在老百姓家里，他们有他们的大军营，而且浩浩荡荡的，摩托车、机械化，我们看到的只是它的表面，看不到实质。共产党就不一样，他们在家里帮忙挑水啊，打扫院子啊，这就不一样了，亲密一些，他们也不挑剔，剩的饭啊什么的他们都吃。当时和老百姓关系好，培养出了感情，后来第一次军衔制时可以结婚了，连(军民)结婚的都有。和老百姓都聊些家常，讲他们原来也是受苦的，怎么参军的，也号召百姓也去参军。老百姓都说八路军可了不得，都敢死队似的。(19)46 年的时候，打完仗的时候，老百姓就去拉吃的、穿的，太多了拉都拉不过来，共产党只要枪炮，喝的、吃的、穿的都不要了。

采访者：当时怎么肃反的？

受访者：1951—1953 年斗反革命可厉害了，从镇压东北的“一贯道”开始“镇反”。组织很严密，来一个人干什么、做什么的都要知道，历史上遗留下来的什么“地、富、反、坏、右”什么的，都是些做过坏事的、反攻倒算的，当场宣判、宣布罪行、喊口号，然后拿大卡车拉出去就枪毙。“镇反”从头到尾可能就是两年多，我还开过两次地方组织的镇压反革命的群众大会，是各单位组织带队去看的，那次我们班都去了。后来“三反”也开过大会动员，记得天津的地委书记贪污，毛主席下令枪毙，这个在部队里面只是知道而已。当时部队里面也抓反革命，好比今天他是连长、他是书记、他是排长，哎哟，结果第二天就被抓起来了，说是反革命了，开会就是动员、检举揭发，按党支部，一层一层的。听说我们长春第二航空学校来了个山东的国民党教员，一镇压反革命，当时一动员，一弄，大家都说是他，第二天不知道怎么的，教导处找不着人，结果一弄发现他自杀了！原来和我一个班的一人，过去他爸是国民党的班长，他小时候念的也是国民党的空军幼校，解放后就翻他爸的事，他说不大清楚，好像没做过坏事，我们就说他包庇他爸，他也自杀了，这他到底有没有什么就查不清了。其实谁也没有镇压他，像咱们班十二个人就有三个人原来是国民党的，这些人也没有什么大毛病，都是贫下中农，开始只是怀疑他有什么，说话什么都给他上纲上线了，最后查出来没有就没有。我们那时候都写检举揭发信啦，你知道的你都要写，不知道就不写，人家有什么不好的行为你就给他提出来，如果知道不说也不至于是包庇啦，但总之立场不是很坚定啦。

采访者：这类社会运动影响工作、生活吗？

受访者：你干你的事，但是社会运动是都要参与的。

采访者：您对当时的戏剧有印象没有？

受访者：在部队节目可不少看，都是慰问志愿军的，我们和志愿军沾点儿边的。有上海的周信芳，还有梅兰芳，艺术家演出的钱都捐献飞机大炮呀，"向志愿军捐献飞机一架"都挂在剧场门口，还有义演的。大概一个月到两个月就来一全国有名的名角儿，有时候部队也自己编节目，部队有宣传队，跳那些硬邦邦的舞，都是宣传部队的一些事儿，都是鼓舞斗志的，坏人都很明显的，表现当时人是多么苦的，也有表现当时好人好事的，周信芳演《白蛇传》，毛主席还不和法海握手，表示他立场坚定。《白毛女》那时候也都演的。自己也排戏，比如苏联的《小雪花》。

采访者：这些节目里面是不是有宣传《婚姻法》的？您还记得吗？或者别的什么方法来宣传《婚姻法》的？

受访者：演节目，慰问时也演，新凤霞演的那个《小二黑结婚》过去老演的。也有时候开大会。宣传《婚姻法》就那一段时间。指导员在开会时也会学习军婚受保护，开会都是教育，好比，男多大、女多大，怎么算合法，怎么算不合法，相当于念公告，都给讲一讲，一般在连里的会上学习。有两种情况，一种是过去的部队要结婚了离婚，男的不同意离，女的就不能离，所以首先要到地方政府，然后法院要和部队联系，然后就让女的来部队看一看，排长、连长做做工作。

采访者：您刚刚说的连里的会是什么会啊？

受访者：常规政治学习。晚上以连为单位开的讲评会，一个礼拜至少开两次，讲讲最近的工作学习、好人好事、补助，指导员、连长、排长发言，然后以班为单位小组讨论。到年底要总结。

采访者：部队里有没有搞扫盲？

受访者：动员参加识字班，很多学不会，学不来的，给你加个辅导员，是初中生，一天最少认识十二个字，部队有文化教员，天天考试，今天教的明天就得写出来、读出来，一次一个小时。(19)54 年的时候，学了有好处，允许你考大学，那就可以转干了。

# 访谈录（十）

F A N G T A N L U

访谈人：张 弛

F A N G T A N L U

# 别看我小脚，干起活来一点儿也不慢

访谈时间：2009 年 7 月 21 日

访谈地点：天津市河东区光华小区

受访者情况：Z 先生，1925 年出生，河北易县人，原天津第二毛条厂保卫科科长；W 女士(Z 先生的妻子)，1928 年出生，河北易县人，家庭妇女，1943 年两人经双方父母包办结婚。

采访者：您二老是土生土长的天津人吗?

受访者(Z 先生)：不是，我们两口子原籍都是河北易县。我是作为解放军"打进"天津的。

采访者：当时的天津战役很惨烈，您算得上九死一生吧?

受访者(Z 先生)：战斗确实很激烈，但我是作为后续部队一员进来的，并不是先头部队。不过当时的确有很多战友牺牲了，我印象很深的是有的小战士从来没见过电灯，特别盼望到大城市见见世面，但最后没能实现(这个愿望)。

采访者：那您是作为随军家属在平津战役结束后就进城的?

受访者(W 女士)：没那么快，也没那么早。我是 1953 年才带着大女儿一起来天津的。

受访者(Z 先生)：当时部队里不可能有军属。别看我级别不低，正营级也不能例外。再说打完仗刚进城，秩序很乱，让家属马上跟进也不安全。我后来作为天津卫戍部队一员要长期驻扎天津了，才让她们娘儿俩过来。

采访者：当时部队分配房子还是……

受访者(Z 先生)：没有，都是先住在部队宿舍里。

受访者(W 女士)：部队条件比较好，吃饭在大院食堂，还有暖气。

采访者：那您就一直这么住下去了?

受访者(Z 先生)：能那样就好喽！我随后就转业了，先是到机床厂后来又调到毛条厂，也把家搬到了南楼新里。

受访者(W 女士)：也就是在那儿，才有了大儿子、二儿子、二闺女、老闺女，一家七口人。

采访者：您是主动转业?

受访者(Z 先生)：也是没办法，部队的条件比地方好太多了，但不给家属解决户口。为了让他们留在城里，我只有转业才有可能。

采访者：那您家也算得上大家庭了，就指您一个人的收入够用吗？

受访者(Z先生)：我从部队转业后是17级干部，每月工资130元，不算低。但当时城里和乡下之间人员流动限制得很死，就算是随军家属也不行。所以他们娘儿几个一直上不了户口，没有户口本就不能去粮店买粮。结果就得拿工资去饭馆买现成的，那花钱还少的了呀！所以日子过得也紧巴巴的。

采访者：那您就没有想过出去找份工作？

受访者(W女士)：也想过，但我大字不识一个，又有这么多孩子需要照顾，实在出不去呀！只能省吃俭用。

采访者：后来有好转吗？

受访者(Z先生)：根本谈不上。1958年时，上级要求没有工作的家属都必须返乡。我心里虽然不情愿也没法子。这一年秋天，只好让他们娘儿几个回老家了。

采访者：那您可算得上"两地分居"了，生活怎样维持呢？

受访者(Z先生)：我每月把大部分工资都寄回老家给我弟弟，托他照顾我的爱人和孩子们。只留下一少部分满足自己的基本开支就行了。毕竟老家条件更不好，突然平添了好几口人，口粮什么的都成问题。

采访者：最后怎么办呢？

受访者(Z先生)：他们回乡大概有一年半到两年的时间，大人还好，小孩一直过不惯(乡下生活)。我也认为这不是长久之计，好不容易带着一家人到了城里，难道最后又回去？我就托人找关系，想方设法，通过以前部队朋友的帮忙，终于给他们上了户口，我们这一家人最后才(得以)团聚。

采访者：您这是利用非正常渠道吧？

受访者(Z先生)：算是吧。不过这也是没办法的，要不然在那个年代，一辈子也别想再回城里来。

采访者：不过总算是顺利解决了吧？

受访者(Z先生)：代价不小啊！我这么一折腾，领导肯定不满意，能不给你小鞋穿？

采访者：怎么回事？您给详细说说。

受访者(Z先生)：1962年冬天，单位制条车间主任买了一捆粗呢纺，大约四五十米，价值300元。放到车间办公室，第二天夜里就丢了。当时厂保卫科和公安局河东分局花了半年时间也没破案，有的领导说干脆以偷窃案结案算了，但我当时是保卫科科长，觉得公家受了损失，不能草草结案，就一直这么拖着。一直等到1964年春节刚过，工作组到毛条厂搞"四清"，拿这个案子作为突破口，组织全厂骨干和知情人进行揭发检举，最后把怀疑对象缩小到制条车间主任和副主任身上，我作为保卫科科长因为破案不力，也被降职降薪。

采访者：您为什么说是有人故意针对您呢？

受访者(Z 先生)：你想想，当时的 300 块钱不是个小数目，他们两个人能有这胆子？肯定背后还有人。如果当年我听指挥马上结案。也不会有后来工作组清查积案的事了，说我工作不力，就是个借口。

采访者：工资少了对您的家庭影响大吗？

受访者(Z 先生)：那太大了，从原来的 130 元降到 100 出头，家里还有六七张嘴等着吃饭呢。

受访者(W 女士)：为了补贴家用，1964 年冬天，我去北仓(天津北郊区)扛洋灰水泥包。一大清早我就坐 20 路汽车去了，忙活一天，中午就用水泡带去的馒头当午饭，每次大女儿都带着弟弟妹妹在车站等我回来，一块儿回家吃饭。

采访者：那可是重体力活呀，我看您裹过脚，干得了吗？

受访者(W 女士)：有活干就不错了，别看我小脚，干起活来一点儿也不慢，再说一想到能给家里挣点儿钱，也就顾不上累了。

采访者：您干了多长时间？

受访者(W 女士)：大概几个月吧，到不了半年。最后攒了点儿钱给大女儿买了件棉袄，一直传到小女儿，也算是没白干吧。

采访者：为什么您不接着干了呢？

受访者(W 女士)：那就是一份临时工，没活了呗！再说后来大女儿 1965 年参加工作，当学徒工每月能挣 17 块钱，家里稍微宽裕了些。我还记得每月 20 日她发工资，25 日买粮，还有人来借粮呢。

采访者：家务活都由谁来干？

受访者(Z 先生)：做饭、洗衣服、缝缝补补什么的肯定是由她(编者注：此处指其爱人 W 女士)来干啦！我在休息日就忙着修车、贴煤饼、挑水，等等粗重力气活。

受访者(W 女士)：那时干得最多的就是做鞋，一年到头忙不完，大人孩子每年要穿少说也得四五双鞋，有工夫就纳鞋底。

## 工人阶级是统治阶级，她当然是户主了

访谈时间：2009 年 1 月 27 日

访谈地点：首都师范大学校本部

受访者情况：W 先生，1931 年生于上海，湖南常德人，教师。1961 年作为右派和同是学徒工的对象结婚。

采访者：请您谈一谈大学及入伍经历？

受访者：1949 年 18 岁时，考入华东军政大学，在政治部直属政治文化教育干部训练班学习。后在江苏军区干部学校担任教员，校址位于扬州天宁寺。军衔虽是副排级，但却负责教导排、连、营级干部的文化课，号称是“干部的干部”，目的是提高部队干部的文化水平。1955 年，币制改革，一万元换一元。军队由供给制改为军官薪给制，还没实行军衔制，正做准备。我是副排级，每月 50 元，伙食自理。我每月去邮局给母亲寄 20 元，存 10 元活期，每月自己 15 元买军官食堂饭票，5 元零用。

采访者：您为何复员？

受访者：1955 年夏末，我被无端牵连进全校肃反暗藏反革命分子运动，罪名是替“历史反革命”母亲找工作，革命立场不稳。后虽做出平反结论，但我却被迫复员（编者注：当时团级以上干部转业，营级以下和战士复员）回常德。

采访者：您何时来到北京？

受访者：我在常德市人民政府转业建设委员会登记，等待介绍一个谋生的工作，但一时尚无望解决。只能背着母亲在 1956 年中秋节前，上北京找解放前就和母亲离异的父亲，当时他是国务院参事。后来经过介绍于 1956 年到北大生物系，人事处说好复员就业，军龄当工龄连续计算，但职业重来。头半年试用期工资每月 56 元，1957 年转正每月 62 元。

采访者：您北大的生活怎么样？

受访者：一开始我在无脊动物学、昆虫学教研室担任科研实验员，但好景不长，在 1957 年“反右”运动中，因言获罪，被划为右派，二级处分，在北大生物系劳动等待发落。

采访者：您何时去工厂监督劳动？

受访者：1957 年 3 月 8 日（正好是妇女节）被卡车拉到朝阳区光华路北京

制药厂，后被分至北京制药厂农药车间(位于南郊马家堡)，每月生活费18元。

采访者：您生活应该很拮据，去找父母帮忙过吗?

受访者：我当时的生活费和学徒工一样只有18元，十分紧张，但我母亲发现我私自和父亲联系，气坏了，声明不要我再寄钱。其实我也是自身难保，无力为继(寄)了。父亲要我改随父姓，但我想到含辛茹苦哺育我成人的母亲就没答应，从此父亲对我也十分冷淡，我也很少再去父亲家。

采访者：那种环境下谈不上有什么娱乐了吧?

受访者：也不能那么说。我们在工厂监督劳动，如果没有运动，平日也没有遭到歧视，周日照常休息。厂工会还经常要我协助宣传工作，如在墙上油漆大字标语，写美术字。我也参加过办黑板报、布置展览会，因为我在这方面有特长。当时北京流行交谊舞会，各大学、各单位每周六、日晚有内部晚会，公共场所有售票舞会，门票三角，我们那时都去。

采访者：您何时结婚?

受访者：就是在劳动人民文化宫舞会上，我认识了妻子。当时是1959年，我28岁，在工厂监督劳动快两年。在一个周六晚上，我在文化宫的公共舞会上认识了她，她也是一位工厂学徒工，她没嫌弃我，工资上也是“门当户对”，都是每月18元。我俩熟识后，常到公园散散步、看电影、打发业余时间。我俩商定，1961年春节结婚。

采访者：两人的工资才36元，够结婚用的吗?

受访者：当时愁的就是这个，我俩的收入仅够温饱，可谓“腰缠零贯”，婚房是岳母替我们租到的小关近郊一间农民房。我们各把单身宿舍的铺盖搬到一起，住的地方虽然暂时解决，但操办的钱实在不够，家徒四壁，要结婚总得有张床、一张桌子、两个凳子。我实在走投无路，只能去找父亲，但碰了一鼻子灰。还是大姐在极为紧张的经济状况中给我寄了35元，妻子在工厂借了点儿钱，买了一张木床和桌凳，这点儿东西那时不仅凭票限供，还得半夜到家具店排队才能买到。粗糙的一个白搪瓷面盆，还是她厂方照顾结婚给一张面盆票才买到。1961年春节，我们在租来的农房贴上了自己剪的红喜字，又在门两旁贴上了对联：花好月圆白头偕老，天长地久永结同心。我和妻子依规定将集体户口迁在一起成立居民户，工人阶级是统治阶级，她当然是户主了。

采访者：婚后生活状况如何?

受访者：婚后一段时间，北京农药厂照顾困难，给我一间约六平方米的平房。在那里农药厂有两个平房大院职工宿舍，位于崇文门外紧挨城墙的西月墙。当时那间小房救了我们的急，无论如何我们总算有了家了。1963、1964年，妻子在同仁医院生下两个儿子。

采访者：全家四口人，经济上紧张吗?

受访者：我妻子这时已由学徒工升为一级工，每月32元，我的生活费也由18元改为32元，四口人64元比32元大有改观。但好景太短，妻子是1958年“大跃进”时工厂扩招时才成为工人的，现在要精简，原来从农村入厂的新工人必须离厂回家。她接到通知，停发工资，可将户口迁回农村，凭户口证明领200元退职费。如今妻子被辞退，仍是四口人每月32元，户口已由工厂迁来单独成户，宁肯不要200元退职费，妻子也不迁户口回娘家，仍在崇文门当穷户主。

采访者：生活很困难吧，想过什么办法没有？

受访者：四口人才32元，生活极为艰难狼狈，我们拼命在窘困的饥饿线上奋力挣扎。妻子带孩子，一面找些外加工活在家里干，如缝手套头、缝袜子头、挑花、补花、糊装农药的大牛皮六层纸袋，每月可帮补四五元钱。粮本上定量供应的粮食可以买回，其他基本用度入不敷出，还未到下月我领32元生活费，就过不下去了。只好找工会储金会借两三元急用，或向单身的朋友借三五元应急，到正式领到工资时，首先由储金会扣去上月借款，或先还私人借款，所以每次领钱都拿不到32元，月底以前，又是赤字，如此狼狈循环。

采访者：那孩子们怎么样呢？

受访者：也就是能吃饱而已，孩子们到两三岁，买不起玩具，穿不着像样点儿的衣鞋，没有任何零食可吃，可怜的孩子们。后来发扬自力更生的精神，我到木柴店挑了一点儿可利用的木头，买点儿铁钉，再到日杂店买了四个小轮子，又借到锯、刨、锤等木工工具，自己做了一辆手推车。两个孩子一头坐一个，可推行至崇文门内东单公园玩，那时东单公园属丙级公园，不要票。

采访者：您妻子有没有“下岗再就业”？

受访者：为了孩子们也得想办法呀！1965年12月我们作为拆迁户搬到朝阳区水锥子甲5楼，和一位孤老太太合住。我们到街道办事处求职登记，凑巧街道所属的白家玻璃仪器厂需一名车工，每月工资二十几元，这是大喜事，工厂离家又近，就在团结湖边上。

采访者：父母都上班，孩子们怎么办？

受访者：只能送托儿所呗！那时我们没经验，为自己省事把两岁多的大儿子全托，一岁多的小儿子日托。下午下班用小推车把儿子接回家。大儿子入托后，一直盼不到父母接，处在完全陌生的环境里，原来朝夕相处的爸妈毫无踪影，两岁多的孩子有被抛弃的感觉，没有人保护，失去了安全感，成天恐惧、烦躁、号啕大哭。等到我们周六接他时，吓了一跳，再也不敢把他全托了，只得每天早晨推两个孩子去，下午再接回来。

采访者：“文革”期间的生活状况如何？

受访者：妻子再就业后才三个月，“文化大革命”开始，1966年9月全家人被迫回到湖南常德。起初在中药仓库给中草药打包干零活，一天七八角，后被介绍到城西包装厂，属于街道的民办小厂，一共不到十人，计件工资，各工厂用以包装产品(包装木箱)此厂加工。我们用木板锯成规定尺寸，用铁钉钉成包装箱，大小不一，钉一个可得工钱两三角不等。如果有活干，一月可得二三十元。1966 年元旦后，一家五口被送至常德地区慈利县高桥公社金堰大队第三生产队，一个月若出工 30 天可得九元，每月可得 54 元，妻子可得 45 元。1974 年春，全家五口人在常德市上好户口，被安排在街道工厂。妻子在城西机电厂，后被转到城西橡胶厂，我在兴街口文胜印刷厂为古老的石印写版，两人工资合起来五六十元，五口人平均生活费十元，紧巴巴的，但远胜于前。

采访者："文革"结束后怎么样？

受访者：1978 年 5 月 15 日摘帽，我被安排到常德五中教书。1979 年回到北大生物系，工资夫妻共八十多元，和二十多年前相比，已升入天堂，踏实了、安稳了。落实政策后，北大和生物系及改编的生命科学学院没有歧视我，回校后在工作上、工资调整各方面都正常对待。到六十岁，1991 年按规定离休。

# 共同语言并不很重要

访谈时间：2009 年 12 月 14 日

访谈地点：天津师范大学眷属楼

受访者情况：D 先生，1934 年出生，河北盐山人，教师。

采访者：请您谈谈大学及参加工作经历？

受访者：我在 1956 年考入河北师范大学历史系，1960 年毕业，分配到河北天津师范学院做助教(编者注：大背景是 1958 年天津被定为河北省省会，紧接着的教育“大跃进”之中，河北省决定兴办四所高等院校，天津师院被作为重点项目上马建设)，之后一年，我在天津市委文教部做巡查专员，监督协助天津大中专院校恢复教学秩序。1961 年暑假后回到学校基本安定下来，又从历史系转到马列主义教研室。1963 年暑假后，去天津北辰区汉沟搞“四清”，从试点到铺开花了两年时间。回校后不到一年，“文革”开始，学校从 1966 年停止招生，到 1972 年才开始招生工农兵学员，一下子招了一千多人。

采访者：当时如何评定职称？

受访者：“文革”前那会儿倡导马列主义不要搞等级制，取消等级观念，就没怎么评职称。要到 1978 年才开始评讲师，1981—1982 年才开始评副教授。我是 1988 年才评上副教授，当时是 54 岁，做了助教将近二十年。不过当时副教授、教授很少，我们学校只有中文系、历史系才有正教授，理科院系能有个副教授就很不错了。

采访者：当时的工资水平如何？

受访者：教授、副教授生活差距较大，前者工资级别相当于省委书记，工资在 250—260 元，当时高教系统评级，1 至 3 级是正教授，4 至 6 级是副教授，工资在 180—200 元，相当于局长。7 至 8 级是讲师，一百多块钱，助教是 62—78 元。我一直是 62 元工资。

采访者：您当时生活水平怎样？

受访者：我妻子是师院行政人员，工资 56 元，两人相加不到 120 元。但当时生活水平偏低，开销不大，主要都用来买粮食，水电费也比较少，所以如果工资相差十块二十块，生活水平上就有很大差距。因为我是烈属，所以学校照顾分配房子，在一栋筒子楼里，一间房子，公用厨房和厕所，13 平方米。当时我们家算是中等收入吧，一个人平均二十多元，平均 10 元以下才算比较困难。

采访者：听说当时有的家庭可以雇用保姆？

受访者：第一个孩子是1963年出生，方便起见，我把独自在乡下的母亲接来。一是尽孝，二是帮忙照顾孩子。因为房子有限，先是把老人安排在保姆宿舍，但1958年以后户口进城比较困难，我母亲的户口要到1965年才进城的。当时雇一个保姆要20元左右，工资收入在100块以上的都雇得起。我们学校一个处长就有保姆，那时的处长都是老八路，有政治资历。我当时是21级，肯定是雇不起的喽！到1965年孩子两岁以后，学校分房时照顾烈属，本应分配我一间半，就是两室的房子从中间劈开，一家住一间，还有一个拐把，可以放张床。最后多分给我半间，就是一个里外间，这套房子一直住到地震(编者注：指1976年唐山大地震)，1967年第二个孩子出生，全家五口人住二十多平方米还算宽敞。

采访者：您在"大跃进"期间有何经历？

受访者：1958年下半年学校停课，我到河北徐水县机械厂写厂史，前后呆了38天，天天都是山芋加小米，挨得够呛。还亲眼目睹了县委书记疾言厉色和嚣张跋扈的极"左"表现，自己开始冷静下来有所思考。1959年春回校上课，提出应集中精力搞建设，得罪领导，可能因此没能留校。

采访者：当时社会就业状况怎样？

受访者：在大学环境中夫妻双方都工作的比较多，周恩来说过，我国是低工资，高就业。现在很多老太太都是在1958年"大跃进"时参加工作的，那时街道兴办工厂招了不少工人。当时流行一句话："每人都有两只手，不在家里吃闲饭"，但还是以自愿为主，孩子多、负担重、实在出不来的也没有强迫。就我看来，身边没有歧视家庭妇女的现象。

采访者：那时候求偶条件是什么？

受访者：找对象不太考虑学历，工作也没有高低贵贱之分，丈夫是大学教授，妻子是小学教师的很多。也有妻子是老师，丈夫是工人的。别人也给我介绍过幼儿园老师、工人的。社会舆论不太讲究门当户对，可能有人在乎出身成分，但我自己不唯成分论，不看重这些。

采访者：当时社会是否特别在意出身与成分？

受访者：出身和成分是可以变化的。我们学校七十年代招收工农兵学员时，我也参与其中。有个老乡托我帮忙，说他对象因为出身问题不能出来上学。我就问这个女的父亲是干什么的，说是卖鱼的，因为公私合营取缔小商贩时分得了两个大木盆和一把笊篱，就被定为私方。我说你以后填表时不要再填私方，改填"城市贫民"，谁有疑问就让他来找我。这样，她才被顺利录取，他们俩到现在还对我心存感激。所以说，出身成分不是一成不变的，具体在于管事的人的思想水平。

采访者：家务事对于夫妻关系而言是否重要？

受访者：共同语言并不很重要，家庭生活也不是老谈工作，主要是吃饭、穿衣、带孩子。工人和知识分子家庭也不是说就有多少隔阂，关键在于双方如何处理，要互谅互让。我母亲确实承担了很多家务，但我们两人都在对方忙的时候，自己主动多干一些，在家务事上双方没有争论。在知识分子堆里，孩子多的也就两三个，个别的有四个以上的，也都是在农村结婚生子带到城里的。五十年代初宣传过一阵学习苏联“英雄母亲”号召多生育，后来到六十年代也就开始宣传计划生育了。

# 我曾两次被人当作保姆

访谈时间：2008 年 11 月 14 日

访谈地点：北京市海淀区育新小区

受访者情况：Z 女士，1930 年出生，北京人，机关干部。

采访者：当时社会上的穿衣风气如何？

受访者：当时在国家机关的女同志，清一色的都穿列宁服，直到五十年代中期，领导觉得新中国的女同志应该打扮得漂亮一些，开始号召穿花衣服。社会上因此兴起了“穿花衣服”之风，当时最流行的是苏联进口的各色花布。机关里有两位女同志是先行者，她们请来裁缝制衣，动员女同志做花衣服，她们自己带头穿上了花的布拉吉(连衣裙)。从此，机关里穿衣风气有了很大改变。

采访者：您对当时的保姆情况有何了解？

受访者：说来有趣，这和刚才提到的花衣服还有点儿关系。我是个不修边幅的人，几十年来一直穿的确良、涤卡、斜纹布的衣服，为了我这身不合时宜的衣着，我曾两次被人当作保姆。一次是年轻时，我带着孩子在公园里玩，有位衣着华贵的太太问我带的是谁的孩子，我随便说了个“人家的”。那位太太便问我一个月拿多少工资，问我愿不愿意去她家干活，工资可以多给一些。还有一次是在菜市上，一位干部模样的妇女，以为我是谁家的保姆，问我东家一个月给我多少工资，说着说着我才知道她才是真正的保姆。

采访者：什么时候有了孩子，是自己照顾还是送幼儿园？

受访者：我在 1948 年年底结婚，1950 年大女儿出生，后来送进了幼儿园。有一次女儿生病住在隔离室，我去看她，见她站在围着栏杆的小床上，手里正玩着一张漂亮的糖纸。我问她哪来的，她说是邻床的小朋友给的，别的孩子吃了糖，把糖纸给我的孩子玩。我顿时鼻子一酸，心想我竟没钱给孩子买块糖吃。平时经济比较紧巴，但从来没意识到，此刻眼前的景象却触痛了一个母亲的心，这是今天的母亲们体会不到的。

采访者：“三年自然灾害”时期的生活状况有何变化？

受访者：自然灾害加上人为因素的“三年困难”时期，那时，粮、油、肉、布、豆腐等都是凭本、凭票供给，而且数量不多。政府为照顾干部，另外给予一些补助，比如行政 14 级以上的干部，每月可得到一定数量的肉和鸡蛋，群众称之为“肉蛋干部”，17 级以上可得到一两斤黄豆和几斤糖，名曰“糖豆干部”，我是“糖豆干部”。1961 年，我怀了第三个孩子，在孩子出生之前没有吃过一个鸡蛋，营养太差，孩子生下来又瘦又小。我和爱人都忙着上班，不得不雇保姆照顾孩子。虽说粮食各人有各人的定量，可我们总先紧着孩子们和保姆吃饱，自己勒着点儿肚子。据说黄豆可以预防因饥饿和营养不良造成的浮肿，可我最终还是得了浮肿病。

# 访谈录（十一）

FANGTANLU 访谈人：李小虎

F A N G T A N L U

# 娱乐活动也占不了多大的比例

访谈时间：2009 年 10 月 7 日

访谈地点：北京市通州区西路苑小区

受访者情况：Q 先生，1926 年 6 月出生，北京居民，公安部，采购员。

采访者：爷爷您好，您在年轻时候做过哪些工作呢？

受访者：1953 年参加工作，在公安部食堂担任食堂采购。1964 年调入八一一厂（也属公安部）作为一名外勤采购，负责厂子在北京以及外地的采购，1980 年退休。

采访者：您对新中国成立后到“文革”前这段时间的娱乐生活的印象是什么？

受访者：关于娱乐问题，上班时间娱乐活动不多，下班的时候集中一些人打打扑克、下下象棋，有时候厂子里面主办看看电影，没事的话还写写书画、毛笔字等，那个时候电影自己是没有条件单独看的，也不懂什么游戏机啊，什么的，仅仅是参加集体活动。

采访者：您当时主要在哪里看电影呢？印象比较深的电影作品有哪些？

受访者：有很多，不过看过就忘的，印象比较深的有《南征北战》、《地道战》、《铁道游击队》、《英雄儿女》、《抗美援朝》等电影，这些电影都在电影院看，一般是 1964 年以前公安部有礼堂，每一个礼拜会播放一次，后来调到八一一厂也有礼堂，不过离部里较远，在西郊，单位组织的，这个礼堂能容纳两千多人。

采访者：那戏曲您经常看么？看过哪些呢？

受访者：戏曲可就多了，主要爱听京剧，常看京剧，一般在剧场看，那时候还没有长安大剧院或梅兰芳（大剧院），都是些小剧院，百十来人，什么二七剧场、三里河电影院啊，单位有时候会包场看，(19)57 年之前还没有新的京剧，都是些老的，像《红鬃烈马》、《小二黑结婚》、《李逵探母》什么的，后来出现了新的戏，八个样板戏经常看，像《智取威虎山》、《沙家浜》等。有的时候下班后和同事们一起去王府井北边有个金隅剧场，可容纳 500 人左右，当时每月工资是 29 元，而梅兰芳等名角儿一场就要花两元，很贵，但是也是很新鲜，所以同事们都一起去看。看他们扮演青衣。

采访者：电视和广播您接触得多么？

受访者：当时电视一般家庭都没有，(19)66年前即使有，也是机关里面的，也没人管理，如果去看的话只能在车间或集体宿舍看，有节目也是这一套，戏剧、电影之类的，广播也有，都是国家大事、时事之类的，那个时候也是调频，不过具体的记不起来了，当时也不太懂，开会的时候会集体占用工作时间听广播学习，那个时候有播放和苏联关系的内容，那个时候我记得是“八大”的内容，好像是1956年，开通的专门的栏目广播，有一些指示精神、方针政策，都得通过广播集体组织讨论学习，提高认识、感想什么的。

采访者：您那个阶段的报刊出版物大致有哪些？

受访者：那个时候杂志比较多，也都是关于国家大事、时事学习，也就是讲述国家大的方针政策的，杂志的名字记不太清楚了，报纸也有很多，像是《人民日报》、《北京日报》，这都是集体订阅的报刊，集体学习，每个办公室都会有份，那个时候也看得不多因为我们经常出去采购，在外边出差，常坐办公室的才经常看，我们回来时间不多也不经常看。

采访者：新中国成立初期您印象比较深的节日和公共庆典有哪些？

受访者：国庆等大的活动会有一些庆祝类的游行，原来在公安部时候，经常有外宾来，我们负责在东郊首都机场接待，这属于政治活动，都得参加。国庆的时候也比较隆重。有一次，苏联的外交部长，当时还没有东郊机场，那个时候还是西苑机场，接待他的时候，大概是1957年，公安部全体出动，负责接待、安保等工作，公安部至西单一带是我们负责保证安全的，那个时候比较乱，五几年的时候不太平，台湾也有特务过来，怕出危险，有的时候也去东郊机场，有时候能看看总理、刘少奇什么的。

采访者：体育活动您参与的多么？

受访者：体育活动没有，但是公安部有个篮球队，有的时候给我们发票，篮球馆少，文化宫、天坛，在那打一场，给我发票，晚上10点多去看，体育总的来说没组织的，厂子里有乒乓球队和篮球队，我当时参加乒乓球和羽毛球队但是打得不好。

采访者：您常去的公园有哪些？

受访者：中山公园、北海公园、天坛公园，那个时候的票价是两三毛钱，很便宜，那个时候的公园条件不行，没有什么新的东西。机关团体，当时一年还要参加一个月的劳动，我上农场里面劳动过一个月，集中吃住都在那里，我当时负责在农场的山上看柿子，当时无论什么劳动，让你去你就得去，当时我也去过毛主席纪念堂，我去过半个月，拉钢筋啊，采购啊，帮帮忙。

采访者：您对当年娱乐生活的总体感受如何？

受访者：总体来说，那个时候人们的思想比较单纯，那个时候的娱乐生活还是比较单调，不像这个时候，单位组织，花样也多。那个时候比较单一，无非就是篮球什么的，没有这个时候有跳舞啊什么的，那个时候也没有庙会，1966年以前不许有庙会，庙都拆了，那个时候有舞厅，但是都是有级别的人去舞厅，像周总理，一般人去不了。现在花样太多了，那个时候形式特别少，只是下了班后自由活动，自己爱打球啊或者什么的都可以自己活动。我记得有一年我们负责没收村里的麻将牌，规定许多村民上交麻将牌，不得个人留用，当时装了好几车。当时的劳动也比较多，所以娱乐活动也占不了多大的比例。

# 我只爱听新闻和时事

访谈时间：2009 年 10 月 11 日

访谈地点：北京市西潞园小区

受访者情况：L 先生，1929 年 12 月出生，河北居民，因工作调入北京，北京市公路局通州区分局，工人。

采访者：爷爷您好，您在新中国成立初期从事什么工作呢？

受访者：1951 年 2 月 27 日参加工作，到 1980 年 9 月 1 日退休。在交通部公路总局京开国道管理局，工人。当时修马路是用土，条件很艰苦。之后调到通州与朝阳的交界大黄庄收费站，负责公路事宜。1952 年调到天津工作，公路局工人。

采访者：您对新中国成立到“文革”前这段时间的娱乐生活的印象是什么？

受访者：文娱活动几乎是没有，一开始在(19)51 年买了一支口琴，平时闲暇时练过，单位有小提琴、手风琴，同事都不太会玩，另外单位也有乒乓球和克朗棋，不太会下棋，因为本人有神经衰弱，所以一琢磨事情就头疼，也不太爱参与牌类游戏。单位有组织看电影、看电视和戏曲。

采访者：您那个时候电影看得多么？印象比较深的有哪些？

受访者：爱看电影，在安平的时候回去香河去看电影，和单位的同事骑车去，在周末去，当时(约 1957 年)是香河县政府的电影院或者戏园子放的，之后到通州的礼堂看电影，印象比较深的电影比如：《地道战》、《野火春风斗古城》、《敌后武工队》、《狼牙山五壮士》等。

采访者：那戏曲您经常看么？看过哪些呢？

受访者：不怎么爱看戏，因为本人听不太懂戏曲，偶尔听听河北梆子还可以，但是也只是泛泛地听，并不怎么热爱戏曲。

采访者：那个时候的广播、电视多么？

受访者：当时没有电视，似乎在 1960 年之后，单位才有电视，车间工程队中有一台电视，大家都一起看，很小的电视，在局里看一般人还不会调呢。电视一般是电视台放什么就看什么，也是主要播放的革命电影像《野火春风斗古城》之类的，有单位组织听广播，村里的大队也有广播，我只爱听新闻和时事，当时还是块小磁铁和一个小匣子，有几个节目但是都忘了。

采访者：那时候您喜欢的报纸杂志有哪些？

受访者：当时《人民日报》、《北京日报》、《河北日报》、《参考消息》，等等都比较爱看，当时自己想学学会计，于是订了一本会计杂志，当时喜欢看一些小说，但是记不起来名字了。

采访者：您参加的节日庆典多么？节日还有些什么样的娱乐活动？

受访者：参加过天安门游行。劳动节的时候，头一天晚上就过去了，进行排练，九十多人一排连起来行走，类似阅兵似的，天安门城楼上还有些政要，当时“五一”的假期似乎和这个时候一样，也放假。春节的时候除了串门外，也和单位的人聚餐吃吃饺子之类的。

采访者：您参加的体育活动有哪些？

受访者：单位组织广播体操、工间操，在早上10点左右，做一套操，有人喊号，也有广播。

采访者：公园您去得多么？

受访者：北京的公园去过北海公园、天坛公园，通州的西海子公园，自己去的，还有香山公园，河北的莲池公园，当时的票价似乎有的公园不要钱，后来才要票的，至少五几年的时候似乎要票的不多，反正票也很便宜，公园的条件较现在不好，但是和当时比就很不错了。当时单位还组织过去北戴河游玩过。

采访者：您对当年娱乐生活的总体感受有哪些？

受访者：当年的娱乐活动确实比较少，再加上我个人琢磨事情就头疼，所以也不爱参加类似的活动，我个人比较注重工作的事宜，想着当时应该将工作放在第一位，也比较认真，所以文娱活动参加的就相对来说少些。但是当时确实样式、项目以及条件都比较艰苦，公路局的事情繁多，娱乐的时间还是挺少的，我们觉得工作是很充实的。

# 入伍以后每逢节日都会有大聚餐

访谈时间：2009 年 11 月 1 日

访谈地点：军事医学科学院干休所

受访者情况：Z 先生，1939 年 11 月 7 日出生，江苏盱眙人，1958 年入伍，在航天部二院工作，直至退休，军人、事业单位干部。

采访者：爷爷您好，您在新中国成立后从事什么工作呢？

受访者：我是高中没念完就入伍了，本来学的防化，后来分配到航天部工作，二院转地方之后就变成事业单位，我也就自动退伍供职于事业单位了。

采访者：您对新中国成立后到“文革”前这段时间的娱乐生活的印象是什么？

受访者：因为生活上比较宽裕。虽然那会儿东西少，但还是有不少可供娱乐的项目，也都很便宜。年轻的时候还是挺爱玩的。书法、二胡、太极拳都是在那段时间学会的。

采访者：您在那个时候经常看电影么？

受访者：在家的时候主要是务农读书，没有电影看。入伍之后军队经常组织官兵到礼堂看电影或者在操场看露天电影，军队大院里的平民(特别是孩子)也会来一起看，挺有意思的。

采访者：戏曲您听得多么？

受访者：在家的时候听戏不怎么多，入伍之后倒是总找机会在收音机里听老家的黄梅戏。

采访者：广播电视那时候多么？

受访者：那个时期还没有电视机，很少有家庭有，基本只在收音机里听音乐。

采访者：您喜欢看什么样的报刊出版物？

受访者：喜欢看小说，军队有阅览室，常在那里翻看杂书，后来有了儿女还时常借书给他们看。

采访者：每逢节日您是怎么样度过的？

受访者：在家的时候每逢节日才能有些好吃的，那个时候节日气氛浓，因为过年确实能吃到平时吃不到的，现在哪天包饺子、炖肉都可以，反而不像那时那么期待。入伍以后每逢节日都会有大聚餐，首长会给基层干部以及士兵们拜年、祝福什么的，慰问官兵的工作，那会儿首长都是很认真对待的。后来每逢过年我还要挨家挨户去下属的家里拜年呢。

采访者：那时候体育活动您参加得多么。

受访者：很喜欢打篮球，另外太极拳就是在单位参加兴趣团体学的。多年一直坚持跑步也是那时候养成的习惯。

采访者：当时喜欢去公园么？

受访者：喜欢爬山，经常去北京周边的那些景点爬山，从香山能一路走到八大处，两个公园其实是通着的，也去过几处野长城，野长城很有意思。门票都非常便宜甚至免票，现在公园票价高了，我们有老年证什么的还能打不少折，年轻人就惨了！就那边那个雕塑公园，没山没水的一片绿地还要那么高的票价，实在不太好。

采访者：您对当年娱乐生活的总体感受如何？

受访者：生活无忧，尤其是跟后来那段时间（编者注：指 1966—1976 年）相比较，那段时间的心态非常好。

# 没有什么活动，娱乐很少

访谈时间：2009 年 11 月 6 日

访谈地点：北京市东城区东四北大街 303 楼

受访者情况：Z 女士，1930 年 10 月出生，北京居民，1958 年参加工作，商店售货员。

采访者：奶奶您好，新中国成立后，您从事什么工作呢？

受访者：1958 年参加工作，在东四九条口的商店做售货员；1979 年在东四七条里面做售货员，1982 年退休。

采访者：您对新中国成立初期当时的娱乐生活的大体印象是什么？

受访者：每个月都会发一张电影票去看电影，工作时间换着去看电影。下班基本没有时间，一、三、五开会，下班回家没什么玩的。学习《毛主席语录》。有时也参加俱乐部演出，团体唱歌，上台演出。

采访者：您当时主要在哪里看电影呢？印象比较深的电影作品有哪些？

受访者：大多数在隆福寺有个工人俱乐部里看的电影，也有红星电影院、长工电影院(编者注：现在的长虹影城)，也有明星电影院(编者注：在隆福寺口)，名字记不太清楚。记得住的有：《洪湖赤卫队》、《白毛女》、《平原游击队》、《早春二月》、《龙须沟》、《骆驼祥子》、《红色娘子军》，等等。好多呢，有些记不住了。

采访者：您当时看的戏曲有哪些？在哪里看呢？有没有印象比较深的观看经历？

受访者：戏曲还是很喜欢。印象比较深的有：《沙家浜》、《望江亭》、《智取威虎山》。话剧也看过，是在剧院看的，我记得应该是在中央戏剧学院看的，天安门的西北边。护国寺里边也有个剧场看过戏，现在可能没了。吉祥剧院也去过。在王府井那边有金隅剧场，还有首都剧场，没到王府井，美术馆这边。王府井那边有个儿童剧院也看过，《雷雨》可能就是在儿童剧院看的。

采访者：您当时看的电视和听的广播有哪些？有没有印象比较深的节目呢？

受访者：也就听听广播，广播也少，买了一个凤凰牌的收音机。有时候听听小说，也没有太多的时间。

采访者：您当时看的报刊出版物有哪些？喜欢看哪些刊物呢？

受访者：那时候也没有报纸，没看过。那时候杂志也没有，单位也没有。

采访者：您当时印象比较深的节日和公共庆典有哪些？

受访者：就记得国家一有大事就游行，在天安门。再就是“十一”、“五一”都游行，五几年参加过游行。

采访者：您当时参加的体育活动有哪些？

受访者：没有，也没有体育运动。没参加过体育活动。

采访者：当时经常去公园么？大概去哪些公园？公园的票价和条件怎样呢？

受访者：不经常去。那时候景山不要票，上北海五分钱，到故宫两毛钱，颐和园和动物园也去过。

采访者：您对当年娱乐生活的总体感受是什么？

受访者：那时候没有打球娱乐，也没有跳舞，没有舞会，没有舞场，也没有时间。就是孩子小的时候带去公园玩玩，活动很少。没有什么活动，娱乐很少。唱歌也没有，就郭兰英和王昆在体育馆唱歌。就听见她俩唱，没有其他的活动。上班也没什么工夫，下班回家就做饭，煤球炉子端过来端过去。想不起来了，我的脑子特简单。

# 那个时候经常要走好几里地去看一场电影

访谈时间：2010 年 3 月 4 日

访谈地点：北京市联勤部第二干休所

受访者情况：S 女士，1936 年 10 月出生，祖籍山东，1964 年随军来到北京，在供销社工作，1984 年退休。

采访者：奶奶您好，新中国成立后，您做过哪些工作呢？

受访者：我小学没毕业就在山东临沂老家务农，1964 年来北京工作，在延庆县康庄供销社做服务员，1984 年退休。

采访者：您对新中国成立初期到“文革”前的娱乐生活的大体印象是什么？

受访者：那个时期生活在山东老家，没有什么娱乐设施，平常跟着大家一起扭大秧歌、跳舞、打花棍，虽然日子没有现在富裕，但过得还是红红火火的。

采访者：您当时看的电影有哪些？在哪里看呢？

受访者：那个时候经常要走好几里地去看一场电影，电影还是无声的，至于名字记不太清了。看电影的场地一般都是在乡镇上或者村里的空地上，邻村有电影我们也都跑去看。

采访者：您当时喜欢看戏曲么？在哪里看呢？

受访者：对戏曲比较钟爱，现在回想还是特别有意思。看过《小姑贤》、《张生戏莺莺》、《孔雀东南飞》，等等。

采访者：您当时看的电视和听的广播有哪些？有没有印象比较深的节目呢？

受访者：当时家里没有电视，只是在部队大院看一些露天电影，现在电影名字记不清了，广播收听都是部队放什么听什么，都是国家大事和最新指示精神，那时组织收听广播是一项政治任务。

采访者：在 1949—1966 年这段时期，您当时看的报刊出版物有哪些？喜欢看哪些刊物呢？

受访者：看过，不过比较少，因为我识的字不多，就是有些时候偶尔能看到《解放军报》，因为看得少，也谈不上喜欢什么书。

采访者：您当时印象比较深的节日和公共庆典有哪些？

受访者：没有随军前在老家山东按照传统习俗，一年当中要过好几个节日，印象深刻的有：五月五端午粽子节、八月十五团圆节、正月十五元宵节、七月七烙花饼，等等，印象深刻的是粽子节和元宵节都要亲自动手包，现在包粽子的手艺又快又好都是那时练出来的。

采访者：您当时参加的体育活动有哪些？集体性的体育运动有哪些？

受访者：在家乡体育活动没有，因为老家离海边近，经常去海边“赶海”，这也算一项运动吧，看潮涨潮落也觉得其乐融融。

采访者：您经常去公园么？

受访者：没有去过公园。

采访者：您对当年娱乐生活的总体感受如何？

受访者：总的来说，那个时候生活在农村，没有公园，也没见过什么太多的娱乐设施，仅有的都是些中国的老传统，虽然娱乐形式简单，但是内容非常丰富，许多东西都是这个时代所缺失的。那时候乡里乡亲的一起庆祝节日，姐妹们一起跳舞做游戏，现在一个楼里对门是谁都不知道，缺乏沟通，更觉得孤独寂寞。当年的生活虽然苦一些，却依然有很多乐趣是值得回忆的。

# 我们彻夜在天安门广场跳舞狂欢

访谈时间：2010 年 5 月 9 日

访谈地点：北京市西城区车公庄中里 3 号楼 302 室

受访者情况：L 女士，1938 年 8 月出生，北京居民，1958 年大学毕业，在北京建筑工程学院担任政治教师，直至退休。

采访者：老师您好，您是一直从事教育工作么？

受访者：我是 1955 年考入北京建筑工程学院道桥系，1958 年毕业留校教书担任土木系教师，1961 年响应党的号召去人民大学学习政治，回校后一直担任政治课的教学工作。

采访者：您对新中国成立后到“文革”前这段时间的娱乐生活的大致印象如何？

受访者：那个时间我主要在建工学院读书和教课，学校的娱乐生活很丰富，看电影、跳集体舞、跳青年舞、打扑克、下象棋、唱歌等很多，好多活动都是学校的工会和学生会组织的。

采访者：您在那个时候经常看电影么？印象比较深的电影有哪些？在哪里看呢？

受访者：电影经常看，因为学校经常给我们发票。印象比较深的电影有：《卓娅和舒拉的故事》、《钢铁是怎样炼成的》，这是苏联的电影。国内的也有，比如《地道战》、《铁道游击队》、《大浪淘沙》、《一江春水向东流》、《李双双》等印象都很深。在学校礼堂看过，不过大部分还是去外面影院去看。

采访者：戏曲和话剧您看得多么？有没有印象特别深的作品呢？

受访者：戏曲看得不是很多，偶尔听听广播，《小二黑结婚》记得看过，其他的印象不多。不过，相声印象挺深的，特别是侯宝林的相声段子经常听。话剧也看，学校也会发话剧的票，记得去天桥看得比较多。

采访者：您那个时候经常听广播、看电视么？

受访者：当时没有电视机，(19)66 年以后才陆续有了电视，那时候也就单位有台电视，天天搬来搬去给大家放映，主要是在教一楼前还有大阶梯教室，每次放映人头攒动，好多人在远处都看不到画面。广播听得比较多，天天都要听，内容主要是国家大事、时政新闻。

采访者：您喜欢看什么样的报刊和书籍？哪些印象比较深？

受访者：报纸主要看《人民日报》、《北京日报》、《文汇报》、《光明日报》等，看的书印象比较深的有：《青春之歌》、《钢铁是怎样炼成的》，还有《张思德》、《把一切献给党》等。

采访者：每逢节日您是怎么样度过的？您印象比较深的节日庆典有哪些？

受访者：我记得每年"五一"学校都会邀请劳动模范或者战斗英雄来学校做报告，我记得吴运铎、王海都来做过报告。"十一"的时候都会有大型庆典活动，我们会彻夜在天安门广场跳舞狂欢，国家领导也会在城楼上观看，我记得有一年游行，我还跳过腾圈操。

采访者：那时候体育活动您参加得多么？

受访者：单位经常组织运动会，广播体操、排球、篮球、乒乓球比赛都很经常。另外，学校会组织教学实践活动，师生一起去学校的技工厂或者外面工地前去参加劳动。

采访者：当时喜欢去公园么？

受访者：很喜欢去。中山公园、颐和园、北海公园、劳动人民文化宫、故宫我都去过好多次，当时都基本不收钱，我经常带着书去故宫里面看书。另外，学校经常组织我们去参观工业、农业大型展览，去感受国家建设的成就。

采访者：您对当年娱乐生活的总体感受如何？

受访者：总的来说，那时的娱乐生活虽然没现在丰富，但是感受和感情都比较真挚。娱乐形式跟国情联系也很密切，很多电影、书报具有很好的教育意义，但是1966年以后的娱乐活动就少了很多。另外，我家里孩子比较多，家务劳动占用的精力越来越多，用来休闲娱乐的时间也很少了。

# 访谈录（十二）

F A N G T A N L U 访谈人：刘　玲

F A N G T A N L U

# 结婚消费也应该倡导绿色消费

访谈时间：2009 年 11 月 26 日

访谈地点：北京朝阳区柏林爱乐小区

受访者情况：C 先生，1964 年生，籍贯：山西，工人，2006 年来北京，1989 年结婚。

采访者：您好，我可以问您几个问题吗？有关八十年代婚姻的问题。

受访者：嗯，没事，问吧，我正好是(19)89 年结的婚，可能能帮上你吧。

采访者：您和您爱人是怎么认识的啊？

受访者：我们俩吧，都是红星机械厂的工人，在一个单位上班，开始我们俩都不认识。好像是有一次，单位要办什么集体活动了，是单位要参加南三厂(编者注："南三厂"是一种简称，主要是指城区以南的三个厂区，分别是红星机械厂、清华机械厂、惠丰机械厂)的大合唱评比活动。单位要求每个车间出五个人，我和我爱人，都是车间里的年轻人，比较积极，就参加了那次合唱活动。我们每天下午提前半个小时下班，然后集体练歌，大概有一个星期吧，我和我爱人就认识了，平时见了面也打招呼，时间长了，我们就觉得对方都不赖，谈了有半年的恋爱吧就和家长说我们的婚事了。

采访者：看来您和您爱人是自由恋爱，这也能看得出来，你们那个时候，自由恋爱在年轻人当中还是比较流行的。

受访者：对啊，恋爱自由挺好的。我们赶上了好时代啊，我妈妈就是家里做的主和我爸结的婚。你们这一代更是自由恋爱，我对我孩子的婚事就没有干涉过，只要年轻人愿意在一起就不管他们了。现在的家长对孩子的婚事大部分都采取这样的看法。

采访者：那您和您爱人的婚礼是怎么庆祝的？

受访者：我们俩的婚礼办得很简单。我俩都是家里的老大，虽说有工资赚，但还得贴补家里用，弟弟妹妹都要上学。我俩基本上就没请亲朋好友吃饭，就是买了点儿喜糖送给他们。糖也是很便宜的，还是用那个透明玻璃纸包的。我们俩没有办宴席，但是去外地旅行了，以这样的方式来庆祝我们结婚。我们去了趟西安，我的姑姑在西安，我们就是花了个路费，买的是硬座，卧铺票贵买不起啊，在西安就是玩了几个不要门票的地方。一路比较累，但是玩得还不错。

采访者：那你们就是旅行结婚了。据我所知，旅行结婚在你们那个年代是新鲜事，好多人都是在家里摆宴席来庆祝自己的婚礼。

受访者：主要是我们在西安有亲戚，那样的话就会省一些吃饭钱和住宿钱，要是外地没亲戚，我们也不敢出去。

采访者：我觉得这样的庆祝方式很好，一方面，能解决父母的负担，另一方面，也为我们的结婚形式增加了新的庆祝方式。现在，都在讲绿色消费，我觉得结婚消费也应该倡导绿色消费。特别是我们，结婚前前后后有好多地方都要花钱，尤其是房子，我还听说，在北京办一场像样的婚礼要花掉30万，我宿舍的一个朋友这样说的。

受访者：现在的婚礼具体花多少钱，我不太清楚，但是，做父母的的确是太累了。前前后后花的钱特多，现在的孩子也是讲档次、讲排场。

采访者：我想问一下，你们那时候，在找对象的时候一般都看重对方的什么条件？

受访者：让我想想，就拿我来说吧，我觉得我的妻子应该是贤妻良母型的，人呢，要性格温和，心地善良，真心实意跟我过日子，别的吧倒是无所谓。我老婆看上我估计也是觉得我这人比较实在，是一个勤勤恳恳做事情的人。应该说，对方的人品是我们主要考虑的方面。

采访者：有没有人特别在乎对方的经济条件的？

受访者：有，什么样的人都有。我邻居家的女儿，长得很漂亮，但人家对自己对象的第一要求就是对方家境好，结婚时候必须准备好当时流行的三大件“自行车、缝纫机和手表”。对方的父母最好是干部，你看，这样的家境条件不错吧。

采访者：噢，这估计和当时人们的生活条件有关吧。

受访者：也有一定的关系吧。

采访者：那个时候，离婚的人多吗？

受访者：不多吧，反正我身边的人离婚的比较少，基本上没有，在我们年轻的时候，离婚是一件多么丢脸的事啊，一旦结了婚，就是过得再痛苦，也不会轻易闹离婚，要不会被人笑话死的。

采访者：有没有人和外国人结婚？

受访者：这好像更没有吧，咱内地人连和外国人认识的机会都没有，哪还可能会和外国人结婚？

# 人家娘家要求要办齐“二十四条腿”

访谈时间：2010 年 4 月 12 日

访谈地点：北京海淀区玉渊潭公园

受访者情况：X 先生，籍贯：北京，教师，1987 年结婚。

采访者：您好，首先非常感谢您帮助我完成这次访谈。我的论文是有关八十年代的婚姻，所以向您了解一下当时的婚姻情况。

受访者：有什么问题就尽管问吧，没关系的。

采访者：请问您是哪年结的婚呀？

受访者：(19)87 年。

采访者：那您和您爱人是怎么认识的？

受访者：我们俩是高中同学，家里的人也都认识，我们俩基本上是从小一起长大的。

采访者：看来您和您爱人是青梅竹马了。

受访者：也可以这么说吧。双方父母对我俩的婚事基本上没啥意见，我们俩结婚很快的。

采访者：(19)87 年结婚的话，那你们那个时候经济情况应该不错吧，各个方面准备得也比较充分吧？

受访者：嗯，倒也没什么准备，房子家里有，有一间小平房。家里的家具是我爸妈请木匠打的，就是家里日常生活用品，比如说床、衣柜、酒柜、写字台，等等，人家娘家要求要办齐“二十四条腿”，在当时，娘家人在结婚前要到男方家来看看，就是看看家里准备得怎么样了。

采访者：那当时的彩礼有多少呢？

受访者：因为我们两家比较熟，给的也不是很多，那个年代的彩礼大概在 1000 块钱左右吧。

采访者：你们结婚，家里都给你们准备了什么东西？

受访者：准备的东西还不少。我们家有房子，就不用买房子了，反正有住的地方就行了，我们基本上都和父母住在一起，就是有一间自己住的房间，不过面积不大。除了房子，还得准备家具和电器，家具是我爸妈找工人给做的，说是结实耐用，电器呢，有冰箱、电视和录音机。对了，我们家还给我老婆准备了一份见面礼，就是金戒指和金项链，这都是我妈的，说这是传统，得要一代代往下传，老人嘛，有时候是很讲究的。

采访者：那女方家准备什么东西了？

受访者：她们家准备的东西也不少，准备了八条新被子，斤数不等，有两斤的，也有四斤的，最重的有八斤，到现在我们还盖着呢。这些被子的被面全是好缎子，是手工绣的龙凤，大红大绿的，看见呀特喜庆。她们家还给我老婆准备了一对樟木箱子，这可是结婚的重要陪嫁。给我们做被子的人，一定是一个有全福的女人，为的是希望自己的女儿能够过上好日子，父母不全的，或者是家庭不完整的，是不能碰结婚的嫁妆的，这是老说法了。

采访者：那你们的婚礼是在自己家办的还是到饭店？

受访者：我父母身体不太好，家里人手不够，忙不过来，所以就到饭店吃饭了。

采访者：你们能到饭店请客吃饭，在当时看来，能去外面办宴席已经算是不错了，那你们的婚宴档次不低啊。

受访者：这倒是。

采访者：在饭店请了多少桌？

受访者：也没几桌，就七八桌，就是把自己主要的亲戚、朋友叫过来，吃吃喝喝就行了。在我们那个时候，去饭店吃饭是稀罕事，说件你们不知道的事，来饭店吃饭的人还带着自己的锅呢，把自己家吃剩下的东西带回家。我们家的经济条件好，在饭店点的饭菜也比较高档，肉类的饭菜比较多，饭菜一上饭桌，人们就哄抢着吃了，基本上剩不下，就是剩下了，亲戚、朋友也会拿回家，那时候人都省吃俭用，知道节约。

采访者：是，和现在比起来，我们就有点儿浪费了。那你们还闹洞房吗？

受访者：闹了。刚开始的时候就是让我跟我老婆谈谈恋爱经过，还让我们一起吃苹果，反正大家都在起哄，就图个热闹。

采访者：我想问一下，你们周边的人有离婚的吗？

受访者：没有，基本上没有吧。

# 父母给把把关也不错

访谈时间：2010 年 4 月 12 日

访谈地点：北京海淀区玉渊潭公园

受访者情况：M 女士，籍贯：山东，工人，1986 年结婚。

采访者：您好，可以打扰您一会儿吗？我想和您聊聊八十年代的婚姻情况，可以吗？

受访者：可以，你问吧。

采访者：先问一下您什么时候结的婚？

受访者：(19)86 年。

采访者：您和您爱人是自由恋爱的吗？

受访者：不是，我们是通过别人介绍的，我俩不是一个地方的，离得远。

采访者：哦，一般你们这种相亲认识的，是不是一般比较注重对方的物质条件啊？

受访者：这个不好说，一般相亲活动，都是家里大人张罗的，媒人在中间介绍的时候就把对方的条件告诉大人了，大人觉得条件还可以就让我们年轻人见面认识。

采访者：看来父母在儿女的婚姻中起了很大的作用啊。

受访者：噢，婚姻嘛，毕竟是人生大事，要是选择错误的话，这一辈子也不好过，父母给把把关也不错。

采访者：倒也是，父母是过来人，有些问题看得比较透，也知道婚姻中双方最需要什么。但是有时候，父母的观念和想法和儿女的想法是矛盾的，常常会和父母争得面红耳赤。

受访者：我们那个时候，还不会，基本上就顺从父母的意见。

采访者：看来，您在当时是一个比较传统的女性。我想问，你们家看中您爱人什么条件了呀？

受访者：我爱人吧，他是退伍军人，我认识他的时候，他刚退伍不久，工作虽然没落实，但是国家有政策，优先安排这些退伍的军人，而且他长得比较秀气，呵呵。

采访者：那您爱人是才貌双全啊！

受访者：没你说的那么夸张。我丈夫后来被分配到一个工厂上班，但最后工厂倒闭了，我们就自己做了个体户，做了点儿小生意。

采访者：哦，既然您父母喜欢您爱人，那给您的嫁妆一定也不少吧。

受访者：我家人给我陪嫁了三大件：黑白电视机、单筒洗衣机，还有收音机，还有被褥，我们这娘家一般缝四条被子、四条褥子，都是双数，意思是成双成对、好事成双。

采访者：你们的婚礼是怎么庆祝的？

受访者：没什么方式，就是简简单单地在家里摆了几桌饭菜，请他们家的朋友、亲戚之类的人。

采访者：您听说过旅游结婚吗？

受访者：我们那个时候几乎没有吧，我的朋友都是我这样子的，按照老规矩办事。是不是人家南方经济发达的地区有这种比较个性的婚礼。

采访者：应该是吧，反正是内地的少。可能和一个地区的经济发展水平有关吧。

# 我觉得门当户对就挺好的

访谈时间：2010 年 5 月 25 日

访谈地点：北京朝阳区柏林爱乐小区

受访者情况：W 女士，籍贯：山西，工人，1989 年结婚。

采访者：您好，打扰您几分钟的时间，我想向您了解一下有关八十年代的婚姻情况，可以吗？

受访者：可以啊。

采访者：您是什么时候结的婚？

受访者：我啊，是在(19)89 年。

采访者：您和您爱人是怎么认识的？相亲还是自由恋爱？

受访者：我们俩是一个村的，在别人介绍之前都不熟，但是我们的父母认识。

采访者：那媒人为什么给你们俩牵线呢？

受访者：可能是我俩都上过学吧，我们俩都是大专毕业的，因为上学所以年龄比较大，在我们村里也找不到合适的大龄青年了。一般村里的姑娘都在二十二三就结婚了，像我们这样的大龄青年很难找到合适对象的。幸亏我老公也上学了，要不真找不上合适的对象了。

采访者：看来您和您爱人是门当户对啊！

受访者：可以算是吧。

采访者：不过，你们那个时候能读到大专的人不是很多，学历比较值钱，很有优势的。尤其是您这样的情况，双方沟通起来比较方便。

受访者：对，我觉得门当户对就挺好的，这也不是对对方出身的歧视，也不是传统思想的反映。你想想啊，两个人出身于类似的家庭，他们对事情的看法基本上一致，当然也有磕磕碰碰的地方，只是出现的矛盾比较少。

采访者：对，我常听我爸妈说两个人谈恋爱的时候怎么都好办，但一结婚过上日子了，两口子那才叫真正的磨合呢，家里杂七杂八的事多了。

受访者：对，对，对，结婚过日子，油、盐、柴、米、酱、醋确实是很烦人的。

采访者：看来找对象也是一件麻烦的事。那你们是怎么庆祝自己的婚礼的呀？

受访者：我俩吧，比较赶潮流，专门去照相馆照了一张合影。

采访者：不错，这在当时就算是时髦的啦。那你们摆宴席没？

受访者：当然摆了呀，农村办啥事也热闹，一般提前三四天就开始张罗了，邻居都来我们家帮忙，帮我妈给我缝被子、褥子。

采访者：那您身边有离婚的人吗？

受访者：估计有吧，但不会很多。除非是日子实在是过不下去了，才会走离婚这条路，好马不配二鞍，好女不嫁二夫。基本上没什么离婚的。反正我身边的人没有，估计别的地方有吧？

采访者：那和外国人结婚的有没有？是不是也没有？

受访者：没有，比离婚的人更少。

# 最重要的是她有文化，有正式工作

访谈时间：2010年6月7日

访谈地点：山西省长治市南广场

受访者情况：L先生，籍贯：山西长治，司机，1980年结婚。

采访者：您好，想对您进行一个小采访，就是简单回答我们几个问题，大概了解一下当时的婚姻情况。

受访者：好的，没问题。

采访者：您是什么时候结的婚？

受访者：嗯，(19)80年。

采访者：您和您的爱人是怎么认识的？家人介绍还是自由恋爱？

受访者：我和我老婆是由别人介绍认识的。

采访者：在当时，您觉得您老婆什么条件最让您满意？

受访者：怎么说呢，当时，我俩第一次见面认识的时候，我老婆留给我的印象不深，因为我老婆长得不是很出众，因为在见我老婆之前，我已经相过好几次亲了。

采访者：原来这样，看来，您的父母还是挺尊重您的意见的。

受访者：对，父母还是比较开明的。不像他们那辈，得服从父母的安排，我们有了一定的选择权啊。

采访者：您见了好几个对象，为什么您只对您爱人有好感呢？

受访者：呵呵，我爱人吧，虽说人长得不怎么出众，但是她的性格好，人也很随和。在这不好意思地说一下，其实我看上我老婆，最重要的是她有文化，有正式工作。她在咱们市里的一个小学当老师，虽然说是小学老师，但是对家庭氛围(的营造)还是不错的，而且对管教孩子也是有帮助的。

采访者：看来您对待婚姻的态度还是很认真的。

受访者：是啊，婚姻又不是儿戏，怎么可以胡来啊？你们这一代人应该多学学我们这代人啊！

采访者：对，我们应该向前辈学习。现在的人，都流行快餐婚姻，觉得两个人不合适，在一起生活得不高兴，就闹离婚。但是，这样的人也是少数。

受访者：这倒也是。

采访者：你们结婚的庆祝方式也是按传统的习俗进行吗？

受访者：对，我那个时候，国家经济情况刚刚好转，我们的生活条件很一般，就是在自己家摆了几桌饭菜，请请朋友、亲戚。看现在的年轻人多好啊，结婚之后，还要去一些旅游胜地游玩，度蜜月。时代不一样了。

采访者：对，婚姻中的变化和咱们国家的经济发展情况联系得太紧密了。您当时给了女方多少彩礼钱呀？

受访者：不多，就是大概几十块钱。

采访者：那您爱人有什么嫁妆？

受访者：嫁妆，也没什么值钱的东西。就是给了两个大木箱子、两床被子，还有褥子，应该就是这些了。

采访者：噢，这些东西在今天看来，是不怎么值钱，但是在当时的条件下，已经算不错了。我刚才只是问您看中您爱人的条件了，那您爱人看中您什么了呀？

受访者：我爱人，她可能看中的是我的为人吧，因为我们两家离得就比较近，虽说是媒人介绍的，但是，彼此都了解，一打听街坊邻居就知道我的为人了。我老婆很好，当时我们家的条件没她家好，我的兄弟姐妹也多，她只有一个弟弟，(她)觉得兄弟姐妹多的话家里会很热闹。

# 两个人既然结了婚就要好好过日子

访谈时间：2010 年 8 月 17 日

访谈地点：山西省长治市水利局家属区

受访者情况：W 女士，籍贯：山西长治，务农，1981 年结婚。

采访者：您好，我想对您进行一个有关婚姻方面的采访，可以吗？

受访者：可以，没问题。

采访者：请问，您是哪年结的婚？

受访者：我是(19)81 年，大概是 4 月份吧。

采访者：那您是怎么认识您的爱人的？

受访者：我是在农村长大的，我爱人是城市里的，我们俩是由我的二姐通过熟人介绍的。

采访者：那你们谈了多长时间的恋爱？

受访者：基本上没有谈恋爱，我俩离得远，哪有那么多的时间来谈恋爱，不像现在的年轻人。现在的年轻人多好啊，离得近，找个公园啊，或者别的地方，看看电影、聊聊天，没时间的话也能打电话和对方聊聊。我们那时候，没谈什么恋爱，因为是熟人介绍的，各自家里的情况也比较清楚，觉得人不错，父母也同意，就把我们的婚事给办了。我是家里的老小，父母年纪不小了，就赶紧催着我把婚事给办了，我爱人呢，是家里的老大，婆婆和公公希望他也早点儿结婚，多少可以减轻家里的负担。

采访者：你们结婚也够快的，而且感情也这么好。

受访者：日子是一天一天过出来的，两个人既然结了婚就要好好过日子，不像现在的年轻人那样，还没怎么着就闹离婚。

采访者：那您能说说你们结婚时的情况吗？

受访者：我们那个时候，婚礼很简单。因为我家是农村的，所以迎亲的时候用的是汽车，在当时比较洋气了。那时候农村结婚，要是距离近的话，一个村的，或者是邻村的，一般都是用马队来迎亲，现在这种情况基本上没有了。结婚当天，我穿的是一身红颜色的布料衣服，头发就是一个长长的麻花辫，那时候结婚，大家都特别稀罕长辫子。彩礼钱给的也不多，也就两三百块钱，衣服也简单买几件。不能和今天的年轻人比啊。在自己家的院子里摆了十来桌饭菜，提前两三天就开始张罗了。

# 转业军人还是挺吃香的

访谈时间：2010 年 8 月 17 日

访谈地点：山西省长治市水利局家属区

受访者情况：L 女士，籍贯：山西长治，工人，1985 年结婚。

采访者：您好，我能咨询您几个有关婚姻的问题吗？

受访者：当然可以，问吧。

采访者：请问您是哪年结的婚？

受访者：(19)85 年，具体月份，忘了，这么多年了。

采访者：没关系，只要在八十年代就行了。那您可以给我讲讲您那个时候结婚的情况吗？

受访者：让我想想，过了这么久了，还得回忆回忆。我是冬天结的婚，结婚当天，就穿着一身红色的棉袄，头上戴一朵大红花，现在想想的话，的确很艳丽，我们那个时候基本上都是这个打扮。结婚也没什么特别的程序，就是按照传统的结婚程序进行的。把我娶到我丈夫家的时候，就是到了大门口的时候，必须得摘花，这花是有人拿一个长棍子挑着呢，我丈夫把我背起来，去摘门顶上的大红花，要是够不着的话，就不能进家门啦。

采访者：这种礼俗，是咱长治才有啊？那难度大吗？

受访者：是不是只在咱长治，我就不清楚了。难度当然大啊，想想，那个挑花的人肯定在作弄你，故意不让你摘着的。

采访者：那会不会一直够不着？

受访者：不会的，那人一般都是男方的好朋友，到最后的时候，看你没劲够了，就把棍子放低，故意让你摘到。

采访者：原来是这样的啊。

受访者：现在这种礼俗还有的，只要是有自家院子的住户，都还有这样的传统。其实，这也是让大家乐和乐和，高兴高兴呗，结婚，就是一件高兴的事。

采访者：进门之后，该干什么了？

受访者：进门之后，就该拜高堂了。按照传统的结婚程序，拜天地，拜高堂，夫妻对拜。

采访者：对，这就保留了咱传统的婚姻文化习俗了啊。然后呢？

受访者：走完这些程序之后，我就去自己的新房换了一身新衣服。紧接着，就是跟我丈夫给大家敬酒，一桌一桌地敬酒。敬酒呢，一来表示对亲朋好友的感谢，二来是认识认识丈夫家有哪些亲戚，就是认认人。等大家吃完酒席以后，就得给大家磕头了。这磕头不是随便磕的，要讲究个说法。先给辈分最大的人磕，依次排辈下来磕，这磕头也不是白磕的，给谁磕，谁就得准备磕头钱，给得多就磕得多。不过像我们那个时候，亲戚也没什么钱，就是父母亲给得比较多，剩下的一些亲戚，比如说什么表姨、表姐、表哥的，就给十来块钱的磕头钱，或者是给一个被面。等磕完头，就不早了，这时候，有的亲戚要回家，咱呢，要送送人家，特别是娘家人，一定要照顾好。到了晚上，就剩下闹洞房了，我丈夫的朋友想了各种点子，逗我们两口子表演节目。

采访者：有哪些节目啊？

受访者：这可真忘了。这么多年了，哪记得这些事啊！

采访者：这结婚一天也够累的啊。

受访者：可不是。

采访者：那您是怎么认识您爱人的？

受访者：托人介绍呗。媒人介绍之后，我觉得我爱人挺老实、忠厚的，家里人也觉得不错，相处了半年就订婚、结婚了。

采访者：我想问问，当时您身边的人或者是您的朋友，她们在选择自己对象的时候，注重对方什么条件啊？

受访者：这个不好说，大部分人是看重对方的人品。要是人好的话，其他方面不怎么样，也没事。反正，大家的家境都差不多，谁比谁也好不到哪去。不过，转业军人还是挺吃香的，我们家的邻居就是转业军人，人家找的对象就不错。国家能给转业军人安排工作，解决户口问题，就是农民出身，只要你当过兵，基本上就能给你找个差不多的工作，再把户口变成市民户口。那个时候的市民户口可值钱了，市民可以拿上自己家的粮食本到粮店领取粮食，每个月都有补贴，像农民之类的，就没这么好喽。

采访者：这个倒是有点儿印象，那您结婚的时候，丈夫家给了你们多少彩礼钱？

受访者：具体的记不清了，就是四五百吧。

# 那时候旅游结婚的人很少

访谈时间：2010年9月13日

访谈地点：首都师范大学下沉广场

受访者情况：Z女士，籍贯：河北，退休教师，1967年结婚。

采访者：您好，我现在正在做一个有关八十年代婚姻伦理的嬗变研究，能不能采访您，了解一下关于八十年代的婚姻情况。

受访者：可以。

采访者：请问您是在八十年代结的婚吗?

受访者：不是，我是(19)67年结的婚，但是对八十年代结婚的状况还是知道点儿的。

采访者：八十年代，年轻人自由恋爱的多吗?

受访者：怎么说呢，在那个年代还比较时兴这个自由恋爱的，比我们的那个年代要多，但是和今天的自由恋爱相比，就差远喽，看看这个大学校园里，自由恋爱的人有这么多，时代不同。但那个时候，(还是)靠自己的朋友或者亲戚介绍，我有个亲戚就是让自己的姐姐给托的媒。

采访者：那个时候，怎么庆祝婚礼啊?

受访者：就是按照老传统来举办婚礼，把新娘娶回家之后，在自己家的院子里，摆上几桌，亲戚朋友在一起吃吃喝喝，晚上再闹闹洞房，就完了。挺简单的，不像现在这么麻烦，讲究这个，讲究那个。那时候，人没钱，事情办得也就简单。

采访者：我听说那个时候有的年轻人还选择旅游结婚，您周围有这样的情况吗?

受访者：没有吧，没有。那时候人多穷啊，刚刚够自己吃喝，结婚的钱都不够，都得和自己的亲戚朋友借钱，那时候旅游结婚的人很少，几乎没有吧，反正我身边没有这种情况，怎么也得到了九十年代末才有这样的吧。

# 我爸妈觉得城里的姑娘不好伺候

访谈时间：2010 年 10 月 14 日

访谈地点：山西省长治市邻居家

受访者情况：C 先生，籍贯：山西长治，个体户，1982 年结婚。

采访者：您好，不好意思，打扰您几分钟，我想和您聊聊你们那个时候的婚姻情况，可以吗？

受访者：好的。

采访者：请问您是什么时候结的婚？

受访者：我是在(19)82 年结的婚。

采访者：那您和您爱人是自由恋爱吗？

受访者：基本上是吧。

采访者：那您能给我详细地讲讲你们的恋爱经过吗？

受访者：我是农村的，在家里也没啥事就进城打工了，在一家建筑公司干活，时间长了，就认识了同单位的一个姑娘，我们俩挺处得来的，认识有一年多吧，就想结婚。等我回老家跟父母说的时候，父母强烈反对我们的婚事，我爸妈觉得城里的姑娘不好伺候，高攀不上，靠不住啊！但是，我觉得我老婆人挺不错，因为这事还和家人闹情绪了，和家里大概拖了有半年吧，我爸妈没拗过我，最后就同意我俩了。我们家是农村的，家里不富裕，再加上我爸妈对我老婆不是很满意，结婚的时候也没出什么钱。所以，婚事就是靠我俩自己办了。我们俩的婚礼是在单位的会议室办的，给单位的同事买了一些瓜子、糖之类的东西。我们俩当天都穿了一身新衣服。我们同事不错，还给我们送礼了，基本是每个人五块钱，也有的同事给我们送被子、毛毯、床单、枕套、枕巾、脸盆、锅和镜子，到现在，我们家里还能找到二十多年前朋友送的结婚礼物。

采访者：您当时结婚的压力挺大的，不过这也说明您挺有魅力的。

受访者：也不是，主要是我俩处的时间比较长吧，双方之间的感情比较深，如果再去找别人的话，都有点儿不甘心。也许这就是命吧？

采访者：那女方家长没阻挠你们吗？

受访者：当然阻挠了，我是农村来的，人家是城市人。不是我父母担心我爱人靠不住，我也担心。好多城市人都看不起农村人，嫌农村人穷、脏，不注重细节，啥也不讲究，还有一个就是户口的问题，人家是市民，我是农民，这差距多大啊。我挺佩服我爱人当时做出的选择，我爱人说，农村人挺好的，说农村人实在、靠谱、对人特热心，也没什么心眼儿，说和我在一起不用担心被我骗，交往挺轻松的。

采访者：您爱人的想法是对的，人嘛，哪有十全十美啊，咱看人不能只看别人的缺点，还得多看看别人的优点。

受访者：对。

采访者：那你们在婚后的相处怎么样？

受访者：刚开始肯定不行，家里都看不惯对方，嫌对方这不对，那不对的。有了孩子之后吧，还好点儿，毕竟处的时间长了，都了解对方的人品，自然而然就好起来了。

采访者：真不容易啊。那您那个年代听说过有和外国人结婚的吗？

受访者：没有吧，我身边没有这种现象，估计在人家沿海地区有，就是有也很少，人家那开放早，和外国人认识的机会也有，不像咱内陆地区，真是发展慢，没法比。不过我觉得和外国人结婚应该在九十年代比较多，八十年代应该很少的。

采访者：可能是八十年代出现过吧，“文革”时期国家就不让咱中国人和外国人结婚，但是改革开放政策实施后，就有些人和外国人开始结婚。

受访者：估计是吧，但是和外国人结婚，还是慎重考虑吧，我是不建议自己的孩子找一个外国人。

# 访谈录（十三）

FANGTANLU 访谈人：孟丽媛

F A N G T A N L U

# 简单充实的五六十年代

访谈时间：2010 年 9 月 29 日

访谈地点：紫竹院公园

受访者情况：G 女士和 G 女士的先生，（以 G 女士说话为主），两人年龄均七十多岁，工人。

采访者：向您请教一下上世纪五六十年代北京市的婚姻情况？

受访者：我记不清楚啦！

采访者：您是包办婚姻吗？

受访者：是包办的。

采访者：您是北京人吗？

受访者：我是后来来北京的。我老头都快八十了，我比他小两岁。

采访者：你们当时婚姻结合是什么样的情况？您和爷爷(注：指其爱人，下同)是一个村的吗？

受访者：不一个村，是一个省的。两家不挨，挺远的。之前没有见过，结婚那一天才见面。那会儿都是包办的。

采访者：您结婚的时候解放了吗？

受访者：刚解放。

采访者：(19)51 年左右？

受访者：差不多，忘了。

采访者：您爱人是干部吗？

受访者：不是，也是工人。

采访者：刚解放您就来北京啦？

受访者：解放好几年以后来的。

采访者：那时候只有您爱人在北京，后来才把您带过来的？

受访者：对。

采访者：您工厂女工一般找什么样的对象？

受访者：这个不知道。

采访者：您不去参加她们的婚礼吗？

受访者：不去。

采访者：您是不是工作以后就回家啦？

受访者：对。

采访者：五十年代的时候有扫盲班，您去过吗？

受访者：没有，都忙着弄孩子，哪有工夫去呀！

采访者：当时扫盲很流行吧？

受访者：扫盲也参加过，单位组织也去过，孩子小，没坚持下来。

采访者：您觉得有用吗？

受访者：反正好赖认识几个字，现在差不多也全忘了。用不上。

采访者：当时认什么字？

受访者：“中华人民共和国”、“毛主席”，开始就教这个。

采访者：您和爷爷谁教育孩子多？

受访者：我教育多。别让淘气，让他好好学习就行啦。别的不会。

采访者：您对老师教育有看法吗？

受访者：咱不懂啊，就是让听老师的话，好好学习。

采访者：您的工作情况怎么样？

受访者：家务比较多，工作也忙，忙孩子。上班时三十好几啦。

采访者：您是去工厂还是机关？

受访者：哪能去机关，就在工厂，工人。

采访者：那时候有没有三班倒？

受访者：有。三班倒、两班倒。孩子还小的时候就工作。

采访者：您工作的厂里条件怎么样，比如设施？

受访者：还凑合。

采访者：女工多还是男工多？

受访者：男的多。

采访者：孩子怎么养育的？

受访者：有的送托儿所，后来老人就过来啦！

采访者：您孩子都是在北京生的？

受访者：对。三个孩子。二十五六生的孩子，最大的孩子现在五十多岁。那个时候是不算多。也上托儿所。那会儿托儿所环境挺好的，都是老人，岁数大的看孩子，现在都是幼儿教师啦！那会儿磕不着、碰不着就行啦，可不像现在这个那个的。托儿所是工厂办的，孩子一岁多的时候去的托儿所。

采访者：有哺乳室对吧？

受访者：有。好不好几个岁数大的给你看着。

采访者：她们看放心吗？

受访者：不放心怎么办啊！

采访者：托儿所阿姨负责吗？

受访者：都挺负责的。

采访者：给老家父母寄钱吗？

受访者：寄，老人得管呀。

采访者：您的父母和他的父母都管？

受访者：我没有父母。

采访者：他们跟您一块生活？

受访者：没有，在老家。

采访者：他们帮您看过一段时间孩子？

受访者：对。

采访者：您几个男孩几个女孩？有节育措施吗？

受访者：两个男孩一个女孩。

采访者：您为什么不再多要点儿孩子呢？

受访者：要那么多养得起吗？

采访者：主要还是经济问题？

受访者：对。我那会儿工资三十多块钱，爱人也不多，差不多。

采访者：当时有没有节育措施呢？

受访者：哪有什么节育措施。

采访者：当时在厂里有少生孩子的宣传吗？

受访者：后来有。

采访者：是什么时候？

受访者：弄不清啦，忘了。

采访者：您当时穿什么衣服呀？

受访者：粗布衣服。洋布平纹布，蓝的、灰的、黑的，就这个。

采访者：您穿过列宁服、中山服吗？

受访者：不知道什么叫列宁服、中山服。

采访者：您来北京以后穿过裙子吗？

受访者：没有。

采访者：当时您周围有人穿裙子吗？

受访者：那会儿穿裙子的人很少。都是有钱人穿，一般人还穿不上。有穿大褂的。

采访者：您有工作服吗？

受访者：有，全身都是劳动布。深蓝色的。

采访者：做鞋还是买鞋？

受访者：开始做，工作以后就买啦。

采访者：帽子呢？

受访者：帽子就是白的。工人帽。

采访者：在家里您和爷爷谁说了算？

受访者：商量着来。

采访者：谁做饭？

受访者：谁下班早谁做饭。

采访者：当时思想政治教育的会议多吗？

受访者：开会好多啦。一个多钟头，老开会。

采访者：讲什么内容？

受访者："文化大革命"。

采访者："文化大革命"之前也经常开会吗？

受访者：也经常开。

采访者：您有什么想法？

受访者：开会就听。

采访者：您觉得有用吗？

受访者：听过去就忘啦！

采访者：除上班工作外，有没有娱乐活动？

受访者：有，看电影。也一般不去，有孩子在家。把票给别人了，有时间就回家了。

# 那个年代人的思想简单

访谈时间：2010 年 9 月 30 日

访谈地点：紫竹院公园

受访者情况：L 女士，1931 年生，原籍山东，1959 年来京，托儿所保育员。

采访者：您好！您可以说说您以前的工作情况吗？

受访者：我 1959 年在部队幼儿园做了保育员，做了 30 年。1961 年正式上班，1990 年退休。我当保育员前简单培训了一下。当时班里最小的孩子两岁半三岁。我看的都三岁的，一个班有二十多个学生，四个老师看着，两个跟班、两个陪班。跟班就是早晚，老师得教。我是保育员，什么都干，也带班，也算主班。军队托儿所条件很好。

采访者：当时托儿所多不多，都哪些部门办的啊？

受访者：也不少，部队有托儿所，政府也办托儿所，机关也办，过去大机关都有日托。我有个朋友过去在一机部上班，她们一机部单位就有托儿所，但是只能是一机部单位的孩子才能上。

采访者：您所在的托儿所是全托还是日托？

受访者：在“文革”前全是全托，“文革”后全是日托。日托一般是从两岁多就开始了，有的一直上到七岁多。1959 年我 28 岁。保育员搞卫生、看孩子什么都做。幼儿园有保育员、老师、大夫、会计。有陪班和主班。陪班就是搞卫生、清洗。

采访者：您当时工作辛苦吗？

受访者：工作挺辛苦的。幼儿园的工作，你还得去接孩子。一般七点半就开始上班，我还得倒一次车。夏天还好，冬天都是顶着星星走、顶着星星回来。早上六点走，七点下班回到家。但是中午可以休息两个小时。

采访者：您这么忙，当时觉得累不累？

受访者：那时候不知道累。那时候我们上班的时候净学雷锋了。不但忙，业余时间还帮人做好事，那时候的人特简单。

采访者：您现在有没有落下职业病？

受访者：有，腰疼。当时天天洗衣服、洗被子，没有洗衣机，工作挺辛苦的。

采访者：您当时为什么不想待在家里而是想出去工作？

受访者：待在家里多闷啊！反正工作也不远，就在部队里面。

采访者：当时很累也很想工作？

受访者：对。看小孩儿挺有意思的。他跟你有感情，有的小孩儿喜欢你。

采访者：有没有待在家里不愿意出去劳动的女性？

受访者：有，那军队里好多。人家家里还用保姆，家庭经济条件好啊。一开始我们什么都没有，后来发点儿奖金啊，感觉真有劲。那时候特简单，就光知道干活，没有说想着赚多少钱。

采访者：您什么时候开始发的奖金啊？

受访者："文化大革命"以后有的。

采访者：您是自愿工作的还是别人动员您去的？

受访者：单位让我去，跟我姥姥说的，原来让我去幼儿园，我想去托儿所，后来我又去了幼儿园。

采访者：工作优秀的话给你们发证书和奖状吗？

受访者：证书有时候有。有时候在院里礼堂发一下。

采访者：您来北京以后主要穿什么衣服？

受访者：部队穿的也很简单。主要灰蓝多，都是布的。部队没穿裙子的，我也没穿过裙子，不敢穿。

采访者：您还记得，除了部队，别的人穿什么衣服吗？

受访者：也是蓝的多，男女都是蓝的。有的工作单位有自己的制服，像铁路职工就有工作服，那时他们的工作服就是大褂。

采访者：那会儿有跳舞吗？

受访者：部队没有。

采访者：除了工作以外，有没有看电影？

受访者：有。托儿所、部队老有话剧和电影。

采访者：有没有露天的？

受访者：有，话剧都不爱看。现在都觉得挺神圣的，那会儿老有。

采访者：您喜欢看电影还是话剧？

受访者：我什么都行。那时候话剧特多。

采访者：五十年代有广播吗？

受访者：有，部队里有。

采访者：广播里都播一些什么内容啊？

受访者：幼儿园的都是一些关于小孩的内容。小孩儿在部队里面很单纯，和外头不一样，他走不了多远，小学、中学都在周围，外头开放多啦。就是有点儿淘气。

采访者：播歌曲多还是戏曲多？

受访者：歌曲多一些。

采访者：那时候有广播操吗？

受访者：有，有小孩儿的广播操。

采访者：那时候有没有孕妇食堂？

受访者：没有。都是一个大食堂。

采访者：当时幼儿园条件怎么样？饮食呀，卫生呀？

受访者：挺好的，卫生好。现在我们幼儿园更好啦。

采访者：您是什么学历啊？

受访者：我没有文化，小学六年级。

采访者：您参加过北京政府组织的扫盲班吗？

受访者：没有。我 1959 年来的北京，那时候就没有了。

采访者：那您听说过您身边的女性朋友参加扫盲班的事儿吗？

受访者：听说过啊。我有几个朋友就经常跟我讲她们参加扫盲班、上夜校的事儿。

采访者：她们是强制的还是自愿的？

受访者：自愿的呀，主要还是自己愿意不愿意学的问题。我有个朋友就说她那会儿特别想上学，觉得没文化干什么都不行，有文化就是行。她就坚持上夜校，每天上完班晚上都去。

采访者：您觉得她上夜校帮助大吗？

受访者：帮助当然大啦，她自己也自学，原来她的文化程度也低，后来高多啦。

采访者：您算是女工吗？

受访者：算啊。

采访者：您觉得女工地位在当时高吗？

受访者：高啊，觉得自己能赚钱，有饭吃、有地位。

# 访谈录（十四）

F A N G T A N L U

访谈人：廖熹晨

F A N G T A N L U

# 少年素未谋面的婚姻

访谈时间：2010 年 8 月与 2011 年 3 月两次访谈整理而成

访谈地点：首都师范大学

受访者情况：对象：L 先生；年龄：76；职业：教师。

采访者：您结婚是什么时候？您和爱人是自由结婚吗？

受访者：我是 1948 年结的婚，解放前一年。不是自由结婚，都是家里给弄的，一直到下轿子才知道爱人长得什么样，之前都不认识，不知道。反正就这样。呵呵。

采访者：那时候您才 13 岁，13 岁就结婚了？还有轿子？在解放前的话，北京有钱人家里才可能那么早给儿子娶媳妇呀。

受访者：呵呵。

采访者：不管怎么说，姥姥很漂亮，我看了照片，六十多了依旧很漂亮，年轻的时候肯定更漂亮。

受访者：很能干，一家老老少少，还有家里的事情都是她打理，后来我去上中学，上大学，都是她一个人在家帮忙，和你太爷爷、太奶奶打理药店和诊所。很能干，很不容易。后来 1953 年，我就去 N 中学读书了。

采访者：N 中学，我知道，很好，是重点中学，管理很严。

受访者：对，当时就很好，军事化管理，寄宿的。

采访者：寄宿了，姥姥怎么办？家属可以去看吗？

受访者：不可以，但是会定期回家。再后来我就读大学了，1956 年(入学)，(19)60 年毕业的。

采访者：那时候，大学里有谈恋爱的吗？

受访者：有，但是很少。也没人管，大家也不关注。

采访者：未婚同居呢？有吗？有像现在这样的吗？像大家茶余饭后会谈一些这种事情吗？

受访者：未婚同居那就没听说过，大家都不怎么关心这个，不会公开谈这些。

采访者：那卖淫呢？还有没有卖淫？

受访者：卖淫有。

采访者：当时妓院不是都被查封了吗？怎么还会有卖淫呢？

受访者：这我就不知道了，有的，反正也是听说过。而且大家都知道。

采访者：就是在您当时生活的地方吗？就是为了钱去卖淫吗？

受访者：农村里，不是明目张胆的，但是大家都知道有这么个人，有这么个事。但是具体什么情况我就不知道了。城里，也有，听说过的。

采访者：您念大学的时候，大学里男女交往的环境好吗？比如说，还存不存在那种“男女授受不亲”的思想观念。

受访者：没有。比较开放了，大家都不考虑这些。那时候跳舞的，男的和女的一起跳，跳交谊舞，经常有舞会。我们都学，慢四、快四，也都会跳。

采访者：呵呵，是吗？有没有因为这种舞会发生那种男女间不正当的“事情”？而且后来不是禁止舞会了吗？说舞会败坏社会风气什么的。

受访者：没有吧，舞会一直都有的，你说的那种事情好像没有。但是我知道，那个时候会在学校的外语学院选一些女孩子去参加领导的舞会，要选跳舞跳得好的，每个周末都会有车来接，然后舞会完了又给送回来。这个是知道的，那个时候跳舞已经很正常了。学校里有舞会，很多单位上都有舞会。

采访者：那男女手拉手跳个舞，就很正常了。

受访者：对，那时候人的思想还是很单纯。

采访者：那时候有没有像婚外恋这种事情？

受访者：好像有，但都是听说。

采访者：那您念大学的时候就已经有孩子了吧？都是姥姥一个人带？

受访者：对，那个时候他们都还在密云，我一个人在北京上学，一直到我留校，你姥姥才到城里。

采访者：那就是大学还分居？

受访者：对。

采访者：那时，苏联对咱们的影响大吗？

受访者：中苏关系恶化前是很好的，我们学外语都是学的俄语，不是什么都向俄国人学习嘛。

采访者：苏联人的婚姻啊，家庭啊，两性的观念对咱们有影响吗？

受访者：有一些吧，但具体我也没关注过。

采访者：那时候阶级斗争的影响大吗？

受访者：大啊，那个时候是“老子英雄儿好汉，老子反动儿混蛋”啊。

采访者：这个会影响找对象吗？或者说，出身不好就找不到对象？

受访者：当然啊。

采访者：您见过？

受访者：我妹妹啊。我妹妹就是因为这个，没和她看上的人在一起。

采访者：啊？就是因为成分不好呀？

受访者：是啊，我妹妹当年就和胡同里一个地主的儿子谈恋爱，但是我妈就觉得不行，成分不好。我妈具体和我妹妹说了什么我不知道，但是成分不好(结婚)肯定是不行的。后来不知道怎的，还是和那个地主的儿子分了，最后嫁了一个农民。

采访者：您上大学的时候，性教育的课有吗？

受访者：专门的没有。我们念大学的时候，学校是有生理卫生教育的，主要还是讲述一些两性的生理卫生常识，像男女的生殖器官、生理现象，老师都是有讲的。也有正规的课本，但是我们都不怎么认真学，大家都不好意思。

# 纯洁的社会风气

访谈时间：2010 年 9 月 14 日

访谈地点：北海公园

受访者情况：对象：H 先生；年龄：61；职业：工人。

采访者：我看您和阿姨很恩爱、很幸福的样子，请问您二位什么时候结的婚呢？

受访者：我们 25 岁结的婚，七几年吧。

采访者：那时算是晚婚了吧？是自由恋爱吗？

受访者：那个时候两个人不够五十不给开结婚证。

采访者：不够五十？

受访者：就是两个人加起来不到五十岁。

采访者：哦，明白了。那个时候要服从组织和单位的管理。单位权力很大的，不给开证明不能结婚。

受访者：对。我们是别人介绍撮合的，呵呵，那时候是算比较晚了。

采访者：呵呵，那当年的介绍人很成功呀。

受访者：对。当时我们的介绍人，那对老头老太太，一生介绍了近五十对儿了，成功率是 100%，呵呵。

采访者：呵呵，那太厉害了，成功率高，而且幸福率也很高呀。

受访者：不是，呵呵，关键没现在这么时髦。

采访者：那是当时一介绍就结婚了吗？

受访者：没有，我们谈了两年恋爱。没基础不行，一个是感情基础，一个是经济基础。因为我们那个时候都挣工资，都是二级工吧，一个月四十块零四分钱。

采访者：两年这么长？呵呵。那肯定结婚前就有很深入的了解了。

受访者：对。不了解，不恋爱不行呀。

采访者：对。像您这个年纪，算是共和国的同龄人。上学的时候，就是五几年到六几年的时候，到"文革"之前，应该是上中学，高中吧？

受访者：对。"文化大革命"开始的时候，我上高二。

采访者："文革"开始以后是不是就基本上不上课了，就什么都不干了？

受访者：差不多。有一年多点儿吧，从 1966 年的 5 月到 1967 年的 3 月，没上课。

采访者：那个时候是最厉害的。

受访者：对，那个时候全停了。

采访者：那大家干吗呢？

受访者：大家根本就坐不下来了。大串联开始了，就是点燃“无产阶级文化大革命”的火种。五四运动是学生组织起来的，“文化大革命”也是从学生开始的。

采访者：我记得那个时候，中学也很厉害，像清华附中，当年闹得很厉害。当时中学算是带头的吗？

受访者：不是，是大学那儿开始折腾的。那个时候“五大领袖”全是大学里的。真正折腾的还是中学，大学有派别的。中学的(情况)是，你说他有派别，他又没有。中学就是有点儿跟着胡闹的感觉。

采访者：那个时候就是大家都不上课。

受访者：是。

采访者：但是上学的时候有生理卫生教育课吗？比如教性知识之类的内容的。

受访者：没有吧，我们没有。不过我记得有一回，五年级的时候，老师是怎么回事儿呢，男同学全回家，女同学全留下。但那时候还不知道这些呢。

采访者：对，大家都不懂。

受访者：完了以后，我们家长就有问我们，干吗女的都留下了？你们上课没闹吧？我说没闹，还说老师说的，不能跟你们说。呵呵。

采访者：哦，小学五年级吗？那个时候就有这个教育了？

受访者：对，小学五年级，我跟你说，那个时候，别看穷，做得挺好的。那时候我觉得挺好的。

采访者：那个时候小孩儿都不懂，男女生交往会别扭吗？或者有什么禁忌吗？

受访者：这个好像没有。我念中学的时候，北京是这样的，有男女混合的学校，也有专门的男校和专门的女校。

采访者：哦，这样。

受访者：那个时候在初中、高中里没有谈恋爱的。

采访者：嗯，明白，社会风气很好。那一般的小孩儿在家里有没有听大人说过谁家发生婚外恋呀，或者谁家的女儿未婚先孕之类的？会听父母说吗？

受访者：没有，没有，绝对的。那时候人不敢。跟你说吧，那时候社会舆论很厉害，跟现在不一样，发生什么没人会说。那时候，在社会道德上(和现在)不一样，有社会谴责，现在哪儿有。对吧？

采访者：对，对，现在这些都是很私人的事情，别人管不着。但那个时候别人会骂这种人吗？

受访者：那个时候一讲这个就是指着人的后脊梁了！相当狠！那个时候社会谴责可比现在厉害多了，现在，社会谴责是“愤青”们干的。

采访者：对，对。

受访者：无原则地闹。那个时候是不成文的法律，有做人的道德底线。社会道德的舆论可比法律还厉害。

采访者：对，人人要有羞耻心。

受访者：那个时候，虽然说穷，但是没有小偷。

采访者：没有小偷，呵呵，可以不用锁门。

受访者：对，那个时候可以说真的是路不拾遗，夜不闭户。晚上睡觉你可以铺个凉席在外面睡觉。门要潮了，你可以不锁。我们家可不就净那样嘛，锁不上门。门锁不上了，没辙了，可不就拿个钉子别在那儿，意思就是我们家没人儿您别来，就完了。几天的话也没人上你们家来。

# 书本里看来的性知识

访谈时间：2010 年 12 月 11 日

访谈地点：北海公园

受访者情况：对象：L 女士；年龄：60；职业：教师。

采访者：阿姨，我现在正在做一项关于新中国成立初期两性关系及两性伦理文化的研究，能不能耽误您一点儿时间，进行一个访谈。

受访者：可以，新中国成立初期？

采访者：对，就是 1949—1966 年之间这 17 年。

受访者：哦，呵呵，那时候我还小，基本上这些男女之间的事呀，还什么都不懂呢。

采访者：没关系，新中国成立初期成长起来的这部分人是受新中国的伦理文化观念影响最重的一代人，应该说完全是被新思想塑造的一代人，了解您的思想观念对我的研究很重要。

受访者：那好，咱们就随便聊聊。说到两性关系吧，那时候人很单纯，不像现在这样。我反正几十岁了，现在谈谈也没什么了。我们那个时候也是有生理卫生课的，我读中学的时候是(19)63 年到(19)66 年嘛，那个时候就有生理卫生课了。我们那时男女分开上课。女生就讲月经什么的，但是其实大家都懂。也有不懂的，有一个女生在上课的时候一直在特大声地问："什么是睾丸？什么是睾丸？"然后我们都拉着她让她小声点儿。也有课本的，但是我们都不认真听。

采访者：那时候就有正规的教材了吗？

受访者：小学就教过人体构造图，那时候就有图了，什么男人、女人的特殊器官呀，上面画得都很清楚的。那个图就已经很好了。

采访者：哦，是吗？因为我查的史料，好像现在还没有找到那个时候的有关生理卫生的教材，这下回去应该仔细找找了。

受访者：那个时候就有教材的，呵呵，我们都有。应该北京大部分学校都有这种课的。

采访者：那这种生理卫生课，具体的两性知识有吗？

受访者：那肯定没有的。但大家都懂的，你想想，这种事情其实很自然，人吃五谷杂粮嘛，七情六欲，其实隐约都懂。

采访者：那具体肯定还是有个出处吧？

受访者：看书啊？

采访者：看什么书？

受访者：课外书上好多都有，文学方面的都有这方面描写。我那时候喜欢看书，去图书馆借，都是能看到的。像《红楼梦》啊，看了就什么都懂了。

采访者：那时候不是批《红楼梦》吗？据说只有部分人才能看呀，而且还有洁本什么的，不是里面那些黄色、淫秽都删掉了吗？

受访者：没有，那个内容和现在的版本没差什么的。里头什么都有，看完那些，自己差不多就明白了。

采访者：哦，那么小说就是当时性教育的一个重要来源了。但是，像什么女孩子应该注意什么，觉得自己和男孩子不同，不能亲密接触，这种观念有吗？

受访者：当然有啦，那时候和男孩子说话都比较害羞的，男女同桌都是画一条线，呵呵。

采访者：那这种观念是从哪儿来的呢？

受访者：至于女孩子应该自重，应该害羞啥的，主要还是受家庭教育。母亲吧，母亲会说一些。母亲这方面肯定会一直提醒的，北京人还是比较传统，比较保守的。

采访者：那时候学校里有谈恋爱的吗？

受访者：很少很少。会有老师和学生谈恋爱的，但是也是大家私底下议论，不过事实上好像人家也没什么。这些都是大家同学之间偷偷地说，谁谁和老师怎么样。那时候即使真的谈恋爱也是非常非常隐秘的。

采访者：要是谁家的孩子在男女关系上比较随便，那大家会说他(她)不好吗？

受访者：当然，会说一些。

采访者：对您有影响吗？

受访者：大人的言谈也会影响到我，他们在说谁生活作风不好的时候，是会潜移默化影响到我的，这是肯定的。大家还都是很传统。

# 军婚查出身

访谈时间：2010 年 12 月 12 日

访谈地点：北海公园

受访者情况：对象：Q 先生；年龄：63；职业：工人。

采访者：叔叔，天气这么冷还每天来北海遛弯吗？

受访者：对，每天都来，我们家就在南锣鼓巷这儿，呵呵。

采访者：每天运动身体挺好的，呵呵。

受访者：对，闲不住，哈哈，我们这一代人也吃苦惯了，干活惯了，坐下来是要生病的。

采访者：对，生命在于运动。您上学那会儿，是二十世纪五六十年代吧，就是上小学、中学，正是人生观形成的时候。

受访者：对，那个时候和现在可不一样了，社会风气好呀。

采访者：嗯，那咱们从男女关系上来说，那时候的人是不是很保守？

受访者：当然啦，北京还是一个很传统的地方，男女关系没有现在这么随便的，我上学那会儿和女孩子说话还不好意思。

采访者：那是什么时候呢，呵呵，应该算害羞吧？

受访者：是，哈哈，比较不好意思，上初中的时候，男女同学之间好像就有那么一点儿那种感觉了。那种隔阂啊，还是比较明显，好像这个女生男生之间多说几句话吧，好像就不好意思了，大概觉得不好。但是总体来讲，还是比较好了。但肯定不可能像现在一样，丁点儿大的小孩儿就谈恋爱，那没有，哈哈。

采访者：呵呵，是，那时候肯定比现在保守得多。

受访者：我那个时候很爱玩，男孩子，也没想过这些个那些个的，后来读完中学就当兵去了。

采访者：哦，当兵是什么时候？

受访者：16 岁。

采访者：哦，那就是六几年就离开家当兵了？

受访者：对。

采访者：那在学校的时候，学校有生理卫生课吗？会告诉大家一些生理卫生知识什么的吗？

受访者：没有，反正我念书的时候是没赶上。

采访者：哦，那时候这些基本的常识是从哪儿来的呢？

受访者：啊，自己看书吧，我是什么书都看，那个时候学习知识没有现在这么好的条件，那个时候不是买书，是借书，什么书，图书馆里都有得借。然后，看书就知道了，呵呵。

采访者：这方面，就是指这些两性关系啊，生理上的一些(问题)会和家长说吗？

受访者：不会，我十几岁就当兵了，到部队里了，之前也还小，也根本不会说这些问题，中国人很传统，我觉得尤其北京这个地方的人，更传统，大家都不提这种东西。

采访者：那这方面的问题是禁忌吗？

受访者：算吧，大家肯定不会像现在这样，公开地来谈这些问题。

采访者：那苏联呢，您小时候受苏联的影响大吗？

受访者：听说过吧，也有一些，不过后来我当兵了，和苏联的关系那时候已经就不好了，在部队里受的教育也和之前不一样了，觉得苏联对咱们虎视眈眈嘛。

采访者：对，(19)58年以后中苏关系就恶化了。(19)58年之前呢，您还记得，当时学校老师会让咱们向苏联学习吗？

受访者：当时就觉得苏联很富裕，已经是社会主义了，就可以很富裕，人家土豆加牛肉，唉，那个时候觉得土豆加牛肉就是很好的生活了。

采访者：那观念上呢？会不会觉得苏联人的观念都很先进什么的，两性关系、婚姻关系都要向他们学习呢？

受访者：这个，好像对我没什么影响，别人有没有不知道，哈哈。但是那个时候知道苏联人都很开放了，在这方面。

采访者：呵呵，具体怎么个开放法？

受访者：那我就不知道了，感觉上吧，感觉周围的人，人家苏联人都社会主义、共产主义了，人家生活方式肯定是很开放，不像咱们这么拘谨，这么保守。肯定跟咱们不一样。

采访者：主要影响咱们两性观念的是什么呢？是阶级观念吗？

受访者：那当然啦，我们那个时候当兵去部队，这些都要查的，查好几辈上去。那个时候这个是很重要的。

采访者：恋爱、结婚的对象也看对方的出身吗？

受访者：肯定的，当兵要结婚是要经过组织审查的，那要是对方出身不好是肯定不行。

采访者：组织通过什么方式来查、来管呢？

受访者：他们会调查呀，你自己也要交代的，部队有纪律。那要是对象出身不好，就不批准你们结婚呀。

## 那时候就是听国家的、听毛主席的

访谈时间：2010 年 12 月 15 日

访谈地点：西什库大街某茶馆

受访者情况：对象：W 先生；年龄：67；职业：公务员。

采访者：1960 年您是十七八岁吧，准备上大学了吧？

受访者：没有呢，我那时候上学晚，也就上中学，我(19)63 年才上的大学。

采访者：好像那时候大家上学的时间都不太一样，对吗？

受访者：对，不像现在这样，到了适龄都齐刷刷去上学了，那时候，各家的情况不一样，有的是解放了，和父母一块进城了，有的父母是干部，解放以后调到北京了。受教育的情况不大一样，每个班的孩子年龄也不一样。

采访者：那您呢？您是哪种情况？

受访者：我的父亲是军人，解放以后就把我和我母亲从老家接到北京来了，然后就开始在北京上学。

采访者：哦，是这样。当时来北京觉得北京好吗？

受访者：当然好啦，北京是首都啊，肯定比乡下的老家要好。

采访者：您念中学的时候，那时候有谈恋爱的吗？

受访者：哎哟，那时候啊，可不像现在这样，极少，极个别。我听说过，我念书之后，我有一哥们儿和一个女同学关系挺好的，但是他们也没有什么，有些人也会私下议论他们，这些都是很隐秘的。一般来说，男女之间还是有讲究，是有一种无形的界限的。

采访者：您和您的朋友，私下里会讨论女孩子漂亮不漂亮吗？呵呵。

受访者：哈哈，我们那一代人和你们不太一样，那时候在这方面没有心，也不会去想这些，脑子里主要(是想怎么玩)，男孩子，还是玩儿啊，闹啊。起码，我是没有和别人谈过这些。

采访者：那您上学那会儿，有生理卫生课吗？讲些性知识、卫生知识什么之类的吗？

受访者：这个有，有一个图吧，我记得小学好像就有了。但是主要还是生理知识，其他的就没有了。而且中学上课也是男的一拨儿，女的一拨儿，这样来上。

采访者：那像您这代人，婚姻观、两性知识最后都是从哪儿来的呢？

受访者：慢慢自然就懂了啊，这个七情六欲，人之常情，好像很自然就懂了。当然，自己再看点儿书。

采访者：看什么书？

受访者：什么都看，呵呵，图书馆能看的都看。学校图书馆都有借，各种小说，中国的、外国的，《安娜·卡列尼娜》，还有莫泊桑的，《红楼梦》，看看，慢慢就都懂了。

采访者：没有更加专门、正规的途径吗？

受访者：没有。我估计女孩子可能母亲还会给讲一些，男孩子就根本没人管了，那时候也没有电视，没有广播，好像也没有什么学坏的途径，哈哈，不像现在，不教吧，就被乱七八糟的给带坏了。那时，父母基本不用在这方面担心这些个，没有途径学坏。

采访者：哦，那大家就是在一个很隐秘，但是又很安全的情况下明白这些了。

受访者：对。

采访者：那苏联人那种婚姻观、两性观对咱们影响大吗？

受访者：苏联人和咱好的时候，那时的确是觉得苏联真好。我记得那时候苏联很多东西很好，像手表、洗衣机、电视。我家那时条件很好，有这些个东西，现在看来那些都很笨重了，但是很皮实，哈哈。他们的观念肯定对咱们是有影响的，当时苏联人还是比较开放的，那时很向往他们的大皮鞋，觉得很好。

采访者：会有那种意识，就是说苏联人很开放、两性之间平等，是进步的表现吗？

受访者：新中国成立以后应该说女性的地位就已经提高很多了，我念书的时候也有很多女同学，女孩子一般都会上学，学文化，应该来说还是比较平等。尤其是在学校里，不会说歧视，或者看不起女孩子，不会的。而苏联吧，有影响，那也只是一段时间，尤其是政治上的影响很大，对于普通老百姓的生活，更多是羡慕苏联百姓，觉得他们生活水平高啊。

采访者：那阶级成分呢？会影响找对象吗？

受访者：会啊，肯定会，我上大学的时候，同学就有谈的，那会儿也考虑这个，而且考虑得比较多。但是，恋爱也不会明目张胆地谈，除非真是那种很无所谓的，当然可能那会儿有些人家里，父母从国外回来的(有这种人)，极少，思想不传统，因为他们小时候受的是西式教育，谈恋爱。

采访者：您念大学的时候是(19)63 年？

受访者：对。

采访者：大学同学有未婚先孕的吗？

受访者：我不能确定，但是听说过，有两个同学弄出小孩儿的，那时候叫私生子嘛。

采访者：那有了孩子会结婚吗？

受访者：起码我听说的没结，一般都是把孩子偷偷扔掉，这种事情也是想尽一切办法遮掩的，毕竟还是从传统社会走过来的，社会肯定不能接受这种人。家里也不能接受这种事情，但是既然都要把孩子扔掉了，肯定是家里接受不了，或者说两个人因为种种原因没办法最后在一起。如果能够结合，可能弄出小孩，马上就结婚了，这种事也能掩盖，是不是？

采访者：对，那两个人一般因为什么原因，互相喜欢又没办法在一起的？

受访者：就像你说的，有一个人成分不好啊，可能就会有影响。因为在当时啊，出身成分不好，这个人就没有前途呀，谁都不会重用这个人，尤其是女孩子，要是找一个家庭出身不好的男孩子，这个女孩子是要跟着受苦的，所以一般人家肯定不愿意自己的女儿找这样的。你说是不是？

采访者：对。

受访者：而且，尤其是在部队里，这个更重要，出身不好肯定不能入伍啊。这个男的要是注重自己前途的，肯定另一半出身也不能不好呀。

采访者：这么严重？

受访者：我告诉你，“文革”前这种风气还没有那么浓，起码这些不会明确地提，但是这是一个很重要的因素。到了“文革”更厉害，那时就是唯成分论，那是相当厉害。

采访者：哦，这样，那大家的感情就都要向成分妥协吗？要两个人就是喜欢，就是要在一起怎么办？

受访者：那没办法，那时候就是听国家的、听毛主席的。但是那时候的年轻人，尤其是大学生，为什么说谈恋爱的还是少，（因为）你自己的未来你没办法掌握啊。不像你们现在，你找一个北京的老公，是吧，你自己想留在北京你就可以留在北京。那时不行啊，大学生得服从国家分配啊，这个分配不是你想去哪儿就去哪儿，毕业前，你自己都是不知道自己毕业以后会去哪里的。到毕业的时候，才说你去哪儿，天南海北，我的同学去哪儿的都有，不去都没办法。所以说，我们有同学恋爱的，到最后一个北京，一个上海，怎么可能最后还在一起。这个恋爱啊，客观条件还是不好。虽然说你们大学生现在不能再给分配了，都说找工作很难，但是啊，我觉得，可能也未必是坏事，因为你自己选择的空间大了。

采访者：对，您说得很有道理。

受访者：但是这个人到了上大学的年纪，想男女之事很正常啊，生理需求啊，就像我前面讲的，未婚先孕是有的，那时的大学生有的年纪已经很大了，像未婚先孕并不是没有，有些人还是抵御不了诱惑。但是现实又不能在一起，有些不就成为悲剧了嘛。

# 书本和电影影响下的婚恋观

访谈时间：2011年1月9日

访谈地点：解放军三〇五医院

受访者情况：对象：C女士；年龄：72；职业：教师。

采访者：您和您先生是怎么认识的呢？

受访者：我们是同学，呵呵，大学的同学，一个系的，都学数学，呵呵。

采访者：那时候大学不是不让谈恋爱吗，嘿嘿？

受访者：我们吧，不算在大学里恋爱的，大学就认识，但是当时人都单纯啊，没什么太多想法。后来工作了，又有机会见面，才慢慢开始有了来往。

采访者：是真的就不让谈恋爱吗？

受访者：也不能这么说，那时候也有偷偷摸摸谈恋爱的同学，其实，没有人会刻意管这种事情，毕竟大学生都那么大了。

采访者：您小时候都是上过学的，会识字。您小时候，就是念中学之前，女孩识字的多吗？

受访者：解放前，不算多。我们是因为我父亲有文化，是军官，而且我母亲也有文化呀，所以坚持送我姐和我去上学。我父亲没有那种重男轻女的思想，觉得女孩子也应该会读书识字。我小时候，我们还住在石匣，现在已经没有了，都是(密云水库)库区了。

采访者：解放后，妇女的地位怎么样？是明显提高了吗？

受访者：那当然，那个时候说妇女能顶半边天嘛。比过去肯定要好很多，女的能挣工资了，女的有经济基础了，地位自然就高了。

采访者：您上学那会儿，学校有性教育呀、生理卫生课吗？

受访者：有，生物课里有一部分，也有专门的生理卫生课，我们那时候，男女会专门分开上这种课。

采访者：女生上课就只讲女生的生理常识吗？

受访者：不是，也有男性的生殖器官，都会讲，只是男女分开上而已。

采访者：完全就是生理上的构成和青春期的生理变化吗？还有没有别的，比如说两性之间具体的性行为啊，有吗？

受访者：完全是生理构成和月经什么的，没有别的，男生是男老师讲，女生是女老师给讲，有的年轻老师，自己讲得都不好意思了。

采访者：学生听着害羞吗？

受访者：懂得嘛就害羞，也有不懂问的，呵呵，那时候初中的女孩子，有些还没开始发育，什么都不懂。不知道月经是什么，也有的同学吧，就把头埋下去了，觉得不好意思。像我那时候已经懂了，同学问睾丸是什么，我就偷偷跟她说是男人的“那个”，她还是不懂，我就没说了，呵呵。无知者无畏呀，那个时候也很有意思。

采访者：那您是怎么知道的呢？

受访者：看书啊，当时我看过很多课外书，我妈也喜欢看书，家里有一些书，还可以从学校图书馆借到很多书。我喜欢看小说，家里的看完了，就去外面借，很小就看过四大名著了，还有很多外国小说。那些外国小说中这些描写很多。

采访者：看苏联的小说吗？《钢铁是怎样炼成的》，呵呵。

受访者：当然看啦，那时候苏联很多小说啊，《初恋》、《索菲亚的春天》看过很多，里面很多恋爱描写啊，其实那时候苏联人是很开放的。

采访者：苏联人的这种恋爱观、婚姻观对您有影响吗？

受访者：有啊，那时社会已经进步很多了，可大环境还是要青年为革命奋斗什么的。

# 军队里的婚恋

访谈时间：2011 年 2 月 11 日

访谈地点：中关村附近某饭店

受访者情况：对象：H 女士；年龄：82；职业：军队护士。

采访者：您的先生生前一直是在部队做文艺工作，那时候的文艺工作者会特别忙吗？

受访者：忙，解放跟着部队到北京的，1949 年 9 月到的北京。我先生解放后就一直是从事文艺创作，乐团指挥。“文革”刚开始，受不了批斗，病故的。

采访者：那时候您女儿还小吧？

受访者：八岁。

采访者：那您一个人肯定特别不容易。您和叔叔解放前就结婚了？

受访者：对，在延安就结婚了。我中学毕业到部队做的护士。

采访者：延安的时候，女性地位高吗？

受访者：那时候毛主席不都说了嘛，男女平等，在延安的时候，基本上，女性就挺受尊重的。

采访者：那新中国成立后呢？到北京以后，女性地位是不是更高了？

受访者：差不多吧，普遍来说应该是地位提高了。我父亲就是医生，所以我小时候他是让我上学，学文化、识字。一般来说，解放前有文化的家庭，都会让女儿上学，特别父母是留洋回来的，更是这样。其实我外孙女很像她姥爷，喜欢读书。

采访者：对，景景说她小时候那些诗都是您教她背的。她可是才女，真是出口成章的，哈哈，我们都没有她有才气。

受访者：这个背古诗是我们家的传统，我小时候就是我父亲教我背的。

采访者：那后来为什么会做护士呢？

受访者：国家需要啊，战争啊，需要医生、护士。不过我当时也是在后方。

采访者：是啊，我爷爷也是医生，从国民党到共产党，哈哈。解放后，自由恋爱的多吗？

受访者：恐怕是不少，但是父母之命，媒妁之言是传统，大家可能还是会考虑父母的建议。而且那个时候听组织的，尤其是部队里，有很多干部丧偶啊，或者一直没有娶妻的，组织上都给安排。很多文工团的女孩子会安排嫁给一些干部。

采访者：那这些女孩子自己愿意吗？

受访者：这个，当时到了部队里都听组织的安排，想不想也没有办法。不是有那个电视剧嘛（编者注：此处指《激情燃烧的岁月》），吕丽萍演的那个角色，开始心里不也是不愿意嘛。

采访者：那成分呢？

受访者：要是在解放前，延安是有一些地主或资本家的小姐，那时候嫁人也就嫁了，大家都忠于革命，不太讲这些。但是，解放后，部队里就看得比较严格了，会审查，军人也要审查呀。

采访者：成分不好都不能入党吧？

受访者：当然，组织上会审查，查得很严格，父亲、爷爷、爷爷的爷爷都要问清楚，祖上成分不好就不能入党。那时候入党很神圣呀。那时候入团都讲出身，出身不好都影响入团。

# 师母介绍的媳妇

访谈时间：2010 年 10 月 16 日

访谈地点：北海公园

受访者情况：对象：N 先生；年龄：69；职业：工人。

采访者：叔叔您好，我是历史专业研究生，想就一些婚恋问题采访您一下，行吗？

受访者：小姑娘是学历史的，哎呀，你研究的这个问题比较不好说呀。

采访者：对，因为从新中国成立初期走过来的一代人都比较保守嘛，对两性关系、性伦理更加保守。1949 年到 1966 年，您正好是青年时代吧？正好是两性观形成，恋爱、结婚的时期，对吧。

受访者：对，不过我们那个时候都不懂这些的，没有电视，得到这些东西的途径很少。我 16 岁就做工了，26 岁结婚。

采访者：那基本上人生观就是在工作的时候形成的。

受访者：是啊，那时候做工人是有师傅带着的，不像现在，现在的年轻人唯我独尊，我们那时候对师傅是毕恭毕敬啊，跟儿子对老子一样。

采访者：对，这个我了解的，我母亲原来就是工厂里的会计嘛，我小时候就听我妈说过，那时候是(二十世纪)九十年代初嘛，老工人都抱怨年轻的工人不愿意学了，不把师傅当回事儿了。年轻工人不愿意学，厉害的老工人也不愿意教，年轻的工人技术就越来越不行。

受访者：没错，就是这样，你看我后来带徒弟就不行了，后来工厂不也倒闭了嘛。

采访者：那您上学的时候，有生理卫生课吗？

受访者：没有，不过我书念得不好，小时候贪玩儿，然后到我父亲工厂里工作。那时候也没心思学。这个没文化呀，还是不行。

采访者：您对象呢？什么都不懂，怎么找对象？呵呵。

受访者：那时候啊，我的对象是我师母给介绍的，当时的师徒关系很好的，像我跟我师傅很亲密的，这么多年一直有来往，一直到二老去世。

采访者：介绍的时候懂吗？哈哈，怎么就知道要找个媳妇儿嘞？

受访者：这个啊，自然就懂了，这个啊，男的呀他和女的不一样。

采访者：呵呵，当时工厂里有团组织吗？

受访者：有啊。

采访者：那团组织负责这种教育吗？比如关心青年的个人生活、恋爱什么的。

受访者：也有一些。

采访者：那时候有杂志看吗？像《中国青年》？

受访者：那就没看过，娱乐生活很少的，不像现在，有电视，还上网，想看电影就去看个电影什么的。当时电影好多都是露天的，看苏联电影。

采访者：对，对，那时苏联电影有爱情片吗？我上大学的时候看过《第四十一》，是那时候的吗？

受访者：是讲蓝眼睛那个吗？女红军战士？

采访者：对，对，就是那个。

受访者：看过。那不就是爱情片嘛，还有好多。但是那个时候的电影啊，人家还是有羞耻，注意这些个。现在你看看这电视什么的，哎哟，没法说。

采访者：呵呵，有道理。您和您夫人，介绍后就结婚啦？

受访者：认识半年吧，结婚啦。

采访者：有考虑什么阶级成分吗？

受访者：没有，我那时候没人管这个，差不多就结婚啦。

采访者：啊，没人管，组织上也不问这些吗？

受访者：不问，但是会问年龄啊，有法定年龄限制的，呵呵，到了年龄，就给开结婚证明了。

# 没有接受过性教育

访谈时间：2010 年 10 月 18 日

访谈地点：北海公园

受访者情况：对象：E 先生；年龄：60 ；职业：工人。

采访者：叔叔是每天都来北海锻炼吗？

受访者：对，只要不下雨就来？呵呵，有时候下雨都来，我们就在五龙亭这里跳舞。

采访者：叔叔的舞跳得很好。

受访者：是吗？哈哈，跳了很多年了，刚开始那会儿也不行，退休以后我自己买了光盘，在家也跟我老伴儿练。这是锻炼，你看我，六十了，腰板儿倍儿直。

采访者：是，特有型，呵呵。您是年轻的时候就会跳舞吗？

受访者：九十年代初，有一阵儿很流行跳舞呀。但是那时候工作忙，也跳得不好，很羡慕别人跳得好的。

采访者：那您小时候，五六十年代的时候北京不也流行过一阵儿跳舞吗？

受访者：五六十年代我还很小，不懂事儿呢，上了中学之后，很快就"文革"了嘛，下乡插队，也基本没接触到这些。但是我记得我母亲很喜欢跳舞，听说还跳得挺好。

采访者：那您跳得这么好肯定是遗传。

受访者：哈哈，你们年轻人肯定跳得更好。我们也就是一种爱好，退休了之后一种精神寄托。你想我们年轻的时候没有赶上你们这么好的时代呀，十几岁就"上山下乡"，去农村干农活，那种辛苦是你们想象不到的。现在吧，就想好好感受一下生活，做一些自己喜欢的事情，跳舞是我的精神寄托呀，我觉得很快乐，这样就很好，还能锻炼身体，儿女也不用担心。我们这一代人，不生病、不花钱，儿女最轻松，因为你们是独生子女，工作压力又大，根本忙不过来。

采访者：对，呵呵，这里的叔叔阿姨都很开心呀，而且我觉得很多阿姨身材都很好，哈哈！您小的时候，男同学、女同学的关系亲密吗？我是指 1949—1966 年，"文革"前的这段时间，也就是您小学到中学的时间吧。

受访者：那时，好像不怎么说话吧，也有处得好的女同学，不会特别刻意地去计较这些，但是隐隐约约有一些，不明显。中学好像也有像这种男同学、女同学手拉手地跳舞，很少。

采访者：您念书的时候有生理卫生课吗？

受访者：没有，我没有上过这种课。很封闭啊，大家都迷迷糊糊地就过来了，不像现在的小孩儿，好家伙，什么都懂。

# 婚姻自主

访谈时间：2010 年 10 月 18 日

访谈地点：北海公园

受访者情况：对象：G 女士；年龄：69；职业：教师。

采访者：奶奶是学过舞蹈吧，舞姿太美了，我刚刚远处看还以为您就四十出头。

受访者：哈哈，六十九了。我是教舞蹈的。

采访者：难怪。这里好多叔叔、阿姨都是您的学生吧？

受访者：呵呵，就是大家一块儿玩玩，然后我就帮帮忙，稍微指导一点儿。

采访者：那新中国成立初期，1949 年到 1966 年，这 17 年，您正好是念中学和大学，还有开始工作的时间？

受访者：是的，我从学校毕业以后就到文工团工作。

采访者：那时的工作辛苦吗？您是舞蹈演员吗？

受访者：也跳过一段时间，我们是有任务的，去地方啊，出国啊，都有表演任务的。后来就转去做编舞，然后带学生。

采访者：像这种交谊舞，二十世纪五六十年代很流行吧？

受访者：对，那时候好多地方都有舞会，大家的热情也很高。

采访者：我记得五六十年代流行过布拉吉，那种连衣裙。那时候的杂志上都说，女孩子都会穿上漂亮的布拉吉去跳舞。

受访者：对，呵呵，我们都是自己做衣服，买布做，布拉吉是从苏联传过来的，还有列宁装，都流行过。

采访者：那时候舞会，男女手拉手，大家都能接受吗？

受访者：很纯洁的，当时很多人都会，现在六七十岁的老年人，男的、女的，可能多少都会跳一点儿。但是后来慢慢就少了，九十年代又开始流行舞会。

采访者：新中国成立后，女性的地位高吗？

受访者：会比新中国成立前好吧，我觉得，新中国成立前肯定是不行的。我母亲为家庭做的贡献肯定是最多的，那时候她又要工作，还要带孩子，很不容易。像我父亲，当时是比较尊重我母亲的看法的。

采访者：那会儿，结婚会看条件吗？比如说经济条件，家庭出身什么的？

受访者：好像完全不会考虑这些吧，大家在一起合适就可以。我当时好像就什么都没有考虑，呵呵。但是，家长还是会考虑得很多，年轻人，感情好可能就什么都不顾了，呵呵。而且当时宣传婚姻自由啊，自主性就强啦。这些肯定和新中国成立前是不一样的。像我的父母就是三媒六聘结的婚，而我就简单多了。

采访者：那组织、单位会干涉个人的婚姻吗？

受访者：没有听说过，但是结婚是需要组织开证明的。

# 军人结婚要批准

访谈时间：2010 年 10 月 18 日

访谈地点：北海公园

受访者情况：对象：M 先生；年龄：65；职业：军人。

采访者：大爷，“文革”前 17 年，也就是 1949—1966 年这段时间，人们的婚姻、家庭、两性之间的关系，您还有印象吗？

受访者：1950 年《婚姻法》颁布嘛，这个我是知道的，这个《婚姻法》提倡婚姻自由、婚姻自主，然后妇女解放了，地位提高了，这些都知道的。

采访者：那具体的婚姻自由啊，自主啊，有没有这样具体的事件发生在您身边呢，或者您听说的？

受访者：那这个我就不知道了，呵呵，而且六十年代我就到部队当兵了。

采访者：那时当兵看出身吧？

受访者：是的，出身不好不能当兵啊。

采访者：当时是不是觉得成为军人特荣耀？

受访者：呵呵，保卫祖国嘛，当时听毛主席的，主席指示我们干什么，我们就干什么。大家都很虔诚。

采访者：那自己呢，有没有为自己的前途考虑得更多一些？

受访者：没有，一心都是响应国家的号召嘛，尤其是到了部队以后，服从命令是军人的天职呀。

采访者：军人结婚是要部队批准吧？

受访者：是的。

采访者：那是不是对象成分不好不让搞对象，不让结婚？

受访者：有，有这种情况。我一个战友，当时对象好像出身不好，经常来信什么的，后来领导知道了，最后好像就不让谈，还是不让结婚来着。军人政治立场要坚定啊，这个是纪律，也没办法。刚解放那会儿更是这样。

采访者：但是，好像当时军人很受欢迎吧，五六十年代不是爱英雄嘛？

受访者：哈哈，也有这种说法。

采访者：好的，非常感谢您。

# 男女都一样

访谈时间：2010 年 10 月 20 日

访谈地点：北海公园

受访者情况：对象：W 先生；年龄：85；职业：工人。

采访者：爷爷，就耽误您一小会儿，做一个关于新中国成立初期婚姻、家庭、两性关系的访谈可以吗？

受访者：好吧，你问吧，我说得上来的我就说，但是我说不好啊，哈哈。

采访者：没关系，咱们就随便聊聊。主要就是一些当时人们的两性观念、婚姻观念之类的。

受访者：哎呀，有什么观念呀，哈哈。

采访者：会不会受一些阶级斗争观念的影响，这些之类的？

受访者：哎哟，会有什么影响？组织上？

采访者：比如说，我在当时那个环境，我这样一个小姑娘，我是工人出身，我找了一个对象是地主出身，或者资本家出身，会不会就影响我的前途呢？对我的入党有影响什么的？

受访者：应该有。

采访者：组织上会明确地找我谈话，让我分手啥的吗？明确说影响我入党？

受访者：组织上一般不管。但是如果你是党员，好比你搞对象，你结婚，组织上管。要是你是群众，组织不管，哈哈。

采访者：您是自由结婚吗？

受访者：是，是自由恋爱。

采访者：就是当时也没有考虑过您的对象是不是地主，或者是不是资本家吗？

受访者：没考虑过。一般的，在一块儿熟了，互相了解了，这就合适了，就可以了。

采访者：您的夫人是您的同事吗？

受访者：过去是。

采访者：通过工作认识的？

受访者：对，对，工作上认识的。

采访者：那个时候，就是解放初期妇女的地位，高吗？就是比解放前会有改善和提高吗？

受访者：那当然啦，观念上肯定有改变，和解放前不一样。时代不一样了，男女都一样嘛。

采访者：但是大家心里真正的想法也是这样吗？

受访者：一般说都是这样。女同志地位都不一样了。这个问题关键是什么，女同志都参加工作了。以前女同志地位低是什么，女同志她不挣钱，没收入。

采访者：对，对。

受访者：以前都是男的挣钱，所以女同志没地位呀。现在两口子都挣钱，所以女同志地位就上去了。

采访者：那时苏联对咱们有影响吗？就是苏联的婚姻观念、两性观念对咱们的影响。

受访者：苏联？那个时候苏联的观念？那时候刚解放，一般跟苏联还是没什么关系。

# 婚姻情投意合就可以

访谈时间：2010年10月20日

访谈地点：北海公园

受访者情况：对象：Z女士；年龄：61；职业：教师。

采访者：阿姨您好，我是首都师范大学历史学院的研究生，能不能耽误您一小会儿，对您进行一下关于新中国成立初期1949年到1966年婚姻、两性关系、伦理的访谈。因为当时的史料很少，我们希望能够通过对您这一代人的访谈，来保存一些口述史料的内容。希望得到您的帮助。

受访者：你说吧，呵呵，我能回答的就回答，你问吧。

采访者：好的，咱们就随便聊一聊。您二位是自由结婚吗？

受访者：是自由结婚。

采访者：自由恋爱？是怎么认识的？

受访者：他是我的老师，哈哈，毕业以后回到原来的学校，就结婚了。

采访者：哦，呵呵，是大学老师，还是高中？

受访者：是中学老师。

采访者：毕业回去就？您二位是什么时候结婚的呢？

受访者：毕业回去任教，七几年吧，(19)72年。

采访者：那您应该就是，(19)49年出生的？

受访者：对，(19)49年。

采访者：共和国的同龄人。

受访者：对，哈哈。

采访者：那时候自由恋爱的青年多吗？

受访者：也不算多。我们俩反正就是觉得挺好的，挺合得来的，别人一撮合就行了。介绍人也是本校的。

采访者：哦，呵呵，我记得我看到的史料就是说，但是成分挺重要的。

受访者：对。

采访者：当时是不是有像工人、农民出身的孩子不能和地主出身的孩子结婚的这种情况呢？

受访者：有这种，有这种顾虑。

采访者：大家会因为这种顾虑不去结婚吗？

受访者：有可能的。

采访者：您身边有这种情况发生吗？

受访者：我们这儿好像没有。

采访者：您就是北京人吧？您当时是在城里，还是？

受访者：城里。

采访者：那这么说，您身边，包括您自己就是在考虑婚姻问题的时候，就是情投意合就可以了？

受访者：对，对，就是情投意合就可以，不会去考虑经济情况，也不考虑住房什么的，一般就跟父母住。

采访者：那时苏联会不会对咱们的婚姻观有影响呢？

受访者：没有。就是“文化大革命”有影响，那时的唯成分论，但是我们结婚的时候就已经过去了。

采访者：(19)72年就已经过去了？

受访者：对，过去了。基本上消除了。

采访者：一般年轻人的性教育有吗？您上学的时候？

受访者：没有。

采访者：书，教材都没有吗？

受访者：没有，就是生理卫生课，把女生叫(到)一块儿，讲讲，然后把男生叫(到)一块儿，讲什么我们就不知道了。别的没有。

采访者：像这种两性之间的观念都是从哪儿来呢？一般来说？

受访者：看看书什么的。

采访者：都有什么书呢？

受访者：过去就看一些课外书呗，什么的。

采访者：小说？《红楼梦》？

受访者：《红楼梦》、《红与黑》都看过，还有那个什么《安娜·卡列尼娜》那个，类似这样的都看过。因为有图书馆可以提供借阅，这种书挺多的。

采访者：哦，呵呵，那时候看书还是很方便。但是我记得，是不是那时《红楼梦》什么的会有洁本，是您看到的是洁本吗？就是把那些不好的都删掉了。

受访者：我不知道正本是什么内容，我看到的就跟现在的一样。

# 老北京：未婚先孕得搬家

访谈时间：2010 年 10 月 22 日

访谈地点：北海公园

受访者情况：对象：Z 女士；年龄：60；职业：工人。

采访者：阿姨您好，我是首都师范大学的研究生，能不能打扰您做一个关于新中国成立初期，1949 年到 1966 年之间，人们两性关系、观念、伦理的访谈。

受访者：哎哟，这个我可能说不好，那时我还小呀。

采访者：没关系，咱们就随便聊聊。

受访者：那好吧。

采访者：那时候这些什么两性关系什么的还什么都不懂吧？到(19)66 年您才十六七岁。

受访者：那时候哪儿懂啊。现在人多开放啊，我们那时候什么都不懂。

采访者：对，我们就是要了解这个，为什么当时的孩子这些不知道，呵呵。

受访者：为什么不知道，那时候小呀。

采访者：那时候生理卫生课有吗？

受访者：有啊，初一是植物，到初二才开始叫生物，初三才有生理卫生。那会儿人多简单呀，不像现在这些小孩儿，几岁就什么都懂，太明白了。

采访者：初三才有生理卫生课？

受访者：我那时也就正好赶上了，但是也没怎么上。

采访者：有没有听说过同学谈恋爱的？

受访者：没有。以前那会儿一说这事儿都特别隐秘。那时候，学生恋爱都是偷着来的，到最后好几年过去了，人家都结婚了，才知道，原来那个时候人家就好上了。我们完全都不知道呢。那时候人可封闭了，没有像现在这样，没结婚的两人就在一块了，那时候可没有。尤其，北京这地儿。家里可传统了。

采访者：对，老北京都很传统。

受访者：那时候结婚也晚啊，有的单位就控制，就 25 岁以后才能结婚。

采访者：五六十年代有未婚先孕的现象吗？

受访者：没有。那如果有这事儿，家里头都抬不起头来，为这事儿都得搬家。

采访者：还得搬家呢？

受访者：哎哟，那可不是，你们家要有孩子那样的，有一个孩子那样的，你们家父母都抬不起头来。伤风败俗，有的还给叫成流氓，那还了得呀。

采访者：那时女孩子害羞的观念是从哪儿来的呢？

受访者：中国历史多少年了？这是传统呀。家长就跟你说了。也没有电视什么的，看不见这些那个的，也就接受不了这些不好的东西。家里教育很重要，那时候要是家里有这么一个孩子，好家伙，出了乱七八糟的事儿了，可不得了了。那时候都多少年了，同学见面了，人家两人都结婚了，才知道人家同学的时候就好着呢，但是我们就不知道，根本就不公开。

# 三年不许谈恋爱，八年不许结婚

访谈时间：2010 年 10 月 22 日

访谈地点：北海公园

受访者情况：对象：J 女士；年龄：66；职业：工人。

受访者：那时候真什么都不知道，我结婚前都还不懂。

采访者：呵呵，对，那时人都单纯。

受访者：那时候社会没现在这么复杂呀。现在这人，什么都乱七八糟。酒吧啊，网吧什么都有。

采访者：那时有生理卫生课吗？

受访者：我那时没赶上。以前，哎哟，这人一说生孩子，就是这男的和女的不能碰，碰手就什么似的。都不能碰。现在这人根本没有这些个(忌讳)。

采访者：那时有没有听说过别人谈恋爱呢？

受访者：哟，很少，太少了。有的是老师和学生搞对象。

采访者：那这个现象比较奇怪了，因为我以前也听说过类似的事情，那时好像老师和学生容易产生感情，但是现在师生恋好像不多。

受访者：因为那时候老师大呀。老师和学生差个七八岁，十岁的。过去啊，老师什么的，像我们学生十几岁，老师呢，二十三四岁。他刚毕业教学生，他什么都懂了。

采访者：哦，是，这个的确是。

受访者：我们那个时候上班，三年不许谈恋爱，八年不许结婚。

采访者：啊，还有这样的规定，您那时候是什么时候，七几年？

受访者：对，七几年。那会儿管得可严了，学徒期间不许搞对象。工龄不到八年的时候不许结婚。

采访者：那时候，像二十世纪五六十年代，有未婚先孕的吗？

受访者：那太少了。单位得开除。六十年代不是特别清楚，“文化大革命”肯定是这样，那时候是管得最严的。改革开放以后就不行了，外国好的文化吸收得少了，坏的都进来了。道德真的就不行了。

采访者：那时父母会教育女孩子要自重之类的吗？

受访者：当然啦，父母当然管教啦。也不允许你犯错误。天黑了就必须回家，也不允许女孩子在外面过夜的。家庭教育很重要。

采访者：北京人的观念应该会更传统一些。

受访者：对。我们家在北京住了很多年了，没解放的时候我们就跟这儿住了。这种事情吧，反正就是心里面就会隐隐约约地知道男女一块儿不好，但是具体因为什么，就不知道了。上学的时候吧，男女之间都尽量不说话。也有的同学呢，男女的，就是私下的，私下递条儿的也有，少。

# 一般人的婚姻不受政治影响

访谈时间：2011 年 4 月 9 日

访谈地点：北海公园

受访者情况；对象：I 女士；年龄：60；职业：工人。

采访者：阿姨，您好。我是首都师范大学的研究生，能不能对您进行一个关于新中国成立初期，1949 年到 1966 年这段时间有关两性关系、伦理和婚姻的访谈。

受访者：小姑娘还小，就调查这个婚姻问题了。呵呵，来，坐吧，坐下谈。

采访者：阿姨，您那时候结婚看对象的成分吗？

受访者：不看，呵呵，其实一般人不看这些的。不是说得特别死。一般人还是不牵扯这个成分问题，因为一般人和政治没关系。那时候就是，你别说错话，就没事儿。真正成分特重要的是什么时候，“文革”开始以后，“文革”期间才看这个。

采访者：哦，这样。之前还是比较宽松的，像五十年代和六十年代初，是吗？

受访者：对。别说错话，别办错事，一般找不着你什么，什么事儿没有。现在说五六十年代这个成分问题，其实是有点儿夸张了。

采访者：哦，明白了。呵呵。

受访者：现在有一些反映“文化大革命”时期的电影确实夸张了，说你一句话不行，就怎么怎么着了。没那些，要说那时也没那么厉害。说什么关多少年，专政这个人多少年，没那么厉害。“文化大革命”开始前，更不会这样。

采访者：那在您的记忆里，您青少年的时候，妇女的社会地位怎么样呢？就是新中国成立初期，1949 年到“文革”之前。

受访者：女同志还是比较有地位的，因为咱们自己能挣钱嘛，这个问题就是怎么说，我们自己挣，自个儿花。有本事了，不靠男人，地位就上去了，而且，我们小时候家里就是这样教育的，我们这一代的女同志吧，跟我同龄的，基本上都很自立呀。但是现在有些女孩子反而没有那时那么自立和能干了。

采访者：对。现在女孩子念了大学之后，也有指望老公养的，完全不想出去赚钱。

受访者：说实在的，这是退步啊。呵呵，是不是？

采访者：对，对，有道理。新中国成立初期，女同志的地位真是挺高的。那时候女孩子受的就是这种要自力更生的教育。

受访者：我们是自己有本事，想要什么自己奔去。呵呵，你说对不对？

# 凑合过日子

访谈时间：2011 年 4 月 9 日

访谈地点：北海公园

受访者情况：对象：K 先生；年龄：66；职业：工人。

采访者：关于婚姻、两性关系、伦理道德这方面的情况？

受访者：其实现在这些事情都清楚了，都看透了，也就无所谓了，两口子真正特别和谐的特别少，两口子都是凑合过日子。

采访者：都是自由恋爱？

受访者：自由恋爱也一样，凑合过日子，自由恋爱别说别的，就像我们这个岁数的，有几对特别幸福的。

采访者：您那时候有考虑组织安排吗？阶级成分，您结婚的时候？

受访者：也考虑过，后来也是人家给介绍的；当时也有人追，但是不敢要，不敢谈，接触还是少，反正也考虑成分啊，什么的，家庭出身也考虑，有的也没成，另外户口有限制，很麻烦。

采访者：户口有什么限制？

受访者：他把户口拿走插队去，拿不回来不给你上，你怎么办，你没有户口，那会儿粮票控制，没有粮食，你吃什么？

采访者：那是二十世纪六十年代？

受访者：六几年那会儿，六几年、七几年，那会儿还是不行，你不考虑户口不行啊，他逼着你得考虑啊，受户口，受粮食什么的，各种票证的限制。

采访者：就是再喜欢，户口没解决时候还是很难在一块儿？

受访者：对，有的就是什么都不顾了，在一起的，也有。

采访者：但是会很艰难？

受访者：对，肯定很艰难，你没有粮票，你没有户口，很麻烦，生了孩子都没法上户口，还是不行，很麻烦的。

采访者：农村户口和城市户口是个很大的问题？

受访者：对很多麻烦，一个户口上远郊区插队了，你想拿回来落在近郊区，落不上，很多麻烦。

采访者：那个时候还有这种情况，婚姻组织要同意，要是这一个孩子有前途，找了一个地主或者资本家的孩子，会影响他的前途？

受访者：对，上学的、当兵的、工作的，都考虑这些东西，你不好办。你当兵的，出身不好，当兵都不要，毕竟到那儿要握枪杆子的，那个时候地主、资本家打倒了没有多少年嘛！不考虑也不行，你枪杆子掌握在他手里边了，到时候他要是阶级报复，动枪，死的不是一个人两个人了，不得不考虑。现在不是人人平等，不是那么回事，你就是现在也好，现在的两口子也就是凑合过日子，在一起吃饭，都不一定在一起睡觉，就是那么回事。尤其是女同志，岁数一大，对那种事情要求很少了(编者注：指性生活)，就是搭帮结伙过日子，大部分都是这样，稀里糊涂过日子。有的，男的也好，女的也好，上外头去找，这样事儿也不是没有。

采访者：那个时候吗？

受访者：就现在。

采访者：那个时候有吗？

受访者：那时候有，太少了，也有。

采访者：大家不敢，我觉得。

受访者：有也不是明着的，有的根本谁都不知道，出点儿事，知道以后，给抓起来。

采访者：啊？还会抓起来？

受访者：那可不抓起来嘛，那会儿游街，说你搞破鞋。那会儿对这个事儿很不理解，老婆也好，老公也好，都是个人的私有财产，别人不能碰，即使夫妻一方有生理缺陷，另一方出去婚外情，不会理解是生活的需要，就说你是道德败坏。都是这么理解，就是这么回事。

采访者：压抑人性，其实也挺压抑的。

受访者：现在你看开放多了，也什么人都有。

采访者：我记得，据说那会儿，同性恋都是会判刑的，说什么流氓罪啊？

受访者：现在同性恋估计也没有人会理解。

采访者：那个时候会判刑吗？您见到过吗？

受访者：有，判刑，绝对判刑。

采访者：我记得据说是枪毙？

受访者：反正我记得有判刑的，有人好像说，而且同性恋的比婚外情的判的时间长。其实说实在的，现在说白了，男的在一定程度上就是解决生理问题，就是这点儿事，没有什么新鲜的，可有的人就是不理解，你没办法，现在开放多了，到处都是性商店，什么超市也有，自由市场里也卖各种药啊，满街都是，甚至女的都买这个东西，毕竟还是生理需要，不是什么见不得人的事儿，并没有影响别人。

采访者：在外国人看来就是一个很开放的事情，但是中国人看来就是很私密，很不光彩的事情。

受访者：你在外国他也不会说是公开的，也是比较私密的事儿。

采访者：他也会买，他也很害羞的。

受访者：看怎么说啊，有的一个人，你说这个自己解决自己的问题，你说怎么办？比耍流氓(编者注：此处“耍流氓”是指强奸或强迫女性发生性行为)要强啊！我是这么理解。

采访者：这是人的本性，其实应该正面去看待这个问题。

受访者：他比耍流氓强，流氓侵犯人权，再一个不卫生。是不是，两个人互相不了解，毕竟说你知道对方有没有什么病？你也不知道。

采访者：您六十年代还是在上学吧？

受访者：五几年那会儿我就上学，(19)64 年当兵了，当了五年兵，之后在工厂工作了 30 年。现在退休了。

# 大学不许谈恋爱

访谈时间：2011 年 4 月 10 日

访谈地点：北海公园

受访者情况：J 女士；年龄：74；职业：教师。

采访者：奶奶是老师吗？

受访者：中学教师，教物理。

采访者：五六十年代女性的社会地位高吗？

受访者：还是现在比过去要高。

采访者：您是什么时候大学毕业的呢？

受访者：(19)63、(19)64 年毕业。

采访者：呵呵，那时正是谈恋爱的时候吧？

受访者：那时候谈恋爱的少，不敢，学校里也不许谈。

采访者：您和爷爷结婚的时候是几几年？

受访者："文化大革命"中期吧。

采访者：(19)70 年？

受访者：是。

采访者：奶奶是师范学校毕业的吧？

受访者：对，北京师范学院(编者注：现首都师范大学)。

采访者：毕业后就当老师了？

受访者：我们那时是学校分配，分到哪里一干就一辈子。

采访者：那个时候结婚，阶级成分会不会特别重要啊？

受访者：首选，呵呵，"文革"期间更是如此，那就不用说了，更是首选了。

采访者：阶级成分首选，首先考虑这个？

受访者：对。

采访者：五六十年代是不是受苏联的影响比较大？像婚姻、两性关系，是不是都要向苏联学习呢？

受访者：对。

采访者：苏联人的生活方式都学吗？

受访者：他们主要是生活上富裕，所以大家都比较向往。因为过去穷，吃饭都吃不饱，苏联已经土豆烧牛肉了。

采访者：五六十年代社会风气呢？像婚外恋啊，卖淫啊有吗？

受访者：极少，极少，一般没有。

采访者：受到舆论谴责吧？

受访者：对了，根本抬不起头来。

采访者：那要是被别人发现，肯定是抬不起头来，没脸见人了。

受访者：那是要开除的。

采访者：我看到过一份北京师范学院的档案，有发生学生未婚先孕的情况。(19)63 年的时候，就是处分，也没有开除，很奇怪的。(19)63 年，北京师范学院也没开除这位未婚先孕的学生。

受访者：自己就不念了，退学了。

采访者：五六十年代的两性关系是不是会更传统？更保守一点儿？

受访者：对。

采访者：会有生理卫生课吗？

受访者：有。

采访者：会讲两性的知识吗？

受访者：嗯。

采访者：但是很少是吗？

受访者：是。

# 大学有人扔掉私生子

访谈时间：2011年4月10日

访谈地点：北海公园

受访者情况：对象：N先生；年龄：80；职业：教师。

采访者：访谈的内容是1949年到1966年人们的两性伦理、婚姻关系一些内容。

受访者：(19)49年到(19)66年，(19)66年“文化大革命”，那时候已经毕业了，(19)58、(19)59年毕业，工作几年了，是教育工作。

采访者：五十年代那个时候，应该正是您谈恋爱的时候，是吧？

受访者：那时候二十几岁了，还不到三十；我现在孩子都比你大多了，都四十多岁了；我们那个时候是一个单位的，她教物理，我教化学，我们那里还有北大毕业的历史老师，还有学地质的，学地质不好分配啊，最后跑公司去了，去搞金银首饰，搞鉴定，不是有关系吗？

采访者：这个职业现在很好，很挣钱；那时候大学里边有谈恋爱的吗？

受访者：有谈的，也很隐蔽；大学毕业之后工作分配，所有的人各奔东西，有的留在北京，有的去别处。

采访者：您二位结婚的时候是几几年？

受访者：我们都是“文化大革命”中期了才结婚。

采访者：(19)70年？

受访者：1970年左右。

采访者：爷爷是哪个学校？

受访者：我是北京师大，你们跟我们比，算是赶上好时候，我们家庭很困难，兄弟姐妹多，你们呢，兄弟姐妹少，我们这个年龄有两个孩子，在北京。我们毕业的时候，分到全国各地都有，黑龙江也有，新疆也有，那个时代不让你挑选，分到哪个单位就是哪个单位，你想走，可走不了。你想进这个单位也不行，没有自由。你们现在跟我们当时可不一样，你这样去哪个单位就是死在哪个单位了，除非单位给你调动，从一个单位调动到另一个单位了，你不服从调动还不行，是不是？

采访者：那个时候结婚，阶级成分会不会特别重要啊？

受访者：“文革”前要好一些。“文革”期间更是如此，那就不用说了，更是首选了。那时候不是说调查你个人是什么情况，在政治上是党员、团员，老祖宗是什么成分，还要看进什么单位，要是进一般单位就看一代两代的，真要是进外交部的话，连你祖宗三代都要查清楚，你祖上是地主，对你爷爷、你爸爸、对你，都受影响。

采访者：五六十年代女性的社会地位高吗？

受访者：还可以，从解放以后，五六十年代都行。

采访者：那比现在呢？是现在高还是那个时候高？

受访者：没有什么太大区别，从社会来讲，从家庭来讲，还都行。女同志现在在家里又掌握政治大权，又掌握经济大权，比大老板还大老板，男的就是处于出去挣钱的位置，想办法，千方百计出去挣钱，养老婆、养孩子、养老年人。

采访者：五六十年代是不是受苏联的影响比较大？像婚姻、两性关系，是不是都要向苏联学习呢？

受访者：六十年代已经和苏联干上了，五十年代，一边倒，从高中就开始学俄语。

采访者：苏联人的生活方式都学吗？

受访者：不是说苏联的生活方式，那个时候不知道苏联什么生活方式，什么牛奶面包，什么土豆加牛肉，就是共产主义，那时候苏联就已经共产主义了。要赶人家，从经济上，我们对苏联是向往的，后来和苏联搞珍宝岛事件，要打咱们，那时候对苏联已经有认识了，六十年代，年轻一代对苏联就已经有认识了，跟五十年代去朝鲜打仗，又不一样了。

采访者：五六十年代社会风气呢？像婚外恋啊，卖淫啊有吗？

受访者：没有，没有，那个到八十年代，(19)85年，改革开放才出现的问题，七十年代还处于“文化大革命”的后期，哪有卖淫嫖娼啊？流氓还要进铁栏杆监狱呢，我们那时候平房根本不用插门睡觉，现在你锁上门还担心呢，十层楼还都安上铁栏杆，跟监狱一样，这就是社会风气，变化太大了，能一样吗？

采访者：那个时候听说过未婚先孕啊，婚外恋啊，会有吗？

受访者：没有，话说回来，六十年代我在大学的时候，我听说清华北大就有这样的情况，大学生，年轻，在两性上发生关系的，出现私生子的就扔了，在大学里还闹过事的，但是很少。

采访者：受到舆论谴责吧？

受访者：那是非常隐蔽的，他个人也害怕，一千个里边有一个他也很难，整个大学的风气没有这种情况。

采访者：那要是被别人发现，肯定是抬不起头来，没脸见人了。

受访者：那是肯定的，发现就是要被开除的，就是在八九十年代，在北京学校里有两性关系不正常的，发现也是要被开除的，(北京)化工大学就有，原来叫(北京)化工学院。

# 访谈录（十五）

F A N G T A N L U 访谈人：郑丽霞

F A N G T A N L U

# “文革”期间这样穿

访谈时间：2011年4月18日

访谈地点：首都师范大学

受访者情况：×××，女，1942年生，籍贯：北京，无职。

采访者：您对“文革”期间妇女的穿衣打扮还有印象吗？

受访者：那时候穷着呢，谈不上打扮，都一个样，我们也不敢打扮。

采访者：“文革”的时候您住在哪儿？

受访者：不在城里，在良乡。过去和现在没法比，穷着呢！不讲究吃穿，我还经常买布做衣服穿。

采访者：买布做衣服？

受访者：对呀！买了布，染色，再做衣服。

采访者：染成什么颜色？

受访者：蓝的、绿的。

采访者：那和军装很像啊！

受访者：不是军装，哪能跟人家军装比，就是穷，没办法！

采访者：就这样的衣服您觉得穿上好看吗？

受访者：不好看，那会儿也不讲究这个。

采访者：那“文革”之前呢？是不是能好点儿？

受访者：都一样，都很朴素，条件有限，哪像今天这个样子。

采访者：列宁装、布拉吉听说过吗？

受访者：知道，我们农村没见过，城里就不知道了。

采访者：农村妇女以前经常穿大襟袄吗？您有印象吗？

受访者：是，年纪大的穿又大又宽的，年纪小的穿得就窄。蓝色的多。

采访者：“文革”期间，妇女们夏天穿什么？

受访者：汗衫、长袖、短袖、裤子，不穿裙子。

采访者：小孩也没有穿的吗？

受访者：小孩有时候上学穿。

采访者：你当时渴望穿漂亮的裙子吗？

受访者：不，没想过。那时候穷，不想穿什么衣服。

采访者：冬天见过穿军大衣的吗？

受访者：很少。家庭好的、部队里的才穿。

采访者："文革"时期，什么衣料最多呢？

受访者：棉布、涤卡，灰蓝不清。七几年之后才有的确良。

采访者：那时候女性围头巾吧？

受访者：嗯，很多。

采访者：什么样子的？颜色呢？

受访者：灰色、蓝色、黄色。灰色的有大格格的，都不带花。

采访者：纱巾呢？

受访者：戴的少，白色的多，我老伴儿给我买过一条白色的。还有黄色。

采访者：您一定很喜欢吧？

受访者：(笑)嗯。

采访者：那是哪一年？

受访者：七几年吧。(19)73、(19)74 年吧。

采访者：您对假领还有印象吧？

受访者：嗯，当时穿的人不少。唉，还是穷，买布花钱，要布票，假领不是省布嘛。

采访者：大概什么时候开始就有人穿了？是(19)72 年以后吗？

受访者：不是，在这之前就兴穿。

采访者：那个时候女人衣服都差不多吧？有区别吗？

受访者：当然有。男人穿的衣服口袋多，女人衣服上没那么多口袋，口袋有斜的那样儿的。

采访者：口袋多的是中山装吗？

受访者：对，是中山装。

采访者：您认为当时的女性为什么那么穿？

受访者：穷啊，也不敢穿，还有主要就是思想落后。

采访者：您或其他女性在头发上花过心思吗？

受访者：那时候有编辫子的。

采访者："文革"的时候也有吗？

受访者：有啊。

采访者：不是很长吧？

受访者：不长，一般都在肩膀。

采访者：用什么扎头发呢？

受访者：头绳，红色、粉色、浅色的多。还有玻璃丝带，粉的、绿的、红的。

采访者：挎军挎的人多吗？

受访者：不多，一般都是红卫兵。

# “文革”期间的女性时尚

访谈时间：2011 年 4 月 27 日

访谈地点：首都师范大学

受访者情况：×××，女，1940 年生，籍贯：北京，退休职工。

采访者：您对列宁装、布拉吉有印象吗？

受访者：嗯，都是学苏联的。穿的人少，都是阔家人穿。

采访者：您觉得漂亮吗？

受访者：漂亮啊！干部才穿列宁装，多精神呐！

采访者：“文革”之前女性穿的罩衣，颜色、款式多吗？

受访者：大人的不多，都是白粗布的。小孩儿的还比较多。

采访者：“文革”前烫头发的多吗？

受访者：不多。十分之一吧。干部烫得多。

采访者：那都梳长长的辫子？

受访者：年轻人基本都是，编长长的辫子，后来红卫兵“破四旧”就不允许梳长头发了。烫头发就更甭想了。

采访者：“文革”开始后，有女性穿军装吗？

受访者：不多，主要是学生。红卫兵穿得多。

采访者：那后来呢？据我了解，军装在“文革”期间很时尚。

受访者：对。可是很多人哪有军装穿呀？就是看上去像，商店里有卖的仿着军装做的。

采访者：有一种青年装你知道吗？

受访者：没印象。

采访者：“文革”刚开始的初期，夏天女性都穿什么呢？

受访者：半袖汗衫、衬衣、褂子，不敢穿裙子了。

采访者：冬天穿军大衣的人多吗？

受访者：不多。年轻人、部队的穿得多。一般人没有军大衣。有蓝色、绿色的。

采访者：1969 年到 1972 年这段时间，女性服饰有什么变化吗？

受访者：这时候有的确良了。

采访者：穿衣服开始出现搭配了吗？比如蓝裤子配绿上衣？

受访者：是，多是学生。

采访者：戴长围脖的多吗？

受访者：不多，时髦些的年轻一点儿的有的戴。特别长，都是一个颜色。

采访者：戴头巾应该很普遍吧？

受访者：成年的女性戴得多。

采访者：颜色多吗？

受访者：挺多，没有红色，有浅绿色、绿色、灰色、黄色、粉色、花格的。

采访者：纱巾呢？

受访者：各种各样的，白色的、花的，主要是春天戴。

采访者：纱巾是什么时候出现的？

受访者：后来的事情了。1975年以后了吧！

采访者：您对假领还有印象吗？

受访者：有。穿在里边儿像衬衣一样。有白的、花的、红花的、黄色小花的。

采访者：“文革”期间，有女性穿皮鞋吗？

受访者：有，很少。有的女干部工作的时候穿，平底的，那会儿不兴穿高跟鞋。

采访者：夏天有女性穿皮凉鞋吗？

受访者：也很少。

采访者：“文革”期间，衣服的质地主要是棉布和灯芯绒吗？

受访者：对。棉布多一些。灯芯绒在“文革”前多，有紫红的、绿的，“文革”开始后就少了，也贵。

采访者：“文革”期间，女性衣服什么颜色最多呢？

受访者：蓝色、白色(主要是夏天)，还有花的，少。

采访者：“文革”时期，女性穿的和男性差不多吧？有区别吗？

受访者：没什么区别。女的双排扣，男的单排扣。

采访者：女性春秋季穿解放鞋的多吗？

受访者：学生穿得多。

采访者：玻璃丝带您有印象吗？

受访者：颜色多，用的人不多。

# “文革”期间穿什么

访谈时间：2011 年 5 月 1 日

访谈地点：首都师范大学

受访者情况：×××，男，1936 年生，籍贯：北京，首都师范大学退休教师。

采访者：您对“文革”前的女性穿衣印象是怎么样的？

受访者：都很朴素，很单一，不像现在。

采访者：罩衣，您还有印象吗？

受访者：那时候罩衣少。颜色、款式也少。

采访者：小偏襟衬衫，穿的人多吗？

受访者：不多，那都可以算奇装异服。

采访者：红卫兵“破四旧”开始后，女性都把头发剪短了吧？

受访者：是，红卫兵必须是短发。其他女的也都剪短了，留长头发是要被红卫兵批斗的。

采访者：“文革”开始后，有女性穿军装吗？

受访者：年轻人挺多的。学生都是一身绿，就这么穿到学校来上课了。

采访者：您记不记得红卫兵穿过发白的、黄色的小帆布服装？

受访者：有印象，不过时间很短。

采访者：女性春秋天主要穿军便服吗？

受访者：差不多。年轻的穿得像女兵一样。

采访者：冬天穿军大衣的女性多吗？

受访者：挺多，军大衣很时髦，服装店就有卖的。大多是绿色的，上面有军扣。

采访者：您对 1969 年到 1972 年这段时间，女性的服饰有什么印象？

受访者：绿色的少了，蓝色、咖色、浅黄色为主。很多女性把花汗衫穿里边，把军便服穿在外面。

采访者：有穿裙子的吗？

受访者：很少，穿也是很长的。

采访者：蓝裤子配绿上衣、绿裤子配蓝上衣很流行吧？

受访者：是很时髦的，这是很讲究的穿法。

采访者：女性流行戴头巾吗？颜色多吗？

受访者：年轻女性流行，戴帽子是年龄大的。颜色不多，红色的少，蓝的、花的、黄的，有条纹的、格子的。

采访者：假领您应该不陌生吧？

受访者：有白的、白色夹蓝道的。

采访者：纱巾呢？

受访者：戴的人很多，但颜色很单一。

采访者："文革"期间，衣服的质地主要是什么？

受访者：有棉布，是平纹的，条件好的穿灯芯绒的，后来多是混纺的。

采访者：女性衣服的颜色呢？

受访者：初期年轻人以绿色为主，后来蓝、灰多，且是深灰，浅灰的少。

采访者：女装和男装有区别吗？

受访者：有一点儿。比如领子大小不同，有直的、有尖的，带扣的、不带扣的。

采访者：女性春秋天穿什么鞋？

受访者：布鞋，但女孩子穿得少。年轻人穿高腰的解放鞋、白球鞋、矮脖的解放鞋，穿回力的人少。女孩子从几岁到十几岁都穿一样的布鞋，方口，脚面上从里向外拉根带子，有鞋襻儿。小点儿的穿花灯芯绒鞋面的，大人穿黑灯芯绒面的。

采访者：夏天呢？

受访者：穿塑料凉鞋，有黑色的、白色的。穿皮凉鞋的人少。

采访者：冬天呢？

受访者：先是三眼的，后来穿五眼的。还有军棉鞋，有布底和胶底的，颜色有绿色和黑色的，商店可以买到，仿军鞋做的。

采访者：女性都用什么扎头发呢？

受访者：红头绳、毛头绳。后期用玻璃丝带，那个颜色多。

# 那个年代的裙子

访谈时间：2011 年 5 月 1 日
访谈地点：首都师范大学
受访者情况：×××，女，1943 年生，籍贯：北京，无职。

采访者：新中国刚成立那会儿，女性有穿裙子的吗？

受访者：有。我们那时候有种裙子叫布拉吉，时兴穿那个！还真是美，在那时候是很漂亮的。比较长，不像今天那种奇装异服，露得那么多，看不上今天那样儿的。

采访者：五几年是不是有一段时间穿裙子的人特别多？

受访者：对，你一说我想起来了。五几年的时候，女的穿布拉吉的不少呢，颜色很多，一直到小腿。我还穿过呢，腰上有条带子，花布做的。

采访者：除了布拉吉，还有其他裙子吗？

受访者：没印象，没有了吧？就是布拉吉挺多。

采访者：有一段时间，我们和苏联的关系恶化了，大概六十年代初，布拉吉还穿吗？

受访者：六十年代初那会儿……有穿裙子的，我在公园里见过。"文化大革命"以后，就没人穿了。不敢穿哪，穿上可不得了，红卫兵整你不说，这别人也要说，没人穿。还有也不能化妆。红卫兵厉害着呢，把我这么长的两条辫子剪到这么短。

采访者：绝对不能穿吗？您想想迎宾的时候？"五一"、"十一"的时候？

受访者：红卫兵那时候没见过。六七十年代，女学生在"迎宾"的时候要穿裙子的，在马路两旁迎接外宾。我听说她们把裙子套在裤子外面，等外宾快到时，把裤腿卷起来，外宾车队过后，再把裤腿放下，脱下裙子。还有"五一"和"十一"的时候，公园里边庆祝，就有穿的。

采访者：裙子的颜色不会很鲜艳吧？

受访者：花花绿绿的。

采访者："文革"后期，还没人穿裙子吗？

受访者：没有，没印象。反正我没见过。

采访者：江青裙呢？您有印象吗？

受访者：没有。没见过。

# 说说军装

访谈时间：2011 年 6 月 7 日

访谈地点：玲珑塔公园

受访者情况：×××，男，1946 年生，籍贯：北京，退休职工。

采访者：您能帮我讲讲五六十年代人们的穿衣情况吗？

受访者：没问题。那时候穿得简单，不像现在种类那么多。男的、女的都很朴素。穿中山装、军装。

采访者：还有一种叫作青年装，您记得吗？

受访者：对，对，青年装是年轻人穿，男女都穿。青年装上面一个兜，下面两个兜，没有翻盖。中山装四个兜，有翻盖。

采访者：女性不穿中山装吧？

受访者：不穿，男的穿。女的穿军装、春秋衫。

采访者：流行穿军装吧？

受访者：流行，尤其是“文化大革命”开始之后。不过，军队大院的人、军人穿的才是真的军装，其他人基本上是买来的、做的。看上去挺像，但不是那么回事儿。

采访者：有很大区别吗？

受访者：有，我当过兵，穿过军装。上衣是立领，干部级别的是四个兜，普通士兵只有两个兜。陆军军装草绿色一身，海军是深灰色。

采访者：女性军装是什么样子的？

受访者：冬天和男式军装没区别，夏天，有裙装。

采访者：裙装？

受访者：是啊，下半身是裙子，到膝盖这么长。

采访者：当时其他女性穿军装的也不少吧？

受访者：军装那是军人穿的，“文革”前后都有人穿，女的也穿。肯定有些女的穿男式的，其实那时候也没分那么细。穿军装也得看人的，有些女的穿上确实好看，倍儿精神。

采访者：您认为女性穿军装漂亮还是穿裙装漂亮？

受访者：这很难说，都好看吧！

采访者：穿军装有什么讲究吗？军人肯定得按规定来，其他普通人呢？比如蓝绿搭配。

受访者：蓝绿搭配很普遍了，就那几件衣服，也没有别的颜色，都这样。军装四个兜的算是讲究的。因为四个兜是军队干部的象征，身份就不一样了。

采访者：开始讲究穿四个兜的军装是什么时候？

受访者：一直都讲究。

采访者：春秋衫很多女性穿吗？

受访者：嗯，穿的人不少。

采访者：春秋衫女性味道很重吗？

受访者：一般吧，不像裙子那么有特点。很宽松，颜色也土气。

# 七十年代的鞋

访谈时间：2011 年 6 月 27 日

访谈地点：紫竹院公园

受访者情况：×××，女，1952 年生，籍贯：北京，无职。

采访者：阿姨还记得五六十年代人们都穿什么鞋子吗？

受访者：我想想……皮鞋不多，更没有高跟鞋。布鞋、棉鞋很普遍，男人、女人、大人、孩子穿得很多。

采访者：“文化大革命”是个特殊的时期，具体什么情况呢？

受访者：也主要穿布鞋，冬天穿棉鞋。女孩的布鞋上面带襻儿。

采访者：襻儿？

受访者：是呀，北京人叫襻儿。就是方形的、圆形的，可以穿个带子过去。

采访者：哦。布鞋是什么样子的。

受访者：方口，脚面上从里向外拉根带子，有襻儿。女孩的布鞋白塑料底的多，黑边的、白边的。白边的好看、时尚。小孩儿的鞋面是花灯芯绒的，大人穿黑色的。

采访者：有女性穿球鞋吗？

受访者：是绿色的那种军球鞋吗？有，男的也穿，又叫解放鞋。胶皮底、帆布面，上面有鞋带，不透气。还有一种老头儿鞋，工人穿，尖圆口，有布底、塑料底的。

采访者：在机关工作的女性也不穿皮鞋吗？

受访者：有时候穿，还是布鞋最多。皮鞋也是平底的那种。

采访者：好像夏天能穿凉鞋？

受访者：有，我记得六十年代中期就有小孩子穿了，是塑料凉鞋。颜色少，白色、黑色为主。式样都一样，带襻儿的。当时，穿凉鞋、穿丝袜是很时髦的。

采访者：没有高跟儿的吧？

受访者：绝对没有。后来才慢慢有的，“文化大革命”结束后才有坡跟儿的。

采访者：冬天呢？

受访者：那肯定是穿棉鞋，白塑料底的条绒棉鞋。年纪大的穿老棉窝儿，年轻的穿新式的，上面有三四个气眼儿。小孩儿穿灯芯绒鞋面的，大人穿黑色的。鞋底也是塑料的，白塑料底最流行。

采访者：懒汉鞋呢？

受访者：有印象。鞋面两侧各有一个松紧的口，鞋面有灯芯绒和布面的。有布底、塑料底和轮胎底。边儿有黑的、白的。白边儿懒汉鞋年轻人喜欢。我记得六十年代末七十年代初，很多女学生都穿懒汉鞋，其实偏男性。懒汉鞋在当时算很便宜的。

采访者：“文革”期间，时尚点儿的女孩会穿皮鞋吗？

受访者：我没见过。要有也是平底的，不是高跟儿的。

# 女性爱美吗

访谈时间：2011 年 7 月 3 日

访谈地点：玉渊潭公园

受访者情况：×××，女，1939 年生，籍贯：北京，退休职工。

采访者："文化大革命"时流行一句话，"不爱红装爱武装"，您还记得吧？

受访者：记得。那时候就是一个口号，毛主席说的。

采访者：您怎么理解这句话？

受访者：就是不讲究打扮，都像男的那样、像军人那样，参加"文化大革命"。那会儿就是这样，没人打扮，不敢打扮。谁要是(打扮得)乱七八糟的，会让人家说闲话的。

采访者：您刚才说"不敢打扮"，说明女的还是挺爱美，打心里还是喜欢打扮？

受访者：你说呢？哪有女的不爱漂亮的？那是没办法。还有红卫兵，红卫兵不让你打扮，这不能穿，那不能穿，说你是"封资修"，还要批斗你。被批斗的多着呢，都怕红卫兵。

采访者：嗯，于是所有的女性都流行穿军装？

受访者：对，当时很流行穿军装。很多人的军装是买来的，看上去像军装，那也不是真正的军装。净是蓝、绿、灰色。要是谁能穿一身真的军装，特别神气！还有春秋衫。

采访者：那就是说穿军装也很漂亮了？

受访者：还行吧，流行嘛，穿着挺神气的。那时候都那样，也没什么。裙子还是挺漂亮的。

采访者：春秋衫好看吗？

受访者：不好看。不如军装有精神。春秋衫不显身材，样子也简单。

采访者：在当时那种环境中，您或者其他女性有没有刻意去在打扮上花心思？

受访者：我跟你说，那时候，真没有人刻意去怎么打扮。不需要、不敢啊！每个人看上去一个样儿。

采访者：据我了解，有些女的会在军装上扎根皮带，或者穿上个假领。

受访者：哦，你说这个啊！那倒是有。扎皮带的年轻人多，学生多。假领子就不分年龄了。那假领子还确实挺精神的。白色的很多，还有花的，还有条纹的那种。也算吧，算是打扮。

采访者：其他方面，还有吗？比如，扎头发？

受访者：没印象了。反正女的心里都爱美，就是不允许，没办法。你看，“文革”结束之后，改革开放后，变化不是很大吗？

# 女性穿什么

访谈时间：2011 年 7 月 7 日

访谈地点：玲珑塔公园

受访者情况：×××，女，1945 年生，籍贯：北京，无职。

采访者：“文化大革命”时期，女的都穿什么衣服呢？

受访者：那时候流行穿军装，男的也穿。最好看的是草绿色的军装。中央领导、工人、农民、学生都穿。谁要是军队大院的就很牛气，随时有军装穿，旧军装也可以，再加上解放鞋。冬天穿棉的军大衣。穿裙子的就少了。

采访者：少了？就是还有人穿？

受访者：就是些女学生，“五一”、“十一”不是常有庆祝活动吗？她们穿，其他人可不敢穿的。男的穿白衬衫、蓝裤子。

采访者：那女学生平时穿什么呢？

受访者：那时候没校服，“文革”一开始，就都穿绿军装，表现革命特色。那时候穷，很多学生穿家里大人剩下的衣服，旧的、有补丁的很平常。女孩子基本都梳辫子，不长的辫子，短的叫“刷子”。没有你这么长的，更不能披着。男孩子短平头。衣服基本都是纯棉布的，的确良、涤纶纤维后来才有。买衣服或布料要布票，那时候条件差，穿衣很紧张。

采访者：那时候衣服颜色也很单调吧？

受访者：绿、黑、蓝、灰吧！你看今天多花啊，以前可不是这样的。穿得花了，不是好作风，什么资产阶级、“封资修”。式样也不讲究，千篇一律，没线条，都很宽大，显不出身材。不过，穿上军装就很时髦了。

采访者：有一段时间好像很流行穿洗得发白的旧军装，是吗？

受访者：好像有印象，但记不清楚是什么时候了。

受访者：除了军装，应该还穿别的样式的吧？比如春秋衫。

受访者：嗯，穿军装的人不多，尤其穿真军装的，大多数还是穿仿制的军装。春秋衫我没什么印象。

采访者：在您的记忆中。女性的穿衣打扮在整个“文革”时期是不是有所变化？

受访者：没什么变化吧？都差不多。就是红卫兵之后，好点儿了。没有红卫兵“破四旧”了。(19)78 年一过，改革开放了不是，穿戴就自由了。喇叭裤、蛤蟆镜，留长头发，穿花格衬衫就有了。

# 绿上衣、蓝上衣

访谈时间：2011年7月21日

访谈地点：首都师范大学

受访者情况：×××，女，1940年生，籍贯：北京，退休教师。

采访者：在您的印象中，“文革”前后，人们的穿衣变化大吗？

受访者：没什么变化，都是朴素，人们不讲究穿。

采访者：后来的红卫兵不让穿裙子吧？

受访者：嗯，这是个大的变化。“文革”开始后，红卫兵不是“破四旧”吗，搞得翻天覆地，裙子不能穿了。不过“文革”之前，确实有人穿裙子呢，是很长的，不像今天那么开放，露得那么多。

采访者：呵呵，是布拉吉吗？

受访者：对，就是布拉吉。经常见别人穿，那时候没人管。

采访者：六十年代以后，是不是就没人穿了？

受访者：这个没什么印象。

采访者：您还记得列宁装吗？

受访者：有列宁装，这个也很时髦呢。“文革”后就不穿了，穿军装了。

采访者：罩衣呢？“文革”前后有什么变化？

受访者：罩衣小孩穿得多。“文革”前，小孩的罩衣花一点儿。

采访者：您记得有一种小偏襟衬衫吗？

受访者：我知道农村妇女、老太太穿大襟。你说的这个没印象。

采访者：红卫兵“破四旧”开始后，女性头发有变化吗？

受访者：嗯，有。不让梳长头发了，不能烫，不能披发。红卫兵都是短发，当时叫“刷子”。

采访者：“文革”开始后，流行穿军装吗？

受访者：军装很流行，大多是买来的，像军装的样子。年轻人穿得多。红卫兵、学生，一身绿。

采访者：您记不记得红卫兵穿过发白的、黄色的小帆布衣服？

受访者：没印象。

采访者：“文革”期间，女性主要穿军便服吗？

受访者：差不多。年轻人讲究一些，像女兵一样。还有春秋衫，样子和军装有些区别，领子和军装不一样，口袋也没那么多。

采访者：冬天穿军大衣的人多吗？

受访者：挺多，军大衣很时髦，服装店就有卖的。大多是绿色的，上面有军扣。

采访者：女的穿得多吗？

受访者：男性穿得多，也是些军队大院的，家庭好的。

采访者：家庭好的？您指出身吗？

受访者：对，除了军队大院的孩子，家里有钱的才买得起。

采访者：您对1968年之后，红卫兵运动刚结束那会儿，女性的服饰有什么印象？

受访者：军绿色少了，蓝色、灰色多了。我记得有人穿花汗衫了，穿里边，外面穿上军装。

采访者：有穿裙子的吗？

受访者：没见过。

采访者：是不是开始流行蓝裤子配绿上衣、绿裤子配蓝上衣了？

受访者：很多人都这么穿。你想，谁都没有几件衣服，洗了蓝的换绿的，洗了绿的换蓝的。就是因为条件差，没有什么可挑的。

采访者："文革"期间，女性戴头巾吗？

受访者：戴啊，方头巾，年轻女的戴得多，年纪大一点儿的戴帽子。

采访者：颜色呢？

受访者：红色的少，都挺素的。

采访者：纱巾呢？

受访者：戴的人很多，颜色也很素。

采访者：您还记得假领吧？

受访者：嗯，白的很多。

采访者：大概什么时候最多？

受访者：六十年代末就有，好像七几年特别多，后来就慢慢没有了。

采访者："文革"期间，衣服主要是什么料子？

受访者：棉布，条件好的穿灯芯绒的，后来有涤卡、的确良。

采访者：颜色呢？

受访者：绿色。后来蓝、灰多，灰是深灰多。

采访者：女装和男装有区别吗？

受访者：一眼看上去没什么区别。我跟你讲，有时候远远看过去，分不清是男是女。其实有一点儿区别，领口这儿会比男装小一点儿，口袋有时候也不一样。

采访者：具体怎么不一样呢？

受访者：中山装口袋在外面，有盖，女性衣服很少有这种兜。

采访者："文革"期间，女性穿什么鞋？

受访者：布鞋，方口、一根带。年轻人穿球鞋。夏天穿塑料凉鞋，黑色的、白色的。冬天穿棉鞋，还有军棉鞋，皮鞋穿的人很少。

# 女性的帽子、围巾

访谈时间：2011 年 7 月 25 日

访谈地点：增光路

受访者情况：×××，女，1950 年生，籍贯：江苏，无职。

采访者：“文革”期间，女性都戴什么样的帽子？流行戴军帽吗？

受访者：年轻人流行戴军帽，上面有个红色五角星。大多数人戴的军帽都是从商店买来的，仿真的。能戴一顶真的军帽是很牛气的。还有学生戴毛线帽子，有两根带子，很长的，绕在脖子上几圈系在后面。老人们戴黑色的绒帽。

采访者：中年妇女戴什么呢？

受访者：戴围巾，方围巾。棉线的最多，也有毛的，那算质量好的。有格子的，有一色的。知道怎么戴吗？把角对折起来，抓住两头，围在头上，再系在下巴底下。时髦的年轻人戴长的单色的围巾。我也戴过，一条红色的。

采访者：大概是什么时候？

受访者：(19)72 年吧。

采访者：之前有没有人戴这种长围巾？

受访者：有，很少。能戴的都是时髦的女孩。

采访者：戴方头巾大概从什么时候开始？

受访者：反正红卫兵那会儿没见过，后来才有的。

采访者：是不是还有一种纱巾？

受访者：对，有。颜色还挺多，很柔软。带着纱巾感觉很不同呢，人漂亮了很多。

采访者：呵呵，那个时代的女性们也很爱美吧？

受访者：是啊，女的都爱美。

采访者：纱巾大概什么时候有的？

受访者：七十年代中期挺多的。

采访者：除了刚才咱们提到的，您还能想起其他的吗？

受访者：就这些了吧。那时候不像今天这样种类多。差不多就这些。

# 1978年之前女性的装扮

访谈时间：2011年9月5日

访谈地点：紫竹院公园

受访者情况：×××，女，1942年生，籍贯：北京，退休职工。

采访者：女性的着装从新中国成立开始，到1978年改革开放之后，是不是发生了很大变化？

受访者：对，(19)78年之后，变化很大，看看今天，以前想都不敢想。

采访者：您感觉女性的穿衣打扮在慢慢变化吗？

受访者：可以这么说吧！(19)78年之前很朴素，衣服少，种类少，之后就不同了。

采访者：1966年到1976年整个"文革"时期，这期间有变化吗？

受访者：没有吧。那时候很单一。

采访者：花色没有慢慢多起来吗？

受访者：有变化，不明显，基本上没变。

采访者：想先请教您一下"文革"之前的情况。您还记得列宁装、布拉吉吗？

受访者：记得。连衣裙是叫布拉吉。列宁装很时髦，有文化的知识女性、在机关工作的女性都穿那个。总体上穿的人少。

采访者：您觉得漂亮吗？

受访者：在当时算漂亮的。列宁装有一条腰带，双排扣，我穿过一件，灰色的。

采访者：罩衣的颜色、款式多吗？

受访者：小孩的比较多。大人的不多。

采访者："文革"前女性烫头发吗？

受访者：干部烫得多。其他的不多。

采访者：那都梳长辫子？

受访者：年轻人都是。红卫兵的时候就不行了，不允许留那么长头发。

采访者："文革"开始后，流行穿军装吗？

受访者：流行，尤其是红卫兵和学生，穿的人很多。商店里可以买到仿制的绿色军装。

采访者："文革"刚开始的初期，夏天女性都穿什么呢？

受访者：半袖、衬衣，没有穿裙子的。

采访者：还能穿半袖啊？

受访者：当然可以，就是白的，也没别的花哨的。

采访者：冬天穿军大衣的人多吗？

受访者：一般人没有军大衣，年轻人、部队大院的穿的人多。有蓝的、绿的。

采访者：1969年到1972年这段时间，您能想起女性服饰有什么变化吗？

受访者：没大的变化。

采访者：这时候，有没有花格子的衣服？

受访者：有，总体上不多。

采访者：穿衣服开始搭配了吗？比如蓝裤子配绿上衣？因为之前都是流行一身绿。

受访者：对，学生都这样穿。

采访者：戴单色的长长的围脖的多吗？

受访者：不多。年轻人戴得多。

采访者：戴头巾的女性多吗？

受访者：成年女性戴得多。

采访者：颜色呢？

受访者：挺多，浅绿色、绿色、黄色、花格的。

采访者：纱巾呢？纱巾什么时候出现的？

受访者：七几年吧，后期了。春天戴，白色的、花的。

采访者：您对假领还有印象吗？

受访者：嗯，那时候因为条件有限，只能穿假领，穿的人很多。有白的、小花的。

采访者：衣服的质地主要是棉布和灯芯绒吗？

受访者：棉布多一些。灯芯绒在"文革"前多，"文革"后就少了，比较贵，有钱人买得多。后来又有的确良。

采访者："文革"期间，女性衣服什么颜色最多呢？

受访者：蓝色、灰色、绿色，花格的很少。

采访者："文革"时期，男女衣服有区别吗？

受访者：没什么区别。样式和颜色差不多。女的衣服比男的稍微花一些。

采访者："文革"后期，穿裙子的人多吗？

受访者：不多。还是观念不开放。

采访者：穿解放鞋的女性多吗？

受访者：学生穿得多。
采访者：解放鞋应该是男性穿得多吧？
受访者：女的也穿，和军装搭配呀。
采访者：有一种扎头发的玻璃丝带您记得吗？
受访者：有印象，颜色很多。小孩用它扎头发。

# 访谈录（十六）

FANGTANLU 访谈人：汤诗艺

F A N G T A N L U

# 成分好的一般都会找成分好的

访谈时间：2011 年 10 月 18 日

访谈地点：首都师范大学

受访者情况：Z 女士，生于 1930 年。

采访者：六七十年代找对象一般都是什么标准？

受访者：我当时已经结婚了，都有四个孩子了。

采访者：那当时青年普遍的婚姻观是什么样的？

受访者：每个人都有每个人的想法，每个人都不一样，都是根据自身的条件确定的，例如知识分子找知识分子。当时的知识分子也不多，国家穷，读书的人少，大都下放到各地参加劳作了。一般都找能聊得来，能相处得来的。在有些人看来，阶级并没有那么重要。他们一般都选择适合自己的，这很重要。

采访者：那有没有因为共同的革命目标而结合的？

受访者：有啊，这种志同道合的婚姻也挺多的。

采访者：那个时候家庭成分重要吗？

受访者：那时候成分是很重要的，成分好的一般都会找成分好的，没人愿意找成分不好的，都怕背上包袱。因此，成分不好的很难找对象。当然也有成分好的找对象找了一个成分不好的，撇开成分的因素，可能他们比较相处得来，不过这只是少数。

采访者：那成分不好的都找什么样的对象？

受访者：在他们自己圈子里找吧，只能是找相同条件的了。

采访者：当时青年主要通过什么方式结识异性？

受访者：他们一般有自己的生活圈子，就在生活圈子里找。找和自己条件相近的，适合自己的，主要是两个人条件相当。

采访者：当时政治对婚姻的影响大吗？

受访者：不是很大，大家找对象主要还是看自己，看两人能不能合得来。结婚是关系一生的事情，很复杂，需要慎重考虑。结婚最重要的还是没有包袱，两个人能谈得来，相处得来。

采访者：政府有宣传什么样的婚姻观吗？

受访者：没有，这还是看个人，每个人的想法不同。

采访者：那时候结婚一般送什么彩礼？

受访者：那时候结婚崇尚简朴，没有什么结婚彩礼。我一般是送10块当彩礼，现在看来不多，在当时已经算是挺多的了。我是会计，当时的工资是62块钱，那时候国家穷，好多年都没涨过工资。那时候结婚都挺简朴的，不像现在这样动辄花费大笔的钱。

采访者：当时离婚的人多吗？

受访者：当时离婚的人挺多的，大都是因为婚后相处不来而离婚。

采访者：有没有因为成分不好的原因而离婚的？

受访者：也有，但是最主要的还是两个人相处不来，总有矛盾。

采访者：当时的结婚仪式主要有哪些啊？

受访者：最主要的就是去登记注册结婚，其他的都是次要的。

采访者：那结婚时的定情信物或嫁妆一般是什么？

受访者：结婚最重要的就是去进行登记，嫁妆什么的都是次要的。定情信物也都没什么，有的会有毛主席像章之类的。

采访者：那时候谈恋爱和现在有些什么区别？

受访者：那时候的人都单纯，也真诚些，现在的人都复杂了，动不动就谈钱。

# 那时候离婚的很少，也相当的严格

访谈时间：2011 年 10 月 20 日

访谈地点：北京航空航天大学

受访者情况：Z 先生，生于 1949 年。

采访者：六七十年代的青年一般都找什么样的对象？

受访者：那个年代注重家庭出身，成分很重要。成分好的都找成分好的，一般都不找成分不好的。家庭成分是门槛，然后再看其他的。

采访者：成分不好的怎么找对象呢？

受访者：有的也无所谓，在提干、参军、招工这些问题上，成分都是非常重要的。如果你是贫下中农，对象找了一个富农身份的人，那你参军就没有希望了。如果农民条件不好，也没什么想法，就会去找个成分不好的，例如地主富农的孩子。

采访者：那时候离婚的人多吗？

受访者：那时候离婚的人很少，也相当的严格，不像现在想离就离，一般都离不了。离婚还得经过乡政府、民政局之类的，程序很复杂。

采访者：那时候结婚送礼一般都送什么？

受访者：我们一般就送三块钱。

采访者：结婚仪式都有什么？

受访者：弄个毛主席像放那儿，念《毛主席语录》，城里骑自行车接新娘。北京青年也有自己谈恋爱结婚，不像农村里都是经人介绍而结婚的。当然北京也有经人介绍结婚的，但自由恋爱的风气还是存在的。比如两人都在同一个厂里上班，那两人相互有好感的话就这么处下来了。

采访者：知青在农村留下来的多吗？

受访者：也有，但是并不多。如果知识青年在当地提干，招工了，也就会留在当地了。

采访者：北京人谈恋爱一般都去什么地方？

受访者：北京还是比较开放的，去公园或工厂。

# 组织上让你离必须得离

访谈时间：2011 年 10 月 29 日

访谈地点：北土城西路塔院小区

受访者情况：Z 先生，生于 1954 年。

采访者：六七十年代找对象一般都看重什么条件？

受访者：比如是搞什么工作的，人品好一点儿，老实一点儿。

采访者：那时候成分重要吗？

受访者：当然重要，成分不好是不行的。但也不是最重要的，主要是经人介绍后，了解对方的家庭情况，有没有什么历史问题，在政治上比较注重。也比较注重人品，老实点儿的好。

采访者：成分不好的怎么找对象呢？

受访者：那就找成分不好的，比如地主和资本家的结合。

采访者：那会不会有成分不好的找成分好的呢？

受访者：也有这样的情况，比如家里条件好的话，有人不在乎这个。也有青梅竹马的，从小就看好了，因为某种政治原因分开的，也有一起私奔的。

采访者：北京当时是不是有"拍婆子"的现象？

受访者：这个是"文革"时期北京的学校里面比较普遍的一种现象，但多数都是高干子弟。普通人家的孩子还是比较老实的，不会参与。他们不敢参与，也没有精力参与。学生与学校之间，比如这个女孩长得漂亮，有个男孩想着说给她弄走了。然后另一个男孩也看上了，两人就因为这个女孩打群架，也许还会弄出人命。

采访者：当时青年谈恋爱都去哪啊？

受访者：就两个地方。要不去公园，要不就去看电影。讲究比较实际，或者男方上女方家给干点儿活之类的。

采访者：那时候结婚的彩礼都有什么？

受访者：自行车、手表和缝纫机是当时的三大件。

采访者：当时送礼一般都送什么？

受访者：我当时送五块钱就算多的了，也有送毛主席像、脸盆、暖壶什么的。当年参加工作 16 块钱一个月。

采访者：当时政府不太宣传让大家谈恋爱？

受访者：当时是不让谈恋爱，年轻人不许谈恋爱。学生在读书时不许谈恋爱，刚参加工作，有师傅带着你，也不让谈恋爱。在城里得20岁以上才被社会允许谈恋爱。万一真有这种情况发生，厉害的家长回家就是一顿打，要不也得说教。那时候的人普遍胆小，说不让干什么基本上就不干什么。

采访者：当时自由恋爱多吗？

受访者：也有，例如在单位，同事之间分在一块了，可能互相之间就会产生好感。但大部分都是经人介绍的。双方的家长互相说要给自己孩子找一个，也有专门的那种媒婆。

采访者：那时候的书籍上是不是都不会涉及爱情这类的话题？

受访者：没有，那时候不许谈这个，这个属于“四旧”的东西，不能体现出来。从正面不让宣传这方面的，就是束缚着你。那时候的中心思想就是毛主席的思想第一，别的都得靠边站。

采访者：那你什么时候开始懂谈恋爱这回事的？

受访者：得参加工作以后了。那时候的人都跟傻子似的，就是老实。当时东西少，能接触到的也少，接触面也少，能学到的东西都是书本上的，书本以外的东西都没有。

采访者：那时候结婚看重以爱情为基础吗？

受访者：那个时候就是两人能说得来，能相处得来，可以搭伴过日子就行了，比较本分。对爱情这类的东西没有太多的想法。

采访者：那时候男女生之间的界限明显吗？

受访者：非常明显，一般都不和女孩子说话的，除非是涉及共同的问题，例如作业什么的。也有那种能和女生聊得来，玩在一块的人。

采访者：那时候离婚的人多吗？

受访者：不多，那时候按老人的话来讲，离婚不是一件光彩的事。如果有离婚倾向的，就会有亲戚朋友进行劝解，然后也就不了了之了。

采访者：有没有之前结了婚，到“文革”时期因为成分不好而离婚的？

受访者：有，属于政治倾向。比如“文革”之前结了婚的，到了“文革”时期查出来这个人有历史问题，组织上就要求你必须得离婚，两人不能再在一起了。我有这方面的经历，所以对这个比较了解。我前妻的父亲原来是崇文分局的，(19)57年给打成右派了，他是北京市第一批清华大学毕业的大学生，解放以后参加了地下党，搞了公安工作。我丈母娘是小学教师，他俩结合在一块了。“文革”时期，组织上调查后发现我岳父是右派的问题，就让他俩必须得离婚，这是从政治的角度看问题。本身他俩是不愿意离婚的，但是政治的需要，他们不得不离婚。不离婚的话就给你开除了，你不上班养活不了孩子，所以那个时代就只能离婚。

采访者：对平民百姓来说，成分是不是并没有那么重要？

受访者：对平民百姓来说，单位上的领导来说，是无所谓的，但是对双方的家长还是有所谓的。家长不愿意找一个地主家的孩子，愿意找一个家世清白的。那么他们的婚姻家长肯定是要参与的。党员或干部结婚就得经过政治审查，看对方什么情况。如果对方有历史问题，那就绝对不行。如果对方也是根红苗正，政治上要求进步的，那么你们俩就可以结合。这属于第三者参与的婚姻，不是自由恋爱了。这是对党员的要求，不是党员的就无所谓了，你爱跟谁结婚就跟谁结婚。

采访者：那个时候因为其他原因离婚的不多吧？

受访者：不像现在那么乱，基本上那时候离婚的很少，除了我上面说的因为政治上的原因，组织上让你离必须得离的。

采访者：会不会因为感情不和离婚？

受访者：那时候谈不上什么感情，要不就是没钱。两人感情好，能在一起过日子，人家就凑合了。不管你干什么，毛主席都是摆在前头的。(19)68、(19)69 年下乡都比较远，内蒙古、东北、山西，后来都是下放到北京郊区。双方家长都在云南插队，结果在那里娶了媳妇，生了孩子。最后，国家有政策，城市的可以回乡，回来以后怎么办，那就得离婚啊。

采访者：不能一起回来？

受访者：回不来，上不了户口。而且你想让他回来，只是你的一相情愿，人家有的不想让你回来。比如说你是当地农民，我在这插队后跟你结婚了，我现在回城里了，我不想让你跟着我走。我想在当地再找一个，所以那孩子怎么办。孩子就得留在你那里或者是由我带走。知青中普遍有这种现象。不过北京(19)71、(19)72 届的都下放到北京周边农村，就没有之前的那种问题了。

采访者：那时候党员和普通民众找对象还是不一样吧？

受访者：好像还都差不多，虽说党员有审查，但你要是娶普通老百姓家的就可以，你俩看对眼了，对方也没有历史问题，组织上也会给你做工作的。并不是直接跟你说不行，组织上给你做工作，让你自己说不行。意识形态不同，如果你家是地主或资本家，我是共产党员，我的工作是一个保密单位，或军工企业。我俩结合了，这就是个安全隐患。从国家层面讲，这威胁到国家的安全，所以就不能跟你结婚。其实你什么事都没有，但从政治的角度就是不行，认为你有可能是特务或是破坏分子。从这个意义上就划清界限了，你俩肯定就不能在一块儿了。两人双方都同意，去办事处直接领证就行了，一点儿也不复杂。

# 单位希望大家晚婚

访谈时间：2011 年 10 月 30 日

访谈地点：北海公园

受访者情况：W 先生，生于 1945 年。

采访者：六七十年代的时候您在北京吗？

受访者：我是东北的孩子，1966 年中专毕业分配到北京。当时刚来单位，说我不是大知识分子，就一个小知识分子，（让我）干体力活去。当时每天都干搬运的活，几乎就没有女孩子，也接触不到。也有人介绍，但没相中。

采访者：您当时找对象有些什么要求？

受访者：我当时的要求很简单，两人一看说得来，最起码看女孩子还是看个长相。成分很重要，家庭出身不好的不敢搞。我的家庭出身比较不错，算是工人家庭。所以对象出身不好不敢和你好。要真在一块了，单位领导也会说你。好的不好的，我那时候也接触不到的。有时候同事也给介绍，不过也没几个。给我介绍过一个首钢的，这姑娘个头比较矮，比较黑。她倒挺愿意的，我觉得自己不黑也不算白，但我还是不太喜欢。后来也就没有介绍的了。

采访者：您当时是属于自由恋爱吗？

受访者：也是自由恋爱吧。1972 年的时候，单位看我这么年轻，让我去学习会计。当时领导让你干什么你就干什么，比较听话。当时学会计的都是女孩子，就碰到我现在的老伴了。

采访者：你俩当时是互相看对眼了吗？

受访者：我俩整天在一块儿上课，上完课就在一起讨论，然后就胡扯，觉得她挺好说的，我不是太好说。上午上课，下午就讨论。她原先在学校也搞过对象，那个男的是军宪队里一个当兵的，海南人。后来军宪队撤了，那个男的要回家，她妈妈就不太同意了。她妈妈是北京人，不搞外地的。那时候孩子非常听话，如果家长不同意，那就吹了。她有一个妹妹是当兵的，转业了以后在电话局，搞对象搞成了，准备结婚了。那她这个姐姐还没有对象，那她妈妈就着急了，四处给她介绍也都没成。我这男孩子对搞对象挺木讷的，我们那时候学习，单位组织看电影，她负责发电影票。我们这组有十多个人，结果到电影院我俩正好挨着，我当时就突然感觉出来了。我当时也二十七八了，比较着急了，于是我就提出我们交个朋友怎么样？完了我还不好意思，我就写了封信给她。那时候学习都在学校，我就住在学校。晚上别人都回家后，我就给她封信，还挺不好意思的。在屋里聊的时候，我说我的暖壶没水了。她拿了信之后就走了，我给完信后觉得特别不好意思，我就睡觉了。刚躺下，一会儿的工夫，就听到敲门声，她说："我给你送水来了。"我当时不敢起床也不敢吱声，过了一会儿没声之后，我就起床看，外面有一暖壶水。这就算是成了。

采访者：你们那时候是比较含蓄的吧？表达感情方面。

受访者：是挺含蓄的，正好第二天，我们去劳动，给稻插秧，大伙都一个个排开，一溜往前插，她正好和我挨着。我是不会干农活，她挺会干农活。她插秧挺快的，一会儿就跑到前头去了，我还在后头。她有时候看我在后头，她就顺手帮我插一下，就这样我们谈成了。我父亲当时得了癌症，他给我写了封信，告诉我已经不行了。信中他很含蓄地问我有没有对象，我看出这意思了，于是我就问她能不能给我张照片。她给了我张照片，我就寄回家去了。后来我听我母亲说，我父亲看到这张照片特别不满意，说他想要的是双人照片，结果我寄的只是一张单人照。

采访者：您父亲似乎也是挺盼望着见到您妻子的吧？

受访者：是啊，我也觉察到他这意思了，我回单位之后，家里忽然来了封电报，告诉我父亲病危了。我立马赶回家也没能见到最后一面，料理完丧事之后，我回到北京。我就跟她提出来想结婚，因为我春节要回家。那时候结婚要开介绍信，单位一开始还不给我开介绍信。

采访者：单位为啥不让开介绍信啊？

受访者：我当时已经 28 岁了，单位说要提倡晚婚晚育，希望大家晚婚。我一开始跟单位说的时候他们已经同意给我开，可等到我要走的时候就不给我开了。我当时挺生气的，就直接找党委书记去了。当时党委书记在开会，小伙子也不管那么多，我问了在哪儿开会，直接冲过去一脚把门踹开了。我说："你应了给我开介绍信的，我车票都买好了，准备回家了，但是你不给我开，让我怎么办。"党委书记说："我们这在开会呢，你先出去，一会儿再说。"这连拉带拽地把我给带走了，我当时就把开介绍信的那人给堵在屋里了。我说："今天你不开介绍信，我就不让你走。"因为不开介绍信，我就结不了婚，也不能回家。后来单位看我这样，也知道我父亲是有一定地位的，他是一个几千人的工厂党委书记，也不敢把我怎么样。后来他们也没辙，就说让我等等，再跟他们说一声，保证给我开。

经过我上午这么一闹腾，把人家党委会都给搅和了，下午他们就给我开了(证明)。

采访者：当时介绍信上都有些什么内容呢？

受访者：当时的介绍信就是证明这个人没有结婚，是个未婚青年，单位同意结婚。给我开了，自然就给她也开了。

采访者：那时候晚婚晚育提倡大家多少岁结婚呢？

受访者：那时候提倡晚婚，两个人至少得有一个人二十七八才能结婚。开完介绍信，到街道办事处就给登记了。那时候的结婚证上没有照片，给男的那张男方的名字写在前头，给女的那张女的名字写在前头。接着我俩就回东北了，待了一段日子就回来了，这样就算结婚了。

采访者：您当时结婚有没有办酒席呢？嫁妆、彩礼之类的？

受访者：当时几乎没有办酒席的，没有婚礼，就领个结婚证。跟单位一说，单位送我一个搪瓷脸盆，我就发大家点儿糖，连烟都没有。彩礼、嫁妆也都没有，一般的都这样。我回去结婚，我母亲说看我结婚了，给了我 700 块钱，在当时算是很多了。她的工资是 36，我的是 40，我有四块钱的附加工资，比她早来单位一年。我母亲掉着眼泪跟我说，这 700 块钱是你爸爸劳动改造，最后给他平反恢复职位后给的加班费。我接过这钱，我心里特别不是滋味。她妈妈更简单了，那时候我爷爷奶奶还在，她妈妈给她 10 块钱，让她给奶奶婆(编者注：男方的奶奶)买个点心匣子，里面装的蛋糕、桃酥之类的点心，这算是北京的特产。

采访者：单位同事都送些什么贺礼呢？

受访者：我们单位同事给我送了一个洗衣裳的大盆，给我买了点儿筷子、勺子等吃饭用的家伙。她们单位送了她一个大的洗脸盆。当时结婚都流行送生活用品，不送钱。送礼就是盆、筷子、勺子、炒菜用的铲子。当时谁都没钱，大伙凑的你三毛、我两毛，这钱给你买锅碗瓢盆。我还记得还给我送过一个搪瓷的毛主席像，这在当时流行。

采访者：那时候您一般约会都去哪啊？

受访者：当时介绍的居多，都是亲戚朋友，单位同事给介绍。那时约会一般都去公园，我那时候经常去龙潭湖公园。有时候就干脆是大马路上，找个没人的地方坐下，两人聊上了。那时候我老伴跟我说她同学约她去玩，我说上哪玩去，她说上动物园，我说不去。我为什么不去啊，因为没钱，不敢去，带着女朋友，还敢上哪去啊。那时门票几分钱。那时候养成的习惯，我到现在还是比较节俭的，饭碗里都不带一粒米，到地上我都捡起来吃，坚决不浪费粮食。

采访者：那时候的婚姻是以爱情为基础吗？

受访者：那时候讲什么爱情啊，结婚了就有孩子了，有了孩子就围着孩子转。当时找对象也不怎么看重其他因素，就两人看对眼，聊得来就行。当时离婚的也有，但是很少。我有一个同学，他搞对象比较早，中学毕业他就搞上了，这个对象是家长撮合的。但是这个男同学的出身不好，是富农，那个女的是贫农。虽然是家长撮合的，但是两人都不愿意，这个男的就说两人别分配在一块，他要求分配远，他毕业就被分配到兰州去了。到那之后，他自己又搞了一个对象。那时候搞对象都特别简单，孩子都挺穷的，都挺要脸的，挺有志向的。我还有一个同学，别人说给介绍对象，他都二十多岁了，中专毕业了，他把中学时候的衣服穿上，和他对象见面去了。成就成，我就这样，爱成不成。一直没谈成，他爹妈都很大岁数了。

采访者：当时政治对婚姻的影响大吗?

受访者：政治对普通民众的影响并不大，婚姻很简单。

# 经济现状好的话，眼就高了

访谈时间：2011 年 11 月 12 日

访谈地点：天安门广场

受访者情况：W 先生，生于 1950 年。

采访者：那时候找对象一般看重什么？

受访者：那时候成分也很重要，部队里比较严格，找对象要是成分不好的，是不能找的，部队也不给你批。我大哥就是部队的，他找了一个成分不好的，结果部队就不批他的。当然如果不牵扯成分的话就非常简单，两人愿意就行了。

采访者：那时候找对象是自由恋爱还是经人介绍的？

受访者：我就是经人介绍的，自己没碰上合适的。关键是得对上眼，一见钟情最好了，其他综合条件差不多就行了。

采访者：那时候有“拍婆子”现象吗？

受访者：这是个土话，贬义词，说这个人不正经。

采访者：那时候男女生界限分明吗？

受访者：幼稚的时候挺分明，“三八线”什么的，这桌子，那桌子。看环境，如果都不和女生说话，那我也不说。中学那时候不让找对象，有的思想开化的也就找上了。

采访者：那时候离婚的人多吗？

受访者：基本没有，风气也不像现在这样。为什么离婚率低呢？那时候都吃大锅饭，都是半斤八两，条件都差不多。

采访者：那时候找对象看不看对方条件？

受访者：互相看的，那时候买家具都凭票，供应紧张。标准低，“三转一响”。登记结婚就发一个大衣柜的票。

采访者：那时候结婚办酒席吗？

受访者：酒席有的办，有的不办，没有这么大张旗鼓。

采访者：那时候的婚礼仪式是什么样的？

受访者：婚礼仪式没准，有的是家庭式的。根据自己的经济情况送礼，有送脸盆，也有送钱。有的女方条件好，愿意找个比她身份低的，经济条件差的，这也没有一定的。

采访者：那时候结婚讲爱情吗？

受访者：和经济现状有关系，经济现状好的话，眼就高了。各种因素达不到，差不多就结了。还没了解清楚就结了，结了之后性格不合，或者爱好不合。有的凑合了，有的就吵翻了。最主要是找个心眼儿好的，积极向上的，比较阳光的。

# 父母那辈不愿让女儿攀这个

访谈时间：2011 年 11 月 20 日

访谈地点：北海公园

受访者情况：Y 先生，生于 1952 年。

采访者：六七十年代找对象看成分吗？

受访者：当然看成分，也要适当地考虑经济情况。假如你是女孩，你看上一个男孩，那男孩家里是部级干部，女孩是普通工人家庭。你可能就不敢跟他谈恋爱，可能那个男的不在乎这个，但从女孩父母这里来说，咱们跟他门不当户不对的，别跟他谈。父母那辈不愿让女儿攀这个，当然也有不看这个。年轻人来说，还是两人合得来，互相有感情，感觉都挺好的。

采访者：那时候自由恋爱的多还是经人介绍的多？

受访者：互相介绍的多，工会还会特意组织男女工人之间的联谊活动，比如女工多的毛纺厂就会和男工多的钢铁厂组织跳交谊舞。两人跳舞看对眼，就在一块了。(我对象)是我工作的时候认识的。自己搞的对象也得找个证婚人，

采访者：那时候北京有“拍婆子”现象吧？

受访者：“拍婆子”的形式挺多的。在工厂里，看到好几个漂亮的姑娘，这边小伙子就商量说谁敢过去。有敢说敢干的有点儿魄力的就过去，就开始搭话。那时候上影院看电影，上公园。大多数人心里都想，但是没有几个人敢付诸行动。那时候的女孩挺主动的。在那个年代，男孩主动追女孩的情况多。城里所谓的小流氓，他们有这方面的需求。高干子弟受父母的影响。我们有一个邻居的女孩，长得挺漂亮。二炮组织部长的儿子追这个女孩，他家里父母不同意。但这男孩同意，后来这两人还是结婚了。这个女孩是工人家庭出身，长得漂亮。真正的高干不在乎对方的家庭，要是真正喜欢，可以改变你的生活和出身。

采访者：那时候离婚的多吗？

受访者：非常少，基本上一百个里头会有一个，大体是这样的比率。政治联姻的婚姻如果没有感情了，也不会离婚。只要双方不干涉对方就好了。无产阶级的爱情观、革命的浪漫主义。

# 工人家的孩子也不愿意找厂长家的

访谈时间：2012 年 3 月 4 日

访谈地点：中山公园

受访者情况：L 先生，生于 1953 年。

采访者：你那时候谈恋爱找对象的条件是什么？

受访者：没什么条件。

采访者：你也会看成分吗？

受访者：我不怎么看。当时有的人看成分，有的不看。一般是家长看。你得琢磨人的心理。例如厂长家的孩子就不会找工人家的孩子。工人家的孩子也不愿意找厂长家的，总觉得会不太合适。这种事差点儿岁数就不一样。刚才那人他比我大四岁，(19)68 届的。那会儿家里孩子特别多，四五个到七八个。在那种家庭里，你和你哥哥的同学，姐姐的同学恨不得都认识。一个楼的上下邻居小孩都认识，差个五六岁的都可以玩到一块儿。

采访者：你当时的对象是介绍的吗？

受访者：不像现在哥哥姐姐，同事同学都热心介绍女同学，当时没有这种情况。(19)75 年那会儿，我是 20 岁出头。在公园和几个哥哥玩，看到前面有两个小姑娘在走，突然有个哥哥就跑过去了，我们都没反应，当时就联系上了，但是最后没成。这种事见过一回，剩下都是听的。刚参加工作那会儿，十好几个哥们儿，都我这么大。有一两个岁数大的着急结婚。下了夜班，上西单或车站去瞄小姑娘，然后追她们。况且谈恋爱这种事，社会各阶层也不一样。

采访者：你当时看中什么条件？

受访者：男方和女方起码来讲，长相得符合，其他也看工作。当时，有这样一种环境。男方要比女方高一个档次。按 ABCD 分档次，男方工作是 A，女方肯定要是 B。当时搞对象，情况比较多，还是比较保守。单位那会儿，一屋女生和一屋男生几乎不聊天，不说话，不互相开玩笑。单位老师傅的闺女和咱们差不多大，他就专门瞄着我们这些小伙子，也看男方有没有房。他四处打听，后来给闺女找到了候选人，然后就会找借口去男方家看看家庭环境，打听打听家里有什么人，然后托个中间人，一个组的熟人给互相介绍对象。当时男方对女方的基本条件不了解，但是跟她爸又挺熟，不接触女方感觉不好意思。就这样谈，谈好了就结婚。但肯定不像现在这么挑剔，差不多就凑合过了。

采访者：你周围有什么成分不好的人吗？

受访者：那会儿有。但是到搞对象结婚的时候，就不一样了。原来有个女同学的妈妈据说是地主出身，上课的时候就得写检查，后来那女同学在家自学，学习特棒，插队去了以后，自己考上了大学。我们那年代上大学的不多，小学到初中的九年时间，实际上也就学习了六年。挖防空洞，帮农民种地浪费了很多时间。

采访者：那时候离婚的情况多吗？

受访者：那会儿离婚的不多。社会上什么情况都有，有喝酒打媳妇的，有赌博的，这个不好说。

采访者：那时候结婚都送什么礼物？

受访者：一般来讲，一个人给五六块钱就很多了。还有一种办法，就是用粮票到商品市场换锅碗瓢盆等东西送。那会儿都是供给制。

采访者：那时候结婚有什么仪式吗？

受访者：一般结婚自己家亲戚，坐一块儿在家吃饭。下班坐公交车，有个同事要结婚了。我们就要他请我们吃雪糕。喜酒得有个拍黄瓜。不能让人家三口两口吃完了，酒还没喝够。

采访者：挺简单的？

受访者：那时候结婚的经济条件一般。男方给女方 100 块钱，买买衣服就可以了。

采访者：那时候结婚要开介绍信吗？

受访者：男女双方单位得开介绍信才可以结婚。没有单位的介绍信，男女双方不可以自行结婚。

采访者：未婚证明？

受访者：是啊。得单位领导开证明。未婚先孕的情况那就很麻烦了。

采访者：你那时候找对象也是介绍的吗？

受访者：对啊。

采访者：那你上学的时候是不是都不知道谈恋爱这回事？

受访者：是啊，真不知道。那会儿上学，不想这些事。

采访者：那时候有没有结婚后发现成分不好的？

受访者：基本没有。

# 其实在当时也讲究门当户对

访谈时间：2012年3月6日

访谈地点：地坛公园

受访者情况：W先生，生于1953年。

采访者：年轻人找对象就看家庭成分呀？

受访者：年轻人注重这个，家长也注重这个呀。

采访者：您那个时候大概多大年纪呢？

受访者：七十年代我在东北插队呢。

采访者：您是属于知青下乡吗？

受访者：对。

采访者：那当时北京人找对象是不是都是成分好的找成分好的？

受访者：是，不过，一般高成分的不好找。

采访者：什么样的算高成分？

受访者：资本家、地主、“黑五类”。

采访者：那不是成分不好的吗？

受访者：对啊。这些就是高的呀。比如说，贫下中农就算低的。

采访者：这么说，所谓的成分不好的其实是高成分，是吗？

受访者：是啊。

采访者：那么这些所谓成分不好的人找对象就自己内部消化是吗？

受访者：其实，那个时候他们也都愿意找政治可靠、政治性强的。

采访者：那当时是社会教育就让你们这个样子的吗？

受访者：不是社会教育，而是当时的社会形势。

采访者：那你们当时找对象是不是都想找一个贫下中农的呢？

受访者：对啊。比如说现在讲究的门当户对，其实在当时也讲究门当户对，贫下中农找工人阶级，工人阶级找贫下中农。

采访者：那对于外貌、人品有什么要求吗？

受访者：外貌正常就行吧，也不太用管其他的。

采访者：那你们下乡知青找对象呢？

受访者：知青找对象基本都是看眼前儿的。

采访者：那他们看重成分吗？

受访者：应该是也很重要吧。在当时有历史污点的，是不允许下乡的。能下乡的基本上都是家庭成分挺好的。

采访者：有没有愿意在农村找农民作为对象的？

受访者：应该不多。

采访者：当时是不是鼓励知青到农村扎根？

受访者：我下乡的地方不是这样。我所在的兵团主要是以知青为主。

采访者：那你们当时谈恋爱是不是特别含蓄？

受访者：对啊，那时候有了好感，谈恋爱都特含蓄，不像现在。

采访者：你们当时强调爱情吗？

受访者：也强调。爱情嘛，哪个年代都有。

采访者：当时的书上会有关于或涉及爱情的内容吗？

受访者：没有。知青刚去的时候是不允许谈恋爱的，后来慢慢地岁数大了，才让谈恋爱。一般领导都禁止，不允许谈恋爱。一般心里有了好感，等岁数稍微大一点儿了再表白。

采访者：插队之前您是在北京读书是吧？

受访者：对。

采访者：当时有一种现象叫“拍婆子”，您听说过吗？

受访者：听说过，哈尔滨那边叫“马子”，北京这边叫“圈子”。

采访者：这种现象是在学生当中流行，还是社会上流行？

受访者：社会上流行，学校里面也有。

采访者：当时“拍婆子”的人都有哪些呢？

受访者：正常人是不会去干这种事儿的。用现在的话说，就是小流氓之类的。高干子弟和老实人一般也不会干这种事。

采访者：不是北京人好像一般都不知道“拍婆子”这个词。

受访者：对。

采访者：当时为什么叫“拍婆子”呢？

受访者：就是一种流行口头语吧。就像现在找个女的玩会儿，大概就这样。

采访者：当时离婚的人多吗？

受访者：不多。

采访者：有没有这种情况，结婚的时候不看成分，到“文革”的时候因为成分不好强迫离婚的？

受访者：没听说过。那个时候离婚的还是比较少。

采访者：当时结婚的时候有什么样的仪式呢？

受访者：就是一般的婚礼。

采访者：当时会摆毛主席像吗？

受访者：那是必然的，还要向毛主席(像)鞠躬。

采访者：大家送给新人的礼物是不是也特别具有政治化？

受访者：1969 年我上东北去的时候才 16 岁多一点儿，1979 年回的北京，一共有十年。当时我不在北京，也没赶上。

采访者：您上学读书的时候是不是男女生界限特分明？

受访者：上小学的时候不分明，思想也没有那么复杂。上中学以后思想复杂了，才会有你说的“拍婆子”之类的。不过，那个时候上高中的人也很少。九年义务制，然后一般都参加工作了。

采访者：当时班上男女生是不是一般也不太说话呀？

受访者：那倒不是。

采访者：你们上高中的时候有没有谈恋爱这种意识？

受访者：我没上过高中，在初中的时候我本人也没有这种意识。

采访者：那班上其他同学会不会有呢？

受访者：偶尔会有吧，有时候会说谁谁谁跟谁谁谁好了。

采访者：您的父亲母亲参加别人婚礼会送什么东西？

受访者：那个年代，给亲戚朋友的、高级一点儿的就是一床被面(杭州丝绸的)。还有就是两条枕巾、一个暖瓶。送给一般同事的就是暖水瓶、脸盆，都是生活用品。赶上结婚，能收到一两摞脸盆。

采访者：怎么都送脸盆啊？

受访者：这个便宜啊，才一块来钱。

采访者：当时结婚有没有什么嫁妆？

受访者：这个就因人而异。有人有，有人没有，根据家庭情况。

采访者：那个时候结婚主要还是受成分的影响，成分摆在前头，其他的都还好说，是吗？

受访者：对。

采访者：除了成分因素以外，当时主要是经人介绍，还是自由恋爱？

受访者：自由恋爱的多，经人介绍的也有。不像现在这么着急结婚，家长都着急透了。我作为家长我都着急。那个时候的工矿企业，男女比例合适。刚一进厂的时候可能看着不顺眼，工作时间长了以后，慢慢地看着就顺眼了，身高啊什么的都不成问题了。

采访者：那个时候有比家庭条件吗？

受访者：虚荣心高的人恐怕也有，也愿意找个干部子弟、家庭条件好的也有，这也是因人而异的。

采访者：你们那时候要结婚，房子怎么办？

受访者：自己凑合着吧。家里有院子的，自己盖。没有院子的，向单位申请，单位也会给一个宿舍啊之类的，也会解决，但大小就不管了。

# 我那时候找对象费了劲了

访谈时间：2012 年 3 月 8 日

访谈地点：中山公园

受访者情况：W 先生，生于 1940 年。

采访者：您好，请问六七十年代您在不在北京啊？

受访者：在啊。

采访者：那个时候找对象一般都找什么样的呀？

受访者：一般找认识的，还有，一般以家庭出身为原则，倾向于找当兵的，比如说复员军人啦。因为那时候的人们都没有文化。

采访者：当时是自由恋爱的多，还是介绍的多？

受访者：一部分是自己认识，比如说同学、青梅竹马，一部分是家长给找的。

采访者：是不是成分好的就找成分好的？

受访者：差不多。

采访者：有没有成分好的找成分不好的？

受访者：也有，到后来就不那么严了。就"文革"那么几年，人的观念比较保守，后来就发生变化了。据我所知，我们院儿里原来有一个国民党的高官，将军级的，他们家的二闺女，是大学的，找了一个共产党的高官的孩子，因为人家是同学。这等于说是找了一个高干。估计北京好找对象。知道为什么吗？我们那时候，像我们家吧，就我这一辈儿的有七个孩子，我们那一个院有十五六户，一个大杂院，就在东城，每户最少也得三个孩子，所以从小就那些孩子就都相互看对眼了。而且"文革"前培养的我们这一代人接受的都是特别正规的教育。从新中国成立到"文革"之前这一段时间，我认为是中国五千年最辉煌的一段，人的思想是最净化的时候，所以人的觉悟也不是说高，应该说是都比较正常，不像现在的人都不正常。为什么？因为从上到下都不正常。

采访者：那个时候北京是不是有"拍婆子"现象？

受访者："拍婆子"是"文革"开始以后有那么一段时间，处于无政府状态，都不上学了，年轻人就得找点儿事儿干。

采访者："拍婆子"的人主要都是学生吗？

受访者：差不多吧，个别学生，不过还不是"老三届"的那些，真正"老三届"的那帮人插队、当兵，等等，这些人都比较正派。其实是这样，"拍婆子"是一个诙谐的语言。这种行为也是少数人干的事。当时的话来讲，就是淘气。学生嘛，十七八岁、二十多岁，这都算大的了，年轻人嘛，看着哪个女生不错，一般女生也是胡同里的，就是主动地去搭讪一下，就这个意思。也有点儿半开玩笑的意思，也不是说真的就非得怎么着，否则那就是流氓了。

采访者：当时离婚的人多吗？

受访者：基本没有离婚的，个别的。

采访者：有没有"文革"之前结了婚，到了"文革"的时候因为成分不好，组织上强迫离了婚的？

受访者：这也是个例。

采访者：那时候的婚礼是不是特别简单？

受访者：简单，一般就是家里面摆上几桌，一般三十块钱就 OK 了。三十块钱做两顿菜。

采访者：一般送钱要送多少钱？

受访者：比如说我，我结婚的时候，单位有将近一百多人，一个人送三毛钱。这些凑到一块儿也就不少了。跟自己特别要好的、一个组的，一个人送两块钱，那就算很好的关系了。

采访者：会不会送礼物呀？

受访者：礼物和钱都凑一块儿，买个锅、买个暖壶。你知道单位送的什么吗？工会送了一个镜子，也就是一个镜框，上面写着"工会赠"。

采访者：会不会送毛主席像之类的？

受访者："文革"刚过的那个时候送的比较多，后来也就慢慢淡化了。

采访者：定亲会不会送毛主席像？

受访者：没有，基本上没有这个概念。当然我说的是多数啊，这属于个例，那就另当别论了。再一个就是说，各地的风俗不一样，城里、农村，北京、河北就不一样。家庭程度也不一样。有的还送一块表，罗西尼什么的，二百多块钱。

采访者：那女方会不会有嫁妆？

受访者：因人而异吧。一般是男方准备房，女方一般是准备一个皮箱子，或者是革的，即使是皮箱子也不贵，也就五块钱啊，这就算贵的了，有的时候能买俩。我买了一套成套家具才花了四百多块钱，不过得有一张票。解放初期，有一大批的湖南漂亮姑娘，不讲出身，当兵去了，到新疆，去了部队，新疆建设兵团嘛，整体落在那儿了，当对象。不过当时不能这么说，后来披露出来的。现在新疆有很多老人，都是湖南人。

采访者：您是那个时候结的婚吗？

受访者：是啊。我那时候找对象费了劲了，都是人家给介绍的，有一个师傅，一个礼拜给我介绍了仨，结果我也在挑。

采访者：那时候你看家庭出身吗？

受访者：不看。

采访者：您那个时候谈恋爱、结婚讲爱情吗？

受访者：也讲，不过讲着讲着就不管了，后来就凑合了。

采访者：那个时候书上会不会说爱情啊之类的？

受访者：也有啊。我小时候四五岁的时候，不认字，看小儿书、连环画。有的故事就说老大、老二、老三，老大特坏，老三特勤劳，最后娶了一位特别美的、朴实的姑娘。所以脑子里就有印象，要找一个漂亮但又不是特别艳的那种。像我们这个年龄的人都有爱情，但往往都被现实打碎。“拍婆子”都是个例，不是普遍的。我们这个岁数的人，不论男女都知道这个词儿。现在想想，当时就是淘气，也不是说就怎么地。

采访者：那时候男女生界限分明吗？是不是不跟女生说话？

受访者：对，越是看上谁吧，越是躲。

# 访谈录（十七）

F A N G T A N L U 访谈人：王　唯

F A N G T A N L U

# 全厂都知道了，开会批判她

访谈时间：2011 年 10 月 6 日

访谈地点：北京东城区东华门附近

受访者情况：W 女士，北京人，1952 年出生，退休工人。

采访者：请问您“文革”时期学校里有没有性教育课？

受访者：我们那个时候都不是什么性教育，都叫常识课。讲的都是花，什么雌蕊雄蕊的，这跟性就差不多了，没有人体课。来例假这都是自然的，没人告诉我们。同学有例假来得早的，我都是跟班里同学学的，没人跟家里说，买个一毛五的手纸就得了。

采访者：请问那时候男女交往情况如何？我指的是一般的交往，不是谈恋爱的那种。

受访者：我们基本上都不跟男同学说话，座位中间画个道，有时候写个作业什么的，就会说你过界了。当然有时候，他也看你一眼，你也看他一眼。

采访者：那您看到周围人有恋爱的吗？

受访者：我们那时候男生女生交往过于频繁，聊个天儿什么的，这就麻烦了，更别提传个条了，这就有打小报告给老师的。不过有的也有，比如放暑假了，有些人经常找个胡同在一起聊个天儿什么的，没什么乱七八糟的，连搂搂抱抱，手拉手什么的都没有。这要是让老师知道，就全班开会批判你。岁数大的，乱搞男女关系的，女的叫“破鞋”，男的叫“流氓”。我们家旁边那条胡同的，就曾经抽死过一个小姑娘，就说她是“破鞋”，不过都是传言，我见过那姑娘，学生模样，那时候特别乱，这都未必有那么一回事，也许就是谈个恋爱。那时候“破鞋”也乱扣帽子，比如一个女的，跟一个男的能聊，跟别的男的也能聊，有时候就传这女的是“破鞋”。

采访者：那时候您怎么看待贞操的问题呢？

受访者：比如，我 18 岁参加工作，刚进厂的时候，一个女的搞了一个对象就得结婚，如果多搞了几个，男的见得太多了，就说这女的不贞操了。我们厂以前有一个女的因为未婚怀孕，想去医务室做掉，后来全厂都知道了，开会批判她。这种例子其实还是很少的。

采访者：您有没有见过手抄本？

受访者：我们上学的时候、上班的时候有，听说过，像《一双绣花鞋》、《曼娜回忆录》之类的，但我自己没抄过。我们家受冲击，我又小，哪敢抄这些，但是的确有人在传。

# 我们都是怀着好奇的心态看《少女之心》

访谈时间：2011年10月3日

访谈地点：北京东城区灯市口附近

受访者情况：W先生，河南人，1964年出生，销售。

采访者：请您谈谈手抄本的情况？

受访者：那时候有个手抄本叫《少女之心》，基本上都是男生抄得多，女生抄得少，其实在我看来就是现在的言情小说，里面的描写有点儿那个。有一个表妹叫什么我忘了，对她的表哥产生了感情，她就跟他表哥去玩儿，在黄昏洗澡的时候，就跟他表哥发生了关系，后来在她上学的时候又跟她的体育老师有关系，有那种描写。那时候对这种事都有批判。据说《少女之心》是一个女的在监狱中供述的，我抄的《少女之心》是我同学的，他从哪儿来的，具体谁写的，我也不知道。那时候有两个高年级的同学，据说是看了《少女之心》就发生了关系，后来遭到学校的批判，不许我们抄那书了。我们都是怀着好奇的心态看这书，因为那时候都没有性教育，家里也没有这种教育，对女生都挺好奇的，看完的确是有冲动。我觉得看那书挺不好的，很多人看了之后就产生歪想法，暴力啊，强奸啊，但那时候就是好奇。

采访者：请您谈谈您上学的时候青春期性教育课的情况？

受访者："文革"时期我经历的不多，大多都是小时候的记忆，我谈谈上中小学时的事吧。我出生在河南，但是上学是在广西。我们那时候有性生理课，但是课文都是很简单的，老师上课也不讲，就说你们自己看吧，看不懂再来问我，但基本上女生都没有问的。男生有的调皮就会问问，但是老师也不会公开讲，就说到办公室说说罢了。

采访者：请您谈谈您上学的时候男女同学交往情况如何？

受访者：那时候在学校里我们不跟女生说话的，都有着"三八线"，总觉得这是"资产阶级"，如果谁多跟女生说了几句话，回头男生里都要说的。那时候男男女女多说几句话，就说男的是"流氓"，女的是"破鞋"。我们都不敢跟女生多说话，别人都不说话，我不敢跟女生说话，因为跟女生多说几句话，其他男生就会说我跟她有什么意思。那时候怕啊，可不能扣上这种帽子。我们聊天的时候，哪敢谈性！要是别的同学报告给老师，家长会揍我的。如果那时候有同学家长贪污，整个学校的人就都不理他。我们家在军区，我小时候就曾经听说过有个护士，因为贞操问题上吊过。

# 很多东西都是跟女同学聊天得来的

访谈时间：2011 年 10 月 3 日

访谈地点：北京东城区灯市口附近

受访者情况：S 女士，兰州人，1953 年出生，幼教。

采访者：您那时候有没有青春期教育课，您有关“性”的知识都是从哪里得来的？

受访者：我们上学的时候没有青春期教育课。我没看过什么手抄本之类的书，很多东西(性知识)都是跟女同学聊天得来的。那时候人都特别纯真，特别保守，都不会说这些。我们家教育非常传统，我也的确看到过周围人也有手抄本的，这些好像都是关于男女关系的事。

采访者：您知道“破鞋”这回事吗？

受访者：我听说过“破鞋”这回事，那时候都不懂，我一看人家的鞋也不破啊，怎么叫人家“破鞋”呢。那时候家长也不像现在的家长这样开放，都不告诉你。你都不知道，那时候我们傻到什么份儿上，我们那个时候接生孩子的老太太都有一个箱子，一旦有人需要接生，她就带着一个箱子，我妈说箱子里就装着孩子，说我就是从那来的。

采访者：“文革”时期怎么看待贞操问题？

受访者：贞操那时候看得特别重要，女孩子这一辈子这个(编者注：指贞操)是最珍贵的。那时候，我妈就说，如果一个女孩结婚的时候不是处女，你的丈夫就不会喜欢你。那时候女孩子都特别保守。我以前有个同学，那时候15 岁，她爸爸是消防员，她爸爸有个同事，两地分居，常去她们家。因为关系特别好，所以知道她爸爸什么时候值夜班，就和她妈妈发生了关系。最可恨的是，她也在家，就连她也给强暴了。后来我和另一个同学知道以后，就报案了，把这个人给逮起来了。当时就想这女孩子一辈子就毁了。

采访者：那个时候怎么定义“流氓”？

受访者：那时候“流氓”指的就是道德品质败坏，比如说动手动脚啊，说一些过分的话之类的，让女孩子反感，挑逗的，有“性”方面的话，就说是“流氓”。但其实是很少的。你知道，如果那时候要是当上“流氓”和“破鞋”，赶上“文化大革命”的时候，那是游街啊。你知道游街怎么游吗？如果这个女的要是不正经，跟哪个男的胡搞，脖子上挂两个大破鞋。这是多现眼的事。我曾经就看到过这种事。一个女的，“文化大革命”的时候就斗她，就说她是“破鞋”，其实那时候也小，十几岁，概念也不是很清楚，但是知道这个人不正经，具体怎么回事我不知道。长期这么斗她，她一下就崩溃了，然后听说她就自杀了。

# 以为拉拉手就能生小孩儿了

访谈时间：2011年10月2日

访谈地点：北京东城区灯市口附近

受访者情况：Z女士，北京人，1953年出生，退休工人。

采访者：您那时候有没有青春期性教育课？您的性知识从何而来？

受访者：没有，学校没有开设这种课。那时候特别愚昧，以为拉拉手就能生小孩儿了。非常幼稚的。后来，没受过这种教育，所以男女同学界限特别分明。

采访者：您那时候男女同学交往情况如何？

受访者：男女同学不说话，恨不得摔了一跟头，都不带言语的。男女同学就算同桌，都保持一段距离，都不会挨着，连胳膊都不会碰。

采访者：您那时候有没有听说过婚前性行为或者"破鞋"之类的？

受访者：我们那个年龄的都没有，我没听说过这种事情，我们都特别单纯，但是岁数大点儿的有。"文革"时候，这个什么"破鞋"啊，"流氓"啊，判罪是最重的，这是要让人唾弃的。那时候你要摊上这种事，跳进黄河也洗不清，这一辈子就完了。不像现在无所谓了，都性解放了。"破鞋"就是乱搞关系吧，自己有老公还出去搞，我知道女方是这样的。如果是男方的话，就是"流氓"了，就是占女人的便宜。那时候挨批斗的时候，女人就叫"破鞋"，男的就叫"流氓"了。

采访者："文革"时期大家怎么看待贞操问题？

受访者：那时候都特别谨慎，不会随便把这个给别人。如果有的女的失了贞操，那人家肯定看不起，以后嫁不出去了。我住在南池子这块儿，都是老街坊，都没有这种事。那时候这种事挺少的，大家都不谈。大家都阶级斗争的，没工夫管这个。像我们这个老胡同，都是老北京，什么"地、富、反、坏、右"的都有，什么过去的老律师、买办、资本家，都是有文化的，没什么乱七八糟的事。像崇文那块儿可能多一点儿。

采访者：您那时候有没有恋爱的？

受访者：我们那时候岁数最小的，16岁就到了黑龙江生产建设兵团。有岁数比我们大的天津知青看上我的一个同学，她很漂亮，个子1.72米，那个人就给我同学写情书，我那同学就把这个情书交给指导员了，后来指导员就批评了那个天津知青。我们那时候小，不懂，天津知青、哈尔滨知青比我们大，他们有恋爱的。在兵团三年以后，差不多就有恋爱结婚的。因为大家吃住都在一块儿，一个排里头有男生有女生，搭配干活，都是北京的，都是上海的，有的就想怎么着，一般都是男孩子比较主动。女的是一个温州知青长得特别漂亮，男的是北京知青也长得挺精神，后来女的就怀孕了，女的家里头在温州是挺大个官，就把那女的弄回去了，女的一走，男的神经病失常了。

采访者：您那时候听说过“破鞋”、“流氓”之类的事吗？

受访者：我记得那时候我们初中的时候，我们下乡劳动，有一个男孩强奸了一个五岁的幼女，然后就被判刑了，他倒是合适了。我们是(19)68 年 1 月 5 号上的中学，我们七八月份割麦子，然后他就犯事了，强奸幼女判刑了一年，我们是(19)69 届的，他成(19)70 届的了，他倒留北京了，我们所有人都走了(编者注：去下乡)，也不知道他这流氓罪怎么就判了一年，也挺气愤的。如果有人犯了这种事，自己不但倒霉，家里也受到牵累。

采访者：您那时候知道您是从哪里来的(编者注：指怎样生出来的)？

受访者：不知道，我也不会问，那时候特别傻。我们那时候在大街上也没有搂搂抱抱，那么亲昵的事。来月经的话，家长也就是买个纸，嘱咐别吃凉的，具体怎么回事不会告诉我。也不会告诉你，你来了这个就有了什么，以后有什么后果。

采访者：那时候有强奸的吗？

受访者：有，都是当地的。我曾经经历过一个事，那老头是 56 岁，以前就是犯强奸罪给放出来的，他强奸了一个 11 岁的女孩，在我们连队判的死刑，正好赶着抓这个事呢。

采访者：您当知青的时候，有没有人结婚的？

受访者：有。有的人，不想干农活，他就找当地连长的女儿结婚了，他就在连队当体育老师了，现在都没回来。还有的找当地人结婚了，大多都是逃避劳动。那时候男的女的只有结婚了，才能分房子。也有的男的女的在一块儿的，反正住一块儿了，也不知道人家同不同居。

# 那时候在同学家看了那本书

访谈时间：2011 年 10 月 4 日

访谈地点：昌平区北七家

受访者情况：Z 女士，北京人，1955 年出生，离休干部。

采访者：您上学的时候有没有青春期性教育课？

受访者：没有。我们那时候“三下劳动”啊，就当童工用，下工厂就半年。我有关性的知识都是看书得来的，这些书呢都是没有前面也没有后面，也就是没有皮，一看就是医院的宣传品。这本书我是在同学家看到的，类似医院的书，这样的书都是禁书。包括《牛虻》这本书也是禁书。其实那时候我特别想看爱情小说，爱情小说都是禁书，就管这种叫黄色。我们那个时候家长根本不谈性，父母的性生活也从来没让我们看见过，小时候根本不知道性是怎么回事。我来例假的时候，跟我妈一说，我妈把手纸给我，也不会告诉我怎么回事，我也不知道这就意味着成年了。男的，我是一点儿都不知道怎么回事。在我的思想里，很抵触这个东西，怕学坏了，尽量不听这些东西，远离这些东西，好像就是一种自我保护。家长怎么说，老师怎么说，我就怎么做，听话就行。

采访者：“文革”时期的人是如何看待“贞操”和“流氓”问题？

受访者：那时候的人就是单纯。贞操就是作风挺好，比较听话。在我上学的时候，有一个女同学跟体育老师有不正当的关系，结果传得沸沸扬扬，那时候我很小，但是也懂点儿，但也是道听途说，后来那个体育老师就判罪了。“流氓”那时候就是性观念不正当。

采访者：“文革”时期您如何看待“破鞋”这个词，您知道什么意思吗？

受访者：我当时认为“破鞋”就是作风问题，就是两性关系，这种事不多。有的女同学谈恋爱，跟这个又跟那个，就管这个叫“破鞋”。我当时看到的公园的男女搂在一起，有一次晚上我在公园里看见半赤裸的，我就知道这个不好。我跟我同学说过，她们说也看到过，都说这个怎么那么不要脸。

采访者：“文革”时期的男女交往如何？

受访者：那个时候男女之间的感觉就是特别单纯，都不说话。坐位子的时候都有一道线，越过去就特别不合适。我记得班上有个男同学看上一个女同学，那个女同学“哇”一声，大叫：“流氓！”“流氓”就是不好，等长大一点儿就觉得这个有两性关系。有的男同学抢劫杀人、耍流氓，全校开公审大会。我们都会带着小马扎，坐在底下参加。那时候风气特好，我倒觉得安全，性犯罪也不多，偶尔听说都是新鲜的。周围同学谈恋爱的也有，但是我觉得不好，周围的人都觉得不好。到了青春期，对这个性就是好奇，但是没有渠道知道，我就是那时候在同学家看了那本书。

# 访谈录（十八）

F A N G T A N L U

访谈人：朱小巧

F A N G T A N L U

# 梁景和下乡插队、考学琐记

访谈时间：2011 年 9 月 22 日

访谈地点：首都师范大学校本部主楼

受访者情况：梁景和：男，汉族，1956 年 7 月生于吉林省梅河口市，祖籍山东蓬莱。1974 年毕业于吉林省海龙县第三中学(现吉林省梅河口市第三中学)，到吉林省海龙县河洼公社黑山 5 队插队，1976 年被推荐到海龙师范学校中文班读书，1978 年 8 月在梅河口市第三中学任教两年，1980 年参加高考，进入北京师范大学历史系学习。现为首都师范大学历史学院教授，历史学博士(博士后)，博士生导师。主要从事中国近现代社会文化史研究。

采访者：您当年下乡是在什么样的情势下？

梁：知识青年下乡插队，在那个时代是大势所趋。当时高中或者初中毕业没有别的出路，一般是下乡插队。毛泽东当时讲，“农村是个广阔的天地，在那里是可以大有作为的”，“知识青年到农村去，很有必要”，“接受贫下中农的再教育”，这些话都是我们耳熟能详的大道理，觉得自己的前途就是这么一条路。当时我们年轻，没那么多想法，同学们高高兴兴地下乡插队了。但作为家长，其实心里是很难受的。我是 1974 年 7 月下乡的，我哥哥一年半之前，也就是 1973 年 2 月下乡的，当时家长是很难过的，但我们十七八岁的小青年就没觉得什么，没有什么伤心啊，难受啊，痛苦啊，当时没有。但是过了两年之后就不一样了，为什么呢，有的人抽工回城了，有正式工作了；有的人还留在乡下，留下的人心情就发生变化了。所以有人就通过各种办法找回城的门路，比如说回城结婚，或者开个患病证明，或者找其他关系什么的，就是为了自己最终能离开农村，回到城里工作。

采访者：当时您家里的几个孩子都下乡插队了吗？

梁：我们家三个孩子，哥哥和我、还有个妹妹。我妹妹比我小两岁，按照当时的政策，我和哥哥都插队下乡了，她就属于父母身边的最后一个子女，我妹妹就可以不下乡了，所以她没有下乡，她的同学很多都下乡了。她是(19)76 年毕业，我妹妹毕业后直接分配了工作，这是当时国家的政策决定的。

朱：您是(19)74 年下乡插队，当时毕业于哪所高中？

梁：我就读的高中学校当时叫吉林省海龙县第三中学，现在叫吉林省梅河口市第三中学。县变成市了，所以校名也改了。我是 1974 年 7 月 5 日下乡的，那天正好是我 18 周岁的生日，我高中毕业就到海龙县河洼公社黑山 5 队插队了。现在河洼公社改叫河洼镇了，这些年变化很大。我下乡的时候是“文革”后期，也是知青下乡运动的后期。当时知青下乡也是国策，初中、高中毕业之后，要到农村接受再教育。我个人感觉“文革”后期和(19)68 年知青下乡初期还是不大一样，到了“文革”后期，国家对知青的政策以及安置工作都趋于规范，各方面工作和生活条件可能更完善一些。

“文革”的时候，小学、初中、高中的学制很乱，各个省可能不大一样，南方和北方也可能不一样。我小学读了六年半、初中读了两年，高中读了两年半，我前后共读了十一年，是高中毕业生。高中毕业要下乡，所以毕业之前，学校组织我们到插队知青的集体户(各地说法不一样，吉林称集体户，辽宁称青年点)去搞调研，就是让我们毕业生下乡插队前先去农村看看知青们的生活。我记得我当时还是个领队，带着几个同学，背着行李，到一些集体户去考察。有些集体户因为是后期来的，人比较多，气氛也比较好，大家在一起热热闹闹地生活着。有些是前期的集体户，有人抽工走了，有的上学走了，人就比较少了。比如说，(19)68 年下乡的，下乡的时候来很多人，后来走了一些人，集体户的人就少了。我记得有一个集体户好像就剩一两个女生，当时这一两个女生，我们看她们的年龄都很大了，现在看其实也不大，也就是二十五六岁，但我们那时候才十七八岁，所以看她们就感觉年龄大。我们当时想，她们这么大年龄了，还在农村，一两个人生活，真够苦的。有一些女知青因为生活太困难，就在当地与农民结婚了。我们下乡插队时感觉好一点儿，是因为有个不同的地方，就是以父母单位的形式，来组织本单位的子弟们生活在一个集体户里，以前基本是以学校为单位组织集体户，同班的同学生活在一个集体户里，而我们以家长单位组织下乡插队就比较好一些。

朱：单位会有一些资助，对吧？

梁：对，因为都是本单位的孩子，所以单位就很用心。我是随我妈妈单位下乡的，我妈妈在中国人民银行工作，当然也可以随自己父亲的单位，由自己来选择。我记得我们下乡那天特别有趣，那天银行派了两辆解放牌大汽车来送我们，我们一起下乡的一名同学的爸爸是银行的类似于总务处的一位领导，他那天早早去了银行就把仓库门打开了，意思就是说这仓库里有什么你们想拿就拿吧。我们就不客气了，什么桌子、椅子、扫帚、木板什么的，我们这些年轻人就往汽车上搬。当时是早晨上班时间，叔叔阿姨们就像看戏似的看着我们搬东西，整个单位的人也不上班了，就看着我们这些年轻人准备出发去农村了。当然也有人有意见，觉得把单位的东西给搬走了不合适，但有意见也只是说说而已，谁也不会上前阻止你搬东西，我们就把很多东西拿到农村去了，当天挺热闹的。

我们到农村去之后和以前有一点儿是不一样的，就是每个月有补贴，在吉林省我们每个知青在第一年每个月国家给补贴十块钱。想想那时在农村也没有什么可花费的，七十年代十元钱感觉可不是个小数目，当时城里每月只有三四十元钱工资的人很多，包括很多在城里工作的青年教师，我记得大学毕业生在县城工作，每月工资是56元钱。插队知青下乡本来就不太花费钱，每个月给十元钱，连续给一年，所以当时觉得还是挺高兴的，觉得这个条件还不错。七十年代中国的生活水平实在是太贫困，有那么一点儿补助你就感觉不一样了。下乡之后，国家还用专款给集体户盖房子，之前知青下乡后都是住在农民家或是住在大队部里，很多是破房子。我们下乡后，就给盖房子了。因为是7月份下乡，还是夏天，农活儿也不忙，所以生产队决定利用这个时间给我们盖房子，钱都是国家统一拨款。我记得房子盖得很快，两个多月就盖起来了，就五间房嘛。

朱：当时那五间房大概住多少人啊？

梁：我们集体户人不多，男的六个，女的五个，一共11个人。五间房是这样的，中间是厨房，厨房两边是寝室，一边男生寝室，一边女生寝室，再靠两边就是工具房和仓库了。五间红砖大瓦房是很漂亮的，当时在农村当地，那红红的砖瓦房是个标志性建筑，那一带的村子里，就这幢房子最显眼、最漂亮。

朱：那房子里面大概是什么样的呢？

梁：房子墙壁是用沙子搅拌水泥抹的，外层再涂一层白灰就成了，就跟当时城里的房子几乎是一样的。但那栋房子有个问题，7月中下旬开始建，建完之后大概9月下旬了，东北9月份就比较冷了，10月份有的地方就结冰了，那幢房子在建完后还没有干透，就入冬了，所以天一冷，湿气就开始反霜结冰了，觉得屋子里非常冷。但冬天的时候也挺热闹，屋里冷要取暖就烧柴火，房屋是通过烧火炕来取暖的，白天一烧火炕，屋里就暖和了，屋里暖了，墙壁上的冰就化成水了，到夜里又结成冰了。每天屋子的墙壁就这么水变成冰，冰又变成水，最后那个墙壁冻成厚厚的冰，有一两寸厚。大家怕冷，就在炉灶里烧柴火，所以炕很热。我记得晚上睡觉时，先铺上褥子、床单，被子上面还要盖上棉袄、棉大衣、毯子等，厚厚的一层。那时候零下三十多度，但炕烧得很热，为了防冷防冻，炕就长时间地烧柴火，烧到什么程度呢，把炕席(就是用高粱秸编成的席子铺在炕上，土炕上面一般要放上席子，在席子上铺褥子)都烧煳了，连上面的褥子也都煳了，一掀被褥，冒着火星，就扑灭它，否则就起火了。年轻人干事不管不顾，天冷就玩儿命烧柴火，烧得太多就把被褥烧煳了。

朱：那过去冬天平时都干什么呢？

梁：我们刚插队的时候是夏天，就跟着农民一起干农活，入夏了，农活不多了，所以干活儿也不累。一般的知青常年跟农村社员一样，出工、干活，边干边学，不会干的社员就教你。我的经历又不太一样，当时公社的学校以及生产大队的学校很缺老师，就招民办教师(与代课教师的不同之处就是年底农村有了收成再拿工资)来教书，就是看哪个人能教书，就选拔到学校当民办教师。当时我们是知识青年，在农村来讲，一看是高中毕业生，就是有文化的人了。我当时做集体户的户长，有人认为我还不错，就推荐我，后来河洼公社中学就决定把我调到学校去教书，我当时觉得教书挺好的，当老师嘛，就同意了，所以我 1974 年 8 月 31 号就到中学教书去了。下乡插队还不到两个月就教书去了，觉得很幸运。当时让我教初一的语文课并当班主任，教初一两个班的语文课。即使是教书了，但我的身份还是插队知青，我还要回到集体户去住，我们集体户离学校有八九里路，要走一个小时左右吧，所以我每天早晨 6 点多钟就要出门去学校，早晨是在集体户吃完早饭走，带上中午的饭，带得最多的是玉米饼子，就是玉米面烙成的那种玉米饼子。就带两个饼子，无菜可带，中午就喝点儿水，吃饼子。当时也不觉得苦，那时候好像没有什么苦不苦的概念，能吃饱就行了。晚上再回集体户吃晚饭。

朱：集体户的饭是谁做呢？

梁：集体户做饭是这样安排的，各个集体户也不同。有的集体户是轮班做，每个人轮一周或一个月，而我们集体户是专门让一个女同学来做饭，当时为什么让她做，我也记不大清楚了，可能觉得她是挺老实的一个女孩儿，在家里收拾收拾房间、打扫打扫卫生挺合适的，就让她做饭。后来又开始轮班做饭，主要是女同学轮班做，我们集体户的男同学不做饭，有的集体户男同学也轮流做饭，可能是各种原因吧。刚开始下乡插队时伙食还可以，有供应粮，不愁吃不饱。

朱：您那时候就是一车人，下放到各个集体户去了，是么？

梁：不是，我们那一车人，就是一个集体户的，一共十几个人，插队那天有一些家长也跟过去看看，我们每个人也都有行李，开去了两台解放牌大汽车呢。我出来教书后，隔了一年多，又有一个同学，到生产大队的小学教书了。但大部分知青还是在农村跟着社员干活，社员干什么就跟着干什么。我们这个集体户都是银行系统的家属，彼此关系都很好。因为父母都是同事，我们有很多又都是同学，或同校，或同班，家又住得很近，都是邻居，甚至就住在一幢房里，大家的关系还不错，一天热热闹闹的，有时候晚上没事了，大伙就在一起唱歌，有的同学还会拉胡琴什么的，总之，每天的感觉还可以。

但是集体户也有它的问题，一个是它和农民天生有一些矛盾，这个矛盾怎么说呢，集体户觉得自己是城里人，很傲气、很霸道，说话不注意，很伤人，有的知青有时候还做一些过头的事，比如说我们去了之后，他们觉得集体户的人很强势，农民见了集体户的知青有时候有害怕的感觉，因为很多集体户青年点的知情插队之后干了很多坏事，所以农民有时候也挺害怕知青的。像我下乡之后，生产大队当时就让我做大队治保主任。治保主任是个什么概念，治安保卫，带有公安和保卫的性质。其实现在一想我一个青年学生哪懂什么治保，他们就觉得我是插队青年，肯定我干什么大家都会很怕我，所以有的事找我来做一定很合适。但是后来我就到学校去了，治保工作也没做。另外就是“看青儿”这类的事找知青干，“看青儿”就是庄稼快成熟了，在庄稼地里搭一个棚子，一个人住在那里看着庄稼，以防人来偷，这活一般让知青来干。

朱：那晚上也在那儿？

梁：晚上也住在那儿，知青在那里，别人肯定就不敢偷了。知青有时候做些偷鸡摸狗的事。馋了、吃得不好了，见哪个社员家有鸡晚上就去偷。我们集体户还没做过这事，但是我们集体户有一件事做得很不好，就是“看青儿”的时候，我们“看青儿”的那个知青一看有头猪跑过来，就拿起镰刀去砍猪，那个猪就往家跑，他就追到人家的猪圈把猪砍死了。这事做得有点儿过分了，因为农民一年到头就靠养猪卖点儿钱，或杀猪吃肉过年。我是集体户户长，当时那家社员也是挺紧张的，就和我哆哆嗦嗦说了这件事。这事后来也就不了了之了，没办法，谁也不敢惹知青。所以这些事和农民之间会有一些矛盾，但总的来讲，知青与社员之间的关系还凑合。

朱：平时一起干活的时候呢？

梁：还可以。所以我们知青返城多少年之后还回去过，有的和老乡处的感情比较好的还要回农村看看。分别之后，还和老乡有通信什么的。我主要是和当时那些学校的老师来往得多一些。

朱：那么一般集体户总的管理是靠大队么？

梁：是这样，知青的管理，公社一级有一个知青助理，是专门管知青工作的。有时候他就把集体户的户长招到一起开会，布置些工作，反映反映生活和工作情况，有的时候他还到集体户走访，了解些情况，有什么问题帮助解决。知青助理属于国家干部，是公社一级里的干部，就是现在乡一级里的干部。他要是到大队，就是现在的村，他就属于上面来的领导。村长啊，当时的大队长、大队总支书记啊，对他也是很恭敬的。他到下面来，知青也有的时候怕他，为什么呢，知青总觉得他好像掌握抽工和升学的权力。如果你表现不好，他就不同意你抽工或升学，所以知青对他也是很怵的。

朱：您觉得那时候学校开课、教课正常么？

梁：还是比较正常的，“文革”期间有一段很混乱，(19)72 年教育界来一个小回潮，就是强调要抓教育了。我觉得小回潮以后大多数时间比起“文革”的最初几年还算正规了，但是这个正规是属于在不正规的背景下的正规，具有相对性。就是说每学期有正规的开学时间了，也正常发教材，正规上课。但是教材总是变动的，没有一个长远规范的教材，都是根据政治形势而发生变化。教材的意识形态色彩、政治色彩太强，像农业学大寨、工业学大庆、全国农村学小靳庄都在教材里有反映。

朱：当时知青有没有看书的习惯？

梁：知青时代也看点儿书，但看的书更多的是“马列毛”的著作，以这个为主。一些经典的小说，国外的名著，这些在当时几乎没有，看不到。但是我在中学的时候其实也读了一点儿书，比如说有些小说，《三国演义》、《牛虻》、《钢铁是怎样炼成的》，那时候都读过。还有一些小说，比如苏联小说《你到底要什么》、《多雪的冬天》，这些书在当时是控制出版的。我父亲在党校工作过，党校嘛，买书的渠道和机会多一点儿，所以他就把有些书拿回家让我们读。插队之后呢，马列著作要读一点儿，另外根据政治形势，比如说(19)74年“批林批孔”、(19)75年评《水浒》，批宋江，就要看一些宣传材料，都是节选的一些内容。比如“批林批孔”，把孔子的《论语》节选一些供批判用，我们也抄写一些，抄完了我们就看，看完了就批判。那时候知青白天劳动，晚上吃完饭后，大伙聊聊天就睡觉了，很少有持之以恒看书的。我当时还算好一点儿，因为当老师起码要备课。看一些参考资料，要看报。一般知青白天干完活后，那是很累的，第二天早上还要起早做早工，有时候凌晨两三点钟就得下地干活，干到五六点再回来吃早饭，吃完饭再下地干活。晚上要是七八点钟不睡觉，身体受不了，所以晚上五六点钟吃完饭收拾收拾，七八点钟就睡了。

朱：您当时身边有被推荐为工农兵学员的么？

梁：这个是当时知青的一个重要出路之一。当时知青的出路有几种，一种是推荐上大学，一种是当兵，一种是抽工回城分配个工作。“文革”十年中国没有正规考大学的了，就是有一种工农兵大学生。所谓的工农兵大学生是什么呢？二十世纪七十年代初，大学也开始招生了，但不是通过全国的统一考试来招生，它主要是以推荐为主，以考试为辅，就是考试的成绩只作为参考，当时还是政治条件起决定作用。我在农村干了两年半，1977年年初作为工农兵学员上学了。我们属于最后一届工农兵学员，应该叫作1976级学员，本应1976年9月入学，因为毛泽东逝世推迟了半年，1977年年初才入学。我当时上学还有个小小的坎坷。我作为工农兵学员当时是被分配到中专的。我哥哥是早我一年，1975年被推荐上的大学，他当时是到东北师范大学上学，他上大学的时候就遇到了困难，原因是我们家的家庭出身是个悬而未决的问题。家庭出身悬而未决比家庭出身是地主、富农还要麻烦。如果是地主、富农，下一代表现好，属于可以教育好的子女，也能上大学，而没有家庭出身就是不好处理的政治问题了。我父亲长期在县委工作，大家管我爸叫老梁，负责招生的人说："老梁啊，你孩子上学的事挺麻烦的！"后来可能还有通融的余地，大概因为我父亲是县委的老同志，还是想办法照顾了一下，就让我哥哥到东北师范大学上学了。

第二年我又要上大学，招生办说："你们家又来了这个事情，真麻烦。"虽然当时以推荐为主，考试为辅，但我考试的成绩却很好。在那个读书无用的时代，我相对来说还是属于学习比较好的学生，插队后让我当民办教师也是因为我在学校时学习成绩还不错。但推荐我上学的时候就麻烦了，因为上一年照顾了我哥哥，今年再照顾我就实在很困难。后来折腾来折腾去，就有了个折中的办法，就是不推荐我到大学学习，而把我推荐到一个中专。因为那时候工农兵学员有分配到大学的，也有分配到中专的。我听说当时给我分配到卫生学校，但通知书一来，却是师范学校，我也不知道是怎么回事，反正就去了中专上学。中专是两年制的，但由于入学晚了半年，其实就念了一年半，1978 年暑期就毕业工作了。我是在师范学校的中文班学习，主要培养中学的语文老师。中文班的课程比较细，有汉语课、文学课、写作课、名著欣赏课，等等，主要是培养初中语文教师。我们上学不到一年的时候就恢复高考了，当时像我们这些没上过大学的人很着急，想参加高考，但是当时国家有政策，就是在校学生不能参加高考。而在校学生，如果读的不是大学，而是中专，那么毕业两年之后还可以参加高考。我 1978 年毕业后到一所中学当老师，1979 年我就跃跃欲试，想参加高考，但还不到年限，需要工作两年以上，又过了一年，1980 年我才参加高考，当年考取了北京师范大学历史系。

朱：那您是什么时候准备高考的？

梁：我上中学的时候就有上大学的愿望。我当年知道自己被分配到中专的时候，一宿没睡，就在农村的大雪地里，几乎走了一夜。当时思想斗争很激烈，想自己到底去不去中专读书，后来还是想开了，随其自然吧，终究是读书去了。我年轻的时候一直有个基本的人生观念，就是遇事顺其自然，到现在我还是这样。

朱：但您还是一直想上大学。

梁：对，一直想上大学。我上大学的心也一直没死。刚才说了，1977 年恢复高考的时候，我就跃跃欲试，但是不让考啊，没办法，1979 年又跃跃欲试，还是不让考。那么从 1979 年开始，还有一年的时间就可以参加高考了，从此我就完全进入了高考复习状态。

朱：您学了两年，当了两年老师，家里人支持您参加高考么？

梁：非常支持。当时我们家里的条件还可以，我父母都工作，我哥哥大学毕业也工作了，我妹妹按政策没有下乡插队，也在城里安排了工作。家里没有任何经济负担，全家五口人都工作挣工资。我哥哥当时还没有结婚成家，我和妹妹也都是单身，所以我有这个上大学的愿望，家里人都很支持。我每天白天上班工作，当时我教初二的语文课，这是很累的，一个班里有八十多人，批改作业和作文，还要备课、讲课，每天工作量很大。当时我还年轻，才二十二三岁，中午也没有午睡，我是每天忙完工作回家后晚上再复习功课。我当时的作息时间是这样的：吃完晚饭，大约晚上七点多钟就先睡觉了，夜里十二点起床复习功课，凌晨四点左右再睡一会儿，早晨近七点起床，吃了早餐去上班，每天周而复始成了规律。我当时的睡眠很好，夜深人静的时候复习功课效率又非常高。夜里妈妈还给我准备些牛奶和面包作为夜宵。

朱：当时有没有跟您经历比较像的人啊？

梁：比较少。我的中学同学到农村插队之后，个别同学在恢复高考的1977、1978年就考大学了，我们中学班里有六十多名同学，后来上大学的也就四五个人吧。大多数同学抽工回城后就工作了，然后就谈婚论嫁了。我复习高考和参加高考时的状态都非常好，你猜我这个状态能好到什么程度？1980年暑期高考的时候，当时是考六个科目，一科考三个小时。我考政治课的时候，一看卷子是六道题，我想三个小时六道题，一道题可以答半个小时，所以我答完一道题后，如果还没到半个小时，我就不往下答了，而是闭目养神休息一会儿，等到了半小时我再往下答，你说怪不怪，我当时的心态特别好，不知道怎么那么好，我现在都觉得很奇怪，也可能是复习得比较充分，心里有底气吧。

朱：您还记得当时考场的状况么？

梁：考场状况，记得。考场就在我教书的那个中学里，一人一张考桌，一个考场里有二三十名考生吧，有两位监考老师，两位老师在考场里来回走着，有时在某个考生桌前停一会儿。

朱：您在上中专的时候，不是一直想参加高考嘛，那一年半有没有为高考做些准备呢？

梁：我是1978年3月份开始学日语的，当时入学已经一年多了，还有几个月就中专毕业了，学外语是为高考做准备吧。当时1977年、1978年、1979年这三年高考是不考外语的，但人们预测以后高考是要考外语的，所以我从1978年春开始自学日语。我主要是跟我母亲学，我妈妈是民国时的国高毕业生，当时在东北的国高读书是要学日语的。我简单地学了两年日语，1980年高考是第一年考外语，外语的成绩只占30%，我当时日语考了31分，因占30%，就给了我9分，总成绩多了9分，当然令人高兴。高考我的总分是376分，现在看来这个分数太低了，但当年吉林省重点大学的录取线是320分。

朱："文革"时期推荐上大学，考试分数是不对外公布的吧。

梁：对，推荐工农兵大学生，考试的成绩是不公布的，因为以推荐为主，考试为辅，考试的成绩就是随便看看，不太管用。

朱：您当时语文肯定是有底子，数学什么的，复习资料怎么找呢?

梁：其实我觉得自己应该是学理科的，不是学文科的。我在中学的时候，初一全年级五百多人，期末考试数学唯一的一个得100分的就是我，初二的期末考试，数学唯一的一个得100分的也是我。我数学学得还不错，高考的时候，我也只是复习我学过的数学课程，就按照教材复习，但是1980年有了新说法，数学要考复数。我以前没有学过复数，就找了本教材看，头几页看明白了，但再往下看就不懂了。但因为是第一年考复数，考的是最简单的知识，就是我看的那几页知识，我还真答出来了。当时我数学得了50分，我特别欣慰，因为我们是插队知青，回过头来数学考了50分，不容易，自己挺满意的。但我的大学同学，他们大多数都是应届高中毕业生，按部就班的学习，他们的数学成绩一般都是八九十分，所以我在数学上就比他们丢了三四十分。我是靠地理往上拉分的，我的地理科考了90分，在我们吉林省通化地区是第一名，就是靠这些拉分的。

朱：高考您是怎么报名的呢?

梁：就是按照规定报名，当时有个规定说，我是师范毕业生，毕业之后又当老师，高考就必须报考师范院校。我们没见过这类规定，觉得这是个地方性政策，那时候也不知道国家到底有什么规定。我当时报的是北京师范大学，还有东北师范大学，没有报历史专业，我报的都是哲学专业。这可能与我父亲做过党校教员，教过哲学有关，他对我的影响比较大，我对哲学比较感兴趣。但是为什么被历史专业录取了呢，后来我才知道，1980年北京师范大学历史系的副书记到吉林省招生，他从日常工作角度，看重我的阅历，觉得我当时年龄较大，做过知青和老师，入学之后可以当学生干部，所以就把我招到历史专业了，入学后，果然就让我当了班长。当年高考国家有规定，不像现在多大年龄都可以参加高考，80岁了也可以高考，那时到25岁就截止了，我那年24岁，要是考不上就只剩下一次机会了，那会很麻烦，还好，那年我考上了。上大学之后我在班级里就是老大哥，这种老大哥当然和1977级和1978级的不一样，1977级那个老大哥更大。那时候一个班里有30岁的，有十七八岁的，年龄相差很大。1977、1978、1979这三届的学生年龄大的偏多，到了1980年，年纪大的也有一些，但是少数，也就占十分之一吧。像我们班，五十年代出生的，就是那么六七个人，绝大多数同学都是60后。

朱：您在高考过后等待录取通知书的时候心情是什么样的?

梁：很平静。我的录取通知书来得很快，还没等我着急呢，通知书就来了，重点大学都会先发录取通知书，所以我那个时候，没有那种等得焦灼难耐的感觉。

朱：您到北京师范大学读书，当时老师上课怎样?

梁：北京师范大学历史学专业在全国是很有分量的，它的传统很好，所以课程安排也很规范。我们刚上学的时候，从我们1980级开始搞了一个课程改革，就是压缩基础课，扩充选修课。比如说原来中国通史、世界通史，这些课程都是要讲两年的，压缩后一年就讲完，但是要开设大量的选修课。

朱：那时英语课怎么上的？

梁：我学的是日语，刚开始学校没有日语班，我就跟着英语班学英语，我是从ABC从头学起，跟不上。不到一个多月，就开设日语课了，我又去学日语了。

朱：当时学校的图书馆和宿舍的条件怎么样？

梁：感觉挺好的，因为那个时候就那么个条件，一个宿舍住八个人，也没觉得条件不好。后来我们知道北京师范大学图书馆在全国也是名列前茅的，当时藏书有两百多万册，两百多万在当时就是一个很大的数目了。当时借书是先查卡片，查完卡片后去借阅前台借书，借完了回去阅读，读完了再还回去，就是这样。当时图书馆没有开架阅览室，但是有一些期刊是开架的。

朱：现在您看知青那段经历的时候有什么不一样的感觉呢？和当时的感受肯定是不一样的。

梁：现在有很多人，特别是很多知青，说怀念知青生活，说那段时间对人是一个锻炼，对成长有好处，这有一定的道理，人对自己的经历都有一种特殊的感情。但如果理性地想，这一段生活，对人生来讲，还是耽误了很多时光。首先对自己的正常成长是有影响的，如果不下乡插队，我18岁就上大学了，用不着24岁才上大学。我可以按着自己的理想，考研究生，考博士生，出国深造，我的外语水平也不会这么差，各方面都会更好，我也会更早地进入学术领域，由于有那样的一段经历，还是耽误了很多宝贵时间。当然我们通过这段时间了解社会，增强体质，锻炼意志，不怕苦，不怕难，它也有正面的东西。但总的来讲，不能因为有这样一些正面的东西就肯定“文革”或者肯定“上山下乡”运动。

# 后　记

本书是首都师范大学中国近现代社会文化史研究方向的博士后、博士研究生以及硕士研究生们在撰写研究报告和学位论文时，为搜集资料而进行的访谈工作，把访谈的内容集结成《中国现当代社会文化访谈录(第四辑)》。本辑访谈的历史时期主要集中在1949年共和国成立后至二十世纪八十年代约四十年的民众生活，具体内容主要包括婚姻、家庭、女性、性伦、娱乐等日常的基本生活，本书为读者展现了一幅生动活泼的历史生活画面，将为我们认识和了解这段历史提供有益的帮助。

梁景和

2012年6月11日于幽乔书屋